KB263427

해방, 비국민의 미완의 서사

저자
안미영(安美永, Ahn, Mi-Young)
한국 현대문학 소설을 전공했으며, 현재 건국대학교 글로컬캠퍼스 교양대학 교수이다.
2002년『동아일보』신춘문예 평론이 당선되었다. 평론집으로는『낮은 목소리로 굽어보기』(시에, 2007)와『소설, 의혹과 통찰의 수사학』(케포이북스, 2013 세종도서)이 있으며, 연구서로『이상과 그의 시대』(소명출판, 2003),『전전세대의 전후인식』(역락, 2008),『이태준, 근대문학을 향한 열망』(소명출판, 2009)이 있다.

해방, 비국민의 미완의 서사

초판 인쇄 2016년 12월 24일 **초판 발행** 2016년 12월 30일
지은이 안미영 **펴낸이** 박성모 **펴낸곳** 소명출판
출판등록 제13-522호 **주소** 서울시 서초구 서초중앙로6길 15, 1층
전화 02-585-7840 **팩스** 02-585-7848
전자우편 somyungbooks@daum.net **홈페이지** www.somyong.co.kr

값 19,000원
ISBN 979-11-5905-142-5 93810
ⓒ 안미영, 2016

해방, 비국민의 미완의 서사

안미영

소명출판

『해방, 비국민의 미완의 서사』는 한국 근대문학사에 이어 남북한 문학사의 연속성을 확인하기 위한 출발점에서 시작되었다. 한국연구재단의 지원으로 '재남출신 월북작가의 건국이데올로기 연구'(2007.12~2010.11), '냉전의 도래와 식민지 파시즘에 대한 기억'(2011.9~2012.8)이라는 주제로 논의된 결과물이다. 근대문학사의 연장선상에서 해방공간 문학의 특수성을 규명하기 위해 박태원, 염상섭, 채만식, 황순원, 안회남, 박노갑 등의 해방기 작품을 분석하고 남북한이 공유할 수 있는 보편성을 탐구하였다.

해방공간, 작가들은 무엇보다도 '국민'의 입지를 고심하고 '국가'의 존립을 염원했다. 그들은 식민지시기에 자라나 교육받으면서, '국민'으로 존재하지 못했으며 제국의 압제에서 '국가'라는 울타리를 목마르게 갈망했다. 제국의 이권분쟁으로 분단에 내몰린 민족의 현실을 타개하기 위해 완전한 해방을 기획했다. 구국을 위한 영웅의 출현을 고대하는가 하면, 전래의 농민을 통해 전통을 소환해 내고 민족의 자생력을 일깨우려 했다. 가족주의는 박태원의 월북 이전과 이후 전작에 걸쳐 나타날 뿐 아니라, 남북한이 공유하는 전통적 사유로서 국가라는 의제가족으로 확장된다.

해방되자, 전쟁을 도모하지 않았음에도 조선 민족은 전재민으로 전락했다. 만주와 일본에서 고국으로 귀환하는 전재민 외에도, 기실 조선 민족 모두가 전재민이 되었다. 전범국 일본은 패전했을지언정 국가와 국권의 울타리 안에서 피해와 보상의 사후처리가 이루어질 수 있었다면, 국가 없는 조선의 전재민들은 오히려 식민국이던 일본으로 역귀환을 도모하기도 했다. 해방기 작가들은 조선 전재민들의 귀환여로를 탐색하며, 국가와 그 기반이 되는 민주주의에 대한 창백한 꿈을 보여주었다.

해방기 소설을 이해하기 위해 동시대 일본소설과 비교하는 것은 유용하다. '태평양전쟁'을 떠올리며 박노갑이 '국가'와 '국민'이라는 신분을 갈망하고 있었다면, 우메자키 하루오[梅崎春夫]는 국가의 바깥에서 '인간의 자유'를 갈망했다. '식민지 조선'을 떠올리며 채만식이 죄의식에 시달리고 있었다면, 다나카 히데미츠[田中英光]는 낭만과 모험의 처녀지로 기억했다. 동일시기 일본과 한국 소설에 등장하는 '패전 일본 여성'은 환기하는 바가 크다. 이들을 통해 황순원이 국가의 존립뿐 아니라 시민으로서 윤리감각을 일깨우고 있었다면, 다자이 오사무[太宰治]는 전후 재건이라는 시대적 사명감을 부여했다.

해방기 지식인 작가들이 고심한 국가와 국민의 문제는 오늘날에도 유효한 화두가 아닐 수 없다. 우리는 여전히 있어야 할 국가의 모습, 갖추어야 할 국민의 자세를 고뇌하고 있기 때문이다. 해방기 지식인 작가들이 꿈꾸었던 해방은 그들이 (비)국민이었기에 미완으로 그치고 말았지만, 오늘날의 국민은 또 다른 모습으로 진화한 국가 앞에서 새로운 해방의 서사를 기획하고 있다. 해방기 (비)국민의 미완의 기획은 지금 이 곳의 국민이 국가와의 관계를 새롭게 조망해 볼 수 있는 전거를 제공해 주리라 믿는다.

출간을 허락해 주신 소명출판과 교정과 고민을 함께 나눈 성지은 선생님께 감사드립니다.

중원벌판에서 네 번째 겨울을 맞으며

안미영

목차

제1부
해방의 도래와 문학의 초상

제1장

해방 이후 안회남 소설에 나타난 농민

1. 서론

안회남의 소설은 1988년 해금조치이후부터 1990년대 전반에 걸쳐 활발한 연구가 이루어졌다. 창작시기 별로 전(全)시기는 물론, 해방 이전과 해방 직후 소설로 각각 논의가 구분되었으며 해방 이후 활동이 더 주목받았다.[1] 기존의 논의에서 안회남은 해방 전과 후가 확연히 구분되

---

1 이 글에서는 해방 이후 소설을 텍스트로 삼고 있으므로, 안회남의 해방 이후 소설에 관한 선행연구를 소개하면 다음과 같다. 김동석, 「父系의 문학―安懷南論」, 『예술평론』, 1948. 6.16(안회남, 『불』, 슬기, 1987, 209~220면 참조함); 김동석, 「飛躍하는 작가―續 安懷南論」, 『우리 文學』, 1948.4(앞의 책, 221~229면 참조함); 신형기, 「연속기획 월북문인연구 : 신변소설에서 사회적 소설까지―안회남론」, 『문학사상』 193, 문학사상사, 1988.11, 253~267면; 임동덕, 「해방 직후 현실인식의 한 양상」, 『청람어문학』 5, 청람어문교육학회, 1991, 223~239면; 전흥남, 「안회남의 「農民의 悲哀」론」, 『한국언어문학』 29, 1991, 165~191면; 이은자, 「해방기 진보적 리얼리즘 작가의 虛와 實―안회남론」, 『국어국문

는 의식의 변모과정을 보인다는 평가를 받았다. 안회남의 해방 이후 소설이 이전 소설과 구분되는 점은, '농민'이 작중 주인공으로 등장한다는 점이다. 그는 해방 이전 소설에서 '농민'을 주목하지 않았으며, 해방 직후 전격적으로 '농민'을 주인공으로 등장시킨다. 해방 이후 안회남의 소설에서 '농민'은 작가의 의도가 반영된 의미 있는 소재이다.

이 글에서는 안회남의 해방 이후 소설에 나타난 농민의 의의를 살펴보려 한다. '월북'이라는 안회남의 궤적과 달리, 해방 이후 소설에 등장하는 농민은 전근대적인 존재이다. 그의 소설에서 '농민'은 사회주의 이데올로기를 내면화한 존재가 아니라 민족을 표상하며 동시에 전통의 전수자이다. 그런 의미에서 안회남의 해방 이후 소설에 나타난 농민은 해방공간의 문학이 전대 및 후대와 연속선상에 있음을 보여주는 준거가 된다. 특히 안회남을 비롯하여 해방 직후 좌익에 가담한 이태준, 박태원, 박노갑 등의 해방 직후 소설은 해방공간의 문학이 전대(前代)와 차별성을 지니기 앞서 연속성을 지니고 있음을 보여준다.

해방공간 문학의 문학사적 연속성을 살펴보기 위해 '안회남'의 소설을 선택하고, 소설에서 '농민'을 주목하는 것은 다음과 같은 이유 때문이다. 우선 안회남은 소설창작에 앞서 한문을 공부하며 전대의 습속을 몸에 익혔다. 「명상」에서 드러나듯, 그는 유아시절부터 아버지 안국선으로부터 한문을 공부했다. 서울에 와서 단기간 강습소에서 시험공부를 한 후 휘문고보에 입학한다. 그는 일찍이 아버지로부터 전수받은 한문

학』115, 국어국문학회, 1995.12, 237~260면; 윤정헌, 「해방기 안회남 소설 연구」, 『어문학』56, 한국어문학회, 1995, 313~328면; 김영택·최종순, 「해방기 안회남 소설의 리얼리즘 특성 연구―「농민의 비애」를 중심으로」, 『비평문학』24, 한국비평문학회, 2006, 73~103면.

의 소양을 통해 전통적 사유방식을[2] 내면화했으므로, 그의 문학작품에는 전통적 습속이 내재해 있다.

　다음으로 안회남은 해방 이전과 달리 해방 이후 소설에서 '농민'을 주인공으로 삼는다. 신변 소설의 관점에서 볼 때 그는 이전에는 자신을 둘러싼 일상인을 소재로 삼았으나, 해방 이후에는 자신(지식인 화자)은 관찰자로 머물고 농민을 주인공으로 부각시킨다. 작중 지식인은 농민을 관찰하거나 농민으로부터 자극을 받는다. 「불」(『문학』 창간호, 1946.8)에서 지식인 화자는 징집에서 돌아온 농민을 관찰하고, 그를 통해 자기 앞날을 독려한다. 이러한 두 가지 이유로 해방 이후 안회남의 소설은 해방기와 전대 문학사의 연속성을 확인할 수 있는 구체적인 텍스트가 될 수 있을 뿐 아니라, '농민'을 사유하는 태도를 통해 안회남의 의식 추이를 비롯 월북의 계기를 알 수 있으리라 본다.

2. 해방공간의 민족 담론과 안회남의 위치

　해방 직후 좌우익으로 갈라선 작가들은 헤게모니를 선점하기 위해 민족 담론을 절대화하고 민족의 적자를 자처한다. 그 결과 민족 담론은 민

2　안회남은 '아버지'와 '가문'에 대한 긍지가 남달리 강했다고 한다. 이정숙, 「향부성 자기 인식과 그 극복의 실패」, 『한성어문학』 11, 한성대 한성어문학회, 1992, 175~181면, 76~77면 참조.

족국가 건설을 목표로 절대적이고 유일한 진리로 고착된다.[3] 근대문학의 양대 조류로 병존했던 리얼리즘과 모더니즘의 구도가 소멸되고, 좌우익 모두 창작방법으로서 리얼리즘에 입각하여 각각의 문학 진로를 모색한다.[4] 해방 직후 좌우익 작가들은 공히 소설에서 민족담론을 구가하지만, 이들이 표상하는 '민족'의 외연과 내포는 일정 차이를 노정하고 있다. 좌익 내부에서도 조선문학건설본부(1945.8.18)와 조선프롤레타리아예술동맹(1945.9.17)이 문학가동맹(1945.12.13)으로 통합되지만, 양자 간 입장은 좁혀지지 않는다.

김윤식은 문학가동맹 내부에 존재하는 두 개의 다른 이념을 '이념절대'의 문학형식과 '정치우위'의 문학형식으로 구분한다. 이기영·한설야·한효·안함광·송영·안막으로 대표되는 카프 비해소파가 당파성 일변도의 이념절대형 문학관으로 분류되는 반면, 임화·이원조·김남천 등은 인민민주주의 민족문학론자들로서 중간형 혹은 절충형의 정치우위 문학형식을 보인다는 것이다.[5] 해방 직후 '정치우위'의 문학형식으로 인민민주주의를 지향한 작가들 중에서, 해방 직후 좌익에 접어든 작가의 해방 직후 소설은 전대 그들이 추구한 문학 형식에서 크게 벗어

---

3 "어느 누구도 민족국가 건설이라는 목표 외에 또 다른 목표를 제시하지 못하며, 또한 민족 / 반민족, 반일 / 친일이라는 범주 외 또 다른 범주들―예컨대 이성 / 육체, 에로스 / 타나토스, 남성 / 여성, 이성애 / 동성애, 개인 / 사회, 의식 / 무의식, 밀실 / 광장, 사랑 / 증오를 제시할 수 없는 상황이 펼쳐진다." 류보선, 「민족≠국가라는 상황과 한국 근대문학의 정치적 (무)의식」, 『한국 근대문학과 민족국가 담론』, 소명출판, 2005, 41면 참조.
4 송기섭, 「左翼과 中間派의 리얼리즘론 전개 양상」, 『해방기소설의 반영의식 연구』, 국학자료원, 1998, 289면 참조.
5 김윤식, 「해방공간의 문학형식과 현실 인식의 소설적 경험 양상」, 『한국소설사』, 문학동네, 2008(증보판), 289~345면 참조; 김윤식, 같은 책, 서울대 출판부, 2007, 89~142면 참조.

나지 않음을 알 수 있다. 그들은 구카프계 프로예맹파와 달리, 소설에서 '민족'을 소환하고 사유하는 방식에서부터 일정한 차이를 노정하고 있다. 구카프계 작가들이 그들이 지향하는 이념을 쫓아 월북한 것과 달리, 해방 직후 좌익에 경도된 작가들은 그들의 입지와 창작 방향에 있어서 복합적인 문제를 노정하고 있다. 이태준, 박태원, 안회남, 박노갑[6] 등의 월북에는 사회주의 이념의 내면화와 이념의 실천이라기보다 식민지 시대에 대한 자기비판으로서 적극적인 현실 인식 및 그에 따른 민족 담론에 대한 합의가 선행한다.

해방 직후 이태준이 '국어의식'을 강조한 것이라든지,[7] 박태원이 영웅 사관에 입각하여 '영웅서사'에 주목한 것이라든지 해방 직후 이들의 궤적은 다음과 같은 두 가지 차원에서 이해될 필요가 있다. 첫째, 식민치하 친일과 관련한 자신의 과오를 청산하려는 적극적인 반성의 의미가 전제되어 있다. 둘째, 첫째 원인과 관련하여 해방 이후에는 더 이상 소극적이지 않고 적극적으로 구국 의지를 표출한다. 그 결과 이들은 전대와 달리 건국과 관련하여 자신의 입장과 의지를 적극 표명한다. 이러한 정치 우위성은 특정 이념의 수용과 구별되는 활동의 적극성으로서 소설에서는 민족 담론에 대한 경도로 나아간다. 이들이 구카프계 작가들과 구분되는 가장 큰 차이는 혈통을 중심으로 민족을 사유한다는 점이다. 이들이 민족을 사유하는 방식은 중간파로[8] 분류되는 염상섭, 채만식과[9] 가깝다.

---

6 한국전쟁 당시 행방불명으로 알려져 있으나, 해방 직후 그의 궤적과 작품 내용으로 보건데 함께 다루어도 무방하리라 본다.

7 졸고, 「이태준의 해방 후 소설에 나타난 국어의식」, 『현대소설연구』 36, 한국현대소설학회, 2007, 75~95면.

8 이병순에 의하면 "해방기에 있어서 중간파란 주로 조선문학건설본부와 조선프롤레타

해방 직후 염상섭은 일련의 소설에서 '혈통'과 '국어(언어)'의 강조를 통해 민족의 응집을 도모하고 분단을 우려 한다. 이태준의 「아버지의 모시옷」에는 아버지에 대한 딸의 외경이, 안회남이 「폭풍의 역사」, 「농민의 비애」의 중심소재로 부각시킨 것도 육친애이며, 박노갑이 「사십년」에서 강조하는바 역시 동일 혈통의 민족이 분단을 초래해서는 안 된다는 것이다. 이들의 소설에서 봉건성은 일제 잔재와 더불어 청산되어야할 바이지만, 유구한 단일 혈통으로서 민족에 대한 정통성은 소설의 중심 플롯으로 자리잡고 있다.[10] 1948년 남한에 단독정부가 세워지기 전까지, 해방공간에서 이들의 문학 활동은 단일민족 국가구축 담론으로 전개된다. 이들의 건국 담론은 '혈통의 계승'이라는 점에서 단일 혈족으로서 민족을 계승하고 존속하기 위한 것으로써, '인민성'과 '당파성'으로 무장한 구카프계 작가들과는 차이를 보인다. 이들의 민족 담론은 구카프 해

리아 예술동맹이 문맹으로 확대되는 과정에서 이탈한 자들, 또 애당초 어떤 단체에도 소속되지 않았던 일군의 문인들을 지칭하는 용어이다. 이들은 좌익이나 우익의 문인들처럼 뚜렷한 이념지향성을 드러내지도 않았고 그들만의 파당성도 견지하지 않았다." "중간파에는 백철, 홍효민 등의 비평가와 염상섭, 박영준, 이무영, 정비석, 박계주, 이봉구, 계용묵, 황순원, 최정희 등의 작가가 속한다."(이병순, 「중립적 태도의 다양성」, 『해방기 소설 연구』, 국학자료원, 1997, 188~189면) 이병순의 지적처럼 중간파의 범주는 논자들마다 약간씩 편차를 보인다.

9   이주형은 염상섭을 보수적 중간파로, 채만식은 진보적 중간파로 분류한다. 전자가 갈등해소를 통한 전민족 화합을 소설의 주제로 삼고 있는데 비해, 후자는 현실 정치에는 철저히 중립적이어서 좌우익 어느 쪽도 지지하지 않았다고 본다. 이주형, 「해방 직후기 한국문단의 갈등과 소설의 정치지향성」, 『한국 현대소설과 민족현실의 인식』, 역락, 2007, 174면.

10 로버트 숄즈와 로버트 켈로그는 서사의 유형을 '경험적empirical 유형'과 '허구적fictional 유형'으로 구분했는데 이때 허구적 유형은 미토스에 충실하다. 이러한 기준을 해방기 소설에 적용한다면 해방기 혈통 중심의 민족 서사는 역사소설의 형태를 띠고 있지 않음에도 전대 미토스에 충실한 허구적 유형이라 할 수 있다(로버트 숄즈·로버트 켈로그, 임병권 역, 「서사의 전통」, 『서사의 본질』, 예림기획, 2001, 11~28면 참조).

소파들과 '인민성'을 공유할 수 있지만, '당파성'을 구현하지 못한다.

해방 직후 좌익에 가담한 작가들이 당파성을 내면화하기에는 이미 전대의 습속이 깊이 각인되어 있었다. 그들은 임화가 주장하는 '인민성'에 동의하고 내면화하는 수준에 머물러 있었다. 임화는 「민족문학의 이념과 문학운동의 사상적통일을 위하야」(『문학』, 1947.4)에서 문학운동의 사상 통일을 주장하며 '인민'을 정의하고 인민성을 강조한다. 이때 '인민'은 봉건사회의 유계급자, 자본주의 사회의 유산자와 같은 모든 특권층을 제외한 무계급자와 무산자를 의미한다. 인민에 의해 민족이 구성된다고 보고, 소수의 특권층은 민족의 범주에서 제외한다. 반면 "노동계급은 실로 농민과 소시민들을 영도하여 자기의 나라로부터 제국주의를 격퇴하고 봉건유제를 일소할 뿐만 아니라, 다른 나라의 인민들과 더부러 부패하여 가는 자본주의를 극복하고 자기민족과 인류사회를 더 높은 계단으로 발전시킬 사명과 임무를 갖인 계급"으로 영구히 진보적이고 무한이 인민적인 존재라 극찬한다. "노동계급의 이념을 기초로 한 인민의 문학이야 말로 진실로 민족적이요 애국적인 민족문학"[11]이라는 것이다.

임화가 주창하는 '인민성'은 같은 잡지 이태준의 편지에서는 '민족적 형식'으로 전달된다. 이태준은 소련기행에서 돌아온 후, 북한에서 문학가동맹 회원들에게 짧은 소식을 전한다. 『문학』2호를 받고 반가웠다는 소식과 더불어 「소련기행」의 단행본 기획 등을 전하며 편지의 말미에는

---

11 임화, 「民族文學의 理念과 文學運動의 思想的統一을 爲하야」, 『문학』 3, 1947, 16면. 임화는 인민과 대별되는 계층으로 시민계급의 문제를 지적한다. 시민계급이 봉건사회의 타도를 위해 혁명을 선도했으나, 혁명의 성공과 함께 지배자로 선회했음을 비판한다. 혁명성을 상실한 시민계급의 부패로 말미암아 위대한 작가와 작품도 나오지 않았다고 본다.

문학의 대중성을 도모하라는 다음과 같은 창작 지침을 전달한다. "대중을 위해 쉽고 좋은 것을 쓰기 위해 **민족적 형식**의 기초를 위해 민요, 민담의 채집, 발표등도 한편으로 유념할 여유가 있기를 바랍니다."[12] 해방 직후 안회남 소설에 등장하는 '농민'의 성격은 인민성과 '민족적 형식'의 실현이라는 점에서 접근해야 한다. 안회남의 소설에서 민족의 표상으로서 '농민'은 문학가동맹에서 전개시켜온 '민족적 형식'을 실천해 옮긴 창작 방법이다. 안회남은 해방 직후 소설에서 농민을 사유함으로써 '민족'을 환기시키지만, 인민성을 구현할 수 있었으나 당파성까지 담보할 수 없었다.

해방 이후 농민에 대한 안회남의 시선은 1946년, 1947년, 1948년 매시기마다 약간의 차이를 보인다. 1946년 「쌀」(『신세대』1, 1946.3 / 1945.11.23 作), 「소」(『조광』복간1, 1946.3), 「말」(『대조』1, 1946.1 / 1945.12.11作), 「불」(『문학』창간호, 1946.8 / 1946.2.25作) 등의 소설에는 농민의 유순함과 단순함이 부각되어 있다면, 「폭풍의 역사」(『문학평론』3, 1947.4 / 1947.3.13)에서는 적극적인 역사 인식, 「농민의 비애」(『문학』7, 1948.4)에서는 수동적인 백성 의식과 전통이 착종되어 있다. 이러한 차이는 작중 주인공 농민과 지식인 간의 거리를 통해서도 드러난다. 1946년 소설에서 지식인은 농민에 대한 '관찰자'로 그친다면, 1947년 소설에서 지식인은 농민에 의해 '실천가'로 변모하며, 1947년 소설에 이르면 지식인은 작중에서 자취를 감춘다. 작중에 나타난 지식인의 입지가 농민을 바라보는 작가의 적극적인 의식을 대변하고 있다면, 1948년에 이르면 농민에 대한 작가의 기대

---

12 이태준, 「文學家同盟여러분께—英雄的活動은 勝利로 극복한다」(1.30), 『문학』3, 1947.4, 96면(강조는 인용자).

감은 상쇄된다.

　1947년을 제외하고, 1946과 1948년 소설에서 '농민'의 수동성이 부각되어 있음을 주목할 필요가 있다. 일본으로부터 해방되었지만 국가가 정비되지 않은 상태이므로, 사람들은 국민의 입지를 경험할 수 없었을 뿐 아니라 국민에 대해 사유할 수도 없었다.[13] '나라'를 사유하는 데 있어서 그들은 근대적인 국가와 국민의 관계를 지각하기는커녕[14] 잘 먹고 잘 살기를 바라는 소극적인 생존본능을 삶의 지표로 삼았다. 1946년 안회남이 주목한 농민은 생존 앞에서 유순함과 단순함으로 얼룩져 있다. 그들은 오랜 전통과 문화를 지닌 고토(古土)에 살면서 그들을 보호해 줄 수 있는 울타리를 갈망하며 '국가'의 부재를 통탄하지만, 이들이 염두에 둔 국가는 근대적인 입법국가가 아니라 이조왕실의 형태로 사유된다.[15]

　1948년 안회남이 주목한 농민은 전대의 수동성에서 벗어나지 못하고 있다. 안회남이 그의 소설에서 농민의 수동성에 주목하고 있다는 것은, 그가 특정 이념을 농민에게 투사한 것이 아니라, 존재하는 농민의

13　조선시대 '백성'은 지배계층 양반과 구분되는 피지배계층으로 국가에 대한 공역(公役)을 부담한다. 그들은 나라의 근본을 이루는 일반이되, 사대부가 아닌 평민이다. 백성은 국가의 근본을 이루되 지배계층이 아니라 피지배계층으로 국가에 대한 의무를 지니고 있다. 이 땅의 백성은 농민(農民)으로서 농경(農耕)이라는 생산조건으로 말미암아 유목민과 달리 집권자의 치세에 큰 영향을 받는다. 농민은 농사를 생업으로 하는 생활방식으로 말미암아 어진 임금과 나라를 동일시한다. 식민지 백성은 오랫동안 '국민'의 자격을 얻지 못한 채 살아왔으므로, 민권(民權)에 대한 자각은 뒤늦게 점진적인 방식으로 이루어졌다. 1960년 4·19혁명은 이 땅의 일반이 국민으로서 민권을 자각하는 계기가 되었다.

14　해방기 남한소설에서 작중 인물은 독립 국가만 건설되면 된다는 추상적 수준에 머무르고 있다는 하정일과 김재용의 논의는 시사하는 바가 크다. 하정일·김재용, 「해방기 남북한 소설과 근대성」, 『한국언어문학』 45, 한국언어문학회, 2000, 517~540면.

15　일본은 '망국 백성'이라는 조선인의 수동적인 백성의식을 발판으로 조선의 자원은 물론 징용·학병 등 인력 수탈이 용이할 수 있었다. 일제가 조선의 식민정책을 수행함에 있어 '국민'이라는 자격이 위협이 될 수 있었던 것도 당시 조선인에게 수동적인 백성 의식이 뿌리 깊이 각인되어 있었기 때문이다.

실재를 관찰하고 묘사한 것임을 알 수 있다. 그러므로 해방기 안회남의 소설에서 인민성이 두드러진 시기는 1947년(「폭풍의 비애」)에 국한되고 있음을 알 수 있다. 다음 장에서는 각 시기에 따라 안회남이 농민을 사유하는 방식에 주목하려 한다.

3. 해방 이후 '농민'을 바라보는 시선의 추이

1) 1946년 – '유순함'과 '단순함'의 공존

해방 직후 안회남은 농민을 관찰하고 소설의 주인공으로 삼는다. 1946년 소설에 나타난 농민의 성격은 유순함과 단순함으로 요약된다. 그는 민족의 표상으로서 농민을 부각시키고 있지만, 작중에 구현된 농민의 성격은 유순하되 문제의 전모를 캐려하지 않는 단순함으로 귀착된다. 그는 일련의 탄광촌 소재 소설에서 일본 탄광촌의 노동자가 아니라 조선의 농민을 묘사하는 데 주력한다. 그는 조선 농민의 정체성을 부각시키기 위해 '조선옷', '쌀농사', '소'를 소설의 소재로 선택한다. 우선 「섬」(『신천지』 창간호, 1946.1 / 1945.12.22작)에는 일본탄광촌에서 해방을 맞은 조선 농민의 귀향길 묘사가 두드러진다. 탄광 노동자들은 "조선 갈 때면 입고 가려고 자기의 온 희망과 함께 싸 두었던 새 옷을 꺼내어 입"고[16] 길을 나섰다. 탄광촌에서 반강제적으로 일본 여자와 결혼한 박서

방도 당장은 조선에 가지 못하지만 "풀대님"에 "하얀 바지저고리" "조선
옷"을 입고 귀향의 꿈을 접지 않는다. 이 작품에서 안회남은 '조선옷'을
통해 조선 농민의 민족적 정체성을 부각시킨다.

「쌀」(『신세대』 1, 1946.3 / 1945.11.3 작)에는 조선 농민의 '쌀농사'를 부
각시키고 있다. 일본 구주 탄광 조선인 갱부들은 1945년 8월 15일 해방
과 더불어 쌀을 배급받자, 고향의 가족들을 떠올린다. "대부분이 무식한
농민 노동자 출신일지언정 조선서 생산되는 쌀은 거의 전부 일본과 전
쟁터로 가져가고 조선 안에서는 만주 좁쌀과 수수, 옥수수로 배를 채우
고 있는 것을 잘 안다."(37면) 그들은 쌀밥을 입에 넣지 못한다. 그들은
배급받은 쌀이 고향땅에서 재배하던 "은방 이흐"라는 것을 알아차린다.
해방 후 돌아온 삼룡이는 일본탄광에서 배급으로 준 쌀과 고향 땅에서
재배하는 쌀을 대조한다. 지식인 화자는 삼룡의 모습을 통해 "농민은 토
지의 아들이고 쌀은 농민의 아들이다!"라는 감격에 젖는다. 안회남은
'조선옷'과 더불어 '쌀농사'를 조선 농민의 민족적 특성으로 보고 있다.

「소」(『조광』 복간, 1946.3 / 1945.11.24)는 조선 농민의 성품이 제시되어
있다. 작가는 농민을 '소'와 동일시함으로써 조선 농민의 유순함을 보여
준다. 지식인 화자가 북구주 입천 탄광으로 징용 가서 만난 "삼룡이"는
소처럼 유순한 인물이다. 그는 묵묵불언으로 자기 일만 꾸준히 한다. 주
변 사람들이 '소'라고 놀리면, 그는 버럭 화를 낸다. 자기 집 소가 공출되
어 도수장에서 죽은 것처럼, 자기 역시 언젠가 소처럼 죽을 것을 염려한
때문이다. 탄광이 매몰되어도 살아남자, 삼룡이는 죽은 소가 자신의 죽

---

16 안회남, 「섬」, 『안회남—명상』, 지학사, 1990, 61면. 이하 단편 「쌀」, 「소」, 「말」의 작품
     인용은 이 책으로 하되, 인용문 말미에 페이지 수만 명시함.

음을 액땜해 주었다는 새로운 신념을 갖는다. 1945년 9월 26일 연기대 일행은 고향으로 돌아온다. 지식인 화자는 삼룡이 집의 '빈 외양간'을 보고, 이 땅의 "기다려도 그 주인이 돌아오지 않는 빈 방"을 떠올린다. '소'의 운명과 '자신'의 운명을 동일시하는 삼룡이, '빈 외양간'과 '빈 방'을 동일시하는 화자를 통해 작가가 '소'와 '농민'을 동일하게 사유하고 있음을 다시 한 번 확인할 수 있다.

1946년 안회남 소설에서 '소'와 대응되는 존재가 사납고 공격적인 '말'이다. 「말」(『대조』 1, 1946.1 / 1945.12.11작)에는 패전한 일본군대가 버리고 간 '군용마'가 등장한다. 작가는 '말'의 소행을 기회주의자 '황생원'의 악행과 동일하게 묘사한다. 유순한 농민 덕만이는 '말'을 통해 일본 사람들의 냄새를 맡았다. "병정이나 칼, 총, 대포, 이런 것은 물론, 제일 싫은 순사, 순사의 저벅저벅 하는 겁나는 발자국 소리, 군수와 면장의 얼굴, 알아들을 수 없는 일본말, 일본 사람들의 너무 위엄이 과한, 무시무시한 태도, 이런 것이 일시에 그를 침범하는 것 같은 그런 기분을 느꼈다."(76면) 황생원은 이 말을 50원 주고 산다. 황생원은 덕만이를 징용 보낸 후, 덕만이가 부치던 다섯 마지기의 소작권을 빼앗아 갔다.[17] 문면에 언급되지 않았지만, 일본의 탄광촌에서 도망가지도 못하고 묵묵히 갱부 일만 하는 순박한 조선 농민은 '소'에 해당한다. 해방되자 덕만은 고향에 돌아왔지만 소작 지을 땅도 없으므로, 황생원으로부터 땅을 빌려 농사짓는다. 덕만은 수확한 벼를 황생원 집으로 지고 가야 함에도,

---

17 유순한 덕만이는 탄광에서 편지로 그 소식을 전해 듣고 하루 종일 울기만 했다. 왜냐하면 황생원과 같은 무리들은 덕만과 같은 처지에 있는 조선의 농민들에게 일찌감치 으름장을 놓았기 때문이다. "자기네들이 도망을 가면 고향에 있는 가족들이 욕을 당한다 해서 도망도 못 가고 죽지 않으면 살 거라고."(77면)

자기 집으로 옮겨놓고 문을 단속한다. 스스로 당황한 덕만은 언덕에서 '말'을 '소'로 착각하고 가까이 다가갔다가 말의 뒷발에 채여 쓰러진다.

몽롱한 중에 덕만은 '말'과 '황생원'을 동일시한다. "황생원은 전부터 동네에 아무 쓸데없는, 말하자면 무슨 독소와 같은 존재라는 것." "말이 소가 아니라 말인 것처럼, 황생원은 자기와 같은 농사꾼이 아니라 딴 군더더기인 것이다. 말하자면 말이었다." "사람을 차는 사나운 말이나, 그것을 사들인 황생원이나 몹시 몹시 몹시 미웠다."(81~82면) 황생원과 말을 동일시하는 덕만의 독백에는 농민의 '단순함'이 부각되어 있다. 그는 문제의 전모를 따져 순차적으로 사고하지 않고, 감정적으로 대처한다. 그들의 단순함은 유순함과 더불어 현실의 개척자가 아니라 순응자로 만든다. 작품 말미에서 말은 철로 터널 안으로 도망갔다가 기차에 치어 죽었다. 작품 말미에 제시된 말의 죽음은 억눌린 농민들의 감정을 정화해 줄 뿐, 그들이 현실에 드리워진 문제의 맥락과 원인을 자각할 여지를 상쇄해 버린다. 그 결과 농민은 유순하면서 또 단순한 존재로 남아있게 된다.

해방 직후 농민에 대한 안회남의 인식은 동시대 다른 작가들과 비교했을 때, 특정 의식을 투사하지 않은 채 지극히 관찰자의 입장에 머물러 있음을 알 수 있다. 황순원의 「황소들」(1947)과 최태응의 「소」(1949) 모두 농촌을 배경으로 농민의 성격을 형상화한 작품이다. 동시대 문학가동맹 측의 황순원이 「황소들」(『문학』 제4호, 1947.7)에서[18] '황소'를 통해 지주

18　이 작품이 게재된 『문학』의 편집후기에 의하면, 당시 이 작품은 많은 작품들 가운데 엄선된 것이다. 편집진에 의하면 이번 호는 '미소공위재개'를 경축하고, 그들의 정치적 입장을 극명하게 보이려는 의도에서 기획된 것이다. 1947년 7월호는 문학 작품을 싣는다기보다, 그들의 정치적 강령과 입장을 분명하게 하려는 취지에서 급박하게 만들어진 것이

에게 격분하는 성난 농민을 보여주고 있다면, 우파 문학자 최태웅은 「소」(『문장』, 1949.5)에서 '얼룩이'를 통해 은근하고 끈기 있는 농민을 보여주고 있다. 황순원의 「황소」에서 농민들은 지주의 횡포에 못 이겨 칠흑 같은 밤에 지주의 집을 습격한다. 황순원은 이 땅의 '유순한 소'가 '성난 황소'로 돌변할 수 있음을 시사하고 있다. 이처럼 황순원의 '황소'는 안회남의 '소'와 달리 능동적으로 자기 의지를 표현한다.[19] 최태웅의 「소」에서 친일 지주 백초시는 소작인 김푸언의 소 얼룩이를 약탈해 가고, 그의 아들 용득을 강제 징용 보낸다. 해방은 얼룩이가 백초시와 그의 아들 등걸이를 들이 받는데서 시작되며, 얼룩이는 김푸언의 아들 용득이와 의기양양한 모습으로 집에 돌아온다.[20] 이때 '소'는 농민의 순박함과 더불어 의기를 대변한다.

황순원의 적극적인 '황소'에 비해 안회남의 '소'는 유순하고 단순하다. 또한 우익 작가 최태웅의 은근하고 끈기 있는 소와도 구분된다. 1946년(안회남), 1947년(황순원), 1949년(최태웅)이라는 발표 시기의 차

다. "우리는 공위재개축하기념호를 내지 않을 수 없었다. 그러나 제4호 민족문학특집의 편집을 거의 손때게 되였을 때 갑자기 이 기념호를 꾸미느라 만족할만한 내용과 체제를 갖추어 여러분 앞에 내놓지 못함을 부끄러히 생각한다. 다음 5호에는 민족문학특집과 8·15 2주년 기념특집으로 내용을 충실케 해 여러분의 기대에 어그러지지 않게 할 것을 맹서하며 **민족문학에 대하야 옥고를 많이 주셨던 동맹원 여러분의 넓은 해량있기를 바란다.**"(「편집후기」, 『문학(Ⅱ)－共委再開紀念特輯』 4, 1947.7, 39면, 강조는 인용자)

19 황순원의 황소와 동일한 캐릭터를 동시대 박산운의 시에서도 발견할 수 있다. 1946년 발표된 박산운의 시 「소는 얼핏미련하기 짝이 없으나」 역시 한가로운 농촌 풍경과 더불어 소가 평소에는 유순하지만, 분노에 치달으면 청년의 기상으로 돌변할 수 있음을 노래하고 있다. "좀해서 성을 내지 않는 소 / 그러나 어쩌다 한번 골을 내어 / 이쪽을 바라 저* 오며 / 머리를 꽂고 덤비는 양은 / 이렇게도 말없이 ○○ ○○○ / 그래도 몰라 주느냐고 / **저것은 정말로 청년 ○이다.**"(박산운, 「소는 얼핏미련하기 짝이 없으나」, 『신문예』 1-3, 1946.10, 9면, 강조는 인용자)

20 최태웅, 「소」, 『최태웅문학전집』, 태학사, 1996, 66～129면 참조.

를 고려해야겠지만, 해방 직후 안회남의 소설에서 '소'는 1946년 그가 민족을 어떻게 사유하고 있는지 시사한다. 문학가동맹에 가입하고 사회주의 이데올로기를 추종하여 월북했지만, 안회남은 민족에 대한 주체적인 자각을 가진 것도 아니며 민족에 내재해 있는 은근과 끈기에 대한 집념을 가진 것도 아니다. 해방 직후 그가 조명한 농민의 모습은 전대(조선)의 수동적인 농민상에서 벗어나 있지 않다. 농민을 통해 그가 읽어낸 민족의 성품은 탈이데올로기적이며 자연주의적 입장을 취하고 있다.

2) 1947년─역사의 주체이자 혈통의 계승자

1947년에 이르면 안회남은 역사의 주체이자 혈통의 계승자로서 농민을 적극적으로 해석한다. 「폭풍의 역사」(『문학평론』3, 1947.4 / 1947.3.13작)는[21] 제1차 미소공동위원회(1946.3.20)가 결렬된 후, 제2차 미소공동위원회(1947.5.21)를 앞두고 발표된다. '미소공동위원회'를 둘러싼 분열의 가속화, 좌우합작의 실패, 혁명적 애국자 체포 및 감금, 진보적 신문의 일제 폐쇄 등이 남한에 잔존해 있는 좌익 측을 궁지에 몰았고,[22] 안회남이 「폭

---

21 안회남, 「폭풍의 역사」, 『한국소설문학대계─최명익 · 유항림 · 허준 · 안회남』, 동아출판사, 1995 참조. 이하 작품 인용은 위 책을 참조하고 인용문 말미에 페이지 수만 밝힘
22 장사선은 1948년 2월부터 1948년 8월까지를 '좌우익 논쟁기'로 보고 있는데 그 발단은 다음과 같다. '문맹'의 구성원 중 구'문건'파가 득세하자, 구'예맹'파 이기영 · 한설야 · 한효 · 윤기정은 노선에 불만을 품고 월북하여 1946년 3월 북조선예술총동맹을 결성한다. 이후 구'문건'의 이태준 · 이원조 · 임화 · 오장환 마저 월북하자, 좌익문단은 위기 의식을 느끼고 이를 만회하기 위해 안회남 · 김동석 · 김병규 · 설정식 등이 주축이 되어 우익 측에 맹렬한 공격을 가한다. 남한만의 단독 정부수립이 기정사실화되자 '문맹'에 가담했던 이무영, 정지용, 김기림 등은 전향성명을 발표하기 시작한다. 강세로 돌아선

풍의 역사」를 창작하게끔 독려했다. 문학가동맹 측은 10월 항쟁을 문학 대중화, 문학운동의 중요한 국면전환의 계기로 삼았다.[23] 이 작품의 두드러진 특징은 '10월 항쟁'의[24] 적극적인 의미부여와 '농민의 의식화'이다.

「폭풍의 역사」가 발표되기 직전,『문학』(1947.2) 초두에 실린 임화의 글은 1947년 봄 문학가동맹의 창작방침을 시사하고 있다. 임화는 「人民抗爭과 文學運動—三一運動 제28주년기념에 제하여」에서 3·1운동을 신문학운동의 출발점으로 강조함과 동시에 '인민항쟁'은 오늘의 3·1운동이요, 새로운 민족문학운동의 출발점이라 강조한다.

"3·1운동에서 흘린 인민들의 존귀한 피에 의하여 신문학은 표면화할 여유를 획득하였고 또 3·1운동에서 발취되고 앙양된 인민들의 위대한 정신

우익은 문필가협회와 청년문학가협회를 모아 1947년 2월 12일 민족진영 문화인의 총결속을 위해 '전국문화단체총연합회'를 결성하고, 2월 13일 문화옹호남조선문화예술가 총궐기대회를 열면서 결속을 강화했다. 이헌구, 김동리, 최태응, 조연현 등이 주축이 되었다(장사선,「해방문단 비평사」,『한국현대문학사』, 현대문학, 2007, 325~338면).

23 김남천은 「대중투쟁과 창조적 실천의 문제」(『문학』 3호, 1947.4)에서 '인민'과 '리얼리즘의 방법'이란 개념으로 이론화를 시도했다. 문학가동맹측(현덕)은 대중 공작적 측면에서 10월 항쟁을 문화운동선상의 주요한 사건으로 보고, 안회남에게 창작을 독려했으며 그 결과가 「폭풍의 역사」이다(박용찬,「해방기 리얼리즘의 현실인식 양상—10월 항쟁의 수용과 투쟁의지 고양」,『해방기 시의 현실인식과 논리』, 역락, 2004, 170~177면 참조). 이 외 안회남의 「폭풍의 역사」 창작 동기는 이덕화의 「안회남론」(『연세어문학』 21, 연세대 국어국문학과, 1988.12, 93~124면)을 참조.

24 1946년 인민항쟁은 9월 총파업으로 시작된다. 이 파업은 서울 철도국의 경성공장과 용산공장을 필두로 한 쌀 배급 투쟁과 임금인상요구가 전국적으로 확산되면서 발발하여, 1946년 9월 26일 전평의 '총파업투쟁선언' 선포와 함께 구체화된다. 이후 철도뿐 아니라 전신전화국, 우체국, 전기주식회사 등이 동조파업에 들어가면서 남한 일대 운수 및 통신기관이 마비상태에 빠진다. 이 총파업이 지방으로 확산되면서 대중봉기의 양상으로 격화되어 갔고, 대구를 비롯한 농촌주민들의 민중봉기로 이어진다(이병순, 위의 책, 43~55면 참조). 10월 항쟁은 1946년 9월 총파업과 맞물려 대구 경북을 시발로 남한 전역의 73개 시군에 파급된 저항운동이었다. 그 항쟁의 주체는 주로 지방의 헌신적인 좌익과 민중이었다(박용찬, 위의 책, 같은 면 참조).

으로 말미암아 그것은 과도적문학의 상태를 벗어난 예술문학으로서의 생명
을 얻은 것이다. 이리하여 위대한 3·1 운동은 조선문학의 기원이 되었
다."[25] (…중략…) "10월 인민항쟁은 실로 조선인민의 모든 자유의 새로운
출발점이 된 것이다. 문학의 자유의 위기는 이리하여 구원되고, 투쟁과 승리
의 새로운 길은 다시 열리게 되는 것이다. 그리하여 인민항쟁은 조선 문학의
새로운 기원이 되었으며, 조선의 문학운동은 인민항쟁과 영원히 분리할 수
없이 결합된 것이다."(15면)

1947년 2월호『문학』의 편집후기에도 "우리민족에게 3·1운동이 없
었드면 조선문학은 존재하지 못하였을 것이며 오늘의 인민항쟁이 없었
드면 민족과 더부러 조선문학은 완전히 말살당하였을 것이다"고 하여,
인민항쟁은 3·1운동과 더불어 조선 민족 문학의 근간이 됨을 강조한
다. 이러한 문학가동맹의 입장에 맞추어, 안회남은「폭풍의 역사」에서
1946년 인민 항쟁(10.27)을 3·1운동과 연속선상에 배열한다. 작중 농
민은 1946년 소설에서 보인 유순하고 단순한 성격과 달리, 의식적이고
진취적이다. 작가는 작중에서 대구에서 발발한 폭동이 이 마을에까지
확산된 것으로 설명한다.[26] 대구 사건이 현규와 돌쇠가 살고 있는 마을
에서도 똑같은 형식으로 전개된다. 돌쇠를 필두로 농민들은 '면장'과 친
일 모리배들에 대항하다가 죽고, 돌쇠는 경관의 총에 맞아 죽는다.

---

25 임화, 「人民抗爭과 文學運動－삼일운동 제28주년기념에 제하여」, 『문학－3·1기념임
    시증간호』, 1947, 4면, 이하 이 글의 인용은 인용문 하단에 페이지 수만 기입함.
26 작중에서 안회남은 10월 1일 대구사건의 전모를 다음과 같이 소개한다. 기성 정치세력
    이 점차 기승하자 친일 반역자 모리배들이 경찰을 충동하였고, 이에 경관의 발포로 무고
    한 희생자가 생겼다. 피를 본 군중들은 흥분하였고 수천수만의 군중이 그 뒤를 따르며
    경찰서 문전에서 절규했다.

지식인 현구는 식민지시대에는 농민포달이 3·1운동으로 일제에 대항하며 죽는 것을 보았는데, 해방 이후에는 포달의 아들 돌쇠가 친일 관료에 대항하다가 죽는 것을 목격한다. 농민 부자(父子)의 죽음은 불의에 맞서 싸운 인민 항쟁의 연속성을 보여준다. 농민 부자 포달과 돌쇠는 "지방에 숨어 있는 지식인"(509면) 현구의 의식을 각성시킨다. "남과 부디치고 싶지 않은 불간섭주의, 자아의 고독을 즐기는 마음, 개인주의, 모든 것에 대한 기피적 미온적 태도"(514면)의 현구가 1947년 3월 1일 수많은 경관이 총을 메고 늘어선 길을 지나서 수많은 군중과 더불어 기념식을 도모한다. 현구는 농민과 더불어 일신의 영달만을 도모하는 친일관료 우익 세력에 대항한다. "일제시대에도 없던 하곡(夏穀)수집령이, 또 미곡(米穀)수집령이 발령"되는 시점, "배급이란 말뿐이고, 굶주리는 인민들은 남녀노소 없이 쌀, 먹을 것을 찾아서 각지로 헤매"(519면)는 시점에서, 친일 관료들은 여전히 배부르게 일신의 안일을 추구한다. 현구는 성토한다. "3·1때부터 싸워 오고 일본놈은 8·15 이후 물러갔으나, 아직도 조선 땅에 일본놈 아닌 일본놈이 남아 있다."(526면) 제2차 미소공동위원회를 앞두고, 안회남은 '친일관료 우익 세력'으로부터 농민을 구하는 것과 '일제'로부터 나라를 구하는 것을 공히 동일한 구국 활동으로 본다.

1946년과 대조적으로 1947년에 이르면, 안회남은 농민에 대해 다음과 같은 적극적인 성격을 부여한다. 첫째, 그들은 역사의 '주체'로서 의식화된 존재이다. "그들은 신문도 못 보고, 라디오를 들은 것도 아니"(505면)지만 "대의(大義)를 위한 지사(志士)"(504면)이다. 둘째, 그들은 역사의 '계승자'이다. 아버지 포달이 식민치하 일제에 대항했다면, 해방 직후 돌쇠는 친일관료에 대항한다. 1946년 9월 총파업, 신탁문제를 둘러싼 제2

차 미소공동위원회와 같은 급박한 정세변화에 따라, 그는 유순하고 단순한 농민을 의식화하여 역사의 주체이자 계승자로 만든 것이다. 이 작품에서 안회남은 의식화된 농민을 '인민'으로 호명한다. 1947년 안회남은 '인민성'을 구현해 냄으로서 당시 문학가동맹의 창작 지침을 실현해 옮긴다. 1946년 인민항쟁을 정치적 대중적 입론으로 부각시키려는 문학가동맹의 입장에 부응한 것이다. 동일시기 황순원도 「아버지」(『문학』, 1947.2)에서 1946년 10월 항쟁을 3·1운동과 연장선상에 놓고 있다.[27]

「폭풍의 역사」에서 안회남은 적극적인 농민을 부각시키고 있지만, 그 이면에는 전대 전통의 습속이 잔존해 있다. 특히 친일 면장을 응징하는 '농민'의 태도 묘사는 주목해 볼 필요가 있다. 식민치하 친일 면장은 "공출 부역 징세, 그리고 소위 황민화의 갖은 간계로써 농민을 괴롭"혔으며 "노무계 병사계를 지도"하면서 "징용과 학병"(510면)을 강제했다. 해방되자, 농민들은 친일 면장을 응징하지만, 그들의 행위에는 축제적인 요소가 혼재되어 있다. 친일 면장에 대한 응징은 냉혹한 보복이 아니라 흥겨운 잔치분위기를 연상케 한다.

---

27 황순원의 「아버지」는 3·1 기념임시증간호 인민항쟁특집에 엄선된 작품이다. 편집후기에는 당시 상황을 다음과 같이 소개하고 있다. "극히 촉박한 원고마감에도 불구하고 시가 20여 편 소설이 16여 편이 들어왔다. 동맹 여러 작가들의 그 성실한 노력에 감사하며 동시에 시는 별책으로 시집 「인민항쟁」이 나오게 되였기에 그 중 두 편을 택하기로 하였고 **소설은 직접 인민항쟁에서 취재한 것으로 좋은 영향력을 갖은 작품이 아니라고 생각되는 작품은 사양하기로 하였다.**"(『문학』, 1947.2, 35면, 강조는 인용자) 그러나 엄선된 작품들은 완성도, 밀도가 현저히 떨어지는 수필 형태의 기록물에 가깝다. 황순원은 화자를 통해 "우리의 삼일투쟁이 그때 왜놈의 무단정치에 견디다 못해 일어선 것처럼 요새 다시 그때와는 또 다른 어떤 무단적인 것이 우리들을 자꾸만 억눌러 견디다 못해 일어선 것이 이번 항쟁"이며, "아들을 들어 보내구 자기도 그렇게 피해 다니는 몸이 되니까 정말 삼일 당시의 일"이 못 견디게 생각난다는 것이다. "그러니 또 자연 그때 감옥에서 가치 지나던 우리 넷의 일두 새삼스레 머리에 떠오"른다는 것이다(27면). 황순원은 간접 화법의 형태로 조심스럽게 해방 직후 좌익운동의 기운을 3·1운동의 혁명정신과 동궤에 놓는다.

면장이 볼기를 맞고 있을 때, 회다리 건너편으로부터 난데없이 **날라리 소리가 들리어 왔다. 이십여 년간 구경을 못 했던 농악대였다.** 거리와 장터로 꽉 차 있는 사람들을 헤치고 **꽹과리 징 장구 소고 호적 소리가 요란스럽게 그러나 유량하게 흘러져 나갈 때, 군중은 좌우로 쫙 갈라져, 길을 비켜 주며 다시없이 열광하였다. 머리에다 수건을 동이고 맨발에 고의를 걷어붙인 농민들이 수없이 그 뒤를 따르며, 어깨춤 엉덩이춤을 추었다.** 흙이 묻고 땀에 결은 그들의 고의 적삼이 멋지고 의기양양하게 너털거렸다(508면, 강조는 인용자).

안회남은 친일관료의 응징을 복수의 장이 아니라 해방의 축제로 묘사하고 있다. 작가는 농민을 투쟁의 주체로 사유하기보다 농촌의 주체로서, 농악대의 출현과 더불어 농민의 생활 터전에 생동하는 기운을 불어넣고 있다. 작중의 농악대와 이 대열에 동참하여 어깨춤 엉덩이춤을 추는 농민들을 통해 우리는 작가가 농민에게 특정 이념을 부여하기보다 응징이라는 감정 정화(淨化)를 선사하고 있음을 알 수 있다. 작중 농민들은 계급성을 인지하기보다 마을의 정화를 기뻐하고 있으며, 작가는 특정한 당파성을 보여주기보다 전통적인 민속을 묘사하고 있다. 그 결과 이 작품은 농민의 진취적인 혁명정신이 두드러져 있음에도 비판의 수위가 사회주의의 완성과 같은 이데올로기의 구현이 아니라, 친일 관료에 대한 고발과 응징이라는 도덕적 수위에 그친다.

또 하나 이 작품에서 유심히 보아야 할 것은 농민이 역사의 주체이기 전에, 혈통의 계승자라는 점이다.[28] 안회남은 이 작품에서 아버지의 의로움을

---

28 유기룡은 신화원형적인 관점에서 '새 생명의 탄생'을 현실을 승화하는 힘으로 파악한다 (유기룡, 「한국 근대소설 작가의 보편적 상징성 연구—해금작가인 안회남 소설에 나타

계승하는 아들의 담론이라는 차원에서, 1946년 10월 항쟁이 1919년 3・1 운동의 계승이자 아버지의 혈통을 잇는 민족 담론임을 시사하고 있다. 작품의 절정에 해당하는 돌쇠의 죽음을 묘사하면서, 작가는 돌쇠로 하여금 "아버지"를 호명하도록 하는데, 이는 인민 혁명에 앞서 부계 혈통의 계승을 부각시킨다. 전대 '역사'의 계승은 '혈통'의 계승과 동일시되고 있다는 점에서, 안회남은 사회주의 이념에 앞서 민족주의를 뿌리깊이 노정하고 있다. 좌익이 민족을 '인민'이라 한정한 것에 대항하여, 우익 민족문학론자들이 '같은 혈통'을 가진 사람 전체를 민족으로 보았다면[29] 안회남이 보여주는 혈통 계승 담론은 엄격한 의미에서 좌익 노선과 거리를 두고 있다.

부계혈통의 계승과 민족주의의 문제는 안회남의 「폭풍의 역사」외 황순원의 「아버지」, 이태준의 「아버지의 모시옷」에서도 드러난다. 황순원도 「아버지」에서 역사의 전개방식과 그 주체를 '아버지'와 '아들'이라는 '혈통의 계승'으로 보고 있다. 이태준의 「아버지의 모시옷」에서도 딸 찬옥은 아버지의 이념을 내면화하고 계승한다. '아버지에 대한 기억'은 소설의 중심 플롯을 형성한다. 아버지에 의한 플롯은 혈연공동체 내부의 민족주의 담론은 실현하지만, 세계 모든 인민의 담론으로 확장되기에는 일정한 한계가 있다. 1947년 안회남은 농민을 역사의 주체로 격상시키지만, 주체는 특정 이념의 전수자가 아니라 아버지의 피와 의지를 계승하는 혈통의 계승자이다. 1948년 발표된 「농민의 비애」에 나타난 농민의 전통적인 습속을 고려해 볼 때, 1947년 안회남의 농민에 대한

___

난 창조적 독자성」,『어문론총』 24, 경북어문학회, 1990, 262면 참조).
29 이주형, 「해방 직후기 한국문단의 갈등과 소설의 정치지향성」, 위의 책, 169면 참조.

의식화는 사회주의 이념의 내면화가 아니라 구국 활동의 일환임을 알
수 있다.

3) 1948년 백성의 수동성과 전통의 착종

1948년 안회남은 「농민의 비애」(『문학』, 1948.4)를 발표한다. 그는
1947년 「폭풍의 역사」에서 역사의 주체이자 혈통의 계승자로서 농민을
의식화했으나, 1948년 「농민의 비애」에 이르면 다시금 농민의 수동성
을 인정한다.[30] 작품 말미에서 면 소유의 벼 창고에서 며칠째 쌀을 실어
나가자, 굶주린 농민들은 동요된다. 그 쌀로 음력 세밑에 쌀 배급이 나
오니 만큼, 실려 나가는 쌀은 곧 그들에게 다가올 기아를 암시한다. 이
에 그들은 '백성'이라는 수동적인 입지와 '나라'라는 불투명한 관념을
떠올린다.

'나라에서.'

농군들에게는 '나라'라는 관념이 이상했다. 그들에게는 언제던지 나라가
있는 것이다. 그것은 그들 자신이 '백성'이다 하는 의식을 항상 갖고 있는 때문
일 것이다. 그렇기 때문에 그들의 마음속에는 구한국 봉건 시대나, 왜정의
식민지 시대나, 해방 후 군정시대나, 남북 통일 완전 독립의 그 전이나 후나,
늘 나라가 있고 또 자기네들은 언제던지 백성인 것이다. 지배하고 지배당할 뿐

---

30 농민들의 수동성은 김동석이 지적한 '자기 혁명'과는 거리가 멀다. 김동석, 「飛躍하는
작가─續 安懷南論」, 『우리 文學』, 1948.4(안회남, 『불』, 슬기, 1987, 224면 재인용).

인 것이다. 그것은 혈연의 신분적인 것과 종교적인 심리까지가 포함되어 자기네의 위에 대한 귀의하고 복종하는 심정이다.[31]

해방 이후에도 이 땅의 농민들은 나랏님과 백성이라는 종속적인 예속관계에 기초한 위계구조를 내면화하고 있었다. 백성의 수동성은 일방적인 쌀공출에 대응하는 그들의 태도에서도 드러난다. "생목숨 끊을랴면, 차라리 쌀벼락이나 맞고 마차 바퀴에 갈려 죽겠소"(206~207면)라는 그들의 절규는 의식이나 이념에 의한 주장이 아니라, 굶주린 농민들의 자연발생적인 외침이다.[32] 이 작품에서 그들은 이데올로기의 주체, 분노의 주체가 아니라 절규하는 수동적인 백성으로 존재한다. 1948년 「농민의 비애」에 이르면 안회남은 다시금 농민의 유순함과 단순함을 인정하고 있으므로, 이 작품의 비판수위는 해방 이후에도 득세하는 친일파 관료들을 고발하는 수준에 그친다. 부연하자면 '수동적인 백성'의 굶주림과 대조적으로, 친일파 관료들은 전대와 다름없이 농민을 수탈하고, 농민의 의식을 마비시키고 있음을 질타한 것이다.

이 작품에서 안회남은 농민들의 한글학습 묘사에 많은 지면을 할애함으로써 관 주도아래 농민들의 의식이 어떻게 조작되는지 주목한다. '관 주도의 한글학습'은 농민을 수동적인 백성으로 고착시킨다. 그들은 단독 정부 수립을 위해 이름 석 자를 쓰고 투표할 수 있는 눈먼 백성들을 찍어낸다. 구장집 사랑방에서 한글강습을 하는 농민들의 모습을 살펴보자.

---

31 안회남, 「농민의 비애」, 『불』, 슬기, 1987, 204~205면. 강조는 인용자. 이하 「농민의 비애」의 인용은 이 책으로 하되, 인용문 말미에 페이지 수만 밝힘.

32 이에 대해 전흥남 역시 농민들의 절규가 이념을 통절한 것이 아님을 지적한 바 있다. 전흥남, 「안회남의 「농민의 비애」론」, 『한국언어문학』 29, 한국언어문학회, 1991, 19면.

마을 반장중 한 사람이 성인교육을 맡았으며, 교과서를 비롯한 일체의 비용은 농민들이 부담한다. "먼저 나온 책과 나중 나온 책이 서로 철자법이 틀려서 배우는 사람들은 종잡을 수 없었다."(170면)는 지적처럼, 그들의 한글강습은 관의 지원도 없으며 체계도 없이 맹목적인 형태로 감행된다. 작중 구장과 반장, 면서기는 농민들에게 다음과 같이 지시한다.

> '자기 일홈들을 잘 써야 합니다. 면에서 그러는데, 삼월달에 우리 나라가 독립하너라구 총선거를 하면 그 때 일홈들을 잘 쓸 쭐 알어야 한답니다.' 옆에서 앉아서 구경을 하고 있던 구장과 반장이 가끔 주의를 시켰다. 그것은 면서기가 부인네들에게,
> "당신네들이 은문을 몰라서 조선 독립이 안돼요!" 한 말과 같은 내용이었다(171~172면).

맹목적인 한글강습은 친일 관료들의 친일내력으로까지 거슬러 올라간다. 해방 이전 그들은 "조선말을 하지 말아라 조선글을 쓰지 말아라"(177면)라고 부르짖었다. '서대응'은 '야마무라', '최만돌'은 '다께 야마'로 창씨를 강제 당했다. 농민들의 성명을 빼앗고 조선어를 말살하던 자들이 지금은 성명 석 자를 써 보라는 것이다. 농민들은 식민치하부터 "일본놈의 앞잽이가 더한칭 원수"(178면)였으므로, 해방 후에도 친일파가 주도하는 일을 불신한다. 1946년 소설에서 유순하고 단순한 농민들이 그러했듯이, 이 작품에서도 친일 관료에 대한 농민의 불신은 감정적 대응에 그칠 뿐, 수동적인 백성은 해방 직후 급박한 정치 추이에도 우둔하다. "농군들은 모스크바 결정도 유엔도 신탁도 반탁도, 민주주의도 공산주의도

자본주의도, 아무것도 몰랐다."(178면) 이 마을 농민들의 정치토론은 소박하다.

양력 삼월에 총선거를 해서 정부가 스리라는 소문이 자자했다. 새삼스럽게 이렇게 혼자말처럼 묻는 것은 남의 말을 좀 드러보자는 속심이다. "대통령은 누가 되누?" 퉁명스럽게 하는 이 말도 마찬가지로 남의 입을 열게 하려는 언턱거리로 내놓는 것이다. "아, 정부가 요샌 왜 없나? 요새 하는 건 다 뭐여? 나라 정부에서 하는 일이지." 이러는 사람도 있었다. "조선 사람이 말이지." "글쎄, 언젠 왜 조선 사람이 안요? 요새두 조선 사람이 하지."(172~173면)

그들은 자신을 '백성'으로 사유하고 당대 상황에 순응하는 외, 다른 데까지 인식이 미치지 못했다.[33] 1948년 농민을 바라보는 안회남의 시선은 중도주의자 채만식의 시선과 다르지 않다. 채만식의 「논 이야기」(1946.4.18)에서 '농민' 역시 근대적인 국가와 국민의 계약관계에 눈을 뜰 수 없기 때문에, 농토를 빼앗긴 자신의 원한을 구한말 부패한 왕조의 연속선상에서 "나라가 다 무어 말라비틀어진 거야? 나라 명색이 내게 무얼 해준 게 있길래"라고[34] 일방 성토하는 것이다. 국가가 있을 때는 양반관료들의, 식민치하에서는 일본의, 해방 이후에는 친일 관료들과

---

33 이태준의 「해방 전후」에서 '윤직원' 역시 일본 제국의 손아귀에서 벗어났으나 조선시대 왕조국가에 의거해서 자신의 입지와 정체성을 인식한다. 통치자의 비호 아래에서야 안 존할 수 있다는 수동적인 백성 의식은 윤직원만이 아니라 해방 직후 대다수 농민의 의식 이다. 조선 왕조의 실정(失政)이 식민지를 초래했다고 하더라도, 그들은 지배당하고 복 종당하는 백성으로 머무르는 외 다른 도리가 없었다.

34 채만식, 「논 이야기」, 『채만식전집』 8, 창작과비평사, 1989, 324면.

기회주의자들의 압제와 수탈을 받을 수밖에 없다는 농민의 현실은 수동적인 백성으로서 농민이 감내해야 하는 고통의 역사이다.

1948년 농민을 바라보는 안회남의 시선을 통해 우리는 '각성할 수 없는 존재', 현실의 주체가 될 수 없는 '농민들의 수동성'을 읽을 수 있다. 이는 1948년의 현실을 바라보는 안회남의 자괴감을 반영하고 있거니와, 더 나아가 우리가 유심히 보아야 할 것은 전통의 계승 문제이다. 나막신을 신고 노루를 쫓는 서대웅은 '농민'이기도 하면서 '전통'의 전수자이기도 하다는 점에서, 주목을 요한다. 백성의 '수동성'에 '전통'이라는 아우라가 결합됨으로써, 농민의 수동성은 전통의 고유성 속에 은폐된다. 「농민의 비애」를 평가하면서 논자들이 농민의 수동성을 적극적으로 비판하지 못한 것도, 그가 전대 전통의 전수자이기 때문이다. 안회남의 의식 깊이 잔존하는 전통의 무게가 그로 하여금 계급성·당파성과 같은 사회주의 이념을 내면화하는데 걸림돌이 되고 있음을 알 수 있다.

4. 결론

이 글에서는 안회남이 해방 직후 소설에서 농민을 바라보는 시선을 살펴봄으로써 안회남의 해방기 문학이 중도파의 문학관에서 그리 벗어나있지 않으며, 사회주의 문학을 실현하기보다 전대(前代) 문학의 유산을 계승하고 있음을 살펴보았다. 안회남은 해방 이후 '농민'을 민족의 표상으로 부각시키고 있는데, 작중 농민은 이데올로기를 내면화하기보다 전대의 전통에 더 경도된 인물이다. 해방 이후 소설에서 안회남이 농민을 바라보는 시선은 시기별로 편차가 있다.

해방 직후 1946년 그는 자연주의적 관찰자의 시선으로 농민의 유순하고 단순한 성품을 묘사한다. 안회남은 해방 직후 일련의 탄광촌 소재 소설 「쌀」, 「소」, 「말」 등에서 탄광노동자의 노동환경을 보여주기보다 '조선옷' '쌀농사' '소'를 통해 조선 농민의 민족적 정체성을 부각시킨다. 특히 그는 작중에서 농민의 성품을 '소'의 성품과 동일시한다. 농민의 유순함은 문제의 본질을 천착하기보다 감정적으로 응하는 단순함과 결합됨으로써 농민을 현실의 순응자로 만든다. 안회남의 소는 좌익 작가가 그려낸 성난 황소와 구별될 뿐 아니라, 우익 작가가 그려낸 의기(義氣)를 실현하는 얼룩이와도 구분된다. 1946년 그는 일체의 이념과 개인의 입장을 개입하지 않고 관찰자의 시선으로 농민을 바라본다.

반면 1947년에 이르면, 그는 농민을 역사의 주체이자 혈통의 계승자로 보고 농민을 의식화한다. 「폭풍의 역사」에서 농민들은 저돌적인 투쟁의식을 보여준다. 이 작품에서 안회남은 농민을 '인민'이라 명명하고, 1946년 10월 항쟁을 1919년 3·1운동의 연장선으로 높이 평가한다. 그는 농민의 호전적인 성격을 통해 인민성을 구현하고, 문학가동맹의 창작 방침을 구현해낸다. 그러나 작중 농민의 아들은 이데올로기를 계승하기보다 아버지의 담론을 계승한다는 점에서 혈통의 계승자로 부각된다. 그는 계급성과 당파성을 구현하기보다 혈통을 계승하며 민족주의 담론을 환기시킨다. 1947년의 급박한 정세는 안회남으로 하여금 농민의 의식화에 눈을 돌리게 했지만, 그가 농민을 바라보는 시선의 초점은 이념이 아니라 '혈통'에 맞추어져 있다.

1948년에 이르면 안회남은 농민을 수동적인 백성으로 바라보며, 그 위에 전통의 습성을 첨가한다. 그는 농민의 성격창조과정에서 나막신, 노루와 같은 향수어린 소재를 투사함으로써, 농민을 전통의 대변자이자 계승자의 입지에 놓고 있다. 수동적인 백성은 전통의 아우라 속에 가려져 비판의 대상이 되기보다, 향수의 대상으로 회고된다. 농민의 수동성은 그들이 향수하는 전통의 그늘 속에 가려 비판의 대상으로 부상하지 못한다. 안회남은 「농민의 비애」에서 관이 주도하는 맹목적인 한글강습을 비롯하여 정치적 현실에 무지한 농민을 묘사함으로써, 1946년의 시점으로 돌아가되 농민의 수동성을 초래한 '현실'을 간접적으로 비판한다.

안회남이 해방 직후 소설에서 농민을 바라보는 시각의 추이를 통해 다음과 같은 사실을 알 수 있다. 첫째 안회남은 농민을 통해 민족의 정체성을 조명하고, 농민이 전통의 전수자이자 혈통의 계승자임을 부각시킨다. 둘째 그는 친일 관료 우익을 비롯하여 일본에 대한 적대감을 노골적으로 드러낼 뿐, 새로운 이념에 대한 확신과 그에 따른 역사적 추이는 읽어내지 못했다. 해방 이후 안회남의 소설들은 이데올로기를 내면화한 산물이 아니라, 해방기 혼란한 정치적 국면에서 자신의 적극적인 구국 의지를 소박하게 드러낸 것이다. 안회남의 행적이 정치적이었을 뿐, 그의 소설은 정치적 의제를 내면화하고 있지 않다. 그러므로 안회남의 월북은 이데올로기의 실행이 아니라 적극적인 창작 활동의 연속적인 탐색으로 파악할 수 있다. 그는 이데올로기를 내면화한 것이 아니라, 작가로서 이전과 다른 적극적인 활동을 모색했던 것이다.

제2장

해방 이후 박태원 작품에 나타난 영웅

1. 서론

　이 글에서는 해방 이후 박태원 작품에 나타난 '영웅'의 표상과 의의에 주목하여 박태원의 건국이데올로기를 살펴보려 한다. 해방 이후 박태원은 김기림, 정지용, 이태준 등과 더불어 조선문학가동맹에 참여한다. 1947년 그는 조선문학가동맹의 중앙집행위원으로 피선된다. 1948년 5월 10일 남한만의 총선거가 실시되고 정부가 수립되는 동안 조선문학가동맹의 주도 세력은 모두 월북하지만, 박태원은 서울에 남아 있었다. 이후, 그는 다른 문인들과 더불어 자신의 정치적 과오를 청산하는 전향 성명서를 발표한다.[1] 1948년 12월 제정된 국가보안법으로 조선문학가동맹측 작가들이 활동의 제약을 받았다면, 1949년 6월 국민보도연맹으로 그들은 국가에 동원된다. 1950년 1월 8일부터 10일간 개최된 국민예술 제전에서 박태원은 김기림, 염상섭 등 다른 전향작가들과 더불어 강연을 비롯 시낭독 등 다양한 프로그램을 통해 자신의 사상적 전향을 공포하고 국민의 동참을 호소하는데 동원되었다.[2]

박태원은 1945∼1947년까지 역사단편, 열전형식, 전기형태의 다양한 창작활동을 보이다가 1948년에 이르면 창작 대신 번역활동을 하며 기존에 발표된 작품을 단행본으로 간행한다. 해방 이후부터 월북하기 전까지 박태원이 발표한 작품은 다음과 같다. 해방 직후 박태원은 「한양성」(『여성문화』, 1945.12), 「약탈자」(『조선주보』, 1946.1.8∼?), 「춘보」(『신문학』, 1946.8), 「태평성대」(『경향신문』, 1946.11.14∼12.31), 『조선독립순국열사전』(유문각, 1946), 「고부민란」(『협동』 제3호, 1947, 신춘호), 『약산과 의열단』(백양당, 1947), 『홍길동전』(협동문고, 1947)을 발표한다. 1948년에는 『중국소설선』Ⅰ(정음사, 1948.2.11), 『중국소설선』Ⅱ(정음사, 1948.3.20), 「귀의 비극」(『신천지』, 1948.8), 『이충무공행록』(을유문고, 1948)을 발표했으며, 단편집 『성탄제』(을유문화사, 1948.2.10)를 출간한다. 1949년에는 1938년 조선일보에 연재한 장편소설 『우맹』을

1 　권영민, 『해방 직후의 민족문학운동연구』, 서울대 출판부, 1986, 126면 참조. 좌익운동의 핵심 인물들은 1945년 12월부터 월북하고, 이태준도 1947년 제2차 '전국문학자대회'가 무산되고 좌익운동이 불법으로 규정되자 월북한다.

2 　김재용, 「냉전적 반공주의와 남한 문학인의 고뇌」, 『역사비평』 37, 역사비평사, 1996, 276면. 1949년 6월 5일 이승만 정권은 "개선의 여지가 있는 좌익세력에게 전향의 기회를 주겠다"는 명분을 내걸고 '국민보도연맹(國民保導聯盟)'을 만들고 '국민보도연맹결성총회'를 개최한다. 과거에 좌익활동을 한 사람은 물론 중도좌파 역시 강제로 보도연맹에 가입해야 했다. "가입자수는 1949년 10월 현재 4만여 명, 50년 초엔 30∼50만 명에 이르렀다." "좌파 계열의 조선문학가동맹에 참여했던 문인들은 예외 없이 국민보도연맹의 가입을 강요받았다. 정지용, 김기림, 박태원, 백철, 염상섭, 양주동, 이무영, 임학수, 이병기, 황순원, 박영준, 정인택, 김용환, 신막, 김용호, 이봉수, 설정식 등이 바로 그들이다."(강준만, 『한국 현대사 산책 2권─1940년대편』, 인물과사상사, 2005, 232∼236면 참조)

『금은탑』(한성도서, 1949)으로 개제하여 출간한다. 1949년에 이르면 박태원은 해방 이후 조선 후기를 배경으로 쓴 단편을 확장하여 장편연재소설 「임진왜란」(『서울신문』, 1949.1.4~12.14)과 「군상」(『조선일보』, 1949.6.15~1950.2.2)을 발표한다. 해방기 박태원의 창작활동에서 1946~1947년은 정점을 이루는 반면, 1948년 박태원은 새로운 창작물을 발표하지 않는다. 그 이전까지 왕성한 활동을 보이던 작가가 1948년 창작을 주춤했다면, 그것은 이전과 같은 형태의 작품 활동을 할 수 없는 1948년이 지닌 시대적 특수성도 간과할 수 없겠지만 작가의 창작신념에도 변화가 왔음을 알 수 있다. 창작활동 모색과 더불어 1948~1949년 발간된 일련의 단행본을 통해, 우리는 기존 작품을 정리하는 의미 외 생계를 책임지는 가장으로서 박태원의 경제적인 노력을 엿볼 수 있다. 1949년이 되어서야, 그는 다시 역사소설을 창작한다.

이 글에서는 남한에 단독정부가 수립되기 전인 1946~1947년 발표된 박태원의 작품에 주목하려 한다.[3] 남한에서 단독정부가 수립되는 1948년 이전까지 좌익과 우익 활동이 공존했던 만큼,[4] 이러한 분위기

3　김재용은 「냉전적 반공주의와 남한 문학인의 고뇌」(『역사비평』 37, 역사비평사, 1996, 268~289면)에서 1948~1950년 남한문학의 변화과정에 주목한 바 있다. 1948년 조선문학가동맹 소속 문학가들과 순수문학가들 간의 격화된 대립은 1948년 11월 20일 국회를 통과하여 12월 1일 공포된 국가보안법과 관련한 정치적 분위기와 무관하지 않다는 측면에서, 다음과 같은 그의 지적은 주목할 필요가 있다. "1947년 중반만 하더라도 조선문학가동맹을 주축으로 한 문화공작대가 지방을 돌면서 공개적으로 선전활동을 할 수 있었던 것을 고려해보면, 1947년 말까지는 그래도 조선문학가동맹 문학가들이 활동할 수 있는 여지가 있었던 것으로 판단된다"(271면) 1947년 중후반 미소공위의 결렬과 더불어 이승만 중심의 단정세력은 단독정부 수립에 박차를 가하였고 그 과정에서 좌익에 대한 탄압이 거세진다.

4　장사선의 「해방문단의 비평사」(『한국현대문학사』, 현대문학, 2007, 325~338면)에 의하면, 해방1기(1945.8~1947.2)는 좌익 전횡기로서 좌익주축의 평단으로 구성되어 있으며, 해방2기(1947.2~1948.8)에는 좌우익 논쟁기로서 좌우의 논전이 이루어지고 있

는 박태원의 창작 활동에도 영향을 줄 수밖에 없다. 그러므로 해방기 박태원의 의식이 비교적 자유롭게 구현된 1946~1947년 작품을 텍스트로 삼아, 박태원의 정치적 입장과 이를 구현해 내는 방식에 주목하려 한다. 박태원의 해방 이후 작품에 관한 연구는 '월북이후 소설'에 관한 논의와 '역사소설에 관한 논의'로 구분할 수 있다. 전자가 작가의 월북이라는 상황에 초점을 맞추어 월북이후 작품 분석을 통해 박태원 의식의 추이를 추적하고 있다면,[5] 후자는 박태원의 창작과정에 나타난 역사소설에 주목하여 문학세계의 변화를 추적하고 있다.[6] 일련의 논의들이 해방 이후 박태원의 의식변화를 고찰하고 있지만, 순수 창작에 주목하는 한편 열전형식의 『조선독립순국열사전』과 『약산과 의열단』 등에 관한 논의는 소략하다. 일련의 작품들은 비록 순수창작물은 아니지만, 해방기 박태원의 정치적 입장과 행보 이해의 구체적인 준거가 될 수 있다. 이

다. 반면, 해방3기(1948.8~1950.6)에 이르면 우익 정착기로서 좌익의 목소리는 현저하게 자취를 감추고 있다.

5 우정권, 「박태원의 월북 후 문학에 나타난 '글쓰기'의 존재성 『조국의 깃발』」, 『어문학』 91 집, 한국어문학회, 2006, 437~454면; 정현숙, 「박태원 소설에 나타난 연속성과 불연속성 (1)-월북 후 소설을 중심으로」, 『한국언어문학』 61, 한국언어문학회, 2007, 325~345면.

6 정현숙, 「해방공간과 역사소설-박태원을 중심으로」, 『이화어문논집』 11, 이화어문학회, 1990, 111~128면; 이상경, 「박태원의 역사소설」, 『박태원』, 새미, 1995, 163~204면; 이미향, 「박태원 역사 소설의 특징-해방 직후 작품을 대상으로」, 『상허학보』 2, 상허학회, 1995, 247~282면; 김종욱, 「일상성과 역사성의 만남-박태원의 역사 소설」, 『박태원 소설연구』, 깊은샘, 1995, 227~246면; 김종회, 「해방 전후 박태원의 역사소설」, 『구보학보』 2, 구보학회, 2007.12, 9~31면; 박배식, 「박태원의 역사소설관」, 『구보학보』 2, 구보학회, 2007.12, 33~53면; 이 외 최유학의 「박태원 번역소설 연구-중국소설의 한국어번역을 중심으로」(서울대 석사논문, 2005.12)는 박태원의 번역소설에 대한 논의로서, 박태원 역사소설의 문체정립과 관련하여 시사하는 바가 많다. 그에 의하면 박태원의 소설번역은 일종의 재창작으로 이후 역사소설 창작의 토대를 구축한다. 예컨대 중국 및 한국 고전의 번역으로부터 익힌 열전체 서술방식은 『조선독립순국열사전』(1946)·『약산과 의열단』(1947) 등의 역사소설 창작에 직접 활용되어 나타난다는 것이다.

글에서는 1946~1947년 발표된 『조선독립순국열사전』, 『약산과 의열단』, 『홍길동전』을 중심 텍스트로 삼아, 작품에 나타난 영웅의 표상을 통해 해방기 박태원의 건국이데올로기를 살펴보려 한다. 우선, 해방 이후 박태원이 그의 소설에서 '민족 영웅'을 소환해 내는 의도와 계기에 대해 살펴보도록 하겠다.

2. 해방 이후 박태원 작품에 나타난 민족 영웅의 의미

1946년 발표된 단편 「춘보」가 가난한 지게꾼 '춘보'를 주인공으로 하여 '경북궁 중건'을 둘러싼 조선말 민중의 극심한 생활고를 보여주고 있다면, 「태평성대」는 특정 인물과 사건을 내세우지 않은 채 대원군의 무리한 경복궁 중건사업을 비판적으로 조명하고 있다. 두 작품 모두에서 박태원이 강조하는 바는 통치자의 폭정이다. 『홍길동전』에서 박태원이 홍길동의 정의를 부각시키기 위해 작중 배경으로 '폭군연산의 학정'을 제시한 것처럼, 위의 작품에서 작중 배경으로 제시된 '대원군의 폭정'은 시사하는 바가 크다. 대원군은 가난한 백성들의 부역 활동 외에도 쇄국정책으로 말미암아 한반도 근대화를 유예시킨다. 두 작품 모두 권력자의 압제로 말미암아 가난과 부역에 시달려야하는 기층민의 비극을 보여준다. 여기에서 우리는 해방정국 박태원이 주목하는 '민중'은 일반적이고 추상적인 차원의 대중(군중)이 아니라, 헐벗고 고통 받는 '기층민'임을 알 수 있다. 1930년대 『천변풍경』에서 가치중립적 견지에서 대상을 모두 조명하는 것과 달리, 해방기에 이르면 박태원은 특정 대상, 기층민에게 초점을 맞추고 있다. 「춘보」에서는 '꿈'이라는 형식을 통해 기층민의 고통을 비교적 온건한 시각으로 보여주고 있지만, 여기에는 봉건적 권력자에 대한 민중의 반항이 잠재되어 있다.

『조선독립순국열사전』(1946), 『약산과 의열단』(1947), 『홍길동전』(1947)은 '영웅'이 주인공으로 부각되어 있으나 주인공의 영웅성은 억압받는 민중의 구제에 있다는 측면에서, 일련의 영웅이야기들은 위의 작품과 동일한 민중사관에 입각해 있다. 『조선독립순국열사전』은 한말의 정세와 한일합방에 이르기까지 독립순국열사 '민충정공', '이준', '안중근', '이재명'의 활약상이 소개되어 있다.[7] 『약산과 의열단』은 약산 김원봉과 의열단의 항일 독립 투쟁을 기술하고 있다. 『홍길동전』에서 홍길동은 부패 권력의 압제로부터 가난한 백성을 구제한다. 1946년 단편에서 박태원이 봉건적 권력자의 횡포에 무방비로 노출된 기층민의 고통을 부각시키고 있다면, 1947년을 전후한 작품에서는 기층민을 구제해 줄 수 있는 영웅을 소환해 내고 있다는 점에서 역사에 대한 좀 더 적극적인 의지를 보인다.

해방 이후 1여 년이 경과한 1946에서 1947년, 『약산과 의열단』(유문각, 1946), 『조선독립순국열사전』(백양당, 1947)을 통해 박태원이 구국(救國) 영웅을 조명하는 이유는 무엇인가. 이와 관련하여 우리는 『홍길동전』(협

---

7   『조선독립순국열사전』과 『약산과 의열단』, 두 작품은 2000년 깊은샘에서 발간한 『약산과 의열단』에 함께 수록되어 있다. 박태원은 『조선독립순국열사전』에 부록 형식으로 「조선근세사초」도 첨가해 놓았다. 이하 일련의 작품 인용은 깊은샘 본으로 하되, 인용문 말미에 페이지 수만 밝히도록 한다.

동문고, 1947)과 『충무공이순신』(을유문고, 1948 / 역주)을 주목해 볼 필요가 있다. 전자는 '作 朴泰遠'으로 전래의 이야기를 바탕으로 하되 작가의 의도에 의해 새롭게 창작된 것이라며, 후자는 '朴泰遠 譯註'로 '正郎 李芬 原作'을 박태원이 한글로 번역해 놓은 것이다. 창작과 역주에 관계없이 해방정국 그가 선택한 주인공이 공히 '민중 영웅'이었다는 사실은, 해방 이후 박태원의 일련의 작품을 이해하는데 중요하다. 일제말기 박태원이 「신역삼국지」(『신시대』, 1941.5~), 「수호지」(『조광』, 1942.8~1944.12), 「서유기」(『신시대』, 1944.12) 등을 번역하면서 중국의 영웅호걸에 주목하고 있다면, 해방 이후에는 조선을 대표하는 민족의 영웅을 조명한다. 민중의 문맹률을 없애고 대중에게 교양을 유포하려는 '협동문고'의 출판동기를 수용하더라도, 왜 박태원은 고전으로서 홍길동을 소환해 내고 이순신의 전기를 번역하여[8] 대중 독자들에게 읽히려고 했는가. 홍길동과 이순신은 공히 전대 조선 민중을 선도하고 지도한 탁월한 영도성(領導性)을 구비하고 있다.

　이러한 사실을 통해 우리는 박태원이 해방공간에서 식민지 구국(救國) 영웅을 비롯한 홍길동과 이순신 등의 민족 영웅을 소환해 내는 이유를 다음과 같이 파악할 수 있다. 첫째, 박태원은 자신의 새로운 활로를 모색함과 동시에 당시 불붙기 시작한 건국 열기에 그 역시 적극적인 입장을 표명하고 싶었던 것이다. 무엇보다도 그는 창작자이기 앞서 '지식인'

8　이미향은 「박태원 역사 소설의 특징－해방 직후 작품을 대상으로」(『상허학보』 2, 상허학회, 1995, 247~282면)에서 박태원의 번역활동을 '문학수업기', '일제말기 번역', '이승만 정권 수립기', '월북 후 『계명산천은 밝아오느냐』『갑오농민전쟁』 집필 이전' 4차례로 구분한다. "네 차례에 걸쳐 이루어진 번역을 통해 박태원이 문학 활동 중 모색기에 처했을 때 주로 행하는 문학 행위가 번역"(251면, 각주 8번)임을 밝히고 있다.

으로서 식민지하 자신의 과오를 참회하고 역사 앞에 성실한 자세를 취하고 싶었던 것이다.[9] 그는 식민치하 매국노에 대항하여 목숨을 바친 애국자를 비롯 자주적인 독립에 앞장섰던 약산 김원봉과 용맹스러운 의열단의 행적을 기리면서 자신의 과오를 반성한다. 해방 이전 친일소설 창작 등[10] 일련의 자기 과오 청산의 일환으로 구국(救國) 영웅을 구현해 낸 것이다.

둘째, 해방정국의 혼란과 민중을 선도할 수 있는 지도자의 전범을 제시하고 싶었던 것이다. 해방정국, 남한은 완전한 독립을 통한 건국을 이루기 위해 친일잔재의 청산, 좌우의 갈등 등 산재한 문제가 많았다. 그럼에도 각 정파들의 균열과 갈등의 골은 깊어갔고, 극심한 혼란기 민중을 선도할 수 있는 올바른 지도자는 부재해 있다. 이에 박태원은 전대의 영웅들을 현실에 소환해 내고, 현실에 존재해야 할 지도자의 귀감을 제

9　김윤식·정호웅 역시 지식인 작가의 '가치중립성' '균형감각'을 논하며 역사에 대한 성실성이라고 평가한 바 있다(김윤식·정호웅, 「해방공간의 문학형식과 현실인식의 소설적 경험양상」, 『한국현대소설사』, 예하, 1998, 307면 참조). 유사한 맥락에서, 김종회는 해방 직후 박태원이 역사소설로 방향 전환한 요인으로 해방 직후 시대적 요인·일제말 친일문학 집필과 번역작업으로 안이하게 보낸 것에 대한 자기비판·해방 직후 현실 포착의 어려움·일제말 번역한 중국 역사소설과의 형식적 유사함을 들고 있다(김종회, 「해방 전후 박태원의 역사소설」, 『구보학보』 2, 구보학회, 2007, 17면). 최유학은 『이충무공행록』의 번역, 『조선독립순국열사전』, 『약산과 의열단』 등의 창작을 통해 박태원은 역사적 인물을 중시함으로써 해방 직후 일제에 대한 "비타협적 투쟁의 역사"를 상상으로 직조해 낸 것이라 본다(최유학, 「박태원 번역소설 연구—중국소설의 한국어번역을 중심으로」, 서울대 석사논문, 2005.12, 94면).

10　박태원의 친일 소설로는 「아세아의 여명」(『조광』, 1941.2), 「군국의 어머니」(조광사, 1942), 「원구(元寇)」(『매일신보』, 1945.5.18~8.14)가 논의되고 있다. 이 중 「원구(元寇)」는 70여회 연재 중 중단된다. 한수영은 「박태원 소설에서의 근대와 전통」(『한국문학이론과 비평』 27, 한국문학이론과 비평학회, 2005)에서 박태원의 '근대'와 '전통'에 관한 인식 변화과정을 통해 그가 신체제론(반서구와 반근대, 인의(仁義)의 세계와 아시아의 세계)에 경도되는 과정을 밝히고 있다.

공하려는 것이다. 가깝게는 실존 인물 김원봉을 비롯한 일제 항거한 독립투사들이고, 멀게는 조선시대 영웅 이순신이며 전래되는 한국 이야기 속의 홍길동이기도 하다. 작가이기 앞서, 박태원은 '지식인'으로서 올바른 지도자의 전범을 제시함으로써 해방정국 자신의 입장을 적극적으로 표명한 것이다.

셋째, 일련의 작품은 연재형식을 거치지 않고 곧바로 단행본으로 발간된 만큼, 독자들에 대한 박태원 자신의 계몽의지가 전제되어 있다. 박태원은 일련의 민족 영웅담을 통해 독자들에게 '자유'와 '정의'에 대한 신념과 열정을 환기시킨다. 일련의 영웅들은 자유롭고 평등한 동지애를 구현해 내며, 권력에 굴하지 않고 약하고 억압받고 기만당하는 자들의 편에 서서 자유와 정의에 대한 꿈을 보상해 주고 있다. 일련의 영웅들은 민족에 대한 정체성, 오래전부터 존재해 왔던 민족의 자존감을 회복시켜 준다. 이러한 구국 영웅을 통해 박태원은 독자들에게 자유와 영웅주의, 정의에 대한 꿈이 현실에서 가능함을 시사해 준다.

해방정국 박태원이 민족 영웅을 조명하는 일련의 동기는 각 작품들 간 주제와 형식의 공통점으로도 지적될 수 있다. 1947년 발간된 『약산과 의열단』, 『홍길동전』은 역사를 초월하여 시사하는 바가 동일하다. 식민치하 김원봉과 의열단의 구국 항쟁은 폭군 연산 아래 홍길동과 활빈당의 구휼정책과 상통하고 있기 때문이다. 그들의 활동은 시간과 공간을 초월하여 동일한 목표를 지향하고 있다. 그들이 처해 있는 국난이 외압(일제식민지)에 의한 것이건 내압(폭정과 부패)에 의한 것이건, 1947년 박태원은 궁핍하고 자유를 잃은 기층민들의 고단한 삶에 주목하고 이를 타계할 수 있는 적극적인 방안을 모색하고 있다는 점에서는 두 작품 모두 공통의 목표를 지니고 있다. 그렇다면 해방 이후 박태원이 이러한 민중사관은 갖게 된 계기는 어디에 있는가. 박태원의 해방 이후 의식 변화는 무엇보다도 '제국의 식민지 경험'에서 그 원인을 찾을 수 있다. 『조국독립순국열사전』의 전개방식과 내용에서 짐작할 수 있듯이, '제국' 미국·영국·러시아·일본의 야욕에 휘둘려 국권을 상실한 '식민지 백성'의 체험은 박태원 사관 변화에 영향을 준 것으로 보인다. 그러므로 『조국독립순국열사전』과 그 부록 「조선최근세사초」는 박태원 사관변화의 단초가 드러나 있다는 점에서 유의 깊게 읽어 들여야 할 텍스트이다.

3. 해방 이후 박태원 작품에서 건국이데올로기의 표상으로서 영웅의 의의

1) 『조선독립순국열사전』─식민지 자기반성과 활로 모색

　『조선독립순국열사전』은 역사전기물로서 일본에 의한 조선의 식민지화를 막기 위해 한 몸을 바친 구국 영웅을 조명한 것이다. 박태원은 1905년부터 1910년 급박하게 치닫는 조선의 운명을 순국열사들의 활동을 통해 조명하고 있다. 1905년 제2차 영일동맹체결에서부터 1910

년 조선의 일본 합병에 이르기까지 일제의 만행을 설명함과 동시에, 매
국노를 규탄하고 애국지사의 공적을 높이 기린다. 총 4장으로 구성된
이 책은 일제의 조선 침탈 추이에 맞추어 제1장 민충정공, 제2장 이준,
제3장 안중근, 제4장 이재명으로 구성되어 있다. 식민지를 초래한 일제
침탈과정과 이에 대한 애국지사의 저항을 중심으로 사건과 인물이 배치
되어 있다. 각 장을 중심으로 내용을 소개하면 다음과 같다.

1902년에 이어 1905년 갱신된 제2차 영일동맹체결 "제3조에서, 영
국은, 일본이 한국내에 절대한 이익을 가지고 있음을 인정하고, 일본이
그 이익을 옹호증진하기 위하여, 정당하고 필요한 지도와 보호의 조치
를 취할 권리를 승인한다."(209면) 영일동맹은 조선에 대한 일본의 권리
를 인정해 줌으로써 궁극적으로 합병으로 이르는 길을 승인하는 결과를
초래한다.[11] 같은 시기(1905.9.5) 일본에게 진 아라사는 "「포츠머드 강
화조약」 제2조에서 일본이 한국에 있어 정치적, 군사상, 경제상으로 절
대한 이익을 가지고 있음을 승인하고, 또 장래, 일본이 한국에 대하여
지도보호와 감리(監理)를 하는 경우, 이를 막거나 간섭하지 않을 것을 약
속"한다(209~210면). 포츠머스 조약은 일본과 러시아간의 조약에 그치
지 않고, 일본과 가스라 태프트 밀약(1905.7)을 맺은 미국, 나아가 독일
에게 조선에 대한 일본의 점령권한을 확인하는 계기가 된다. 박태원은
'영일동맹'·'포츠머스 강화조약'으로 일본이 열강들로부터 조선에 대

---

11 영국은 일찍이 거문도 사건(1885년)을 통해 한반도의 일부를 점거하기도 했지만, 이는
    러시아의 남하정책에 대한 우려에서 일어난 일이다. 같은 차원에서 영일동맹(1902년)
    역시 영국은 러시아에 대한 적대감으로 인해 일본의 팽창정책을 승인해주는 경향을 보
    인다. 1890년대 독일의 팽창과 군비 증강에 직면한 영국은 유럽에 힘을 집중시키고, 동
    아시아의 경찰권은 일본에게 넘겨준다. 박지향, 「영원히 클 수 없는 어린아이의 나라」,
    『일그러진 근대』, 푸른역사, 2003, 171~214면 참조.

한 권한을 인정받은 데 대해, 다음과 같이 분개한다. "꾀씸한 노릇이다. 남의 나라를 가지고, 저희들끼리 마음대로 다루고, 값을 정하고, 주고받고, 사고팔고 한다. 그러나 약소 된 슬픔은, 이를 오직 멀거니 보고 있을 도리가 없다."(210면)

『조선독립순국열사전』에서 박태원이 독립순국열사의 제 일선에 '충정공'이라는 극존칭으로 '민영환'을 꼽고 있음은 주목할 만하다. 민영환은 일찍이 각국 특파공사로서 구라파를 두루 시찰하고, 조선의 개화에 앞장선 개화파이다. 그는 정치제도를 개혁하고 민권신장을 주창했다. 아울러 그는 독립협회를 적극 후원하고 시정개혁에 앞장섰다. 박태원은 일찍이 새로운 문화에 접촉한 민충정공의 개화 의지를 다음과 같이 독백처리 한다. "우리도 어서 선진국을 본떠서 개화하자! 어서 나라가 부유하고 군사가 강하여 남의 업신여김을 받지 않도록 힘쓰자!"(210면) 같은 맥락에서, 우리는 「춘보」와 「태평성대」에서 박태원이 '흥선대원군'을 작중 배경으로 설정했다는 점을 상기할 필요가 있다. 박태원은 백성을 도탄에 빠지게 하고 조선의 쇠락을 초래한 집권자로서, '흥선대원군'에 대한 비판적 시각을 견지하고 있다. 조선의 쇠락과 문명의 수용을 같은 맥락에서 볼 때, 박태원은 제국과 동등하게 협상할 수 있는 반열에 서지 못한 낙후된 조선의 현실을 흥선대원군을 비롯한 완고세력의 탓으로 보고 있다.[12]

---

12 완고파 흥선대원군에 대한 박태원의 비판적 시선과 관련하여, 동시대 약산 김원봉 역시 동일한 입장을 표명한 바 있음은 주목할 만한 대목이다. 해방 후 김원봉은 임정과 인공의 타협을 위해 노력하면서, 모스크바 삼상 결정 반대를 고집하는 정객들에게 다음과 같은 비유를 들고 있다. "大院君의 鎖國政策이 民族的 國粹主義的 見地에서는 痛快한 일이었으나, 世界情勢를 삷이지 못하고, 民族의 將來를 誤導한 責任은 永久히 벗을수가 없을 것이다."(김오성, 『指導者群像』第一, 대성출판사, 1946(단기4279), 65면. 김남식·이

박태원은 광무 9년(1905) 11월 17일 굴욕적인 보호조약을 소개하면서 "나는 특히 국치(國恥)를 기념하기 위하여, 조약의 전문을 일문으로 실어 보겠다"고 격앙된 자신의 육성을 노출한다. 외교권을 박탈한 보호조약이 체결되자, 민충정공은 "나라를 근심하는 지극한 정의 표현"이자 "침략자 일본에 대한 유일한 반항의 수단"(216면)으로 자결한다. 박태원은 동포에게 남긴 공의 유서 전문을 소개한다. 민영환은 동포에게 "살고자 하는 자는 반드시 죽고, 죽기를 기약하는 자는 삶을 얻"(217면)는다는 비분강개의 글을 통해 "마음을 합하고 힘을 다하여 우리의 자유독립"(217면)을 다시 얻기를 기원한다.

을사보호조약과 민영환의 죽음에 이어, 박태원은 '헤이그 밀사' 사건과 이준의 장렬한 죽음을 소개한다. 광무 9년(1905) 12월 28일 새 내각의 성립과 더불어 초대 통감 이등박문을 비롯 5적(박재순·이완용·이지용·권중현·이근택)이 국정을 손에 쥐게 된다. 일제는 광무11(1907)년 5월 이완용을 참정대신으로 한 새 내각을 성립한다. 그 해 6월 네덜란드 헤이그에서 제2차 만국평화회의가 개최된다는 소식을 전해 듣고, 이상설과 이준은 이위종과 너불어 고종의 밀직을 받들고 평화회의에 참석한다. 회의의 마지막 날 7월 5일 석상에서 발언기회를 얻자, 이준은 주권을 강탈한 일본의 만행을 고발하고 그 자리에서 자결한다. 박태원은 당당히 단상에 올라선 이준의 연설 내용, "우리에게 「보호조약」의 체결을 강요하여, 마침내, 우리 한국의 주권을 강탈하고 말았습니다. 내정 외교를 막론하고, 일체의 국정이 일인의 자의로 시행되고 있습니다"(225면)와 같은 상당부분을 인용해 놓았다.

정식·한홍구, 『한국현대사자료총서』 13, 돌베개, 1986, 420면)

　‘헤이그 밀사’ 사건으로 인해 고종은 강제 퇴위 당하고, 광무 11년 (1907) 7월 20일 순종이 즉위한다. 7월 24일 친일내각은 ‘신협약’을 체결하여 일본이 한국내정을 간섭할 권리를 부여한다. 일인이 각부 차관 및 정부 요직에 임명되고, 한국 군대는 해산 당한다. 같은 해 10월 26일 이등박문이 북만 시찰에 올라 하얼빈에 도착했을 때, 안중근은 성공리에 그를 저격한다. 융희 3년(1909) 이재명은 이완용에게 칼을 휘둘렀으나, 중상을 입혔을 뿐 목숨을 빼앗지 못한다. 이듬해 8월 22일 이완용은 ‘병합조약’에 조인하여, 일본에 나라를 팔아먹는다. 일련의 행적에서 알 수 있듯이, 해방 이후 박태원은 『조선독립순국열사전』에서 급박한 국운의 쇠락을 배경으로 일본에 맞서 국권을 지키기 위해 목숨을 바친 순국열사들의 자주적이고 주체적인 활동을 강조하고 있다. 『조선독립순국열사전』에서 박태원은 조선이 일본의 식민지가 되는 과정을 조명하되 국권이 잔존하는 동안 정부 관료를 비롯한 전방위적인 구국활동을 보여주고 있다면, 『약산과 의열단』은 국권이 부재하는 동안 민중이 중심이 되어 행해진 아래로부터의 구국활동을 조명하고 있다.

　『조선독립순국열사전』의 말미에는 부록으로 「조선최근세사초」가 실려 있다. 박태원은 「조선최근세사초」에서 ‘① 강화조약(1876)’, ‘② 임오군란(1882)’, ‘③ 갑신정변(1894)’, ‘④ 하관조약(1902) 「제1조」’, ‘⑤ 을미사변(1895)’ 이후, ‘⑥ 한일의정서(1904)’, ‘⑦ 제1한일협약(1904)’이라는 7가지 소 항목을 들어, 구한말 국권상실과정을 일본, 중국, 러시아의 관계를 통해 조명한다. 박태원은 강화조약을 근세조선이 외국과 체결한 최초의 조약으로 소개한다. 박태원에 의하면 임오군란이 헐벗고 굶주린 오영군졸들의 권문세가들에 대한 반감에서 비롯되었다면, 갑신정변은 ‘독립당'이 '사대당'을 거꾸러뜨리려는 당쟁에서 비롯된 것이다. 내분이 빌미가 되어 조선내 청국과 일본의 세력은 증대된다. 급기야 1902년 청일전쟁이 벌어지고, 조선의 이권을 두고 각종 조약을 맺는다. 박태원은 청국에 이어 러시아의 세력이 부각될 무렵 조선을 설명하며 "국내에는 또 고질의 당쟁이 재발하여, 마침내, 「을미사변(乙未事變)」이 일어나고, 이 통에 왕비 민씨는 흉도의 손에 살해되고 말았다"(257면)고 지적한다. 을미사변이후 '친로파(親露派)'는 '개화파'에게 빼앗긴 정권을 되찾으려 하지만 실패한다. '친로파'를 물리친 '개화파'는 '소학교 설치', '우체사무 개시', '단발령' 등의 급격한 혁신을 단행한다. 급격한 변화에 백성들이 동요된 틈을 타고, '친로파' 무리들이 고종과 세자를 러시아공사관으로 데리고 간 후(아관파천, 1896), 새로운 내각을 조직한다. 이어 1904년 러일전쟁이 발발하고, 일본은 조선으로 하여금 '한일의정서'를 조인토록 한다. 일본은 좀 더 철저하게 한국 내정을 간섭하기 위해 '제1한일협약'을 맺는데, 박태원은 "이 협약의 체결로 말미암아, 한국의 운명은 거의 결정지어졌다"(266면)고 자조한다.

일련의 사건에서 알 수 있듯이, 조선말기 무능력한 왕실과 관료들의 부정부패는 인근 제국들에게 침략 발판을 제공한다. 일본, 중국, 러시아가 모두 조선을 상대로 이권을 챙기려 들었고, 이에 일본은 선점권을 획득하고 독식한다. 박태원은 개국(開國)의 필요성을 절감하고 있으나, 이를 수용할 수 없는 당대 정치 관료들의 '당쟁'과 '내분', '부정부패'를 비판하고 있다. 박태원은 「조선최근세사초」에서 중립적인 사관을 고수하며 사건위주로 기술하고 있지만, 그 속에서도 대원군은 '쇄국양이정책'으로 권력에 집착하고 변화에 융통을 보이지 못한 고루한 인물로 묘사되고 있으며, 고종을 비롯한 민비 등은 주체성과 자발성이 부족한 허수아비처럼 나타나 있다. 「조선최근세사초」를 집필한 박태원의 사관에서 보자면, 조선왕조의 쇠락을 야기했던 '당쟁'은 근세조선 붕괴의 주범이다.

그러나 '당쟁'의 문제는 「조선최근세사초」를 집필하던 해방정국에 이르러서도 최 정점을 보인다. 극단적인 좌익과 우익간의 갈등과 분열의 골은 조국의 독립에 암울한 그림자를 드리우고 있다. 박태원은 표면적으로는 조선의 근세사를 통해 식민지를 초래한 역사의 한계를 조명하고 있지만, 당면한 현실에서는 해방정국 민족의 균열을 확산시키는 또다른 당쟁의 일면을 직시하고 있었던 것이다. 해방정국, 좌익은 '극좌'로 우익은 '극우'로 편향되어 윤리성과 공정성을 상실해 간다. 해방정국은 적나라한 생존 의지와 욕망 표출의 공간이며,[13] "극단주의의 대립"으로 "제어되지 않은 적나의 적의와 욕망"이[14] 분출되던 시기이다. 해방정국 제각각의 정당들은 가치중립·절제·포용의 시선을 고수할 수 없었다. 남북간의 국내 냉전은 고착 되고, 집권자들은 소영웅주의에 빠져 권력을 장악하는데 혈안이 되었다. 해방정국의 분열은 점차 민족의 완전한 독립이 불가한 시국으로 전개되어 갔다. 이것이 박태원이 직시하고 있던 1946~1947년, 아니 해방정국의 실체이다.

『조선독립순국열사전』에 실려 있는 일련의 글에서 박태원은 일본에 의한 조선의 침탈 과정에 주목하고 있으며, 이에 앞장선 일제의 압박과 친일파 및 이에 저항한 우국지사의 행적을 추적하고 있다. 해방 이후 박태원은 일제잔재 청산의 일환으로 일본의 조선 침탈 과정을 추적하고

---

13 강준만, 『한국 현대사 산책 1권—1940년대편』, 인물과사상사, 2005, 301면.
14 박명림, 「분단의 內化」, 『한국전쟁의 발발과 기원Ⅱ—기원과 원인』, 나남출판사, 1996, 149면

있으며, 일본이 한국의 외교권과 정치권을 잠식하기까지 '매국노'와 '애국자'를 구분하여 그들의 행적을 비판적으로 검토하고 있다. 일련의 글에서 박태원은 식민화의 단초를 반추하고 각인함으로써, 동시대 이루어 내야할 식민지 청산의 일부를 시도하고 있다. 그는 애국자의 선혈을 높이 기리는 한편, 매국노의 매판행위를 가차 없이 비판한다. 이승만을 비롯한 한독당이 친일세력과 결탁하여 해방기 우익정권을 강화하는 당대 현실에 비추어 볼 때, 문학가 박태원의 작업은 진보적인 것이다. 1948년 9월 22일에 이르러서야 '반민족행위자특별조사위원회'가 구성되지만 이 역시 1949년 7월 7일 반민특위 전원이 사임서를 제출해야 하는 낙후된 정치적 행보에 비추어 볼 때, 박태원의 '일제 식민지사 조명'은 의미있는 자기청산 작업이라 할 수 있다.

2) 『약산과 의열단』
　　―자기 주도적 독립운동과 중간파(중도좌파)의 복원

박태원은 『약산과 의열단』을 쓰기 위해 빈약한 자료와 당시 신문기사를 참조하되 김원봉의 증언을 중심으로 '약산과 의열단'의 행적을 소개해놓았다. 1946년 12월 부산에서는 조선영화동맹의 감수를 거쳐 기록 필름 〈조선의용대〉가 상영되기도 한다.[15] 김원봉(1898~1958)은 18세

15　한상도, 『대륙에 남긴 꿈』, 역사공간, 2006, 263면 참조. 『민중주보』, 1946년 12월 25일에는 〈조선의용대〉 영화 광고가 소개된다. "필견하자 빛나는 민족의 단결과 투쟁사를!" "실전기록 영화!"로 소개되는 '조선의용대'는 "중화민국 정부 선전부 중앙촬영소 제작, 조선영화동맹 감수"로 소개되어 있다. "동시영화 최신뉴스―부산진극장, 1946년 12월

에 중국으로 건너가 30년간 조국의 독립을 위해 적극적인 항일투쟁을 벌이고 돌아온 당대 실존 인물로서 식민지 영웅일 뿐 아니라 해방정국에서도 그 위상이 두드러진다. 1948년, 월북하기 이전까지 그는 조선민족혁명당 총서기, 조선의용대 대장, 한국광복군 부사령관, 한국 임시정부 군무부장을 역임한 대표적인 독립운동가이다. 『약산과 의열단』의 후기에 박태원은 다음과 같이 김원봉의 업적을 높이 평가한다.

> 선생은, 이제까지, 언제나 시대와 함께 민중과 더불어 있어 왔다. 앞으로도 그러할 것이다. 그는, 결코, 한층 높은 곳에가 서서, 민중을 지휘하고 명령하고 질타하는 세소위(世所謂) 「지도자」가 아니다. 선생은 민중 속에 파고들어, 항시 민중과 함께 생각하고 또 행동하는 사람이다. 그는 결코 남의 위에 서려 않는다. 다만, 민중이 선생에게 그러기를 원하므로 하여, 한 걸음 앞을 설 뿐이다.[16]

인용문에서 박태원은 "한층 높은 곳에 서서, 민중을 지휘하고 명령하고 질타하는 세소위(世所謂) 지도자"와 "민중 속에 파고들어, 항시 민중과 함께 생각하고 또 행동하는 사람"을 구분하고 있다. 박태원이 조명하는 김원봉은 "결코 남의 위에 서려 않는" 사람으로서, 민중과 행보를 함께 하는 민중지도자의 표본이자 해방정국에서 그가 지향하는 살아있는

30일 / 항구극장, 12월 29일 / 대생극장, 12월 27일"(염인호, 『김원봉연구－의열단, 민족혁명당 40년사』, 창작과비평사, 1993, 357면 참조) 이원규에 따르면, 이 영화는 조선인 무장부대 창설소식을 들은 외국기자들이 약산과 인터뷰한 것이라고 전한다. 프랑스 통신사는 영사기로 인터뷰를 촬영했는데, 이 필름이 1946년 12월 '조선의용대'라는 제목으로 국내 영화관에 상영되었다(이원규, 『약산 김원봉』, 실천문학사, 2005, 401면 참조).

16 박태원, 「후기」, 『약산과 의열단』, 깊은샘, 200, 205면(강조는 인용자).

영웅의 표본이다. 김원봉에 대한 이러한 찬사 이면에, 우리는 이승만을 비롯 한민당과 김구를 비롯 임정 우파세력에 대한 박태원의 반발과 불신을 감지할 수 있다. 당시 김구로 대표되는 임정 우파는 친일파 처단 문제에 소극적인 태도를 보인다. 그들은 인공과 조공에 대해선 단호한 태도를 취하는 반면, 친일 협력자에 대해서는 유보적인 자세를 보였다. 그들은 일본 자본가와 한민당의 접근을 받아들인다. 박태원이 『약산과 의열단』을 발표하기 한 해 앞서, 1946년 김오성은 "우리가 최대한으로 요구하는 지도자의 영웅"을 실재 인물을 통해 "지도자의 가질 수 있는 온갖 조건과 형상"을 그려보려는 취지에서 『指導者群像』을 발간하는데, 여섯 번째 인물로 '김원봉'이 제시되어 있다. 김원봉을 소개하는 장에서, 다음과 같은 진술은 김원봉에 대한 해방기 민중들의 선망이 얼마나 큰 지 짐작할 수 있다.

金九氏一行의 뒤를 이여 入國한 金元鳳氏 는 참으로 好印象을 우리에게 주었다. 金九氏等이 誠意를 다- 해서 찾어가는 國內의 革命家들을 傲慢하게도 冷待하려드는것과 正反對로 金將軍은 먼저 國內의 事情을 聽取하였으며, 앞으로의 取할 態度를 議論하였다. 이러한 謙虛한 態度는 極히 短時日안에 國內의 進步的인 勢力의 全的 支持를 獲得할수 있었던 것이다." "氏는 우에서 본바와 같이 海外에 있어 온갖 政客들이 消極的退避策이나, 安全策을 쓰고 있을대에도 一時를 休息함이없이 反日鬪爭에 積極活動하였거니와 또한 民族 統一戰線의 形成을 爲해서 가장 舊鬪해왔다. 그가 오랫동안의 對立을 버리고 渾然히 臨政에 參加한것도 오로지 民族統一의 實現만이 民族再建의 課業을 完遂하는 唯一한 길임을 認識하고, 그 統一實現을 爲한 措置이었던 것이다.[17]

지도자의 사표로서 김원봉에 대한 동시대 민중들의 선망을 이해하기 위해서는, 해방기 정치구조에 대한 이해가 선행되어야 한다. 우리는 『약산과 의열단』보다 한 해 앞서 발표된 이태준의 「해방 전후」에서 해방정국의 구체적인 실상을 확인할 수 있는데, 다음과 같은 대목에서는 박태원의 김원봉 이해와 관련하여 "한층 높은 곳에 서서, 민중을 지휘하고 명령하고 질타하는 세소위(世所謂) 지도자"의 부정적인 단면들을 확인할 수 있다.

임시정부는 민중이 꿈꾸는 것 같은 위용(偉容)은커녕 개인들로라도 쉽사리 나타나주지 않았고, 북쪽에서는 소련군이 일본군을 여지없이 문질르며 조선인의 골수에 사모친 원한을 충분히 이해해서 왜적에 대한 철저한 소탕을 개시한 듯 들리나, 미국군은 조선민중의 긔대는 모른척하고 일본인들에게 관대한 삐라부터를 뿌리어, 아직도 총독부와 일본군대가 조선민중에게 『보아라 미국은 아직 일본과 상대이지 너이 따위 민족은 문제가아니다』하는 자세를 보이기 좋게하였고"(23~24면), "민중은 애초부터 자긔자신들의 모-든 권익을 내여던지면서까지 사모하고 환상하던 임시정부라 이제야 비록 자격은 개인으로 드러왔드라도 그후의 긔대와 신망은 그리로 쏠릴길밖에 없었다. 그러나, 개인이나 단체나 습관이란 이처럼 숙명적인것일가? 해외에서 다년간 민중을 가져보지 못한 임시정부는 해내에 드러와서도, 화신 앞 같은데서 석유상자를 놓고 올라서 민중과 이야기할 필요는 조곰도 느끼지 않고 있었다. 인공(人共)과 대립만이 예각화(銳角化)되고, 삼팔선(三八線)은 날로 조선의 허리를 졸라만 가고, 느는건 강도요, 올라가는건 물까요,

---

17 김오성, 『지도자군상』, 대성출판사, 1946, 65면.

민족의 장기간 흥분하엿던 신경은 쇠약할대로 쇠약해만가는 차에 탁치(託治) 문제가 터진 것이다.[18]

이태준은 「해방 전후」에서 일제의 지배제체를 영속시키는 미군정의 태도는 물론, 임정을 비롯한 우익의 행보에 대한 비판적 시선을 보이고 있다. 이러한 이해의 연장선상에서 김원봉의 해방 이후 진로를 소개하면 다음과 같다. 김원봉을 비롯한 임정 내 좌파들은 임정의 자진해산과 민주의원 참여를 주장하지만, 이들의 주장은 받아들여지지 않았고, 결국 임정 내 좌파는 임정을 떠난다. 임정을 떠난 김원봉은 김성숙, 장건상, 성주식 등과 더불어 1946년 2월 15일 YMCA에서 민주주의민족전선을 결성하는데 참여한다.[19] 회의장에서 그는 이태준의 소개로 단상위에 서서, "민전의 성격을 '민주주의 정권을 수립하는 과도기적 임시의회'로 규정하고, 좌우합작을 통한 통일정부 수립을 지향하는 자신의 정치적 견해를 피력했다."[20] 당시 김원봉의 정치노선은 민전의 좌파협동전선론에서 출발한 것이고, 대표적 활동은 신탁통치 지지와 미소공동위원회 참여를 통한 임시정부의 수립으로 요약할 수 있다.[21]

우리는 이와 같은 사실을 통해 박태원이 해방기 좌우합작노선을 주장하는 진보적 인물, 김원봉에 주목하고 있음을 알 수 있다. 아니 박태원은 해방기 좌우·남북이 하나로 통일된 국가를 지향하고 있었음을 알 수 있

---

18 이태준, 「해방 전후」, 『문학』, 1946.7, 27~28면.
19 강준만, 위의 책, 206~211면 참조. 민족주의민족전선의 공동의장으로 김원봉을 비롯한 여운형, 허헌, 박헌영, 백남운이 추대되었다.
20 한상도, 『대륙에 남긴 꿈』, 역사공간, 2006, 226면.
21 위의 책, 230면.

다. 우리는 박태원이 『약산과 의열단』에 구현해 놓은 김원봉과 의열단의 활약상을 통해, 그가 김원봉을 높이 평가하는 근거를 좀 더 구체적으로 알 수 있다. 후기를 제외한 총 16장의 표제는 본 장의 내용을 잘 압축하고 있다. "제1. 어린 시절, 제2. 해외로 나가서, 제3. 의열단 탄생, 제4. 제1차 암살파괴 계획, 제5. 부산경찰서 폭탄사건, 제6. 밀양경찰서 폭탄사건, 제7. 조선총독부 폭탄사건, 제8. 상해 황포탄사건, 제9. 제2차 대암살파괴계획, 제10. 동경2중교 폭탄사건, 제11. 제3차 폭동계획, 제12. 북경 밀정 암살사건(1), 제13. 북경 밀정 암살사건(2), 제14. 경북의열단사건, 제15. 식은·동척 습격사건, 제16. 잊히지 않는 동지들"

우선 작중 김원봉의 구국 정신과 방법을 살펴봄으로써 박태원의 정치적 입장을 확인해 보도록 하자. 작중에서 중국으로 망명간 김원봉은 국내의 3·1운동 소식을 접하고 감격과 비감이 교차했다. 그는 '무력항쟁'이 아닌 데서 3·1운동의 한계를 느낀다. "'무기 없는 투쟁이, 능히, 강도일본을 우리 국내로부터 축출할 수 있을까? 독립만세 소리에, 삼천리 강산이, 한때, 통으로 흔들리기는 하였다더라도, 그로써 국토를 찾고 주권을 회복할 수 있을까?"(26면) 빈손으로 자유를 부르짖은 수십만 민중의 노력에 비해 그 득보다 민중의 인명피해가 더 컸음을 안타까워한다. 무력항쟁의 필요성은 또 다음과 같은 대목에서도 드러난다. 김원봉은 북경에서 만난 김익상에게 다음과 같이 말한다. "자유는 우리의 힘과 피로 얻어지는 것이오. 결코 남의 힘으로 얻어내는 것이 아니오. 조선민중은 능히 적과 싸워, 이길 힘이 있소. 그러므로 우리는 선구가 되어 민중을 각성시켜야 하오. 이것을 위해 피를 흘려야 하오."(62면) 젊은 혁명가의 혈기와 의분은 곧 김익상에게 전달된다.

　김원봉과 그가 이끄는 의열단의 구국 정신과 방법은 의열단 강령, '조선혁명선언'에 잘 나타나 있다. 신채호가 작성한 '조선혁명선언'에는 그들의 활동이 "폭력적 암살, 파괴"로 소개되어 있다. 폭동의 목표물은 "① 조선총독 급 각 관공리. ② 일본천황 급 각 관공리. ③ 정탐노, 매국적(賊). ④ 적의 일체 시설"로 각각 구분되어 있다. 그들에 의하면 "혁명의 길은 파괴부터 개척할지니라. 그러나 파괴만 하랴고 파괴하는 것이 아니라 건설하랴고 파괴하는 것이니 만일 건설할 줄을 모르면 파괴할 줄도 모를지며 파괴할 줄을 모르면 건설할 줄도 모를지니라 건설과 파괴가 다만 형식상에서 보아 구별될 뿐이요 정신상에서는 파괴가 곧 건설"(117면)이다. 1919년 11월 10일 길림성의 파호문 밖에서 약산 이하 13인이 모여 의열단을 조직한 이래 1925년에 이르는 7년간, 그들은 중국에 거점을 두었으나 조선 내부로 잠입하여 혁혁한 성과를 몸소 실천한다. 이러한 사실에서 알 수 있듯이, 김원봉은 조선 민중이 주체가 되어 조선 독립의 선봉에 나서야 하며, 이를 위해서는 무력항쟁이 필연적이라는 점을 강조하고 있다. 김원봉의 구국 의지와 방법은 식민지에만 국한된 것이 아니다. 이러한 신념은 해방 후 제국으로부터 완전한 독립을 지향하는 김원봉의 의지와 상통할 뿐 아니라, 그를 화두로 집필에 골몰하는 박태원의 의지이기도 하다.

　"제16 잊히지 않는 동지들"이라는 작품의 말미에 이르면 박태원은 "일개 생도로써 군관학교에 입학하여 군사교육"을 받기로 결심한 김원봉 진로의 당위성을 피력하기 위해 다음과 같이 자문자답한다. "이 7년간의 부절하는 폭력 암살 · 파괴 · 폭동을 통하여, 약산이 배운 것은 무엇이었나? 역시 그러한 수단 · 방법으로는 결코 독립을 얻을 수 없다는 사실이다."“왜적에 대한 복수”, “현실에 대한 불만”, “7년간의 부절하는 폭력”으로도 민중을 각오시키지 못했다는 것이다. 박태원은 자신의 목소리를 통해 김원봉의 당시 내면을 소개한다. “민중을 각오시키는 것은 오직 탁월한 지도이론이다. 교육과 선전이다. 그밖에 다른 길은 없었다. **혁명은, 곧 제도의 변혁이다. 몇몇 요인의 암살과, 몇 개 기관의 파괴로는, 결코, 제도를 변혁할 수 없다.** 제도를 수호하는 것은 곧 군대와 경찰이다. 이들의 무장역량을 해제할 수 있어야, 비로소 혁명은 달성되는 것이다. 그러함에는, 전민중이 각오하여야 하고, 단결하여야 하고, 조직되어야 한다. 전민중의 일대 무장투쟁이 아니고는, 강도일본을 구축할 도리가 없다.”(198면, 강조는 인용자) 이에, 약산은 “민중을 무장시키기 전에 우선, 자기 자신부터 무장하리라”(199면)는 취지로 황포군사학교에 입학한다.

『약산과 의열단』의 말미에 나타나 있는 김원봉의 내면추이는 『홍길동전』말미에 나타나 있는 홍길동의 내면추이와 상통해 있다. 『홍길동전』(1948년)의 말미에서 홍길동은 활빈당을 통한 구휼사업을 하던 끝에 ‘잎’만 보고 ‘뿌리’를 보지 못했다고 자탄한다. “조생원과 더부러 활빈당을 일으킨지도 어언간 일 년 그 동안에 자기들은 가없은 동포들을 위하여, 대체, 얼마만한 일을 하였단 말이냐? (…중략…) 그러 하건만 동포들은 조곰도 행복 되지 못하고, 나라 정사는 나날이 글러만 갔다. (…중략…) 땅 위의― 풀잎만 보고, 땅 속에 깊이 박힌 뿌리는 생각을 아니 했다. (…중략…) **이제까지의 활빈당사업은, 뿌리는 버려 두고, 오직 풀잎만을 뜯어 온, 슬프고도 헛된 노력이었다.**”[22] 김원봉과 홍길동, 양자는 궁극에 이

---

22 박태원, 『홍길동전』, 협동문고, 1947, 158~159면(강조는 인용자). 이하 작품 인용은 이 책으로 하되, 인용문 말미에 페이지 수만 밝히도록 함.

르러 '제도'에 눈을 뜬다. "복수", "불만"과 같은 감정적인 동기에서 출발하여, 그들은 "제도 개혁"의 필연성을 자각한 것이다. 이러한 작중 영웅의 의식 추이는 해방정국 박태원의 정치적 입장을 반영하고 있다. 특히 우리는 당시 그가 특정 이데올로기와 사상적 기반 없이 민족의 구원을 소망하고 있음을 다시 한 번 확인할 수 있다.

박태원의 『약산과 의열단』은 김원봉의 황포군관학교 입교로 끝맺는다. 우리는 해방 이후 박태원의 의식을 추적하기 위해 김원봉의 해방 전후 활약상을 주목할 필요가 있다. 작품에 나타나 있지 않은 이후 김원봉의 활약상을 소개하면 다음과 같다. 김원봉은 1926년 3월 8일 중국내부의 황포군관학교 4기생으로 입교해서 6개월 동안 군사, 정치교육을 받고 10월 5일 졸업했다. 그는 황포군관학교 졸업생이라는 이력을 내세워, 조선혁명군사정치간부학교를 건립하고 국민당정부 요인과 연대관계를 맺어 재정, 물질적 지원을 얻어낸다. 그는 의열단 단장이라는 일개 독립운동단체의 리더를 뛰어넘어, 1930년대 중반 이후 중국 관내지역 민족주의 좌파세력의 지도자 위치에 올라서게 된다.[23] 1935년 7월 5일 난징의 중앙대학 내에서 민족혁명당 창당식을 갖는다. 민족혁명당은 1920년대 후반기 의열단의 이념을 계승한다.[24] 1941년 5월 민족혁명당은 임시정부에 참여하기로 결정하고 12월 10일 이를 공식선언한다. 1944년 4월 22일 김원봉은 임정 군사방면의 최고 책임자, 국무위원 겸 군무부장에 선임된다.

해방 직후 김원봉을 비롯한 임정 좌파는 김구를 비롯한 임정 우파(한국

---

23 한상도, 『대륙에 남긴 꿈』, 역사공간, 2006, 49면과 83~84면 참조.
24 위의 책, 88~89면 참조.

독립당)의 1차 귀국에 이어 2차로 국내에 들어온다. 민혁당의 김원봉이 양보하여 한독당(한국독립당) 측의 주장대로 주석 김구, 부주석 김규식과 일부 국무위원들이 먼저 갔다. 이를 계기로 해방 후 민중들에게 "임정＝김구"라는 등식을 구축하게 되었다.[25] 이에 대해 염인호는 다음과 같이 진술한다. "당시 국내 대중들은 중경 임정 내부 사정을 잘 알지 못하고 있었다. 반면 민혁당과 약산(김원봉)은 가려졌다. 약산은 임정 내에서 제2인자였음에도 환국 후 국내에서 김구, 이승만, 김규식에 이어 제4인자로 소개되었다."[26] 해방정국 김원봉의 활동은 협동전선론에 입각한 통일정부 수립 노력으로 집약된다.[27] 여운형의 암살로 좌우합작운동은 활동정지에 들어간다. 한반도 문제가 UN으로 이관되자, 좌우합작위는 활동한지 1년 5개월 만인 1947년 12월 6일 공식 해체되었다.[28] 1948년을 전후한 남한 내 통일적 기반의 와해는 박태원에게도 큰 영향을 미친 것으로 보인다.

염인호는 박태원의 『약산과 의열단』(1947.9.25)에 대해 "좌익 최고 간부에 대한 일종의 위신높이기 작업"이라고 평가한 만큼,[29] 좌우합작 민족주의노선이 와해된 1948년 이후 박태원은 작품을 통해 건국과 관련된 정치적 입장을 표명하지 않는다. 박태원은 1947년 초 「고부민란」(『협동』 제3호, 1947)을 발표할 때까지만 하더라도, 민중사관에 입각하여 작중에서 억압자인 부패관료에 대항하여 민중의 저력에 주목하고 그들

---

25 강준만, 『한국 현대사 산책 1권—1940년대편』, 인물과사상사, 2005, 130면.
26 염인호, 『김원봉 연구—의열단, 민족혁명당 40년사』, 창작과비평사, 1992, 295면.
27 한상도, 위의 책, 222면.
28 강준만, 『한국 현대사 산책 2권—1940년대 편』, 인물과사상사, 2005, 47~50면 참조.
29 염인호, 위의 책, 358면. 같은 맥락에서 이미향 역시 『약산과 의열단』의 제작 의도를 "1946년 5월 좌익이 수세에 처한 시기", "이승만과 임정에 맞서 내세울 수 있는 좌익적 인물이 필요했고, 이러한 인물로 약산을 전기화" 한 것으로 파악하고 있다(이미향, 앞의 글, 265면).

의 역량을 집중시킬 수 있는 가능성을 보여주고 있었다.[30] 그러던 그는
1948년부터 창작품을 발표하지 않으며, 번역을 하거나 기존에 발표된 작
품을 단행본으로 만든다. 1949년에 이르러 가치중립적인 입장에서 조선
의 역사를 조명하는 「임진왜란」(『서울신문』, 1949.1.4~12.14)과 「군상」(『조
선일보』, 1949.6.15~1950.2.2)을 연재한다.

　　남한에 이승만 주도 단독 정부가 성립되자, 좌익에 대한 탄압은 거세
진다. 1948년 8월, 김원봉 역시 수도경찰청의 체포령이 내려지면서 해
방정국의 현장에서 자취를 감추었고, 이듬해 4월 초순 그는 북행길에
오른다.[31] 월북 후 김원봉은 최고인민회의 상임위원회 부위원장에 선임
되기도 했지만, 61세로 1958년 11월 숙청된다. 김일성주체사상이 확립
될 무렵, 그는 북한체제에서 존재가치를 잃고 만다. 식민지시절부터 김
원봉이 고수했던 좌우합작 민족주의 노선이 1958년 새롭게 정비된 북
한의 체제, 김일성 주체사상과 맞지 않았던 것이다.[32] 김원봉의 전기를
집필한 이원규의 지적처럼, 김원봉을 비롯해서 그의 주변 사람들은 상
당수 뒷날 중국공산당의 무장세력인 홍군과 연합해 일본군과 싸우다가
쓰러지거나 8·15광복 후 북한으로 귀국했다. 그들은 가장 장렬하게 싸
웠으면서도 남한과 북한의 독립전쟁사에서 지워졌다. 남한에서는 그들
이 공산주의 깃발 아래 싸웠다는 이유 때문에, 북에서는 종파투쟁으로
제거해버린 세력이므로 외면한 것이다.[33]

30　이 작품은 부패 관료들의 폭압에 신음하는 농민들의 생활을 보여주되 '전봉건'을 비롯
　　한 동학의 발흥과 그에 대한 탄압을 조명하고 있다. 이 작품은 「군상」을 집필하기 위한
　　시도로 보인다.
31　한상도, 『대륙에 남긴 꿈』, 역사공간, 2006, 247면.
32　한상도, 위의 책 참조. 염인호, 앞의 책 참조.
33　이원규, 「저자의 말」, 『약산 김원봉』, 실천문학사, 2005, 35면. 같은 맥락에서 해방 이후
　　이태준은 「아버지의 모시옷」(1946.8.14)에서 해외에서 독립운동을 한 아버지가 해방 후

　남북한은 극단적으로 상대편의 이데올로기를 억압했을 뿐 아니라 양 편의 지도자들은 독재적인 패권을 장악하기 위해 역사의 공정성으로부터 멀어졌다. 그 결과 '좌익＝독립지사'·'우익＝친일세력'이라는 식민지 현실의 등식은 해방정국 남한에서 편 가르기의 잣대로 위세를 떨친다. 1948년 9월 22일 친일부역자들의 처벌을 위한 '반민족행위처벌법'이 제정되어, 반민법에 근거하여 국회 내에 '반민족행위자특별조사위원회 (반민특위)'가 구성된다. 또 한편에서는 1948년 12월 1일 국가보안법이 공포된다. 좌우충돌 속에, 다수 국회의원이 남로당 지령을 받았다는 '국회프락치사건'을 계기로 반민특위는 와해된다. 1949년 7월 2일, 이승만 정부와 친일 세력은 1950년 6월 20일로 규정한 공소시효를 1949년 8월 31일로 단축하는 '반민법' 개정안을 국회에 상정했고, 7월 7일 반민특위 전원이 사임서를 제출한다. 이승만 정부는 1949년 6월 5일 '국민보도연맹'을 결성하여, 좌익 활동을 한 사람을 강제 가입시킨다. 박태원을 비롯한 중도좌파들도 대거 가입하여 우익의 지시에 따른 반공활동을 해야 했다.[34] 이승만 정권의 반공주의가 강화됨으로서, '좌익＝독립지사＝공산주의자'·'우익＝친일세력＝반공주의자'라는 도식으로 반목과 질시가 강화된다. 결국 전자는 월북 혹은 지하로 잠적하는 등 남한에서의 존립 기반을 잃고 만다. 해방정국에서 한국전쟁에 이르기까지 극단적 좌우의 균열 속에 좌우합작 민족주의자 김원봉이 자취를 감추고 말았듯이, 박태원 역시 1930년대 모더니즘기수라는 제한된 수식어와 더불어 해방 이후 한국문학사에서는 그의 자취가 희미해진다.

남쪽이 아니라 북쪽을 선택한 것에 대해 아버지의 진로를 장엄하게 묘사해 놓고 있다.
34　강준만, 앞의 책, 233~236면 참조.

3) 『홍길동전』 – 지도자의 사표와 현실존립의 한계

김원봉이 식민지를 배경으로 해방정국 실존 영웅이라면, 홍길동은 우리 민족의 이야기 속에 살아있는 구전 영웅이다. 김원봉에게 '의열단'이 있다면, 홍길동에게는 '활빈당'이 있다. 김원봉의 '구국' 활동은 홍길동의 '구휼' 활동과 상통한다. 우리는 『홍길동전』에 제시된 '홍길동'의 성품을 통해 박태원이 지향하는 영웅의 구체적인 성품을 확인할 수 있다.[35] 박태원은 『홍길동전』에서 시대적 배경을 바꾸고,[36] 작중 보조 인물을 추가함으로서[37] 전래의 이야기를 각색한다. 그는 작품 말미에서 홍길동의 영웅성을 부각시키기 위해 "역사 위에 있어, 가장 어둡고 어지러웁고 또 추악하던 인군 연산(燕山)의 시절"을 배경으로 설정했음을 밝힌바 있다. "홍길동과 그의 활빈당(活貧黨)이 눈부신 활약을 하고, 그들의 활약이 충분히 뜻있는 것이기 위하여는 아무래도 어두운 시절, 어지러운 세상"(175면)이 효과적이라 여긴 때문이다. 그 결과 『홍길동전』에

---

35 박태원의 『홍길동전』에 대한 탁월한 논의로 임무출의 「박태원의 「홍길동전」 연구」(『한민족어문학』 18, 한민족어문학회, 1990.12, 81~119면)를 들 수 있다. 박태원이 쓴 「홍길동전」의 역사소설로서 가치와 의의는 물론, 허균의 『홍길동전』과 박종화의 『금삼의 피』 간 대조를 통해 박태원의 사관을 조명하고 있다. 그에 의하면, 박태원이 창출해 낸 홍길동은 "개인적 삶→사회적 삶→민족적 삶"으로 변신을 도모한다.

36 『홍길동전』에는 여러 이본이 있다. 지금 남아 있는 것으로는 서울에서 발간된 경판본(京板本) 4종, 경기도 안성에서 만들어진 안성판본(安城板本) 2종, 전라북도 전주에서 만들어진 완판본(完板本) 1종이 있고, 그밖에 한문필사본과 활자본이 있다. 모든 이본에서 소설의 시대적 배경을 세종대왕 때로 삼아 제도의 모순과 부정부패한 관리를 응징하는 홍길동의 활약을 그렸다. 『홍길동전』이 나올 당시의 시대적 배경은 임진왜란이 휩쓸고 간 뒤를 이어 폭군 광해군이 즉위하여 사회는 극도로 어수선하던 시기로, 왕은 포악하고 관리들은 썩을 대로 썩어 백성의 생활이 아주 어려웠던 때이다. 허균, 「홍길동전을 다시 펴내며」, 『홍길동전』, 현암사, 2000, 13~14면 참조.

37 박태원은 『홍길동전』 후기에서 "원작에는 없는 인물로, 나는 『음전』이란 소녀와 『조생원』이란 기인을 꾸어 왔다"(176면)고 밝히고 있다.

는 정의로운 지도자로서 홍길동의 성품이 한층 강조되어 나타난다.

첫째, 홍길동은 본질적으로 '용맹스러운 기개'를 지니고 있다. 둘째, 홍길동은 '의로움'이라는 모럴을 잣대로 행동력을 발휘한다. 홍길동은 부정한 행위만 응징할 뿐 살상과 인명의 손실을 막는다. "부정한 재물이기로 거두어 가노라 활빈당 행수 홍길동"이라는 표식을 남기고, 홍길동은 탐관오리들이 부정하게 모은 재물을 다시 가난한 백성들에게 나누어준다. 셋째, 홍길동의 모든 활동은 '빈민에 대한 구휼'로 수렴된다. 홍길동은 도적집단을 교화하여 빈민구제 집단 '활빈당(活貧黨)'으로 거듭 나게 한다. 탐관오리만이 "불안과 공포 속에" 떨 뿐 빈민들에게는 벗이요, 동지들이다. 활빈당은 "그 고을 원에게서 빼앗은 부정한 재물을 가지고, 그 고을의 가난한 사람, 의지 없는 사람들을 구휼"(98면)한다. 박태원은 홍길동을 통해 '용맹스러움', '의로움', '빈민구휼'을 영웅이 갖추어야 할 성품으로 제시하고 있다. 이것은 해방정국의 지도자들에게 박태원이 요구하는 바이기도 하지만, 소박한 면이 없지 않다. 홍길동은 '고상한 도적'으로서 사회 저항의 원시적인 형태를 보여준다는 점에서 적극적으로 평가할 수 있다. 홉스봄의 지적처럼 "그는 허리를 굽히길 거부한 개인"[38]으로서 당대 진보적 인간의 일면을 보여준다. 홍길동은 "가난하다고 해서 비천하거나 무력하거나 유순할 필요가 없"(97~98면)으며, 약한 자도 두려움의 대상이 될 수 있음을 보여준다. 그러나 소설의 전모를 총괄해 볼 때, 박태원이 만들어낸 '홍길동'은 해방정국은 물론 이미 소설 내부에서부터 현실존립의 한계를 지니고 있다.

---

38 에릭 홉스봄, 이수영 역, 『밴디트―의적의 역사』, 민음사, 2004, 98면. 이하 홉스봄 글의 인용은 이 책으로 하되 인용문 말미에 페이지 수만 밝히도록 한다.

　　특히 제17장과 소설의 후기부분을 참조할 때, 우리는 이 소설에서 홍길동의 형상화가 효과적으로 부각되고 있지 않음을 알 수 있다. 17장에서 홍길동은 새로운 임금의 출현에 일조하지도 않으며, 그 스스로 새로운 임금으로 자리잡지도 못한다. 이 부분은, 민중 위에 군림하지 않으려 했던 약산 김원봉에 대한 박태원의 평가와 합치하는 부분이다. 소설의 초반부터 16장에 이르기까지 홍길동이 이룬 성과와는 별개로, 17장에 이르면 새로운 인물이 등장하는데 이른바 '조정의 신하들'이다. 홍길동과는 별개로, 조정 신하들의 모의와 추진력으로 새 임금을 추대하는 것으로 이야기는 종결된다. 박태원 스스로 작품 후기에서 "나는 이 소설을 쓰면서 여러 가지 점으로 나의 용의(用意)가 부족하였던 것을 절실히 느꼈다"고 고백하고 있거니와, 그는 "모처럼 홍길동이란 인물을 살려 보자고 붓을 들었던 노릇이, 결말에 이르러 아주 죽이고 말았다."(176면) 작중 말미에 폭군이 물러나고 새로운 왕이 등극했지만, 여기에는 홍길동의 노고가 스며들어 있지 않다. 새 임금이 추대되는 현장에 홍길동은 일개 "농민"으로 그 광경을 지켜본다. 홍길동과 그의 의적들은 스스로 개혁의 주체가 되지 못하고, 작중의 말미에 이르면 개혁의 수혜자인 농민의 입지로 돌아간다.

　　박태원이 형상화해 낸 의적은 생존의 위기에 처한 기층민들에게 요긴한 도움을 줄 수 있었지만, 그들은 근대적 제도의 변혁과 같은 혁명을 주도할 수는 없었다. 결국, 박태원이 형상화해 낸 의적 홍길동은 동시대의 관점에서 '산적'의 한계를 벗어나지 못하고 있다. "정치적으로 산적은 농민들에게 진정한 대안을 제시할 능력이 없었다"(165면)라는 홉스봄의 지적처럼 홍길동을 비롯한 산적들은 정치구조의 변방에서 활동하는 세력으로서, 혁명에 있어서는 제한적이었다. "산적 내부 조직으로는 사회 전체를 아우를 모델을 만들어 내지 못한다."(156면) 그들은 "반란의 사회적 인큐베이터"(151면)가 되지 못하고 "껵인"(152면) 세계로 그치고 만다. 해방정국 임정을 대표하는 김구 식의 표현으로 하자면, 그는 '법통'이 부재해 있기 때문이다. 예컨대 한때 훌륭한 신하였으나, 산적이 된 이흡이 조정의 신하들을 도우려고 하자 신하들은 그의 도움을 받아들이지 않는다. 이흡이 도움을 자청하자, 조정의 신하들은 도움을 수락하기는커녕 그들의 비밀스런 계획이 외부로 유출된 사실에 대해 우려한다. 왜냐하면 조정의 신하들에게 이흡, 홍길동은 혁명가가 아니라 국법을 위반한 '도적'으로 각인되어 있기 때문이다. 조정의 신하들은 홍길동과 활빈당을 정치적 동반자가 아니라 '테러집단'으로 인식한다.

그렇다면 왜 박태원은 1947년 홍길동을 묘사하면서 혁명을 단행한 '영웅'이 아니라 시국을 근심하는 '의적'의 한계만을 보여주고 말았는가. 왜 그는 산적이 될 수밖에 없었던 기층민들에게 도둑이 되기 이전에 양민이 되기를 권고하지 않고, '착한 도둑' 혹은 '고상한 도둑'이 되도록 종용할 수밖에 없었던 것인가. 그 이유로 다음과 같이 두 가지를 들 수 있다. 첫째, 그들 활동의 계기가 '혁명'이 아니라 '복수'에 있기 때문이다. 홉스 봄의 지적처럼, "의적은 불의를 바로잡는 사람들이라기보다는 복수를 하는 사람, 완력을 발휘하는 사람이다. 그들이 호소력을 지니는 이유는 정의의 대리자이기 때문이 아니라 가난하고 약한 자도 두려움의 대상이 될 수 있음을 보여 주었기 때문이다."(100면) 예컨대 홍길동이 산적이 되기로 마음먹은 결정적인 계기는 '음전'이의 죽음 때문이다. 관가에서 음전이를 데려갔고 정절을 잃기 전에 음전이는 자살한다. 작중 홍길동은 사랑하는 음전이를 잃은 개인적인 슬픔과 강렬한 복수심에서 의적을 자청한다.

박태원의 『홍길동전』에서 소설의 전반부에 등장하는 '음전'이는 작품의 재미를 부가시키긴 하지만, 종국에는 홍길동의 활동 경로를 축소시킨다. 박태원은 작품 후기에서 "조생원이 곁에서 그렇듯 충동이지 않고, 또 음전이가 그렇듯 죽는 일이 없었다 하더라도 그러한 시절에 있어, 길동이는 결국 『활빈당』의 맹주가 되지 않고는 못 배겼으리라 믿는다"(175면)라고 강조하지만, 실제 소설에서는 이들의 출현으로 말미암아 영웅의 주체성과 자발성은 현저히 삭감된다. 홍길동 스스로 현실의 불합리와 백성들의 아픔을 직시한 것이 아니라 음전이 조생원과 같은 보조인물을 통해 고난 받는 백성을 인지하게 되고, 그들을 위해 거사를 준비하게 된다. 이처럼 애초부터 홍길동이 의적이 되기로 한 계기가 사사롭고 소박하기 때문에, 그의 활동은 봉건적인 제도의 고발과 혁명을 통한 새로운 사회 창출이라는 거대 담론으로 확산되지 않는다.

둘째, 홍길동과 활빈당은 '자유'를 선택했다기보다 '굶주림'에서 벗어나기 위해 의적이 되었던 것이다. 다시 말해서 그들은 각성된 인물들이 아니라 오히려 본능에 충실한 인물들이다. 작중에서 산적들은 농노가 되기를 거부하고 '자유'를 선택한 것이 아니라 '가난'과 '굶주림'을 거부한다. 그들은 제도와 전통에 불만을 품은 것이 아니라, 생존을 위해 배고픔과 같은 본능에 항거한다. 그런 까닭에 그들은 새로운 세계를 꿈꾸는 것이 아니라 전대의 더 좋았던 시절로 회귀할 수 있다는 소박한 향수를 지향한다. 홍길동을 비롯한 작중의 의적은 사회 혁명가가 아니다. 그들이 지향하는 정의는 홉스 봄의 지적처럼 "'옛날 방식', 즉 억압 사회 내에서의 공정한 행위들을 회복시키려는"(96면) 온건파들이다. 그들은 자유와 평등을 실현하는 급진적 혁명가들이 아니다. 그러므로 그들은 적극적인 계획이 없다. 홉스봄의 지적처럼 홍길동의 활약은 "좋았던 옛 시절처럼 사람이 잘, 공평하게 사는 데 방해가 되는"(110면) 탐관오리를 혼내주는 데 그친다. 홍길동 형상화에 있어서 나타나는 한계는 홍길동을 비롯한 작중 인물들이 어떤 이데올로기도 없으며, '계급의식'이 부재해 있기 때문이다.[39] 그 결과 그들의 활약은 '징발'에 그치고 만다. 그들은 피억압자로서 부르주아 관료층이 불법적으로 착취한 재산을 몰수한다. 이러한 일련의 활동들로 말미암아 홍길동과 활빈당은 현실에서 개혁을 주도하는 주체로서 도덕적 자존감은 물론, 혁명의 적극적인 주체로 현존할 수 있는 가능성(권력적 토대)을 상실한 것이다.

궁극적으로 박태원의 『홍길동전』에 등장하는 홍길동은 활빈당을 통해 기층민들의 전국적인 지지기반을 구축하지만, 모순된 현실과 부패한 제도를 뜯어고치는 역동적인 세력으로 현존하지 못한다. 작품의 초반과 중반에서 홍길동은 각도의 도적들을 활빈당으로 규합함으로써, 전국적인 기반을 다진다. "독자는 얼른 생각에, 그것은 각도에 있는 탐관오리들을 징계하고, 그들의 부정한 재물을 빼앗기 위함"(93면)이라 생각할 수 있지만, 박태원은 다음과 같이 답한다. "그는 활빈당의 사업을 전국적으로 급속하게 전개하고 싶었기 때문이다. 그러기 위하여는, 우선, 각

---

39 같은 맥락에서 김종욱 역시 박태원의 『홍길동전』을 분석하면서, "봉건적 질서를 부정하는 민중적 변혁의 필연성이 계급적 분석의 기로 위에서 이루어지지 못하고 지배층의 도덕적 윤리적 타락에 대항해서만 의미롭다"며 작가의 소박한 역사인식을 지적한 바 있다 (김종욱, 「일상성과 역사성의 만남─박태원의 역사 소설」, 『박태원 소설연구』, 깊은샘, 1995, 237~238면).

도에 있는 대당들을 활빈당에다 가맹시키고, 그들에게 이 거대한 사업의 참된 의의를 이해시켜야만 하였던 것이다."(93~94면) 활빈당의 전국적인 규모에 비해 이들의 활약은 거국적이지 않다. "길동이가 한번 이르는 곳마다, 도적들이 두 말 않고 그의 지휘에 복종"하고 "모두 그의 용맹과 조생원의 지모에 깊이 경복"하여, "한번 「활빈당」의 이름이 국내 방방곡곡에 알려진 뒤로는, 어데를 가든 「홍길동」 삼자만 이르면, 무슨 일이고 뜻대로 움지겨 주었"(93면)음에도 불구하고, 홍길동이 그 힘을 발판으로 삼아 지속적으로 활동하지 않았던 이유는 무엇인가.

그것은 체제가 이들을 규범적인 기구로 인정하지 않았기 때문이지만, 그에 앞서 이들이 체계를 전복시키려는 적극적인 입장과 세계관을 가지고 있지 않았기 때문이다. 요컨대 홍길동은 활빈당을 비롯한 민중을 규합하고 이끌 수 있는 구심점이 되는 사상이 부재해 있다. 해방 이후 박태원 작품에 등장하는 일련의 영웅들은 해방정국 역사인식을 공고히 하고, 현실의 재건을 도모하려는 지식인의 성실한 현실탐색의 결과물에 그칠 뿐, 구체적인 전망과 방향을 설정해 주지 못하고 있다. 결과적으로 박태원은 기층민의 고통에 대해 책임감을 느끼지만, 그들을 고통에서 해방시켜 줄 수 있는 적극적인 담론과 입장은 부재했던 것이다. 이러한 사실은 박태원이 창출해 낸 홍길동의 현실존립의 한계를 보여주고 있지만, 동시에 박태원의 정치적 입장을 대변하고 있다. 박태원은 어떠한 이데올로기에도 경도되지 않았기 때문에, 그가 창출해낸 홍길동은 율도국과 같은 새로운 왕국을 만들지 않았을 뿐 아니라 동시대 관료들과도 섞이지 않았던 것이다.

4. 결론

해방 후 1946~1947년 박태원이 발표한 작품 『조선독립순국열사전』(1946), 『약산과 의열단』(1946), 『홍길동전』(1947)에는 민족을 위해 한 몸을 바친 구국의 영웅들이 등장한다. 해방 이전 박태원이 중국 영웅 「신역삼국지」(『신시대』, 1941.5~), 「수호지」(『조광』, 1942.8~1944.12), 「서유기」(『신시대』, 1944.12)에 주목하고 있었다면, 해방 이후 박태원은 식민지 역사 속에 실존했으며 당대에도 살아있는 김원봉 그리고 우리 역사와 설화 속에 존재하는 이순신, 홍길동 같은 민족 영웅을 소환해 내고 있다. 해방정국, 적어도 남한단독 정부가 수립되기 이전까지 박태원은 일련의 구국 영웅을 통해 작가이기보다 '지식인'으로 건국에 대한 정치적 입장을 피력한다. 이 글에서는 우선 해방공간 박태원 작품에 등장하는 영웅의 의미를 천착해 보았다. 박태원은 다음과 같은 세 가지 차원에서 민족 영웅을 호명한다. 첫째, 해방 이후 자신의 과오를 청산하고 새로운 활로를 모색하고자 구국(救國) 영웅에 주목한다. 둘째, 해방정국 혼란과 민중을 선도할 수 있는 지도자의 전범을 제시하고 싶었던 것이다. 셋째, 일련의 작품은 연재형식을 거치지 않고 단행본으로 출간된 만큼, 독자에 대한 박태원의 계몽의지가 전제되어 있다.

해방공간 박태원 작품에 나타난 '영웅'은 동시대 작가의 정치적 입장을 대변하고 있다. 그것은 해방과 더불어 남북한이 하나 되는 민족공동체 건설을 표명하고 있다. 작중의 영웅은 해방정국 박태원이 지향하는 '건국이데올로기'를 재현해 낸다. 『조선독립순국열사전』에 등장하는 일

런의 독립순국열사들은 해방정국에 남겨진 식민지 자기반성은 물론, 건국과 관련하여 지식인으로서 박태원의 활로와 입장을 대변한다. 『약산과 의열단』에서는 국권의 상실에 굴하지 않고, 자기 주도적 독립운동을 펼쳐나간 약산과 의열단들의 활동을 기리며, 해방공간에 중간파의 존립 기반과 근거를 다지고 있다. 민족주의로 일관된 김원봉에게 있어서 좌와 우의 이데올로기는 민족의 해방과 완전한 독립의 방편에 불과할 뿐 구심점은 민족의 존립에 있다. 이러한 김원봉의 사관은 해방정국 박태원의 정치적 입장을 대변한다. 『홍길동전』에서 홍길동은 정의로운 지도자의 지표를 보여주고 있지만, 현실존립의 한계를 보여준다. 민중을 주도할 중심사상과 입법에 대한 제도적 접근이 이루어지지 않는다면, 현실적인 변화를 이끌어 낼 수 없기 때문이다. 이는 역설적으로 박태원이 어떤 이데올로기에도 경도되지 않았음을 반증해 준다. 그는 좌우에 대한 가치중립적인 지식인의 입장을 고수하려 노력했던 것이다.

해방 이후 전개되는 박태원의 영웅이야기는 해방정국이라는 어수선한 상황을 고려했을 때 풍요로운 의미와 맥락을 지닐 수 있다. 박태원이 해방 이후 조명한 '민족 영웅'은 해방 이전 박태원이 번역작업을 통해 조명한 중국의 영웅과 다른 민족적 정체성을 제공한다. 특히, 동시대 실존인물 '김원봉'에 대한 저작은 단연 박태원의 정치적 입장을 분명하게 보여준다. 그가 조명한 김원봉의 궤적을 통해 우리는 해방정국을 바라보는 박태원의 의식을 유추할 수 있다. 식민지 잔재를 청산하고, 민중중심의 사관으로 민족의 완전한 독립을 지향하던 박태원은 남북한 어느 곳도 희망하지 않았음을 알 수 있다. 우리는 박태원의 월북에서 그의 자주적인 주도성을 찾아볼 수 없지만, 마찬가지로 남한에 잔류한다고 해도 그것 역시 그에게 기꺼운 일은 아니었음을 알 수 있다.

해방 후 중도파 민족주의자 박태원의 궤적에는 1960년 최인훈이 발표한 『광장』에 등장하는 이명준의 운명이 이미 실재화되어 있었다. 박태원을 비롯한 해방기의 중도파 지식인들은 남한도 원치 않았고 북한도 원치 않았다. 박태원이 지향하는 '영웅'은 가난한 민중을 구제하고 모두가 평등하게 잘 사는 소박한 세상을 꿈꾸고 있었으나, 그러한 영웅은 극단적인 좌익, 극단적인 우익만이 존재하는 남·북한 어디에도 존재할 수 없었다. 여기에서 혁명가도 아니고 정치가도 아닌, 해방기 지식인 작가들의 좌절과 고난이 시작된다.

이와 관련하여 박태원의 월북이후 창작활동에 관해 다음과 같이 평가할 수 있다. 임종에 이르기까지 박태원은 꾸준히 창작활동을 해 나갔지만, 그의 창작적 시선과 소재선택은 남북한이 공유하고 문제시하는 과거의 역사에서 벗어나지 않았다. 이러한 사실은 월북이후 박태원이 창작의 원천은 물론 자신의 의식을 1946~1947년에서 한발치도 더 나아가지 않으려 했음을 시사하고 있다.

박태원의 자화상 소설과 가족주의

1. 서론

박태원 소설에는 가족의 정서적 결합이 잘 나타나 있다. 박태원은 가족의 행복을 매우 중시하고 있는데, 「惡魔」(『조광』, 1936.3.4)에서는 가정의 불행을 초래한 학주의 호기심을 '악마'로 명명하고 있다. 가장(家長)인 학주는 창녀와 하룻밤을 지낸 후, 성병에 걸려 가족 모두에게 위험을 초래한다. 「꿈」(『동아일보』, 1930.9.26), 「누이」(『신가정』, 1933.8), 「星群」(『조광』, 1937.11), 「성탄제」(『여성』, 1937.12), 「윤초시의 상경」(『家庭の友』, 1939.4.5), 「四季와 男妹」(『신세대』, 1941.1~2) 등 가족을 배경으로 한 다수의 소설에서는 육친애가 두드러진다.

일련의 소설에서 박태원은 가족의 가치를 소중히 여긴다. 「윤초시의 상경」에서 홍수와 동거하던 여급 숙자는 홍수의 시골집 아내와 어른들이 편찮으시다는 사실을 알게 되자, 홍수를 본집으로 보낸다.[1] 윤초시가 나서기 전에, 숙자는 홍수 가족의 행복과 미래를 위해 스스로 개인의 행복을 희생한다. 「성탄제」에서 언니 영이는 카페에서 일하고 내객을 통해 몸을 팔아 집안을 돌보고, 동생 순이의 등록금도 충당한다. 영이는 내객을 들인 아침이면, "사내를 졸라 식구 수효대로 짜장면을 시켜왔다."[2] 임신 사실을 알자, 영이는 "뱃속에 들어 있는 어린것을 위하여, 그는 이제부터라도 제 몸을 단정히"[3] 한다. 영이는 가족을 돌보며, 자신이 만들어낸 생명에도 책임을 다한다.

박태원은 가족의 행복을 우선에 두고, 가족 간의 정서적 교감을 중시한다. 특히 아랫사람에 대한 윗사람의 자애가 두드러진다. 「꿈」에는 손주에 대한 할머니의 사랑, 「星群」에는 아들에 대한 아버지의 사랑이 드러난다. 「星群」에서 아버지는 음악을 하려는 아들과 불화하지만, 궁극에는 아들을 포용하고 격려한다. 이 밖에 동기 간의 정리와 의리도 자주 나타난다. 「누이」에서는 오뉘간의 정감이, 「성탄제」에서는 동기 간의 연민이, 「四季와 男妹」에는 남매 간의 갈등과 화해가 두드러진다. 「누이」에서 오빠는 누이를 위해 양말을 사주고, 누이는 오빠를 위해 단벌 와이셔츠를 염색해 주기로 한다. 「성탄제」에서 영이는 동생 순이가 내

---

1   동일한 소재를 다루더라도 「報告」(『여성』, 1936.9)에서는 사정이 달라진다. 「報告」에서 '나'는 최군의 동생으로부터 최군을 시골집으로 귀환시켜 달라는 부탁을 받지만, 최군과 여급이 서로 사랑하는 모습을 보고 그들을 축복하려 한다. 이는 '나'와 '윤초시'의 입장 차이에서 기인한다. 「윤초시의 상경」에서 윤초시는 홍수의 어린 시절 서당훈장이 었으며, 전통 질서를 대변한다.

2   박태원, 「성탄제」, 『소설가 구보씨의 일일』, 깊은샘, 1995, 87면.

3   위의 책, 85면.

객을 들이자, 동생에 대한 연민으로 눈물을 흘린다. 「四季와 男妹」에서 옥순은 오빠부부와 불화하지만, 종국에는 화해한다.

가족을 중심에 두는 가치관을 '가족주의'라 명명한다면, 박태원의 가족주의가 가장 두드러진 시기는 1940년대 초반이다. 이 시기 그는 자기 가족의 일상을 직접 소설의 소재로 활용하고 있어 이채를 띤다. 당시에는 자화상 소설 외에 통속소설과 번역소설도 발표되지만 당대 자화상 소설들이 작가의 자의식을 가장 잘 표출하고 있으므로, 자화상 소설에 나타난 가족주의는 1940년대 박태원의 의식추이를 집약하고 있다고 볼 수 있다. 박태원의 자화상 소설은 「淫雨」(『조광』, 1940.10), 「偸盜」(『조광』, 1941.1), 「債家」(『문장』 3권4호, 1941.4), 「財運」(『춘추』, 1941.8)으로 사건의 시간적 배열에 따라 연작 형태를 띠고 있다. 작중에서 '나'는 가장(家長)으로서 가족의 안위를 무엇보다 우선에 두고 외압으로부터 가족을 지키려 한다.

박태원이 1940년대 접어들어 소설 속의 주인공으로 새로운 인물을 창출해내기 보다, 자신의 맨얼굴이 드러난 가족의 일상을 소재로 선택한 이유는 무엇인가. 실상 이 시기에 이르면 이태준 역시 「토끼이야기」(『문장』, 1941.2), 「사냥」(『춘추』, 1942.2), 「無緣」(『춘추』, 1942.6) 등에서 가족을 비롯한 자신의 일상을 소재로 차용하고 있다. 이러한 창작경향은 일제 강점기 검열을 비롯한 소설 창작의 어려움을 보여주는 것이기도 하지만, 그에 앞서 1940년대 일본 군국주의 파시즘으로부터 궁지에 몰린 자괴감의 표출이다. 1940년대 이태준과 박태원의 자화상 소설들은 약간의 편차가 있다. 이태준이 외부 환경에 대해 '자기' 내면으로 침잠하고 있다면, 박태원은 '가족'을 통해[4] 위안을 얻고 자기 삶에 동기를 부여하고 있다는 점이다.

가족을 강조하는 시기는 '위기의 시기'로서 파시즘과 밀접한 관련이
있다고 할 때, 1940년에 접어들어 발표된 박태원의 가족 소재 소설은
막다른 골목길에 접어든 일제 강점기의 상황을 또 다른 방식으로 전유
하고 있다. 식민제국이 정책적으로 가족을 소환해서라기보다 식민지 내
부의 가난과 위기감이 고조됨으로써, 박태원은 가족이라는 울타리 안에
서 안존을 도모하려 했으며 그러다 보니, 자신과 근친 혈족의 생존 문제
를 심각하게 고민할 수밖에 없었다.[5] 숨통을 조이는 군국주의 파시즘의
그늘에서, 가족은 유일한 위안거리였으므로 그러한 가족의 생존 문제가
더욱 긴요했던 것이다.

이 글에서는 1940년대 박태원의 자화상 소설에 나타난 가족주의의
의의를 살펴보려 한다.[6] 일련의 자화상 소설에서, 박태원이 자신의 가족
을 형상화해 내는 생생한 담화와 사건은 구체적인 실체로서 '가족'이
1940년대 일제강점기 '현실'과 어떻게 반응하고 사유하고 있는지 보여
준다. 박태원의 자화상 소설에 나타난 가족주의의 성격은 다른 작가와

---

4   이태준은 「토끼이야기」에서 토끼를 키워 생활비를 충당하는 가족의 일상을 보여준다.
죽은 닭도 못 자르는 아내는 임신한 몸으로 토끼의 가죽을 벗겨낸다. 이 작품을 제외한
다른 작품에서는 '가족'이 아니라 '자신의 내면'을 조명하고 있다. 작중 주인공이 된 작
가는 「사냥」(『춘추』, 1942.2)에서는 '사냥'을, 「無緣」(『춘추』, 1942.6)에서는 '낚시'를
하러 간다.

5   척박한 사회에서 '유일한 위안으로서의 가족'이라는 가족이데올로기는 역사적 국면에
따라 다양한 방식으로 재구성된다. 권명아, 『가족이야기는 어떻게 만들어지는가』, 책세
상, 2000, 33면 참조.

6   박태원의 1940년대 소설을 논한 대표 논의로 한수영, 「박태원 소설에서의 근대와 전
통」, 『한국문학이론과 비평』 9, 한국문학이론과 비평학회, 2005.6, 227~256면; 정현
숙, 「박태원 소설에 나타난 신체제 수용양상」(『구보학보』 1, 구보학회, 2006, 172~187
면; 김종회, 「일제강점기 박태원 문학의 통속성과 친일성」, 『비교한국학』 15-2, 국제비
교한국학회, 2007, 91~107면; 배개화, 「문장지시절의 박태원—신체제 대응양상을 중
심으로」, 『우리말글』 44, 우리말글학회회, 2008, 251~282면; 김미영, 「박태원의 자화
상 연작 소설 연구」(『국어국문학회』 148, 국어국문학회, 2008, 123~152면이 있다).

구별되는 박태원 소설의 독자성을 파악할 수 있는 계기가 될 뿐 아니라, 박태원이 해방 이후 월북을 선택 할 수 있었던 정서적 동인을 유추할 수 있는 계기가 되리라 본다.

2. 가족주의의 성격과 식민지시대 가부장제의 강화

　가족주의는 두 가지로 분류될 수 있다. "가족주의는 가치의 중심을 개인보다 가족전체에 두려는 태도이다." "가족주의는 가족적 인간관계를 사회적 영역에까지 의제적(擬制的)으로 확대·적용하려는 태도이다." 두 가지 범주 중에서 후자는 '의제 가족주의'로서 한국사의 질곡에 따라 '국가 가족주의' '경영 가족주의' '연고 가족주의'로 변용되어 나타난다.[7] 1940년대 박태원 소설에 나타난 가족주의의 개념은 전자에 해당하지만, 그가 월북 후 발표한 소설에는 당 주도의 '의제 가족주의'가 두드러지게 나타난다. 박태원의 자화상 소설에 나타난 가족주의의 성격을 살펴보기 앞서, 가족주의의 형성과 추이를 살펴볼 필요가 있다. 우선, 가치의 중심을 개인보다 가족전체에 두려는 태도는 언제부터 형성된 것인가. 가족 연구자들에 의하면, 제도로서 가족은 조선 이전에도 있었으

7　이승환, 「한국 '家族主義'의 의미와 기원, 그리고 변화 가능성」, 『유교사상문화연구』 제 20집, 2004, 48~49면. 주지하다시피, 오늘날 가족주의가 비판받는 것은 후자 의제 가족주의의 남용에서 기인한다.

나, 가족주의는 조선시대 성리학의 도입으로 정착되었다.

역사적 자료에 의하면, 조선에서는 17세기 중엽에 이르기까지 전통적인 '가(家)'의 개념이 확립되지 않았다[8] '가장(家長)'이라는 용어는 고려시대 법전에서 거의 사용되지 않았으며, 조선시대 들어서도 숙종 대에 들어서 법에 의해 뒷받침 되었다. '가산(家産)'이라는 개념도 조선 초기에 편찬된 경국법전에는 나오지 않는다.[9] 성리학의 세계관으로 볼 때, 이(理)와 기(氣)의 특성을 한 몸에 안은 인간들의 위계성은 아버지―자식에 이르는 위계와 그 본분에 맞는 고유한 역할을 수행하도록 만들었고, 자기를 중심으로 가까운 데서 먼 곳에 이르는 인(仁)사상을 바탕으로 친소관계를 철저히 구분하기에 이르렀다. 그 결과 자신의 부모가 타인의 부모보다 중요하고, 자신의 형제 자식을 타인의 형제 자식보다 중요하게 여기는 가족중심사상이 나오게 되었다.[10]

물론, 조선시대라는 특정 시대를 떠나 유교의 경전에는 가족의 위계질서에 대한 덕목이 제시되어 있다. 오륜의 선두에서 '부자유친(父子有親)' '부부유별(夫婦有別)'을 제안하고 있으며, '인(仁)'을 실행하는 덕목으로 효(孝)와 제(弟)를 제시한(孝弟也者 其爲仁之本與─「學而」, 『論語』) 데서 알 수 있듯이, 유교의 가족 윤리는 개인보다 가족 구성원들 사이의 관계성에 초점을 맞추고 있다.[11] 조선시대라는 특수성과 유교 경전의 비교

---

8   신수진, 「한국의 가족주의 전통─근본사상과 정착과정에 관한 문헌고찰」, 『한국가족관계학회지』 3-1, 한국가족관계학회, 1998, 135면 참조.
9   박병호, 『전통적 법체계와 법의식』, 한국문화연구소, 1972; 이승환, 앞의 글, 55면 각주 6번 재인용.
10 신수진, 앞의 글, 127~137면 참조.
11 최영진, 「한국사회의 유교적 전통과 가족주의─담론분석을 중심으로」, 『한국철학학회 춘계학술대회자료집』, 한국철학학회, 2005, 199면 참조.

를 통해 다음과 같은 사실을 알 수 있다. 집단으로서 가족이라는 공동체와 그 공동체를 규율하는 규범적 체계는 이미 오래전부터 있어 왔으나, 조선시대부터 가부장제도(家父長制度)를 비롯 가족 내·외부에서 권력이 행사된 것을 알 수 있다.[12] 요컨대 통치자의 치세술 및 정치적 역사적 격변 등에 따라 '가(家)'의 입지와 기능이 변화되어 온 것이다. 후대에 다양한 형태로 부각되는 '의제 가족주의' 역시 가족의 기능이 확대 적용됨으로서, 권력 담론의 도구로 변용된 것이다.

그렇다면 식민지 근대 사회에 이르면, 가족주의는 어떠한 형태를 띠고 있는가. 김동춘에 따르면, 일제는 정치적으로는 식민지적 근대화를 받아들이되, 자유주의적이고 개인주의적인 권리의식이나 저항의식을 갖지 않고 가족의 복리에 충성하는 인간형을 양성한다. 일제는 '교원 심득사항'에서 충효를 가장 강조하였는데, 그들은 유교적 충효논리를 활용하여 지배질서에 철저하게 순응하는 인간을 양성하려 하였으며, 호주제 도입 등 가족법의 제정을 통해 기존의 가부장적 가족주의를 강화시켰다. 억압적인 지배체제가 자본주의 경제 질서, 전통적 확대가족의 해체와 맞물려 있을 때, 전통사회 지배층이 견지했던 가문, 씨족 중심주의는 사회 모든 구성원의 가치로 일반화되어 가족주의로 발전할 수 있는 조건이 마련된다.

---

12 이효재는 조선조 초기에 여성을 차별하는 혼인규제, 상복제, 제사 및 재산상속제와 같은 제도적 개혁을 통해 '부계친족제도'가 고착되는 과정을 주목하고 있다. 조선조 후기로 올수록 부자 중심의 직계존비속으로 구성되었으며 딸은 출가외인, 차남 이하 아들은 일시적으로 부모와 동거하지만 분가하여 작은집으로서 큰집(종가)과 종속적 관계를 유지하며 제사공동체로서 친족조직의 연대를 지속시키는데 이 과정에서 가부장제 가족의 전형이 확립된다(이효재, 「한국 가부장제의 확립과 변형」, 『한국가족론』, 까치, 1990, 16~23면 참조).

즉 군사적 정치적 억압은 가족의 복리에 집착하는 경향을 강화시키고, 자본주의 시장경제 역시 과거의 씨족으로서의 가족이 아닌 핵가족화 된 가족의 이기적 자기중심적 생존전략을 강요한다. 정치적 억압과 시장경제는 모두 합리적 절차와 문제해결, 그리고 수평적인 연대의 기회를 차단하는데 이 경우 사회구성원은 가족의 보존, 그리고 가족구성원인 자녀의 성공에 사활을 걸게 된다.[13] 1940년대 박태원의 자화상 소설에 나타난 가족주의 역시 이러한 식민지 근대 사회의 파행성과 무관하지 않다. 1938년 중일전쟁, 1941년 태평양전쟁을 비롯 일제의 군국주의 파시즘은 식민지 조선에 정치적인 억압만이 아니라 극심한 경제적인 궁핍을 초래한다.

박태원의 「偷盜」에도 나왔듯이 도둑이 들어 옷을 훔쳐가고, 「債家」에서 보듯 은행은 아예 대출을 해주지 않아 서민들은 악덕 고리대금업자를 통해 돈을 융통해야 했다. 그 결과 가계의 빚은 늘어나고, 「財運」에서 보듯 서민들은 자신의 일상을 미신에 의탁하려 든다. 일련의 자화상 소설에서 박태원은 가장(家長)으로서 일가(一家)를 거느려야 하는 삶의 고단함과 의무감을 숨기지 않는다. 그의 유일한 수입원은 소설창작 밖에 없었으니, 그는 스스로 부과한 가장(家長)의식 외에도 아내로부터 지아비로서의 책임감, 아이들로부터 아버지로서의 의무감이 더욱 가중되었다.

그럼에도, 가족은 그에게 기쁨과 위안의 원천이 된다. 나약하고 소심

---

13 김동춘, 「유교(儒敎)와 한국의 가족주의─가족주의는 유교적 가치의 산물인가?」, 『경제와사회』, 비판사회학회, 2002, 108~109면. 이 글에서 김동춘은 공공적 가치보다 가족을 중시하는 현대 가족중심주의의 기원을 다음과 같은 정치사회적 제도적 조건에서 찾고 있다. 부계혈통주의 가족제도, 조선말기 유교 지배체제의 위기 속에서 가문과 씨족단위의 결속을 강렬하게 요구한 정치사회적 조건, 식민지 근대화 과정에서의 억압, 한국전쟁과 군사독재, 자본주의적 경쟁체제하에서의 생존과 지위획득의 실용적 필요성 등.

한 그의 가장 안락한 쉼터가 '집'이었고, '가족'이었다. 마땅한 자금도 없으면서 빚을 내어 '집'을 지은 것도, 집을 차압당할지도 모르는데 딸을 유치원에 보내려는 것도, 집과 가족이 그에게 가장 큰 위안과 행복의 원천이 되기 때문이며 그 결과 그것을 지켜내려는 것이다. 박태원이 1930년대 소설에서 '가족'을 주목했던 데 비해, 1940년대 접어들어 유독 '자기 가족'의 안일에 주목하고 가족을 통해 기쁨과 안위를 경험하는 가장(家長) 의식을 부각시킨 것은 거세어진 외부의 압력과 무관하지 않다. 박태원의 자화상 소설에 나타난 가족주의는 1940년 일제 강점기말 조여오는 외부의 억압을 간접적으로 시사한다. 외압이 거세질수록 가장(家長)의 의식은 더욱 투철해진다. 자화상 소설이 문제적인 것은 바로 이 때문이다.

일반적으로 박태원 소설에 나타난 가족주의는 타자를 배제하는 것이 아니라, 구성원간의 각별한 애정으로 위기를 극복해 나가는 가족의 정서적 구심력이 강조 된다. 이에 비해 자화상 소설에는 유독 가장(家長)의 의식이 두드러진다. 일련의 작품은 가장(家長)인 '나'가 사랑하는 가족의 생존권 앞에서, 자신의 유약한 성품을 바꾸어 나가는 과정을 보여준다. 집에 들이닥친 갖가지 우환을 감내하면서, 가장(家長)은 가장권을 의식하고 그 의무를 준수하려한다. 다음 장에서는 각각의 장을 달리하여 박태원 소설에 나타난 가족주의의 추이와 1940년대 자화상 소설에 나타난 가족주의의 성격을 살펴보도록 하겠다.

3. 해방 전과 후 소설에 나타난 가족주의의 추이

박태원의 가족주의는 초기 작품에서부터 뚜렷하게 나타난다. 그 중에서 「꿈」(『신생』, 1930.11.4~12)은 육친애가 두드러진 작품이다. 충청남도 청양에 사는 전주 이씨댁 노마님은 '외손주'를 보러 서울길에 오른다. 평양에는 큰아들, 목포에는 둘째아들이 있지만, 이제 막 돌을 지난 외손주에 대한 그리움으로 마음은 늘 서울에 있다. 이 작품은 노마님의 내면추이가 중심 플롯이 되어 사건이 전개된다. 특히 외손주에 대한 노마님의 애정표현은 환상을 동반하여 이야기를 입체적으로 만든다.

① 노마님은 자기 상상으로 만들어 놓은 귀여운 손주의 얼굴이 눈앞에 떠오르기를 무던한 노력과 참을성으로 기다려 보는 것이었다. 그리고 그 얼굴이 가까스로 눈앞에 어렴풋이나마 떠오르면 노마님은 마치 정말 자기 손주를 두 손에 안고서 얼르기나 하는 듯이 웃음을 얼굴에 넘치게 띄우고 혀를 찬다. 그러다가 문득 고 귀여운 손주의 조그만 고추 자지로서 오줌이 몇방울 쪼르르— 흘러 나와 자기의 치마 앞자락을 적시어 놓는 장면에 이르러 깜짝 놀라서는 무의식적으로 이불을 홱 둘쳐 버리고 속곳 앞자락에 손을 잠깐 데이다가는 그만 자기의 이 엄청난 환각에 웃음보를 터뜨리는 것이었다— 노마님은 이 기쁨 이 행복— 남자라든 어린이들은 상상조차 미칠 수 없는 **오직 '사람의 어머니 되는 이'만이 깨달을 수 있고 또 맛볼 수 있는 이 기쁨 이 행복**에 실지로 잠기고 싶어 어서어서 병석을 떠나고 싶었다. (…중략…) 이 끊일 길 없는 욕구는 노마님에게 병이 전쾌된 것과 같은 착각을 주었다. 노마님은 자리에 벌떡 일어나 앉았다.[14] (21면, 강조는 인용자)

② ─오냐! 요년 어디 보자.

그러자 '치-익'하고 기차가 정거하며 역부의 '수원'이라고 외치는 소리에 노마님은 그의 환상을 깨쳤다. 그리고 그 터무니도 없는 공상에 이상한 흥분을 느낀 자기자신이 하도 우스워 혼자 웃었다. 그리고 그러한 터무니도 없는 생각에 잠기게 되었다는 것이 오로지 '내손주'를 지나치게 사랑하고 있는 까닭이라고 새삼스러이 깨닫자 그는 가장 만족하였다. 그리고 '나는 정옥이 내손주의 어미되는 정옥이한테 지지 않을 만큼 아니 그 이상 몇십 배로 내손주를 사랑하고 있는 것이다' 라는 자신을 얻고 크게 기뻐하였다.

　　─'사람의 어머니되는 이만이 깨달을 수 있고 또한 맛볼 수 있는 기쁨인 것이다!'(25면, 강조는 인용자)

①은 병중에 있는 노마님이 빨리 완쾌되어 외손주를 만나려는 적극적인 의지를 보여주고 있다. 노마님은 외손주가 그리운 나머지, 병중에도 외손주가 당신 품에 안겨 오줌 싸는 환각에 빠진다. 그리고 환각 속의 기쁨을 '사람의 어머니 되는 이'만이 누릴 수 있는 기쁨이라며 흡족해 한다. 딸이 낳은 외손주를 통해 '어머니 된 기쁨'을 다시 만끽하려는 의지가, 노마님이 병을 이기는 계기가 되고 있다. ②는 딸의 집에서 일하는 침모가 제 자식에게만 젖을 물려서, '내손주'가 배고파 애처롭게 우는 모습을 공상하는 장면이다. 노마님은 터무니없는 상상을 하면서도 그 상상이 어미보다 더 뜨거운 '내손주' 사랑에서 말미암았다고 흡족해 한다. 사람의 어머니 된 자만이 느낄 수 있는 기쁨을, 손주를 통해 하루 바

14　박태원, 「꿈」, 『이상의 비련』, 깊은샘, 1991. 이하 이 작품의 인용은 인용문 말미에 페이지 수만 기입함.

삐 느끼고 싶은 것이다.

노마님의 공상은 여기에서 그치지 않고, 침모의 아이가 사위의 아이일 수 있다는 데까지 미친다. 정작 소설가인 사위보다 노마님은 더욱 그럴싸한 허구를 만들어 낸다. 노마님은 자신의 넘치는 사랑에서 나온 공상이 행여 현실화될까 두려워, 급행열차를 타지 않고 완행열차를 탄다. 딸의 집에 도착한 노마님은 손주를 품에 안자마자 이목구비를 확인한다. 저희 부모의 납작한 뒤통수를 안 닮기를 바라지만, 사위와 딸보다 덜하나 뒤통수가 나왔다고 말할 수 없는 손주의 머리를 만지며 적이 실망한다. "그러나 다음 순간 '뒤통수'의 여하(如何)를 초월하여 그곳에 골육의 애정이 샘솟듯 용솟음 치자 노마님은 고개를 끄덕거리며 '내손주'를 얼렀다."(32면, 강조는 인용자)

이 작품에서 가족주의는 뿌리 깊은 육친애로 나타나고 있다. 외손주에 대한 노마님의 익애는 자식에 대한 부모의 사랑이 확대된 것이다. 노마님은 돌잡이 외손주를 통해 혈통의 계승을 확인하고 자족하거니와, 초기 단편 「꿈」은 자손의 번창과 근친 혈육에 대한 정서적 친밀감을 시사하고 있다. 박태원은 자식에 대한 어머니의 속 깊은 사랑은 대를 이어서도 지속됨을 보여준다. 이러한 육친애는 「소설가 구보씨의 일일」(『조선중앙일보』, 1934.8.1~9.1)에도 나타난다. "어머니는"이라는 타이틀로 시작하는 작품에서,[15] 늙고 쇠약한 어머니는 직업과 아내를 갖지 않은 26살의 아들을 걱정한다. 아들 역시, 작품 말미에서 "지금 제 자신의 행복보다도

15　박태원은 4남 2녀중 차남으로 태어난다. 그가 제일고보 재학 중이던 20세 되던 1928년, 아버지(朴容桓)를 여읜다. 「소설가 구보씨의 일일」의 주인공도 홀어머니의 둘째 아들로 등장한다.

어머니의 행복을 생각"한다. 그리고 "어머니가 이제 혼인 얘기를 꺼내더라도" "어머니의 욕망을 물리치지 않"[16]으리라 마음먹는다. 박태원의 1930년대 초반소설에 나타난 가족주의는 근친 혈육에 대한 육친애로 귀결된다.

근친 혈육 중에서도 각별히 어머니의 사랑이 부각되는데,[17] 이러한 경향은 월북 후 발표한 「조국의 깃발」(『문학예술』, 1952.4~6)에서 아들과 어머니의 관계를 통해 지속적으로 나타난다. 혈육에 대한 강한 애정은 박태원 가족주의의 근간을 이루고 있다. 이 작품은 1950년 7월 중순, 전장에서 인민군이 국군과 대치하는 전시 상황을 다루고 있다. 작중에서 인민군들은 고향에 두고 온 가족 생각을 한다. 리영일과 강동수는 모두 어머니의 한을 풀어주겠다는 생각으로 용감하게 싸운다.[18] 리영일은 국군의 손에 죽은 형의 원수를 갚아 어머니의 슬픔을 달래 드리겠다는 마음으로 어린 나이에 자원입대했으며, 강동수는 전장터에서 만난 아들 잃은 모든 어머니들의 한을 풀어주겠다는 각오를 다진다.

현종섭이 죽자, 김봉철은 "현동무는 이미 이 세상을 떠나버렸건만"

---

16 박태원, 「소설가 구보씨의 일일」, 『소설가 구보씨의 일일』, 깊은샘, 1995, 76면.

17 홍혜원은 박태원 글쓰기의 기원을 경성과 더불어 여성으로 보았다. 여성인물의 경우, 어머니(형수)로 대표되는 수직축과 사랑과 연애 대상으로서 여성이라는 수평축으로 분류한다. 홍혜원, 「1930년대 모더니즘 소설과 탈식민주의」, 『경계에서 사유한 한국소설』, 케포이북스, 2013, 21~28면 참조.

18 우정권, 「박태원이 북에서 목메어 부른 "아아! 우리 어마이들" 은연중 당과 조국보다 인간 존재의 근원인 어머니의 사랑에 무게」, 『문학사상』 34-5, 문학사상사, 2005, 24면 참조. 우정권은 이 작품을 분석하면서 휴머니즘에 근거하여, 인간 존재의 근원 의식으로서 어머니에 대한 사랑이 드러난 것으로 파악하고 있다. 이후 그는 「박태원의 월북 후 문학에 나타난 '글쓰기'의 존재성－『조국의 깃발』을 중심으로」(『어문학』 91, 한국어문학회, 2006, 437~454면)에서 어머니에 대한 그리움을 유교적 윤리주의로 파악하고 있다. 그러나 박태원 전작에 나타난 가족주의를 고려해 볼 때, '어머니'에 대한 그리움은 전통적인 가족주의의 일환임을 알 수 있다.

"이 밤에도 바로 지금 이 순간에도 내 아들의 안부를 걱정하며 잠을 못 이루고 있을 현동무 어머니"[19]를 떠올린다. 이어 다음과 같이 울분을 토로한다. "나이 이제 스물다섯, 한창 꽃다운 시절에 웨 현동무는 이렇듯 한을 품고 원쑤놈의 총탄에 쓰러져야만 하였느냐? 웨 현동무의 어마이는 둘도 없는 외아들을 원쑤에게 빼앗겨야 하느냐"(75면) 김봉철은 38선을 넘어 동해안 일대를 밀고 내려올 때, "내 아들의 주검을 서러워하는 무수한 어머니들"을 보았으며, 그 어머니들의 절규를 듣는다.

> "웨 인제들 오우"
>
> "진작 좀와주지 않구"
>
> "진작 좀와주었으면 우리 아들은 죽지 않아도 좋았을껄-"
>
> 여윈 뺨 위에 이루 주체할 길 없는 뜨거운 눈물을 그대로 줄줄이 흘리면서 모든 어머니가 한결같이 이렇듯 목이 메여 하소하던 것이다. 이 어머니들의 사랑하는 아들들은 과거 五년간 강도 미제의 침략을 반대하여, 모두들 빨치산으로 나서서 원쑤놈들과 무자비하게 싸우다가, 끝끝내 풀길 없는 원한을 가슴에 품은 채 적의 총탄에 쓰러지고 만 것이다.
>
> "오오-"(75면)

김봉철로 하여금 "분격의 불길"이 타오르도록 하고 "멸적 복수의 맹세"를 북돋운 것은 조국의 완전한 독립을 위한 사명감, 전장의 장렬함이라기보다 오히려 가족을 잃은 슬픔이다. 가족에 대한 사랑과 애착이 강

---

19 박태원, 「조국의 깃발」, 『문학사상』 34, 문학사상사, 2005, 74면. 이하 이 작품의 인용은 인용문 말미에 페이지 수만 밝힘.

한 만큼, 그들은 가족의 상실이 그 무엇보다 가슴 아팠던 것이다. 그들은 조국의 완전한 독립을 위해 전장에 나왔지만, 그들의 투쟁의욕은 고향에 홀로 남은 어머니에 대한 애틋함에서, 적군에 의해 죽은 근친 혈육의 원수를 갚기 위해 고취된다. 이 작품에서 인민군들은 그 스스로 남쪽 땅의 고통 받는 어머니의 '아들'과 '오빠'를 자처하며, '의제 가족주의'의 형태를 보여주고 있다. 전장에서 장렬하게 목숨을 잃은 '동지의 어머니'를 자신의 어머니로 여길 뿐만 아니라, 국군과 미군의 총칼에 아들을 잃은 '남쪽의 어머니들'을 자신의 어머니로 여기는가 하면 '오빠를 잃은 소녀'를 자신의 누이로 호명한다. 확대된 가족은 전장에서 그들의 투쟁욕을 고취하고, 전장에서 장렬하게 목숨을 불사를 수 있는 근원적인 힘이 되고 있다. 육친애에서 발로된 적개심이 그들로 하여금 전장에서 사력을 다하게 한다.

1930년대 초반 소설에 나타난 '가족주의'가 근친 혈족에 대한 육친애를 보여주고 있다면, 월북이후 1950년대 초반 소설에 나타난 가족주의는 의제 가족주의의 형태를 띠고 북한의 정책에 소용되고 있다. 1930년대 '순수한 혈통에 근거하여 손주를 넘치도록 사랑하던 노마님'을 형상화한 박태원은 월북 후 1950년대 이르러 '조국을 위해 목숨을 잃은 인민' 모두를 가족이라는 울타리로 포괄하고 있다. 이를 통해 박태원의 문학세계와 북한의 정책이 상통하는 부분이 바로 '가족주의'에 있음을 알 수 있다. 이 작품에 나타난 '의제 가족주의'는 가족을 중심에 두는 전래 박태원의 가치관과 가족을 인민 모두로 확대하는 당의 정책이 결합된 것이다. 1930년대와 1950년대 간 박태원의 가족주의는 현격한 변화를 노정하고 있다. 이러한 변화의 도정에 1940년대 일련의 가족소재 자화상 소설이 놓여 있다. 1940년대 가족소재 자화상 소설은 1930년대와 1950년대 간 변화의 낙차를 메울 수 있는 작가 의식의 변화를 노정하고 있다.

4. 자화상 소설에 나타난 가장권(家長權)의 성격

1) 내 집 마련과 가장(家長)된 이의 피로

자화상 연작의 두드러진 점은 박태원의 가장권(家長權)에 대한 자각이다. 이 장에서는 「淫雨」(『조광』, 1940.10), 「偸盗」(『조광』, 1941.1), 「債家」(『문장』 3권4호, 1941.4)에서 '나'가 가장권(家長權)을 자각해 나가는 과정에 대해 주목하려한다.[20] 가부장제에서, '가부장권'이란 '가장권'과 '부권'으로 나누어진다. '가장권'은 권력에 속하고 '부권'은 권위에 속한다. 가장권은 '대표권', '가독권(家督權)', '재산권', '제사권'을 포함한다. '대표권'은 가족원의 의사를 외부에 대표하는 권한이며, '가독권'은 가족원을 통솔하고 지배하는 권한이다. '재산권'은 재산에 관한 권한으로서 토지나 가족 등 중요한 재산이 가장의 소유라는 것으로 가내 재산의 관리

---

20 자화상 연작 소설은 박태원 자신이 돈암정 487번지 22호에 새로 집을 짓고 솔가하여 이사 온 뒤의 일을 소재로 한 것이다. 박태원은 1934년 26세에 보통학교 교원인 김정애와 결혼한다. 1936년에 맏딸 설영(雪英)이가 출생하고, 1937년에는 둘째딸 소영(小英), 1939년에 맏아들 일영(一英)이 출생한다. 돈암정으로 이사 간 것은 1940년, 그가 32세 되던 해이다. 「淫雨」에서 구체적인 시기는 6월 초순으로 나와 있다.

는 가장의 권한이지만, 이것은 한편 가족원이 안심하고 생활할 수 있게 하여야 하는 가장의 의무이기도 하다. 이 밖에 '제사권'은 가장권에 속하는 중요한 권리이자 의무이다.[21]

자화상 연작의 주인공 '나'는 가장(家長)으로서 '대표권', '가독권', '재산권'에 대한 자의식을 표출한다. 나는 친구의 권유로 샀던 부지에, 돈을 빌려 집을 짓는다. 내 집이 마련되어 감격했던 것도 잠시, 새로 짓는 내 집에는 '장마', '도둑', '브로커가 이자를 떼먹는 일' 등 각종 우환이 찾아온다. 집에 우환이 겹칠 때 마다, 나는 집을 지을 수밖에 없었던 상황을 환기한다. 「債家」에 의하면, 다음과 같은 두 가지 이유가 나타나 있다. 나는 한껏 구차스러운 '곁방살이'에서 벗어나기 위해 무리해서 자기 집을 지은 것이다. "그악스러운 안집 식구들 앞에, 매양 떳떳지 못한 나의 아내와 어린것들의 모양을 정녕, 내 눈으로 보자, 나의 마음은 슬프고 또 아팠다."[22] 또 다른 이유는 '처가살이'에서 비롯된 것이다. "빚을 얻어 집을 짓는다는 것이 애초부터 무모한 짓인 것쯤, 짐작 못한 바는 아니지만 몇 해 동안 처가살이를 하여 온 몸은, 남 유달리 제 소유의 집이 한 채 탐이 났"(308면)었다고 말이다. 가장(家長)으로서 박태원은 아내를 거느리고 아이들을 양육해야 한다는 책임감에서, 식솔들이 안주할 마땅한 거처를 마련하고 싶었던 것이다.

자화상 소설에는 소설가인 나와 아내, 어린 아이들 설영(雪英)·소영(小英)·일영(一英), 침모와 행랑채 사람들, 그리고 청부업자, 브로커, 고

---

21 이광규, 『韓國의 家族과 宗族』, 민음사, 1990, 107~110면 참조.
22 박태원, 「債家」, 『소설가 구보씨의 일일』, 깊은샘, 1995, 303면. 이하 작품 인용은 인용문 말미에 페이지 수만 기입함.

리대금업자 등이 등장한다. 일련의 소설에서 표면적인 갈등은 나와 아내, 아내와 행랑채 사람들, 나와 청부업자, 나와 도둑, 나와 고리대금업자이지만, 궁극적인 갈등의 근원은 '궁핍한 가장(家長) 나'와 '척박한 현실'간의 메울 수 없는 큰 낙차에 있다. 일련의 사건을 통해 나는 '아내'로부터 무력하고 소심한 가장이라는 자의식을 느끼는가 하면,[23] 순수하고 귀여운 '어린 아이들'로부터 아버지가 감당해야 할 생활의 의무를 깊게 자각한다. 소설을 쓰는 나는 주변머리도 없고 남들 앞에 자기주장을 강력하게 펼치지도 못한 채, 문제가 발생할 때 마다 스스로 속앓이를 한다. 그렇다고 소설이 마음먹은 대로 척척 써지지도 않는 터라 나는 더욱 무기력해 진다.

「淫雨」(『조광』, 1940.10)에는 새 집에 들이닥친 첫 번째 우환이 소개되어 있다. '나'는 가장으로서 '대표권'을 제대로 행사하지 못한다. 장마철 연일 비는 오는데 새로 지은 집의 방 마다 비가 새서, 나와 아내는 밤잠을 설친다. 나는 부화가 나서 아내와 집에서 일하는 할멈에게 큰소리를 내지만, 어린 아이들이 잠에서 깰까봐 매우 조심한다. 아침 일찍 청부업자를 불렀지만 그는 곧바로 오지 않았고, 집안 꼴은 말이 아니다. 나는 홧김에 엄마에게 먹을 것을 달라고 조르는 설영이에게 "새벽에 빵 한 개 먹었으면 그만이지, 뭘 또 달라구 졸르니?"라고 버럭 소리를 지르는가 하면, 말리는 아내에게도 "왜, 시끄럽게 이래?"라며 화를 낸다. 이후에

---

23 「偸盜」에 의하면 박태원의 아내는 소학교 교원 일을 그만두고 결혼했지만, "가난한 내가 처자를 먹여 살리기에, 그처럼 곤한 것을 보자, 그는 이미 두 어린것의 어머니이었음에도 불구하고 다시 교원으로 나서려 하였다"(「偸盜」, 『李箱의 悲戀』, 깊은샘, 1991, 236면)는 것을 알 수 있다. 나는 '자존심'이 아니라 '조그만 감상'에서 그것을 극력 만류하였다고 한다.

는 스스로 화낸 것을 반성하며 자기를 괴롭힌다. "도무지가 내 인물의 변변치 못한 소이라고, 문득 그러한 내 자신에 걷잡을 길 없이 화가 치밀어, 이날 아침, 나는 반주를 다른 때의 몇 곱절 더하고, 마침내 밥은 한술도 안 뜬 채 상을 물렸다."[24]

밤늦게 청부업자가 찾아왔으나, 나는 가족을 대표해서 가족의 입장을 제대로 따져보지도 못한 채 그냥 돌려보낸다. 아내 말대로 나는 "괘애니 집안에서만 기승을 부리구, 정작 남허구 따져야 헐 경우엔 말 한마디 못허구"(204면) 있다. 나는 무시로 술을 찾는 슬픈 버릇이 생겼다. '가난한 선비'로 자청하는 그는 술을 삼가고 창작에 정진하리라 마음먹어 보지만, "창작을 게을리 한 지도 어언간 일 년이 가까워 온다." 무력한 일상에서 나는 글쓰기에 몰입하려 하나, 뜻대로 되지 않는다. "일찍이, 나의 일생을 걸려 하였던 문학에, 나는 정열을 상실하고 있은 지가 오랜 지도 모를 일이다."(207면) 이주 전에 원고 부탁을 받았으나, "붓을 들어도 도무지 쓸 것이 없는 근래의 나였다."(207면) 오늘 낮에는 원고 독촉의 속달우편을 받았다. 작품 말미에 이르면 나는 가장(家長)으로서 번민이 가중되고 남편으로서, 아버지로서 다음과 같은 자괴감에 빠진다.

날이날마다 비는 줄기차게 쏟아지고 방마다 반자가 새는 말 아닌 집 속에서, 문득, 양이 좀 과한 반주에 취기가 내 몸을 돌면, 나의 마음은 애달피도 아내와 어린것들을 생각하고, 한없이 외롭고 또 슬펐다. 가난한 나에게 시집오기 때문에 아내도 똑같이 가난하였고, 가난한 이 집안에 태어났기 때문에 어린

---

24 박태원, 「淫雨」, 『이상의 비련』, 깊은샘, 1992, 200면. 이하 작품 인용문 말미에 페이지 수만 기입함.

것들도 나면서부터 가난하였던 것이 아닌가? 그야 사람은 빵만으로 사는 것이
아니었고, 우리는 가난한 속에서도, 좀더 정신적인 것을 추구하여 보아야만
마땅할 것이다. 그러나 내게 만일 약간의 재물이 있다면, 나는 그들을—내 아내
와 내 어린것들을 좀더 행복되게 하여 줄 방도를 구할 수 있을 듯싶어 마음이 늘
설레였다.(206면, 강조는 인용자)

장마가 시작된 29일째, 아내는 나를 사랑방으로 이끈다. 손님이 온줄
알고 갔으나, 그 곳에는 창작할 수 있도록 책상과 원고지 만년필 등이 놓
여 있다. 나는 엄숙한 기분에 사로잡힌다. "아내가 나에게 원하는 것은,
혹은, 값 높은 예술작품이 아니었는지도 모른다. 작품이야 되었든 안되
었든, 그가 지금 탐내고 있는 것은 약간의 고료였을지도 모른다."(208
면)[25] 글쓰기에 전념하지 못하는 남편을 위해 아내는 글 쓸 수 있는 환경
을 마련해주었지만, 나는 값 높은 예술작품을 구상하기 앞서 생활에 소
용되는 물질을 떠올린다. 그래서인지 나는 예전보다 더 많은 양의 술을
마시고, 더 자주 담배를 피운다.

나는 새 집에 살면서 '생활인'으로서 가장(家長)의 의무를 혹독하게
자각한다. 나는 가족에게 불어 닥친 공포와 불안에 대해 가장으로서 단

---

25 일련의 소설에서 '나'는 아내를 많이 의식한다. 나는 아내를 통해 가장(家長)으로서 가
   장권의 수행에 눈을 뜬다. "이 땅에서 글만을 써 가지고는 살림이 기름질 수 없었으나,
   아내는 이미, 나에게는 글을 쓰는 밖에 아무 다른 재주가 없는 것을 잘 알았고, 그렇기
   때문에 내가 글을 쓰고 있는 동안은, 그는 모든 슬픔이나 괴로움을 잊고 있는 듯싶었고,
   또 잊으려 노력하는 듯싶었다. 아니 한 걸음 더 나아가서는 그는, 자기가 이 땅의 한개
   예술가의 아내인 이상, 가난과 굳게 인연이 맺어진 것에는 오직 애달픈 단념을 갖고, 다
   만 자기의 변변치 않은 남편이 비록 변변치는 않으나마, 그래도 문장도에 정진하고 있는
   것에 가엾은 행복을 느끼려 하는 듯이도 보였다. 그렇게 본 것은 단순한 나의 감상에서
   였을까? 그러나 감상이면 감상이래도 좋았다. 그 가엾은 기쁨이나마, 나는 오랜 동안 아
   내에게 주어 오지 못하였던 것이다."(「淫雨」, 205면)

호한 입장을 취하기 시작한다. 「偸盜」(『조광』, 1941.1)에는 두 번째 우환이 소개되는데, 장마가 그친 어느 날 도둑이 들어와 나의 양복과 주머니 돈을 모두 훔쳐간 일이 발생한다. 나는 물질적인 결손의 문제가 아니라 바람직한 아버지의 '가독권(家督權)'을 침해당한 것에 분노한다. 그날 낮까지만 하더라도, 나는 잃어버린 물건보다도 남의 것을 훔칠 수밖에 없는 도둑에 대한 일말의 동정과 감상을 가지고 있었다. 그러나 소영이와 일영이가 노는 것을 그치고 집에 도둑 든 사실에 놀라워하고 자기를 비롯한 가족이 불안한 밤을 보내야 하는 지경에 이르자, 나는 도둑에 대해 공격적인 입장을 취한다.

> 그 천참만륙을 내어도 시원치 않은 도적놈은 우리에게서, 동시에 마음의 평화를 훔쳐 간 것이다. 대체 우리는 앞으로 얼마 동안을 이 불안과 공포 속에서 살아가야만 할 것이냐? (…중략…) 더구나 우리 철없는 어린것들에게 지극히 좋지 않은 지식을 준 것을 생각하면, 참말이지, 이조차 갈린다. 천진한 설영이로 하여금, 열리어진 분합으로 도적이 들어올 것을 염려하게 하고, 그보다도 어린 소영이로 하여금, 아빠 양복 잃은 것을 안타까워하게 만든 도적놈을, 나는 대체 어디서 붙잡아다가, 버릇을 가르쳐 주어야 하나?[26]

나는 어린 자녀들에게 초래한 두려움과 사회에 대해 좋지 않은 지식을 심어준 것에 대해 아버지로서 격분한다. 나는 아버지로서 자녀들에게 좋은 것만을 보여 주려하나 현실은 아버지의 바람직한 '가독권(家督

---

26 박태원, 「偸盜」, 『이상의 비련』, 깊은샘, 1992, 246면. 이하 작품 인용은 인용문 말미에 페이지 수만 기입함.

權)'을 용인하지 못한다.[27] 「債家」(『문장』 3권4호, 1941.4)는 '재산권'을 제대로 수행해 내지 못하는 가장된 이의 번민이 잘 드러나 있다. 특히 이 작품에는 자녀 교육을 담당해야 하는 아버지의 경제적 책임감이 두드러지게 나타나 있다. 작품의 서두와 말미에는 6살 된 큰 딸 설영이의 유치원 입학문제가 자리잡고 있다. 서두에서 나는 넉넉한 형편은 못되지만, 큰 딸의 유치원 면접을 앞두고 백화점에 가서 값비싼 옷을 사주고 문답 연습을 시킨다.

아내와 더불어 딸의 대견한 모습을 흐뭇하게 지켜보는 것도 잠시, 집에 돌아와 보니 고리대금업자가 변제기일이 지났다는 이유로 집을 경매 처분하겠다는 독촉의사를 보내왔다. "나는 얼굴을 잔뜩 찡그리고 담배 연기만 연해 뿜으며, 난데없이, 엊그제 마감이 지난 잡지사의 소설을 생각해 내고, 오늘 밤에는 기어코 착수하려던 것이, 이러한 상태로는 영영 틀리고야 말지도 모르겠다고 마음이 좀더 우울하였다."(297면) 아내는 홧김에 "네까짓게, 그 꼴에 유치원이 무슨 유치원이냐? 유치원엔 부잣집이"라고 소리 지르고, 나는 끝까지 듣고 있을 수 없어 "원, 어린것 보구, 그게 무슨 수작이야?"(300면)라며 언성을 돋운다. 아내와 나는 밤늦도록 잠을 이루지 못한다.

고리대금업자로부터 돈을 빌려 집을 지었으므로, 매달 그 돈의 이자를 갚아나가고 있는데 중간에서 돈 받으러 오던 브로커(애꾸)가 두 달치 이자를 받아 떼어먹고 도망간 것이다. "설혹 나는 처자를 위하여 비굴하여야 한다더라도, 나의 처자는 나 까닭으로 하여 비굴하여서는 안 된

---

27 경제적인 궁핍을 문제삼지 않고 있어서인지, 「淫雨」에 비해 「偸盜」에서 나의 어조는 다소 온화하고 문체 역시 안정감이 있게 전개되고 있다.

다"(304면)는 일념으로 나는 가족들에게 불행이 미치지 않도록 하기 위해 굴욕을 참고 고단한 현실을 감내한다. 밤잠 못자고 근심하는 아내 그리고 곧 유치원에 보내야 하는 일영이와 아이들을 위해, 나는 그토록 대면을 꺼려왔던 고리대금업자를 직접 만난다. "나는 간밤에 아내가 그처럼 늦도록 잠을 못 이루던 것을 생각하고, 또 지금쯤 시험관(?)앞에 나가섰을 설영이를 생각하고, 나는 어떠한 일이 있든, 오늘은 기어코 그를 만나보아야만 하리라고 다시 한 번 결심을 굳게 하였던 것이다."(330면)

종전까지 조선인 청부업자에게조차 가족을 대표해서 '대표권'을 제대로 행사하지 못하던 나는, 내 발로 일본인 고리대금업자를 찾아가 수모와 용기를 참고 가족의 입장을 대표해서 협상에 나선다. 그러나 두 달치 이자 문제는 해결하지 못하고, 앞으로 이자 불입을 어기지 않으면 경매 문제는 일어나지 않을 것이라는 정도의 이야기만 듣고 나온다. 집에 돌아온 나는 설영이가 유치원 면접을 잘 치러낸 사실을 전해 듣고, 긴장과 불안의 연속이었던 하루를 마치며 모두 잊고, 오로지 아이의 어여쁨에 감격한다. 나는 아이들의 행복한 내일을 위해 점차 재산권을 비롯한 가독권, 대표권을 인지하고 수행함으로서 가장(家長)의 소임을 다하려 한다.

2) 자녀의 성장과 아버지의 기쁨

일련의 자화상 소설에서 '나'가 가장 기쁜 순간은 아이들과 함께 놀 때, 아이들의 성장을 확인할 때이다. 나는 아이들과 함께 있을 때, 현실의 모든 시름을 잊고 있었으며 아이들을 통해 행복할 수 있었다. 바꾸어 말하면 내가 새 집을 마련하려 했던 것, 비가 새는 집안에서 안정을 느낄 수 있었던 것, 집을 저당 잡혀 이자를 물더라도 기쁠 수 있었던 것, 이 모두가 쑥쑥 자라나는 아이들이 건재해 있었기에 가능한 것이다. 내가 만들어 놓은 울타리 안에서 아이들이 건강하고 명민하게 자라나는 모습을 통해, 나는 가장된 자의 피로에서 한 발짝 벗어나 '아버지'로서 기쁨을 만끽할 수 있었다.

> 나는 마루에가 똑바로 드러누워, 일영이를 나의 배 위에다 올려 앉혀 놓고, 이제 겨우 돐 바라보는 갓난애는 결코 말을 할 줄도 모를 것임에도 불구하고, 나는 내 마음대로 나의 어린 아들이 이미 한 개의 소학생이나 되는 듯싶게,
> "너, 숙제 다했니? —응."
> "응이 뭐냐? 네에, 해야지. —네에."
> "그럼 얼른 자거라. 낼 또 일즉 일어나서 학교 가야 안허니? —낼은 공일인데 무슨 학교를 가아?"
> 이러한 종류의 일문일답을 나 혼자서 시험하고 있었던 것인데, 우리가 그러고 있는 대청에서 바로 빠안히 바라보이는 중문과 대문은 이때 모두 활짝 열려 있었으므로, 나는 뜻밖에 우리 집 문전에 나타난 청부업자에게 여지없이 이러한 현장을

—「淫雨」, 201면

인용문에서 그는 돌쟁이 아들을 품에 안고 어르고 있다. 말도 못하는 아들을 배 위에 올려 앉혀 놓고, 문답놀이를 한다. 아들이 귀여운 나머지, 아버지는 혼자 묻고 혼자 답한다. 문답 속에서 돌쟁이 아들은 소학생이 된다. 문답속의 소학생은 아버지의 물음에 또박또박 바른 답을 말

한다. 아들은 똑똑하여 다음날이 공일이라 학교가지 않는다는 사실마저 아버지께 깨우쳐준다. 아버지는 돌쟁이 아들을 어르면서, 그렇게 명민하게 커 나갈 아들의 모습을 상상하고 있었던 것이리라. 이 순간만은 새로 지은 집에 비가 들어 밤잠을 설쳤으며, 오라는 청부업자는 코빼기도 보이지 않는데 그가 오면 호되게 따져야 한다는 일상의 문제들을 잊고 있었다. 아이와 더불어, 나는 가장으로서 지녀야 할 모든 권위와 책임으로부터 자유로울 수 있었다.

이처럼 아비 됨을 느끼는 행복한 순간, 청부업자가 집안으로 들어선다. 나는 화내기는커녕 손님 맞듯이 유순해 진다. 방금 돌쟁이 아들과 한껏 순수한 공상에 젖어 아이의 마음을 가졌던 내가, 다시금 현실의 아버지 자리로 돌아와 그 아이들이 사는 집을 사수하기 위해 투쟁적 위치에 서는 것은 쉽지 않다. 본시 마음이 약한데다 한껏 돌쟁이 아들과 더불어 떼 묻지 않은 순수한 동심에 젖어 있던 터라, 나는 이제 막 올린 기와며 벽이 온통 비가 새도록 만들어 놓은 청부업자에게 따지기는커녕, 사랑으로 청하여 다음과 같이 공손히 맞아들인다. "이렇게 우중에 오시란 것두 다름이 아니라"(202면) 청부업자는 내 말을 앞질러 내 이야기를 제대로 듣지도 않고 자기 입장을 말하고, 바삐 일어선다. 새는 곳을 확인하지도 않거니와 어떻게 하겠다는 기약도 없이 나간다. 아이와 더불어 행복했던 아버지는 다시금 이 아이를 위해 가장의 의무를 굳건히 해야 하는 순간에 직면한 것이다.

「債家」의 시작과 말미에는 6살 된 설영이가 등장한다. 나와 아내는 첫 딸의 유치원 입학을 앞두고 한껏 고조되어 있다. 작품의 초입에서 나와 아내는 옷도 사주고, 딸아이에게 문답을 시키는 등 유치원 입학 준비에 여념이 없다. 이 작품에서 '큰 딸의 유치원입학'이라는 소재는 '채가(債家)'라는 소재와 더불어 가독권, 재산권과 같은 가장권(家長權)을 역동적으로 환기시킨다. 나는 가족을 위해 돈을 빌려 새 집을 지었지만, 그 이자를 갚아나가기에도 버거운 상태다. 그런 상황에서 브로커가 두 달치 이자를 떼어먹어, 고리대금업자는 내 집을 경매처분하려 한다. 어수선한 상황이지만 나는 딸아이를 유치원 보내는데 주저하지 않고, 딸아이를 대견스러워 한다. 아래 인용은 작품 초입과 말미에서 설영이를 통해 내가 아비된 기쁨을 만끽하는 대목이다.

① 하룻밤만 자고 나면, 우리 설영(雪英)이가 유치원에를 가는 날이라, 그래, 우리는 그날 아이를 데리고 백화점을 찾아가서, 가난한 아비의 넉넉지 않은 예산으로는 그것은, 분명히 신중한 고려를 필요로 하는 정도의 지출이었으나, 기위, 있는집 자녀들 틈에다 우리 딸을 보내는 바에는, 결코 그 행색이 너무나 초라하여서는 아니될 것이라, 양복에 구두에 마에까게 사루마다, 카바는 아직도 성한 놈이 집에 있건만, 그것도 새로이 한 켤레를 사고 나니, 낭중(囊中)에는 남은 돈이 그 얼마가 못되어도, 어린 딸의 두 눈이 자못 자랑스레 빛나는 것을 보고는, 가난한 아비는 가난한 까닭으로 하여, 좀더 그 마음이 **애닯게 기뻤던 것이다** (291~292면, 강조는 인용자)

② 나는 유쾌하였다. 설영이는 '어머니'고, 소영이는 '손님'인데, 그 '손님'을 접대하느라고, 한참 '어머니'는 바쁜 모양이었으나, 나는 상관 않고, 곧 앞으로 불러다 앉히고

"너, 어디, 원장 선생님 앞에서 허듯이, 손 좀 꼽아 봐라, 꼽아 봐아, 그래, 요

게, 요 새끼손꾸락이, 일영이라구? 하, 하, 하"

　다시 한차례 웃고,

"허지만, 입원수속 허려면 또 돈이 들 모양인데—"

하고, 아내는 그러한 것을 염려하는 모양이었으나, 나는 오직 우리 설영이가 어느 틈엔가, 저만큼이나, 커서, 그래, 벌써 유치원에를 다니게 되었나?—하고, 도무지 남들에게는 없는 일이나 되는 듯싶게, 마음에 신기하고, 또 기뻤다.[28]

　인용문 ①에서 그는 매달 고리의 이자를 물면서 간신히 생계를 유지해 나가지만, 큰 딸을 유치원 보내는데 돈을 아끼지 않는다. 나는 어린 딸의 자랑스러워하는 눈빛을 보고, 아버지로서 기쁨에 젖는다. 인용문 ②에서 나는 고리대금업자를 만나 고단한 협상을 하고 집으로 돌아왔다. 나는 브로커가 떼먹은 이자마저 물어야 하는 상황이지만, 아내로부터 딸이 기특하게도 유치원 면접을 잘 치뤄 냈다는 이야기를 전해 듣고, 가장 행복한 아버지가 된다. 설영이의 대견스러운 유치원 면접 결과를 들으며, 딸의 어여쁨으로 말미암아 입원수속에 들 돈마저도 모두 잊는다. 어느 틈에 딸아이가 커서 유치원에 가게 되었는지 아이들이 자라는 것을 확인하며, 밖에서 감내해야 했던 가장(家長)으로서의 피로를 모두 잊는다. 나는 아이들이 성장하는 모습을 보면서 가장으로서 일체의 권위와 책임으로부터 자유로운, 행복한 아버지가 된다.

28　박태원, 「債家」, 『소설가 구보씨의 일일』, 깊은샘, 1995, 339면(강조는 인용자).

5. 결론

이 글에서는 박태원의 자화상 소설에 나타난 가족주의의 의의를 살펴보았다. 가족주의는 가치의 중심을 개인보다 가족전체에 두려는 태도, 가족적 인간관계를 사회적 영역에까지 의제(擬制)적으로 확대적용하려는 태도로 볼 수 있다. 초기 소설에서 박태원은 개인보다 가족을 중심에 두고 있으며, 월북이후 소설에서는 가족관계를 인민에게까지 확대 적용하는 의제 가족주의를 보여주고 있다. 초기 소설에서 근친 혈육에 대한 육친애를 보여주고 있다면, 후기 소설에서는 인민군의 투쟁의지 발로차원에서 확대된 가족(인민)애를 보여주고 있다. 1940년대에 이르면, 박태원은 자신의 일상을 다룬 자화상 소설에서 가장(家長)의 피로와 아버지의 기쁨을 부각시킨다. 1940년대 일제 군국주의 파시즘의 그늘에서 '가족'은 유일한 안식처였으므로, 그는 유일무이한 위안거리를 사수하기 위해 가장의 책임을 다한다.

자화상 소설은 「淫雨」(『조광』, 1940.10), 「偸盗」(『조광』, 1941.1), 「債家」(『문장』 3권 4호, 1941.4)의 순으로 발표되었다. 일련의 소설에서 박태원은 가장권(家長權)을 자각하고, 가족을 지키기 위해 현실과 맞대면하고 굴욕을 감내할 것을 마음먹는다. 빚을 내어 집을 짓고 보니, 이후 감당해야 할 문제가 많다. 더군다나 장마가 겹쳐 온 집에 비가 새는가 하면, 도둑이 들고, 이자를 떼먹히고, 고리대금업자로부터 경매 처분하겠다는 통보까지 받는다. 나는 가장(家長)으로서 가족을 대표해서 입장을 표명하고 협상해야 하는 일(대표권), 집을 비롯한 가산을 지키는 일(재산권), 아이들의 교육과 그 비용을 책임지는 일(가독권) 등을 자각하면서 가장의 피로는 극도에 달한다.

자화상 소설의 끝자리에 발표된 「財運」(『춘추』, 1941.8)을 통해 우리는 이후 가장권(家長權)을 잘 완수해 낸 나와 가족에게 어떤 변화가 있었는지 알 수 있다. 1940년 여름 새 집에서 갖가지 우환을 견디어 내면서, 나는 겨울에 많은 소설을 발표한다. "나는 매일을 방구석에서 보냈거니와, 이것은 문필로 생계를 도모하는 나로서는 도리어 잘된 일이라, 할 것으로, 그 겨울을 나는 동안에, 월평균 삼백여 원의 원고를 쓰고, 또 팔 수 있었다. 그러나 뜻있는 작가라면, 자기의 작품 활동을 원고료 수입의 다소로써 계산하여 마땅할 것이랴? 나는 때로 그러한 것을 생각하고, 마음이 서글펐던 것이나, 그래도 장작이나마 몇 구루마 더 사고, 옷가지나마 몇 벌 더 장만하여, 나의 처자들이 감기 한 번 안 앓아 보고, 그 겨울을 날 수 있었던 것은, 그나마 다행하다고 할밖에는 없는 일이었다."(「財運」, 264면, 강조는 인용자)

인용문으로 미루어 그는 가장(家長)으로서 재산권, 가독권, 대표권 등을 무리 없이 잘 행사해 냈음을 알 수 있다. 글을 써서, 겨울동안 월평균 300여원의 돈을 번 것이다. 그것은 작중 행랑채 사람들의 벌이와 비교했을 때, 꽤 큰돈이 아닐 수 없다. 행랑어멈의 아들 13살 먹은 막둥이는 제약회사에 다니는데 한 달에 7~8원을 번다. 행랑아범의 경우 금광을 따라다닐 때는 한 달에 50~60원을 벌어왔으며, 하루 품팔이로 1원 50전의 품삯을 받아온다. 이에 비해 내가 받은 원고료 월평균 300여원은 가족들이 겨울나기에 모자람이 없어 보인다.

자기의 작품 활동을 원고료 수익으로 계산하는 서글픈 심사를 고백하고 있거니와, 1941년 박태원은 식민지 작가이기 앞서, 무엇보다도 일가(一家)의 가장권(家長權)을 성실히 수행해 낸 성실한 가장(家長)이었다. 1941년 4월 「債家」에서 다짐한 "설혹 나는 처자를 위하여 비굴하여야 한다더라도, 나의 처자는 나 까닭으로 하여 비굴하여서는 안 된다"(304면)는 일념으로 가족을 위해 아버지로서 남편으로서 자신이 할 수 있는 최선을 다했던 것이다. 그해 겨울 1940년 말부터 1941년 초 그에게 300여원의 돈을 벌게 한 작품으로 「四季와 男妹」(『신세대』, 1941.1~2)와 「아세아의 여명」(『조광』 7권2호, 1941.2) 등이 있다.

그는 1941년에도 창작활동을 지속한다. 1941년 8월부터 「女人盛裝」(『매일신보』, 1941.8.1~1942.2.9)을 연재했으며, 같은 해에 번역소설 「신역삼국지」(『신시대』)를 연재한다. 1942년에는 중국소설 「수호전」(『조광』)을 3년에 걸쳐 연재한다. 1942년에 둘째 아들 재영이 태어나고, 장편소설 『여인성장』과 『軍國의 어머니』(조광사)・『아름다운 봄』(영창서관)을 출간한다. 1940년대 박태원의 자화상 소설에 나타난 가족주의는 가장(家長)의식이 두드러지며, 가장(家長) 의식이 투철한 시기 그의 작품은 본격소설과는 거리를 두었던 것이다.

해방기에 이르면 박태원은 가족을 근간으로 한 작품을 쓰지 않는다. 독립운동가 김원봉의 업적을 소개하고 조선시대 의적 홍길동을 다룬 장편 등을 창작한다. 해방기에 이르면 그는 '근친 혈족'에서 벗어나 있으며, '가족'으로부터 거리를 둔다. 거리를 두기보다, '민족'이라는 거대 가족을 무의식적으로 염두에 둔 것이다. 박태원 소설에 나타난 가족주의의 추이를 살펴보면 다음과 같다. 1930년대 : '근친 혈족'에 대한 육친애 → 1940년대 : '가족중심'주의 → 해방기 : 민족담론 모색 → 월북

후 1950년대 : 의제 가족주의(인민애). 표면적으로 박태원의 가족주의는 이와 같이 변모해 왔지만, 박태원이 초기 작품에서부터 가족주의를 중시했다는 사실에 더 주목할 필요가 있다. '개인'보다 '가족'을 중시하는 가족주의 이데올로기 자체에 이미 전통과 집단의 운명을 중시하는 사유 방식이 내재해 있기 때문이다. 1940년대 자화상소설에서 드러나듯 박태원은 자기 가족의 안위를 위해 친일의 오점을 남겼으나, 해방기 민족 담론을 거쳐 북한에서는 '민족'과 '인민' 모두를 '가족의 범주'에서 사유한다. 박태원의 가족주의는 그가 직면한 현실 조건에 적응할 수 있는 정신적 토양이 되었는데, 이로 말미암아 그는 월북은 물론 북한체제에서 무난히 적응하고 일련의 창작활동을 지속할 수 있었다.

제2부
해방 직후 민족의 자각과 전재민의 귀환

제1장
해방 직후 염상섭 소설에서 민족에 대한 자각

1. 서론

염상섭의 해방기 소설은 중단편 20여편, 장편 1편, 미완성 소설 3편이다.[1] 염상섭의 해방기 소설에 관한 논의는 신문장편연재소설 『효풍』(실

---

1 중단편으로 「첫걸음」(『신문학』, 1946.11 / 단행본 수록시 「解放의 아들」로 개제), 「엉덩이에 남은 발자욱」(『구국』, 1948.1), 「離合」(『개벽』, 1948.1), 「삼팔선」(『삼팔선』에 수록, 1948.1), 「모략」(『삼팔선』에 수록, 1948.1), 「그 초기」(『백민』, 1948.5), 「양과자갑」(「바쁜 이바지」(『한보』, 1948.6)를 개작함. 『해방문학전집』, 1948.6), 「再會」(『개벽』, 1948.8), 「令監家僧과 亙釗」(『학풍』, 1948.10), 「混亂」(1948. 12.9작. 『민성』, 1949.1), 「移徙」(1938.12.2), 「盜難難」(『신태양』, 1948.12), 「허욕」(『대조』, 1948.12), 「임종」(『문예』, 1949.8), 「두 破産」(『신천지』, 1949.8), 「一代의 遺業」(『문예』, 1949.10), 「굴레」(『백민』, 1950.2), 「채석장의 소년」(『소학생』, 1950.3), 「續一代의 遺業」(『신사조』, 1950.5)이 있고, 장편으로 「曉風」(『자유신문』, 1.1~11.3), 미완성 소설로 「暖流」(『동아일보』, 1950.2.10~6.27), 「입하의 節」(『신천지』, 1950.5~6)이 있다. 염상섭·김경수 책임편집, 「작품 목록」, 『한국문학전집 : 염상섭 단편선―두 파산』, 문

천문학사, 1998)의 간행으로[2] 활기를 띤다. 해방기 염상섭 소설에 관한 논의는 1998년을 기점으로 『효풍』을 다룬 것과[3] 다루지 않은 것으로[4] 구분할 수 있다. 양자간 큰 낙차는 없지만, 1948년을 기점으로 염상섭의 행적과 구체적인 현실 인식 태도를 시사한다는 점에서 『효풍』은 의미있는 작품이다. 『효풍』을 비롯한 염상섭의 해방기 소설에서 두드러진 점은 해방된 조선 민족에 대한 정체성 규명이다. 만주에서 조국의 해방을 맞이한 만큼, 염상섭은 중국 일본과 구분되는 조선이라는 민족적 동일성(national identification)을 확인하려 한다. 특히 해방기 일련의 만주 소재 소설에는 다른 민족과 구분되는 조선 민족의 정체성 탐색이 드러나 있다.[5] 이 글에서는 해방기 염상섭 소설에 나타난 '민족'의 개념에 주목하

학과지성사, 2006, 473~480면 참조. 이 목록에서 빠진 작품은 다른 논문을 보고 참조함.

2 김경수에 따르면, 「효풍」은 "1974년 김종균에 의해 그 존재가 알려진 이후 1996년 이전까지 20여년이 지나도록 단 한 편의 연구 논문도 발표된 적이 없는, 횡보 문학 연구와 그 밖의 일반적인 문학 논의에서 철저하게 잊혀졌던 작품이다."(김경수, 「혼란된 해방 정국과 정치의식의 소설화―염상섭의 「효풍」론」, 『외국문학』, 1997, 212면)

3 김경수, 「혼란된 해방 정국과 정치 의식의 소설화―염상섭의 『효풍』론」, 『외국문학』, 열음사, 1997, 212~235면; 조남현, 「1948년과 염상섭의 이념적 정향」, 『한국현대문학연구』 6, 한국현대문학회, 1998, 293~325면; 김재용, 「염상섭과 민족의식」, 『염상섭 문학의 재인식』, 깊은샘, 1998, 79~96면; 김경수, 「8·15 이후 염상섭의 활동과 『효풍』의 문학사적 의미」, 『효풍』, 실천문학사, 1998, 340~366면; 정호웅, 「염상섭의 『효풍』론」, 『실천문학』, 실천문학사, 1998, 겨울호, 237~250면.

4 권영민, 「염상섭의 중간파적 입장―해방 직후의 문학활동을 중심으로」, 『염상섭전집―중기 단편1946~1953』 10, 민음사, 1987, 315~326면; 전영태, 「해방에서 피난으로 이르는 길―창작집 『38선』, 『해방의 아들』을 중심으로」, 『염상섭 문학연구』, 민음사, 1987, 197~210면; 최현식, 「파탄난 '생활세계'의 관찰과 기록―해방기 단편소설」, 『염상섭 문학의 재인식』, 깊은샘, 1998, 123~153면; 최진옥, 「해방 직후 염상섭 소설에 나타난 민족의식 고찰」, 『한국현대문학연구』 23, 한국현대문학회, 2007, 399~426면; 김승민, 「해방 직후 염상섭 소설에 나타난 만주 체험의 의미―「혼란」, 「모략」, 「해방의 아들」을 중심으로」, 『한국근대문학연구』 16, 한국근대문학회, 2007, 243~274면.

5 해방기 염상섭의 만주체험에 관해 주목할 논의로 김승민의 「해방 직후 염상섭 소설에 나타난 만주 체험의 의미―「혼란」, 「모략」, 「해방의 아들」을 중심으로」(『한국근대문학연구』 16, 한국근대문학회, 2007)가 있다. 김승민은 만주소재 단편에서 염상섭이 만주

려 한다.[6] 해방 직후 일련의 소설을 통해 '민족'을 자각하는 방식과 계기를 살펴봄으로써, 해방기 중도주의자의 민족 개념을 살펴보려는 것이다.

문학사에서 '민족'에 대한 호명은 외세에 대한 인식과 맥락을 함께 한다. "민족의 원칙은 그것이 산재한 인구집단을 하나의 정합된 전체 내에 통합할 때에 정당"하다는 지적처럼, 민족에 관한 담론은 민족의 통일 혹은 팽창을 위한 기제가 되어왔다.[7] 개화기 제국의 침입과 더불어 민족에 대한 자각과 각성이 일기 시작했으며, 일제 강점기 민족에 대한 상상이 조국독립의 구심점이 되었다면, 해방 직후에는 독립된 자주국가 건설을 목표로 또 한 차례 민족에 관한 담론이 일기 시작한다. 해방 직후 소설에 나타난 '민족'에 대한 개념은 개별 작가들의 민족관은 물론, 한반도 분단에 대응하는 작가들의 태도에 영향을 미친다.

해방 직후 문학자들은 각자 자신의 정치 노선을 언급하면서 '민족' 우선 혹은 '계급' 우선을 표방하고 있지만, 실지로 그들의 평문과 작품에서 '민족'과 '계급'의 의미는 착종되어 있다. 좌익 작가들은 민족 개념을 '이념의 동일성' 혹은 '신념'에 근거를 두고 있으므로, 소련을 비롯 사회

국에서 (가짜)일본인 행세하다가 맞은 8·15를 통해 그 간 자신의 행동을 합리화할 수 있는 근거를 모색한다고 분석한다. 쇠락해진 외부의 적(일본인)을 내세워 피해의식을 과장함으로서, 조선인으로서 자신의 민족적 정체성을 회복하려 했다는 것이다.

6 최진옥은 「해방 직후 염상섭 소설에 나타난 민족의식 고찰」(『한국현대문학연구』 23, 한국현대문학회, 2007)에서 「남충서」의 분석을 통해 염상섭에게 민족은 이념과 인종에 의한 것이기 보다 '문화적 정체성'으로서, "혈통에 대한 관념적 차원을 넘어서 그 속에 잠재되어 있는 역사, 문화와 같은 전통의 공유, 즉 문화적 차원에 의해 형성되는 것"(407면)이라고 본다. 부분적으로 동의하지만, 해방 이전과 해방 이후 염상섭의 민족 개념은 편차를 보인다. 해방 직후 일련의 소설에서 염상섭은 서구 열강을 자각하면서, 혈연공동체로서 '민족' 개념을 공고히 한다.

7 E.J. 홉스 봄, 강명세 역, 「새로운 것으로서의 민족」, 『1780년 이후의 민족과 민족주의』, 창작과비평사, 2003, 52면 참조.

주의 국가들과 연대하여 사회주의공화국을 건설하려 한다. 1946년 윤규섭은 「民族文化論」에서 "진보적 민족문화의 건설은 진정한 의미에 있어서 푸로레타리아계급문화를 건설"하는 것이라 주장한다. "제국주의적 문화잔재의 소통, 봉건문화잔재의 숙청, 국수주의 문화의 배격" 등은 프롤레타리아 문화 건설의 슬로건이 된다.[8] '진보적 민족 문화'가 곧 '프롤레타리아 문화'라는 공식의 기저에는, '민족'과 '프롤레타리아'의 상동성이 전제되어 있다.

1947년 임화는 「민족문화의 이념과 문학운동의 사상적 통일을 위하야」에서 '프롤레타리아'를 '인민'이라 명명한다. 임화에 의하면 '민족'은 모든 특권층을 제외한 '인민'을 의미한다. 임화의 글이 실린 『문학』제3호의 권두언에는 '인민'이라는 명칭이 자주 등장하는데, 이때 인민은 모든 특권층을 제외한, 구체적으로 봉건사회에서는 유계급자, 자본주의 사회에서는 유산자를 제외한 '무계급자'와 '무산자'를 지칭한다. 임화는 무계급자와 무산자 인민에 의해 민족이 구성된다고 보고, 소수의 특권층은 민족의 범주에서 제외한다. "봉건사회로부터 자본주의사회로의 전환기"에는 "인민이외의 사람—왕후, 귀족, 영주, 승려들을 제외함으로서" "민족이라는 새로운 인간집합체"가 형성된다.[9] 이때 '민족'은 '노동계급'이며 이들은 농민과 소시민들을 영도하여 제국주의를 격퇴하고 봉건유제를 일소 할뿐만 아니라, 다른 나라의 인민들과 연합하여 부패해 가는 자본주의를 극복하고 자기민족과 인류사회를 더 높은 계단으로 발전시

---

8 윤규섭, 「民族文化論」, 『신문예』 1-2, 1946.7, 2~6면.
9 임화, 「민족문학의 이념과 문학운동의 사상적 통일을 위하야」, 『문학』 3(조선문학가동맹기관지), 1947.4, 11면.

킬 사명을 지닌다. 임화는 문학에 있어서도 "노동계급의 이념을 기초로
한 인민의 문학이야 말로 진실로 민족적이요 애국적인 민족문학"[10]임을
강조한다. 임화가 지칭하는 '인민'은 그가 추구하는 이데올로기의 방향
성 '인민성'을 의미하는 동시에 '민족'에 대한 또 다른 표현이다.[11]

　　동일한 맥락에서, 해방기 중도좌파 김남천이 해방 직후 「1945년 8 · 15」
(『자유신문』, 1945.10.5~1946.6.28 / 165회 연재중단)에서 직시하는 민족 역
시 당시 조선에서 9할 이상 존재하는 근로대중이다. 김남천에게 민족은
이 땅에 양적으로 훨씬 더 많이 포진해 있는 노동자, 농민, 근로자를 비롯
조선의 기층민이다. 김남천의 「1945년 8 · 15」에 의하면 해방공간에는
'민족'과 이들을 올바른 길로 선도하는 '혁명가'가 존재한다. 남한의 우
익 작가들 역시 민족의 개념을 '이념의 동일성'에 두었기에, 미군정의 비
호아래 민주주의(자본주의) 진영을 중심으로 남한의 단독 정부를 모색할
수 있었던 것이다. 김동리는 「해방」에서 이념은 엄격히 선택의 문제로서
양쪽의 이념이 병립할 수 없으며, 하나의 이념이 다른 하나의 이념을 극
복하고 넘어서야 한다는 사실을 강조한다. 이러한 사실은 일련의 작가들
이 민족보다 이념을 우선시 한다기보다, 이미 '민족'에 대한 그들의 인식
기저에는 정치적 입장이 중요하게 고려되어 있음을 시사한다.

　　그렇다면 해방기 문단에서 문제시되는 인물은 좌우익에 편향됨 없이
중립을 자처하는 작가들이다.[12] 해방기 문학사에서 중립파로 알려진 염

10　임화, 위의 글, 16면.
11　해방 직후 좌익 소설에 나타난 '인민'에 대한 개념과 좌익 소설의 분석은 이주형의 「해방 직후
소설에 나타난 민족현실의 인식」(『국어교육연구』 20, 국어교육학회, 1988, 1~40면)을 참조함.
12　중간파와 좌파의 리얼리즘에 관한 논의는 송기섭의 「해방 직후 좌익과 중간파의 리얼리
즘론 연구」(『한국언어문학』 32, 1994, 한국언어문학회, 261~283면)를 참조함.

상섭에게 있어서 '민족' 개념은 무엇인가. 해방기 발간된 창작집의 이름을 단편작 「3·8선」의 이름을 따서 『38선』으로 지을 만큼 분단 현실을 고심하고, 남북한 통일정부 수립을 지향하던 염상섭에게 '민족'은 어떠한 존재로 규정되어 있는가. 적어도 염상섭에게 민족은 동일한 이념을 내면화한 이념(신념) 공동체가 아니다. 결론부터 말하자면, 해방 직후 염상섭에게 민족은 혈연공동체, 동질적인 언어공동체로서 정서적 기반을 바탕으로 한다. 특정 이데올로기에 경도되지 않은 염상섭의 민족 개념은 자신의 중립적 시각을 대변함과 동시에, 시공간을 초월한 보편적인 민족 개념이다. 해방기 염상섭의 중간노선 역시 염상섭의 민족 개념과 더불어 이해되어야 한다. 해방기 염상섭의 민족 개념은 좌우노선의 접점을 의미할 뿐 아니라 시공간을 초월하여 유효한 탈정치적인 가치관이다. 이러한 전제 아래, 이 글에서는 해방기 소설에서 염상섭이 '민족'을 자각하는 방식과 계기에 주목하려 한다. 나아가 해방기 중도주의자 염상섭의 '민족' 개념이 시공간을 초월한 보편이념인 동시에, 남북한이 공유할 수 있는 민족 담론의 토대가 될 수 있음을 재고해 보려 한다.

논의에 앞서 짚고 넘어갈 것은 염상섭이 해방 직후 소설에서 현실에 대해 매우 즉각적인 반응을 보인다는 점이다. 1946년부터 1949년까지 염상섭의 의식변화는 다음과 같은 추이를 보인다. 1946년 해방의 격분, 1947년 일제 잔재 청산과 민족의 당면 과제에 대한 자각, 1948년 단정 반대와 남북통일에 대한 염원, 1949년 경제적 궁핍과 자괴감 팽배 및 풍속의 문제로 선회. 일련의 추이는 해방 직후 염상섭 의식의 첨예한 변화를 도식화한 것이지만, 여기에서 우리는 당시 염상섭이 정치적 현실에 대해 즉자적으로 반응하고 있음을 알 수 있다. 정치적 현실의 급변,

기자 출신 작가의 예리한 촉각이 전제되어 있겠지만, 무엇보다도 우리는 다른 시기에 비해 훨씬 적극적인 염상섭의 구국 의지와 활동을 읽을 수 있다. 해방기 염상섭 의식의 추이는 '1946~1947년'과 '1948년 전후(前後)'로 구분된다. 염상섭은 1946~47년 민족의 정체성에 주목하지만, 1948년에 이르면 한반도의 정치적 난관에 눈을 뜬다. 이 글에서는 해방 직후 1946~1947년과 1948년 전후(前後)로 구분하여, 염상섭이 민족을 자각하는 방식과 계기에 주목하려 한다.

2. 1946~1947년 –감정 노출과 민족주의 가동

1) '패전국민 일인(日人)'에 대한 응징과 인종적 민족주의

염상섭은 1946년 창작한 소설에서 이성적으로 통어하지 못한 감정을 노출한다. 예컨대 작중 인물들은 빈번하게 눈물을 흘린다. 「解放의 아들」에서 식민치하 홍규는 일제 횡포로 인한 서러움으로 "남 부끄러운 줄두 모르"고 "엉엉" 울면서 "가난과 굴욕과 압박 밖에 없는 신세가 무엇 하자고 자식을 바라느냐"고[13] 자식을 낳지 않으려는 염까지 먹었다. 해방 직후에는 하야시가 패잔국민으로서 눈물을 흘린다. 「엉덩이에 남

---

13 염상섭, 『염상섭전집—중기단편 1946~1953』 10, 민음사, 1987, 21면. 이하 염상섭의 해방기 소설은 이 텍스트를 참조함. 인용문 말미에 페이지수를 달기로 함.

은 발자욱」에서 일제하 창근 아버지는 일본 순사부장에게 당한 모욕으로 눈물을 흘리고, 해방 직후 창근은 격앙되어 일본 순사부장을 응징한다. 해방 직후 염상섭은 냉철한 이성으로 훼손된 조선적인 요소를 복원해 내기보다, 격분을 노출한다. 염상섭의 여느 작품에 비해 작중 주인공들은 매우 흥분되어 있으며, 그들은 각인된 식민지 체험을 회상해 내고 독립된 조국의 국민이 지닌 위상을 적극 실현해 보이는 애국자로 등장한다.

「解放의 아들」(해방 1주년 기념작 「첫거름」의 게재, 1946.7 / 『신문학』 4, 1946)은 해방의 감격이 매우 적극적으로 나타나 있을 뿐 아니라, 해방 직후 건국 사업에 적극 동참하려는 염상섭의 계몽 의지가 뚜렷하게 부각되어 있다. 작중 인물들은 귀향하려는 '피난민'들로서, 그들은 만주의 안동에서 '신의주'까지 피난해 왔다. 신의주에 머무는 조선인 피난민을 주인공으로 하여 사건이 전개된다. 실지로 염상섭은 1936년 만주로 건너간 후, 1939년 만주 안동으로 이사해서 거주하다가가 1945년 10월 신의주로 들어온다. 신의주에서 8개월간 머물렀던 경험, 1946년 월남하기까지 북한체험이 해방 직후 염상섭 소설의 배경이 되고 있다. 염상섭은 「解放의 아들」에 등장하는 하야시, 마츠노 두 일본남자에게 민족적 울분을 투사한다. 조선계 아버지와 일본계 어머니를 둔 혼혈 마츠노에 비해, 하야시에 대한 응징은 매우 직접적이고 처절하다.

염상섭은 패전국민 '하야시'의 전몰과정을 세밀하게 묘사한다. 신의주에서 하야시는 홍규의 집에 두 차례 방문한다. 첫 방문에서 그는 홍규에게 만주 안동에 있는 일본인 조카사위를 데려와 달라고 부탁한다. 그는 홍규집에 들어서기 전에, "속으로 들어가는 듯한 조심성스러운 목소리로” “용서하십쇼”라는 말부터 건넨다. 이어 그는 머리가 땅에 닿도록 조카사위 마츠노의 월경을 부탁한다. 홍규는 “속만은 제 아모리 살았어도 일본사람에게 이렇게 공대를 받아보기는 생전 처음”(16면)이다. 두 번째 방문은 일본인들의 집이 압수당하여 창고로 내 몰리게 되자, 하야시가 마지막 작별 인사차 온 것이다. 이번에도 그는 “용서하셔요”라는 말과 함께 홍규 집에 들어선다. 홍규처가 해산바라지를 도와준 부인에 대한 감사의 마음으로 돈 봉투를 내밀자, 그는 돈을 받으며 눈물을 “쭈르륵” 흘린다. “그는 고개를 외로 꼬으고 목소리를 낼 수 없어서 허리만 굽실굽실하며 어서 빠져 나가려 한다.” 그는 주인인 홍규가 아니라 ‘홍규의 아내’ 앞에서 급기야 “목이 칵칵막히며 어깨를 들먹어리고 깍깍 소리를 죽여”(33면)울면서 패전국민의 슬픔을 노출한다. 제국의 국민이었던 하야시가 일개 조선의 부녀자 앞에서 어깨를 들먹이며 깍깍 우는 소리를 내는 묘사를 통해 우리는 하야시의 상처와 참회를 보기 앞서, 철저하게 일본인을 응징하려는 염상섭의 태도를 확인할 수 있다. 염상섭은 일본인으로 하여금 처절한 참회의 눈물을 흘리게 함으로써 민족적 울분을 보상받고 싶었던 것이다.

염상섭은 하야시에 비해 아버지의 성을 찾아 조선인으로 귀화하려는 마츠노에 대해 관대하지만, 이 역시 ‘가르침을 주는 자’와 ‘받는 자’라는 계층적 서열을 전제하고 있다. “년상약한 처지지만” 귀화한 마츠노 준식은 “난 선생님만 믿고 선생님 허라시는 대로 할까 하는데요?”라고, “홍규를 선생님”(26면)으로 믿고 의지한다. 염상섭은 홍규를 지도자의 입지에 세워두고, ‘마츠노’ 준식이 그를 추종하는 입지 즉 계도적 상황을 설정해 놓았다. 일본인 준식이댁도 “지금 웬만한 집에서는 모두들 일녀를 식모로 데려다 쓰는데 가위 저의 목숨 살려주"(28면)었다며 홍규집의 부엌일뿐 아니라 홍규처의 해산 구원도 자진해서 나선다. 마츠노는 조준식이라는 조선의 이름을 찾았지만, 해방 이후 조선에서 조준식의 행보는 순탄하지 않다. 다른 일본인들과 마찬가지로 그도 집을 빼앗기고 창고에서 일본인들과 함께 지내야 했다. 준식은 일본인들이 몰려 지내는 창고안에서 일본인으로부터 조선사람에 대한 분풀이와 모욕을 감내해야 한다. "일본놈처놓고 편을 들어줄 리 없고 조선사람 역시 역성을 해주지 않"(39면)는다. 홍규처가 준식과 준식처의 상황을 안타깝게 여겨도, 홍규는 "패전국민의 쓴맛을 흠신 보고 따라 가라지"(37면)라고 관망한다. 염상섭은 조선계 일본인의 '귀화'는 적극 돕지만, 가해자로서 일본인이 받아야 할 '응징' 역시 간과하지 않는다.

서울로 돌아온 직후인 1946년 소설에서 염상섭은 일본에 대한 자신의 입장을 고스란히 반영하고 있는데 비해, 1948년에 이르면 풍자의 형태로 대상(사건)과 거리를 둔 채 자신의 입장을 직접적으로 노출하지 않는다. 그래서인지, 「효풍」(『자유신문』, 1948.1.1~11.3)에서 가네꼬의 조선인 남편 임평길은 기생첩을 거느리고 잘 살고 있다. "창씨통에는 이름만은 고쳤어도 성은 제대로 지니고 있을 수 있던 임평길이는 길야평길(吉野平吉)이가 되어 가네마스의 양자사위가 되어 들어"간 후, "입적(入籍)을 하지 않았던 관계로 일본인으로서 징병에 끌려가지도 않았고 조선에서 징병 징용이 실시될 때도 장인 덕에 빠져서 콧노래를 부르며 팔자 좋게 잘 먹고 자빠져 있었다."[14] "그뿐인가! '길야'라는 성을 떼어버리고

---

14 염상섭, 『효풍』, 실천문학사, 1998, 32면. 이하 이 작품의 인용은 이 텍스트로 하되, 인용문 말미에 페이지 수만 기입함.

임가(林家) 행세를 하면 당시 훌륭한 조선사람"으로서, "양애비나 장인의 재산을 상속한 것이 아니라 조선사람으로서 적산(敵産)을 처맡았다."(33면) 조선계 아버지와 일본계 어머니 소생의 마츠노 조준식과 조선인 임평길의 차이는 '1946년'과 '1948년' 염상섭의 심경변화를 각각 노정하고 있다.

1946년 염상섭은 조준식을 통해 민족 정체성 정립의 의욕으로 팽배해 있었으나, 1948년에 이르면 혼탁한 현실에서 무력함을 자각한다. 염상섭의 일본인에 대한 응징은 곧 해방 직후 조선 현실에 대한 낙관과 상통한다. 서울에 돌아온 염상섭은 1947년까지 조선 현실을 낙관하고 있었던 것이다. 일본인에 대한 염상섭의 응징은 「엉덩이에 남은 발자욱」에서 보복의 형태로 나타난다. 「엉덩이에 남은 발자국」(1947년 창작 / 『구국』 창간호, 1948.1)에서 일본인 순사부장 굴전상차는 하야시보다 더욱 큰 모욕을 당한다. 해방 이전 굴전은 민족주의자 정원호와 그의 아들 창근에게 등화관제 때 집에서 불빛이 새어나갔다고 적이행위(敵利行爲)로 몰고 경찰서에서 "네굽을 썩썩기어 나가"는 모욕을 준다. 해방 직후 상황이 역전되어 정원호가 도시사가 되고, 아들 창근이는 치안부 수사과 차장 일을 맡는다. 상황이 뒤바뀐 시점에서 창근이는 굴전을 만나자 격앙된 감정을 감추지 못한다.

"오, 굴전이! 오래간만이로군, 나 알아 보겠지?"

창근이는 바짝 긴장해지며 소리를 커닿게 쳤다. 굴전이가 고개를 꾸벅해 보이며 김과원이 등을 밀듯이 재촉하는 대로 발을 떼어놓으려다가 창근이가.

"거기 섰어!"

하고 소리를 또 바락 질으는 바람에 찔끔하며 다시 선다. 김과원도 어쩐 영문인지 몰라서 멈칫하고 선다.

"굴전이, 거기 옆데서 기어 들어오지 못할까?"(50~51면)

상관인 창근의 명령을 이어 김과원이 발을 구르자, "굴전이는 쓰러지려는 나무를 손끝으로 튀기기만해도 거꾸러지듯이, 두 손을 푹내려 짚으더니 썰썰 기어 테불 앞까지 와서 엉거주춤 일어서며 눈을 내리깐다." "휘황한 안광은 스러지고, 두 눈에 부옇게 정채를 잃었다."(51면) 창근은 굴전에게 "조선사람 전체를 민족적으로 모욕"했으므로 "조선사람 전체에 사과"하라는 의도였다고 하지만, 그의 "격앙하고 비분해 하는 울음 섞인 목소리"에는 냉정한 이성보다 고양된 격분이 노출되어 있다. 작중에서 창근은 굴전의 과실을 교정하기보다 식민치하 억압의 기억을 떠올리고 그에 대한 분노를 드러낸다. 창근의 격분은 새로운 국가를 건설하려는 청년의 기백이라 할 수 없으며, 이는 오히려 절제되어야 할 민족 감정이다. 작품 말미에서 그는 상관의 명령을 쫓는 청년(김과원)의 기개도 가지고 있지 않으며 부친과 같은 관대와 포용력도 없다는 점을 자각하며 사표를 쓴다. 염상섭의 1946~1947년 소설에는 가해자 일본에 대한 작가의 응징이 두드러지게 드러난다. 염상섭은 해방의 감격과 일제치하의 분노, 양자를 감추지 못하고 작품 곳곳에 노출한다. 패전국민으로 자신의 집밖으로 나오지 못하고 갇혀 있는 마츠노, 집을 잃고 쫓겨 가는 하야시, 자신이 가한 것과 똑같은 모욕을 경찰서에서 감내해 내야하는 굴전의 모습을 통해, 우리는 해방 직후 염상섭의 고양된 감정을 읽을 수 있다. 바꾸어 말하자면, 1946~1947년 염상섭은 건국의 열기로 충만했으며 조선 현실을 비교적 낙관하고 있었던 것이다.

1946~1947년 염상섭은 패전국민으로서 일본인을 적나라하게 묘사함으로써, 해방된 조선의 민족적 정체성을 확인한다. 패전국민에 대한 응징은 해방된 자유 민족이라는 작가의 정치적 자기 확인으로서, 압제(피해자)에서 벗어난 독립된 '국민'이라는 유쾌한 심리적 자가 행위이다. 「解放의 아들」에서 일본인 하야시와 조선계 마츠노를 구분하고, 조선계 일본인의 귀화과정을 부각시키는 데에서 우리는 염상섭의 '종족적 민족주의(ethnic nationalism)'를 엿볼 수 있다. '친족'과 '혈족' 관계는 한 집단의 성원을 결집시키고 외부인을 배척하는 데 자명한 이점을 가지고 있다는 홉스봄의 지적처럼,[15] 염상섭은 조선계 마츠노를 준식으로 포용함으로써 해방 직후 일본인에 대한 배척을 통해 '조선인'의 민족적 동일성(national identification)을 확인하려 했던 것이다. 작중에서 홍규가 준식에게 "새출발"의 "첫걸음"을 격려하며 "태극기"를 건네는 것이나, "태극깃발 아래서 난 첫 애기"를 '건국'이라 이름 짓는 데서도 알 수 있듯이, 해방 직후 염상섭은 굴욕과 압박의 신세에서 해방된 조선 민족의 정체성을 확인하고 나아가 민족을 통합하는 '정통성'과 '단결'을 도모하고 있다. 염상섭은 민족의 정통을 혈족에서 찾고 있으며, 다른 민족과 구분되는 혈족공동체로서 민족의 단결을 시사한다. 이때 "백만 천만의 내편이 되어주는 무엇보다도 큰 힘이요 무기"가 되어주는 "태극기"는 민족의 성상(聖像)으로서 '강렬한 애국주의'를 시사한다.

---

15 E.J. 홉스 봄, 강명세 역, 「대중적 원형민족주의」, 『1780년 이후의 민족과 민족주의』, 창작과비평사, 2003, 90면. 홉스 봄은 한국은 중국 및 일본과 마찬가지로 "종족이라는 면에서 거의 또는 완전히 동질적인 인구로 구성된 역사적 국가의 극히 희귀한 사례"라고 보고, "종족과 정치적 충성이 실제로 연계될 수 있다"고 지적한다(94면).

「解放의 아들」에서 홍규가 준식에게 태극기를 건네면서 "이 깃발 밑이 제일 안온하고 평화로울 것"(40면)이라고 건네는 말이나, 이에 준식이 "이 기를 받고나니 인제는 제가 정말 다시 조선에 돌아온 것 같고 조선사람이 분명히 된 것 같"(41면)다는 말은 해방 직후 북한의 신의주에서는 유효한 것이지만, 45개의 정당으로 반목과 대립이 극심한 남한의 현실을 고려한다면[16] 현실 감각이 뒤떨어진 것이다. 염상섭은 1945년 10월경부터 신의주로 들어와서 8개월간 머문 후 1946년 6월경 서울에 도착한다. 서울에 온지 얼마 되지 않은 시점에서 발표한 염상섭의 작품에는 남한의 구체적 정치적 정황이 반영되어 있지 않다. 반면, 염상섭의 민족의식은 그 어느 시기보다 매우 구체적으로 드러나 있다. 해방 직후 염상섭은 무엇보다도 패전국민 일본의 응징을 통해 민족의 자존감을 회복하려 한다. 1946~1947년 작품에 나타난 종족적 민족주의는 민족적 자기동일성을 확인하고 독립된 민족의 정체성을 내면화하려는 염상섭의 적극적인 민족의식을 구현하고 있을 뿐 아니라 강렬한 애국주의를 시사하고 있다.

2) '조선어의 복권'과 언어민족주의

해방기 염상섭은 자기만의 방식으로 건국사업에 뛰어드는데, 그것은

---

16 김남천은 해방 후 「1945년 8 · 15」를 연재하기 앞서, 「작가의 말」(『자유신문』, 1945.10.5)에서 남한의 혼란과 그에 대한 책임감을 다음과 같이 피력한다. "남쪽 · 북쪽이 갈리고 정당이 45개나 생기고 네가 옳다 내가 옳다 떠들어대고, 도무지 어찌된 일인지 머리가 뒤숭숭하다고 사람들은 곧잘 말한다. 더구나 젊은 학생이나 청년들에게서 이런 말은 더 자주 듣게 된다. 혼란! 그러나 이 복잡하고 뒤숭숭한 현상의 포말 밑에 굳세게 흘러내리고 있는 역사의 커다란 진행에 대해서 우리는 고요히 귀를 기울일 필요가 있지 않을까. 젊은 이들이여! 어디로 가려는가? 청년의 불타는 정열과 냉철한 진리를 안고 그대들은 어디로 향하려는가?"(김남천, 『1945년 8 · 15』, 작가들, 2007, 7면).

일상에서 쓰는 언어를 비롯한 일련의 생활과 문화에서 일제잔재를 청산하는 것이다.[17] 「解放의 아들」에서 '일본인으로 살던 조선인의 창씨개명 문제'는 염상섭의 일제잔재 청산의 일예를 시사함과 동시에 해방 직후 재편되는 언어의 서열화를 시사해 준다. 패전 국민의 국어, 일본어는 소수 언어(minority language)로 전락하고 그 자리를 조선어가 대체한다. 해방 직후 염상섭 소설에 나타난 일본어의 '소수성'은 숫자상의 마이너성과 언어표상에서의 마이너성을 모두 포괄하고 있다.[18] 염상섭은 작품의 중심소재로 '마츠노의 귀화문제'를 내세우고 있는 만큼, 마츠노의 조선어 사용과 활동 궤적은 눈여겨보아야 할 부분이다. 이 작품에서 일본인이 조선인으로 귀화하는 과정을 보여주는 첫 대목은 '조선어'에서 시작된다.

조선어는 민족을 대표하는 언어로서 조난에 빠진 일본인에게 희망과 구원의 언어로 등장한다. 홍규는 옆집 하야시로부터 만주의 안동에 있는 조카사위를 신의주로 데려와 달라는 부탁을 받고, 마츠노를 만나자 다음과 같이 "조선말로 부쳤다." "나 신의주서 왔소이다." 이에 마츠노도 "거센 경상도 악센트나 분명한 조선말"로 응대한다. 마츠노의 원적은 경상남도 동래이다. 조선인 아버지가 죽자, 일본인 외조부 민적에 올린 것이다. "오랫동안 말을 아니 써서 그런지 말이 길어지면 역시 서투르다."(23면) 홍규의 조선어는 해방된 민족의 언어로서, 소수 언어 일본어

---

17 해방 직후 평문에서 염상섭은 일제잔재청산을 비롯한 문인의 자세를 피력한다. 작가는 급변하는 세계정세에 이지적인 촉각을 세우고 있어야 하며, 일제잔재 청산 및 전통에 대해서도 신중한 자세를 취하고 문학작품을 통해 반성과 전망을 도모해야 한다는 것이다 (염상섭, 「조선문학 재건에 대한 제의—사회성과 시대성 중시」, 『백민』, 1948.5; 『염상섭문학전집 12—評論·隨筆集』, 민음사, 1987, 169~170면 재인용).

18 소수 언어에 대한 정의는 미우라 노부타카의 「식민지 시대와 포스트식민지 시대의 언어 지배—언어 제국주의의 발견 원리」(『언어제국주의란 무엇인가』, 돌베개, 2005, 20면)를 참조함.

에 대한 지배언어가 된다. 홍규는 마츠노에게 조선사람으로 살 것인지, 일본사람으로 살 것인지 분명히 할 것을 권고한다. 이에 마츠노는 '조준식'이라는 '문패'와 태극기를 들고 다음과 같이 말한다. "인제는 조준식이지 마츠노는 아닙니다. 저두 똥만 든 버러지는 아니겠거든 생각야 없겠습니까." "아버지 성을 찾겠다는 일념야 사내자식으로 태어 나가지고 어째 없겠습니까!"(24면) 이러한 의기로 마츠노는 홍규와 더불어 국경을 넘어 신의주에서 아내를 만난다.

　조선인으로 귀화한 조준식은 "거리의 책사"에서 조선어 책을 뒤적이는가 하면, 조선 공부에 적극적이다. 그는 홍규에게 와서 "요새 조선글은 바침이 왼통 달라지고" 어려워져서 "어려서 배우던 반절만 가지고는 어림도 없"(26면)다고 말하며, '조선력사책'을 빌려간다. 가족과 더불어 생계를 이어가는 것도 중요하지만, 조준식은 새로운 민족 정체성을 내면화하기 위해 조선의 말과 글, 역사에 관심을 기울인다. 조선인 아버지를 둔 조준식의 귀화와 그의 태도는 민족에 대한 염상섭의 사유방식을 시사해 준다. 해방 직후 염상섭은 조선인이라는 '민족'을 사유하면서 혈연공동체, 동일한 말과 글의 언어 공동체, 동일한 역사 공동체를 염두에 두었던 것이다. 1948년 창작한 「再會」에서도, 염상섭은 38선 분기점에서 분단을 고민하면서 언어의 분단을 의식한 바 있다. 북한에 아내를 두고 38선을 넘어 남쪽으로 내려가는 장한을 통해, 작가는 분단이 '가정'의 균열만이 아니라 '국어'의 균열도 초래할 수 있음을 우려한 것이다. 염상섭은 "육십이나 바라보는 촌영감"의 목소리를 빌어 다음과 같이 탄식한다. "젠정 인제 '국어'가 둘 됐어! 둘야! 우리 손주새끼놈이 소학교를 졸업할 때쯤 되면 엽서 한 장을 받아 보려두 한 번만 번역을 해서는 볼 수 없게

될거라! 흥, 내 생전에 또 이 꼴을 볼 줄 누가 알았더란 말요?"[19](122면)

민족 분단과 언어의 분단을 동일시하는 기저에는 민족을 동일언어 공동체로 인식하는 염상섭의 언어민족주의가 반영되어 있다.

언어민족주의와 관련하여 「解放의 아들」에서 유심히 보아야 할 또 하나의 대목은 옆집 일본 여자의 조카딸과 홍규의 아내가 건네는 일본말 수작이다. 이 작품은 조선부인과 일본부인의 다음과 같은 '일본말'로 시작된다.

"아, 누구시라구 언제 건네 오셨세요?"

"녜에. 그런데 용히 예까지 오셨군요. 이 댁에 게서요?"

"어떻게 내지(內地)루 가게 될까 하구, 한 보름 전에 피난민 틈에 끼어 건너는 왔는데 차표두 살 가망이 없구― 그건 고사하구 다시는 안동(安東縣)으루 도라가는 수가 없군요"

"웨 아직은 아침 저녁 두 번씩은 통행시키는가 본데요"

"그건 조선양반 말이죠. 우리는 증명서를 얻는 재주가 있어야지요. 큰일 났세요. 누가 이럴줄야 알았습니까? 옷 한 벌 걸친 채, 어린애 기저귀 하나 안가지고 나선 것이 벌서 반 달이나 넘습니다그려!"

"어어, 그거 걱정이군요"

"글세 십분 이십분이면 건너설 것을, 다리 하나 격해서 빤히 바라보면서

---

19 미우라 노부타카는 분단후 한반도 언어의 이질화를 다음과 같이 지적한다. "한반도의 분단 후, 사회주의 건설을 목표로 하는 북한은 '문화어'를 표방하고, 자본주의 발전의 길을 걷고 있는 한국은 '표준어'를 규범화하면서, 오랫동안 함께 써 왔던 언어에 차이가 발생했다. 남은 북의 '문화어'를 '표준어의 사생아', '인위적으로 왜곡한 한국어의 변종'이라고 하고, 북은 남의 '표준어'를 '외세의 언어에 의해서 손상을 받은, 오염된, 민족어의 수치'라고 부른다."(미우라 노부타카, 위의 글, 29면)

이 지경이니 말라 죽겠세요. 집에서 들은 죽었는지 살았는지 그 동안 무슨 일이 났는지 누가 알겠세요"(11면)

작품의 초입부에 제시된 일본부인과 조선부인(홍규댁)의 대화는 다음과 같은 세 가지 관점에서 시사하는 바가 많다. 일본어 대화 내용을 모두 조선어로 표기한 데서, 무엇보다도 우리는 일본어를 조선어 그것도 당시의 서울 말씨로 표현하는 해방 직후 염상섭의 감회를 읽을 수 있다. 둘째, 대화의 내용을 주목할 필요가 있다. 위 대화를 통해 우리는 해방 직후 조선인과 뒤바뀐 일본인의 위상을 알 수 있다. 다 같은 '피난민'이지만, 일본인들은 일본으로 돌아가기는커녕 통행의 자유마저 잃었다. 염상섭은 작품 초입에서부터 조선(신의주)에 잔류해 있는 일본인들에게 앞으로 가해질 수 있는 현실적 압박을 시사하고 있다. 셋째, "부엌 뒤ㅅ문 밖에서 빨래를 널고 섰던 안해가 일본말로 이렇게 수작하는 소리"를 가장인 홍규는 방에서 신문을 보며 듣게 된다는 것이다. 부엌 창으로 홍규는 "언제보나 머리치장이 야단스럽게 화려하고 하루에 몇 차례나 하는지 모를 솜씨 있는 화장" 때문에 늘 "미장원 여자"라고 부른 일본부인이 "파아마넨트 머리와 분끼 없는 까칫한 얼굴"의 "딴사람"(12면)이 된 것을 발견한다.

부엌에서 수작하는 부녀자들의 언어임을 염두에 둔다면, 일련의 문답은 해방 직후 염상섭이 직시하는 일본어의 위상을 보여준다. 해방 직후 염상섭은 공공의 공간에서, 공론의 언어에서 몰락한 일본어의 모습을 보여주고 있을 뿐 아니라 부녀자들의 언어로 전락한 일본어의 위상을 보여준다. 일본 여자의 조카딸과 홍규 아내가 주고받는 일본어는 1948

년 「효풍」에서 일본 요리집 여자와 조선인 남자간 '수작의 언어'와 같은 맥락에 놓인다. 해방 직후 염상섭은 일본어는 더 이상 시국의 언어, 대표성을 띤 언어가 아니며 소수의 언어이자 하위 계층의 언어로 전락했음을 보여주고 있다. 조선어가 국어의 위상을 찾음으로써 일본어는 부녀자의 언어, 요리집 여자의 애교 언어와 같이 저급의 언어로 전락한다.

「효풍」에 등장하는 일본여성은 조선인을 능가하는 조선말씨와 조선 복장을 하고 있다. "안녕합쇼? 장 선생님 오래간만이올시다."[20] "구자 국물 좀 가지고 오구, 안주를 뭐나 더 가져와요. 꼬치랑 찌개라도 바롯하게 끓여오래지."(27면) 술자리의 손님에게 건네는 인사는 "빈틈 없는 조선말씨"일 뿐 아니라 외모 역시 "간데없는 조선기생"(26면)을 연상시킨다. 가네코는 '국어상용' 시대 부부끼리도 조선어를 쓰지 않았겠지만, "시절이 바뀌니까 저렇게 기를 쓰고 불야불야 조선사람이 되었"(31면)다. 조선에서 살아남기 위해 조선적인 요소를 누구보다 잘 체화한 가네코도, 일본어를 사용할 때가 있다. 가네코는 박병직에게 연애수작을 걸 때 일본어를 구사한다. 병직이는 "가네코의 빈틈없는 서울아낙네 사투리를 듣는 것만 같지 못하"다고 여기지만, 연애에 주린 가네코는 연극하듯이 연애 소꿉장난을 걸면서 일본어를 사용한다.

해방기 염상섭 소설에 나타난 '일본어' 사용 범주는 일본인과 그들을 바라보는 염상섭의 시선 외, 일본에 대한 부정적인 의식을 전유한다. 해방기 염상섭 소설에서 눈에 띄는 단어중의 하나로 '야미'를 들 수 있다. '야미(yami, 闇)'는 '뒷거래'를 뜻하는 일본어로서, 염상섭의 소설에서는

---

20 염상섭, 『효풍』, 실천문학사, 1998, 26면. 이하 작품의 인용은 이 텍스트로 하되, 인용문 말미에 페이지 수만 기입하도록 함.

얌체같이 남의 것을 자신의 것으로 빼돌렸다는 의미로 쓰이고 있다. 「解放의 아들」에서 홍규는 일제치하 자신이 받았던 모욕을 떠올리면서 "조선 사람 몫을 돌려 빼서 야미로 넘겨 먹었던"(20면) 일본인을 비판한다. 염상섭의 해방 직후 소설에서 식민지 종주국의 일본인이 '조선 사람 몫'을 갈취하는 모양을 뜻하는 '야미'는 1948년을 지나면서 해방덕을 보려는 조선인 기회주의자, 모리배의 악덕으로 의미가 전환된다. "생산품은 다시 곧장 소비자에게 오는 것이 아니라" "몇 번이고 요리점 거래를 하고 은행 창고를 몇 군데 거쳐서만 비로소 소비자에게 오게 되어있는 세상"이라는 당대 논객 오기영의 지적처럼,[21] 과거에는 생산품과 소비자 간에 일본인의 중간착취가 있었다면, 해방공간에서는 특수계급 모리배들이 요리점에서 중간착취를 행한다.

「移徙」(1949)에서 '야미'는 청산하지 못한 일본 잔재 중의 하나를 지칭하는 용어로 등장한다. 이 작품에서 무능력한 가장은 식솔들이 거주할 거처도 제대로 마련하지 못한다. 행랑살이를 면하고 안방차지하나 싶어 이사 갔으나 다시금 행랑살이로 돌아가야 하는 상황에서 가장의 자괴감은 배가된다. 살던 동네로 살림을 옮긴 날, 가장인 그는 동네 사람들의 시선을 의식하며 다음과 같이 자신을 위로한다. "이놈들 내가 천생 야미를 할 줄 몰라서 이렇다!"(176면) 우리는 해방공간에서 기회주의자, 모리배, 협잡꾼들을 통해 정당하지 않은 방법으로 개인의 잇속만을 차리려는 행위를 흔히 발견할 수 있다. 염상섭은 이러한 악덕을 '야미'라 명명함으로써, 일제가 남겨놓은 부정적인 잔재로 의식하고 있다. 해

---

21 오기영, 「모리배」, 『신천지』 2-3, 1947(오기영, 『해방경성의 풍자와 기개』, 성균관대 출판부, 2002, 21면에서 재인용).

방 직후 소설에서 염상섭은 일본어를 열등하게 묘사함으로써 조선어의 격상된 위상을 시사하는가 하면, 부정적인 일제잔재를 일본어 그대로 표현하기도 한다. 작가의 무의식 속에 잠재된 민족주의가 해방 직후 소설에서 언어를 통해 간접적으로 구현되는 것이다. 1946~1947년 소설에서 염상섭은 인종적 민족주의와 더불어 언어민족주의를 구현함으로써 강렬한 애국주의를 표출하고 있다.

3. 1948년 전후(前後) – 분단 현실에 대한 자각과 민족의식 고조

1) '38선'의 자각과 혈연공동체의 결집력 환기

앞서 살펴보았듯이 염상섭은 무엇보다도 혈연공동체로서 민족을 인지하고 있다. 「解放의 아들」에서 준식이 일본사람들의 분풀이를 피해 홍규의 집에서 긴장을 풀자, 홍규는 "피는 물보다 걸다지 않소"라고 응수한다. 준식을 동족으로 포용하는 홍규 의식의 기저에는 혈연을 기반으로 한 민족정체성이 전제되어 있다. 민족에 대한 혈연공동체 의식은 '일가(一家)'를 배경으로 만들어진 「離合」(『개벽』, 1948.1)과 「再會」(『개벽』, 1948.8), 「三八線」(1948)을 통해 확인할 수 있다. 세 작품 모두 '가족'을 배경으로 하여 가족의 이합, 가족의 이동(월남)을 보여주고 있다. 일련의 작품이 갖는 공통점은 '38선'을 배경으로 하고 있다는 점이다. 38선이라는 분단 현실 앞에서, 염상섭은 혈연공동체로서 민족의 결집을 호소한다.

북한을 배경으로 한 「離合」(『개벽』, 1948.1)에서 장한은 고향, 남조선을 그리워한다. 딸(4살)과 아들(6살)을 둔 장한은 북한의 현직교원이다. 아내 신숙은 올 여름 군지부(郡支部)의 부위원장이 된 뒤로, 아이들을 돌보지 않고 집을 비우는 시간이 더 많아진다. 장한과 아내는 가정이라는 울타리 안에서 '해방'의 의미를 두고 갈등한다. 장한은 "아내된 의무, 에미된 의무"를 주장한다. "해방을 하면 자식, 남편을 버려야 하는 자유가 온다는 거야?" "길에서 줏은 돈은 몸에 안 붙듯이 공짜로 얻은 해방이라서 이 지경인가"(113면) 자문한다. 남편 장한과 아내 신숙의 갈등은 가족으로 대변되는 민족이 우선이냐 계급이 우선이냐의 현실 문제를 환기시킨다. 이때 아내가 좌익에 경도되었다면, 남편은 중도우익을 대변한다. 염상섭은 남녀 간의 갈등을 다루되 양자간 이념적 차이를 설정해 두고 '38선'이라 명명한다. 작중에서 염상섭은 '이념'을 넘어서는 초월적인 영역으로 '민족'을 강조한다.

「再會」(『개벽』, 1948.8)에서 장한은 아들(6살)을 데리고 38선을 넘는다. 장한은 38선상에서 매부 진호를 만난다. 염상섭은 아내와 헤어진 장한의 가정을 통해 민족의 현실을 보여준다. 진호는 "어느 한편만이라도 편협한 고집을 버리고 포용력을 가졌던들" 하고 자조한다. 염상섭은 장한을 통해 남북통일에 대한 방법으로 편협한 고집을 버리고 포용력을 가질 것을 시사한다. 작중에서 염상섭은 진호의 입을 통해 "민족보다 계급이 먼저 있었지는 않았"으며, 계급해방보다는 민족해방이 더 급하고 앞질러 돼야 독립이 된다는 것을 강조한다. 여기에서도 염상섭의 '민족' 개념이 드러난다. 작중에서 명시된 '계급'이 사회적으로 구분되는 신분의 차이를 명명한다면, '민족'은 혈연을 중심으로 한 가족공동체(겨레), 정서적 결합제이다. 염상섭은 해방 직후 소설 「解放의 아들」에서 조선계 아버지를 둔 마츠노의 귀화를 비롯, 1948년 일련의 가족 소재 소설 「離合」, 「再會」, 「三八線」에서 민족을 사유하면서 무엇보다도 '혈연'을 염두에 두고 있다.

1948년 염상섭은 「再會」에서 장한의 부부관계를 환유하여 분단된 조선의 현실 문제를 반성한다. 장한은 "서로지지 않겠다고 맞서려만 드니 옥줜 생각에 너 할대로 해보고 너 갈대로 가 보라고, 냉연히 내버려 둔 것"이 잘못임을 자조한다. 그 간의 냉안시, 적대시, 무관심을 반성하고 너그럽게 아내를 포용하려는 것이다. 이에 형도 "이론은 나중"(132면)의 문제이며, "가정이고 민족이고 간에 면치 못할 제 식구"이므로 "한때 흥분한 감정이나 기분으로 다시 안 만날 사람같이 걷어차 버리는게 아니"라고 포용의 입장을 견지한다. 장한은 38선을 넘어 온 아내를 포용한다. 염상섭은 「離合」과 「再會」에서 장한과 신숙 가정의 이합(離合) 과정을 통해 남북한 통일에 대한 의지를 적극적으로 시사한다. 그는 장한과 신숙 부부를 통한 별거와 결합의 과정을 전유하여 남북한 모두 한 가족(식구), 민족으로 서로 양보하고 포용해야 한다는 관점을 강조한다.

이러한 정도의 제안은 실상 막연할 뿐만 아니라 구체적인 지시력이 떨어진다. 이는 염상섭의 한계라기보다 1948년 중도파 지식인이 할 수 있는 담론의 수위가 이 정도 선에서 그칠 수밖에 없었음을 보여준다. 미소 외세를 등에 업고 민족을 분열시키려는 태도 및 5·10선거가 구체화될 무렵, 『신민일보』 편집장이던 염상섭은 단독정부 수립을 거부하는 등의 글이 신문에 실리게 되자 1948년 4월 28일 열흘정도 구류를 살게 된다.[22] 그 결과 5월 26일 『신민일보』는 폐간 당한다. 염상섭은 언론탄압을 혹독하게 경험한 만큼, 이후 소설의 표현(문체)은 상식적인 수준에서 완만해지거나 그렇지 않으면 문제의 직접적인 언급을 피하고 심리적 거리를 두는 등 풍자의 형식을 취한다. 일체의 이데올로기를 배제한 체, 중도적 지식인이 할 수 있는 통일 담론은 민족에 대한 강조이며 그것은 가족을 통한 "혈연공동체"라는 원형적 민족 인식으로 귀결된다. 「再會」(1948.8)에는 1948년 염상섭의 해방 직후 현실에 대한 인식이 잘 드러나 있다. 월남한 장한은 민족보다 계급이 우선해 있지 않다는 형의 말에 응수하며 다음과 같이 자신의 시국관을 내비친다.

"앙감질 생활을 하는 것은 조선 사람만이 아니라, **전세계, 전인류가 갈라져서 한 발로 줄을 타고 있지** 않습니까. 이대로 가다가는 인류에 대파탄이 오겠다는 걱정은 누구나 가지고 있으니까 조만간 무슨 활로든지 뚫리고야 말기는 하겠죠. **두 발로 걸을 새로운 지도이념이 나오고야 말 것입니다.** 조선 사람도 거기에 끌려서라도 이래서 안되겠다고 눈이 번쩍 띌 날이 불원에 오겠죠"(131면, 강조는 인용자)

염상섭은 한반도의 분단이 남한과 북한, 양편의 문제에 국한된 것이 아니므로, 서구 열강의 냉전체제를 염두에 두고 민족의 앞날을 우선시한다. 막연하나마, 염상섭은 '제3의 이념'을 모색하고 있다. 주인공 장한의 인식은 「曉風」(48)에서 박병직의 좌우합작론과 상통한다. 작중에

서 "대포소리"없이 38선을 허물 수 있는 방법을 모색하는 박병직의 공부는 '좌우합작론' 곧 '제3의 이념'이다. 「엉덩이에 남은 발자욱」(1947 작 / 1948)의 창근, 「離合」과 「再會」의 장한, 「曉風」의 병직 등 1948년 전후 염상섭 소설의 지식인들은 모두 한반도의 분단을 막고 통일을 이룩할 수 있는 '궁리' 중에 있다.

작중에서 38선으로 대변되는 분단에 대한 인식은 김동리의 「해방」과 비교해 볼 필요가 있다. 1949년 김동리는 「해방」에서 '제3의 이념'은 없으며, 한편이 다른 한편을 극복하는 수밖에 없음을 강조한다. 「해방」의 주인공 이장우는 친구 하윤철에게 38선은 '조선내부'의 현실이기보다 '서구(세계)열강'의 현실임을 힘주어 말한다.[23] 이러한 관점에서 본다면, 한반도의 통일은 남북한의 손에서 벗어난 것이며 아주 요원한 문제이다. 미국과 소련의 거리만큼, 38선상 남북한의 거리는 좁혀질 수 없다. 어느 한쪽이 어느 한쪽을 굴복시켜야 하는 헤게모니의 문제이다. 이러한 인식 차이는 1948년(『효풍』)과 1949년(『해방』)의 시간차이기도 하지만, 무력이 아니라 지도력(지도이념)에 의한 분단극복을 갈망하는 중도우파와 냉정한 현실에서 헤게모니를 선점하려는 우익의 입장차이기도 하다. '제3의 이념'을 지향하는 중도우파가 1948년을 기점으로 남한 현실에서 자취를 감출 수밖에 없었다는 점에서, 염상섭의 1948년 소설은 중도파 지식인의 막바지 현실 대응이라 할 수 있다. 1948년 염상섭의 중도의식에는 혈연공동체라는 원형적 민족의식, 무력이 아니라 지도력에 기반을 둔 평화적 민족통일관이 내재해 있다.

23　김동리의 『해방』(『동아일보』, 1949.9.1~1950.2.16) 김주현 교수가 『어문론총』 38, 39(한국문학언어학회, 2002, 2003)에 두 차례에 걸쳐 실어 놓은 작품의 전문을 참고함.

　　염상섭은 1946년 6월 일가를 거느리고 '38선'을 넘어 서울로 돌아온 바 있다. '38선'을 넘으면서 갖은 어려움을 직접 경험한 바 있으므로, '38선'에 대한 염상섭의 의미부여는 다른 작가에 비해 훨씬 함의하는 바가 크다. 중편 「三八線」(1948)에서 주인공은 "손바닥만한 제땅 속에서 왔다 갔다하는"(91면) 약소민족의 비애를 보여준다. "두 세 사람의 눈을 기우고 불과 오리나 십리를 건너느라고 천리 밖에서부터 계획을 세우고 겁을 집어먹고 몸에 지닌 것까지 다 버리고 이 고생을 하여 허위단심 겨우 넘어왔다"(94면)는 고백에서 우리는 표면적으로 허무감을 감지할 수 있지만, '민족'의 개념과 관련하여 외세 "두 세 사람"의 존재에 시선이 머문다. 이 두 세 사람은 두말 할 나위 없이, 북한에서 마주친 소련병과 남한에서 마주친 미국병사이다. 염상섭은 38선을 통해 분단된 민족의 실상을 부각시킬 뿐 아니라 나아가 분단의 배경으로 소련과 미국의 존재를 각인시킨다. 우리는 이러한 염상섭의 의지를 고려하고 「離合」, 「再會」, 「三八線」을 읽어야 한다. 염상섭이 '가족'과 '부부' 혈연공동체를 통해 민족의 화해와 결집을 강조한 데에는 냉전체제에 돌입한 서구 열강의 위세를 절감한 때문이다. 1948년 『효풍』에서 염상섭은 38선에서 '대포소리'를 감지한 만큼, 그의 인식은 다급했던 것이다.

2) '국가'에 대한 자각과 민족의 정서적 응집력 호소

　　염상섭은 만주를 배경으로 한 「混亂」(1948.12.9 창작 / 『민성』, 1949.2)에서 '국가'라는 울타리를 갈망한다. 1948년 12월에 창작된 이 작품을 올바로 이해하기 위해 우리는 '만주'라는 작중 공간뿐 아니라 1948년 남한이라는 현실 공간, 두 공간을 모두 천착해야 한다. 1947년 3월 12일 '트루먼 독트린', 같은 해 6월 5일 '마샬 플랜'은 소련의 팽창주의 봉쇄정책을 초래하고, 국내 우익에게 유리한 고지를 선사한다.[24] 1947년 5월 12일 서울에서 제2차 미소공동위원회가 열렸으나 결렬된다. 1947년 7월 19일 여운형의 암살과 더불어 좌우합작이 해체될 뿐 아니라 좌익과 중도 세력에 대한 우익의 테러가 거세진다. 미군정은 1947년 8월 11일부터 남로당 당수 허헌에 대한 체포령을 내리면서 남한내 공산주의 활동을 불법으로 선언한다. 이어 미국은 1947년 9월 17일 조선의 문제를 유엔으로 이관하겠다고 밝힌다.

1948년 1월 7일 8개국으로 구성된 유엔한국임시위원단이 입국한다. 1948년 2월 26일 유엔소총회에서는 남한 단선(5월 10일)을 발표한다. 1948년 4월 3일 제주항쟁이 있었고, 4월 14일에는 염상섭 유진오 정지용 김기림 등 문화인 108명 명의로 「남북협상을 성원함」이라는 글을[25] 발표한다. 1948년 4월 19일 김구는 북행길에 오른다. 1948년 5월 10일 남한 단독 총선을 통해 5월 31일 제헌국회를 연다. 제헌국회는 7월 12일 '대한민국 헌법'을 제정하여 7월 17일 공포하고, 7월 20일 대통령선거에서 이승만이 당선된다. 1948년 9월 11일 한 · 미간에 체결된 재정 및 재산에 관한 최초 협정에 의해 대한민국 정부에 대한 미군정 당국의 권한

---

24 이하 해방기 남한의 정치적 변화는 강준만의 『한국 현대사 산책─1940년대』 2권(인물과사상사, 2005)을 참조함.

25 이 글은 남한만의 5 · 10선거가 38선의 '실질적 고정화'이자 '민족분열의 구체화'라고 지적하면서, 자주독립을 달성할 때까지 "최후의 일각까지 최후의 1인까지 남북협상의 태도를 추진하여 통일국가의 수립을 기필(期必)하자"고 주장한다(강준만, 위의 책, 113면).

이양이 완료된다. 같은 해 여순사건이 발생한 이후, 11월 20일 국가보안법이 국회를 통과하고 12월 1일 공포된다. 1948년 12월 12일 한국의 독립 승인 안이 유엔총회에 성정되어 가결된다.[26]

1947년에서 1948년까지 단정수립을 통해 분단을 고착화시키는 남한의 정치적 격동은 염상섭으로 하여금 '1945년 만주'를 기억하도록 했으며, 그것은 해방된 민족의 기쁨이 아니라 만주에서도 다른 이민족에 비해 내침이 많았던 불안의 기억이며 조선인회 내부에서도 메울 수 없는 균열과 갈등에 대한 기억이다. 1946년 「解放의 아들」, 1947년 「엉덩이에 남긴 발자욱」에서 보이던 염상섭의 적극적인 건국 의지는 어느새 사라지고 1948년 창작한 「混亂」에 이르면 또 다른 형태로 오욕의 세월을 견뎌내야 하는 지식인 염상섭의 비애가 내재해 있다. 이러한 사실은 만주에서 조선인과 구분되는 일본인에 대한 대조적인 묘사에서도 확인할 수 있다. 1946~7년 작품에서 일본의 패전국민 '하야시'와 '마츠노', '굴전'이 굴욕적인 모습으로 형상화 된 데 비해, 이 작품에서 일본인은 "자숙과 단취(團聚)로 은밀한 경계망을 치고 집집마다 첩을 박고 끽 소리도 없이 괴괴히 들어 박혀 있"으며, "평온무사하다."(155면) 일본인 측은 8·15 당일까지 술과 쌀을 손아귀에 쥐고 있었으므로, "쌀은 저희끼리 움켜 넣고 팔일오 직전부터 술 홍수나 난 듯이 터뜨려 놓아서 혼란만 일으켜 놓고" "물러 앉아서 쌀 장사로 귀국할 노자까지 벌고 있는 형편이다." 이와 대조적으로 "정신 못 차리는 조선 사람은 내맡기는 술항아리이

---

26 유엔은 대한민국 정부가 "한국 국민의 대다수가 거주하는 지역에 대해 교화적인 지배와 관할권을 가진 합법 정부이며, 한국에서 '유엔임시위원단'이 감시한 지역 선거인의 자유의사의 정당한 표현에 의한 선거로 수립된 유일한 정부"임을 인정하였다(김창훈, 『한국외교 어제와 오늘』, 다락원, 2002, 44면; 강준만, 위의 책, 148면에서 재인용).

니 이게 웬 떡이냐고 술독에만 달라 붙어 앉아서 부어라 마셔라 하며 코를 걸고 두들겨 패고 혼란의 전 책임을 민족적으로 들쓰려든다.”(160면)

1948년 남한 단독 정부 수립과 분단이라는 현실적 시공간을 염두에 두고 이 작품을 보면, 작품 서두에서 왜 염상섭이 중국인들의 해방 축제를 설명하면서 유독 많은 지면을 할애하고 있는지 짐작할 수 있다. 만주에서 창규는 이민족(異民族)의 입장에서 중국 사람들의 8·15 환호 퍼레이드, “국민제전(國民祭典)”을 감개무량한 시선으로 부러워한다. 이들은 ‘국민’의 반열에 올라선 반면, 조선인은 ‘이민족’으로서 소속감이 없을 뿐 아니라 조선인회 마저도 내분과 동요가 심하다. 염상섭은 소설 전반부의 많은 지면을 8·15를 즐기는 ‘중국 국민’의 축제 행렬 묘사에 할애하고 있다. “청천 백일홍의 큰 깃발을 앞세우고 붕빠 붕빠 유량한 국악대”, “도열한 시민의 만세 소리”, “발코니에서 깃발을 내두르며 환호하는 청년들의 열에 띤 그 몸짓 손짓”, “창자에서 낼 수 있는 대로 뽑아내는 노래 소리와 격을 맞추어 일어나는 만세 소리와 박수소리”(154면). 이 모든 것을 지켜보는 “창규의 눈에서는 눈물이 비오듯 철철 흘렀다.” 그것은 “조국의 광복”을 실감하지 못했기 때문이기도 하지만, 조선 민족을 보호하고 견인하는 ‘조국’의 실체를 확인할 수 없었기 때문이다. 평온무사한 일본인 측과도 달리, 조선은 “국가의 보호도 없고 통제도 없이 굴레 벗은 말같이 날뛰기만”(155면) 한다.

창규는 조선인 측 내부의 분규를 막고, “타 민족에게 약점을 보이는 것” 같아 ‘조선인회’와 ‘한교 자치회’ 양자 간 통합을 서두른다. 양자는 ‘간부 자리’를 두고 팽팽하게 맞선다. 조선인회 임회장은 한교 자치회의 김호진에게 한 치의 양보도 하지 않으려 하고, 한교 자치회 김호진은 조선인회 임회장을 "친일파"로 비판하며 그 밑에서 일하지 않겠다고 강경하게 나온다. 엎친 데 덮친 격으로, 창규는 아내 친구의 장례를 치러야 한다. 창규는 일본 장의 마차를 타고 화장장으로 가면서 혹여 있을 중국인의 습격에 겁을 먹는다. 창규가 집으로 돌아오니, 아내는 만인도둑이 스프링코트를 훔쳐 갔다며 불안에 떨고 있다. 만주를 배경으로 한 이 작품에서 염상섭은 '해방 직후' 국가로부터 어떠한 보호도 받지 못한 채 오히려 혼란스러운 조선인의 입지를 구체적으로 묘사하고 있다. 그것은 비단 '만주'에 국한된 문제가 아니라 해방되었다고 하는 한반도 전역의 문제이다.

1948년이 넘어서면서 염상섭은 민족의 분단에 직면하여 민족의 내분을 상쇄시키고 민족을 보호해 줄 수 있는 '국가'를 갈망한다. 염상섭은 '민족'의 존립이 결국 '국가'의 존립과 위상에 달려있다는 것을 '만주'를 통해 실감한 바 있으므로, 남한단독정부가 들어선 시점에서 독자들에게 이를 강조한다. 이 작품에서 창규가 직시한 것은 축제를 통해 재건을 모색하는 '중국'과 대조적인 만주 조선민족의 분열상이지만, 이 작품을 창작할 무렵 염상섭이 직시한 것은 한반도의 분단 문제이다. 작중 만주 조선인들의 분열은 현실의 문제를 그대로 재현해 놓은 것이다. 남한에 단독정부가 들어서서 통일은 더욱 요원한 과제가 된다. '국가'가 들어섰음에도 도둑은 들끓고 물가는 더욱 치솟아 살기 어려워진다. 1949년에 이르러, 염상섭은 '국가'라는 울타리를 더욱 절실히 요구하지만 남한에 수립된 단정(單政)은 민생고는 물론 민족의 결집을 도모할 내일에 대한 기약을 더욱 후퇴시켜 놓았던 것이다. 그러므로 「混亂」에서 만주 조선인들의 갈등과 이를 통합하려는 창규의 의지에는 해방공간 막바지에서 민족의 정서적 응집을 촉구하는 중도파 염상섭의 호소가 녹아들어 있다. 이 작품을 통해, 우리는 '민족'을 호명하면서 일체의 이데올로기와 무관하게 혈연공동체, 정서적공동체를 환기시키는 중도파의 현실적인 한계를 감지할 수 있다.

4. 결론

　만주에서 해방을 맞은 중도주의자 염상섭의 해방정국에 대한 인식은 동일한 중립노선의 채만식은 물론 동시대 다른 작가와 구분된다. 1945년 8 · 15 해방에 대한 염상섭 개인의 감격은 한반도에서 해방을 맞이하는 다른 작가들보다 훨씬 격앙되어 있었다. 1946~1947년 염상섭의 소설에는 격분이 노출되어 있으며 이러한 격분은 소설에서 패전국민 일인(日人)에 대한 묘사로 나타난다. 예컨대 「解放의 아들」에서 염상섭은 패전민 일가(一家)의 영락해 가는 삶을 매우 세밀하게 천착하는가 하면, 그들의 슬픔을 구체적으로 묘사해 낸다. 귀화하는 조선계 일본인에 대해서도 무조건적인 용서가 아니라 시련과 더불어 그를 계도하는 입장을 보인다. 일본인을 응징하고 조선계 일본인에 대한 유화, 조선적인 것을 강조하는 일련의 의식을 통해 염상섭의 종족적 민족주의를 읽을 수 있다. 아울러 해방 직후 오랜만에 선보이는 소설을 통해 우리는 복원된 조선어에 대한 염상섭의 실감을 확인할 수 있을 뿐 아니라, 나아가 일본어를 소수

언어로 묘사하는 염상섭의 언어민족주의를 읽을 수 있다. 종족적 민족주의와 언어민족주의는 해방 직후 염상섭의 강렬한 애국주의를 시사한다.

1948년 염상섭은 서울에 거주하면서 발 빠르게 고착되는 분단 현실을 실감하고 이전과 다른 방식으로 ‘민족’을 사유하고 현실에 소환해 낸다. 1948년 38선을 자각하면서 염상섭의 민족의식은 고조된다. 「離合」, 「再會」, 「三八線」 일련의 소설에서 염상섭은 ‘가족’의 이합(離合)과 이동을 통해 혈연공동체로서 민족의 화해와 결집을 호소하고 있다. 1948년 단독정부가 수립되자, 염상섭은 다시 만주에 대한 기억을 소환해 낸다. 중국인들의 축제 분위기, 패전의 와중에도 자기 앞날을 계산할 줄 아는 일본인, 양자에 비해 조선인의 삶은 내부의 대립과 균열은 커지고 내일을 알 수 없다. 중국인 일본인과 대조적으로 바람벽 없는 조선인의 삶은 ‘국가’라는 안전한 울타리를 요구하고 있다. 창작 당시 단정이 남한에 수립된 상황에서, 염상섭은 민족을 응집할 수 있는 통일국가를 마지막으로 갈망하고 있다.

1949년을 넘어서면서 염상섭은 정치적인 문제에서 손을 뗀다. 「一代의 遺業」, 「굴레」와 같은 소설에는 염상섭은 ‘민족’의 문제에서 ‘풍속’의 문제로 선회한다. 일련의 작품은 과부의 재가 필요성을 보여주는 것도 아니며, 축첩의 폐해를 비판하는 것도 아니다. 오히려 고루한 전대의 도덕이 작품의 골격을 이루고 있다. 염상섭은 작중에서 과부인 여성의 이름을 밝히기보다 ‘기현이 어머니’라 명명하면서 그 여성의 사회적 책임감을 강조하는가 하면, 축첩폐지를 제안하기보다 처첩간의 갈등을 통해 질투에 눈먼 중년 여성의 부정적인 면모를 부각시킨다. 같은 시기 「臨終」(1949), 「移徙」(1949)가 해방정국의 현실을 다루지 않더라도 생활의 어려움을 고백하던 중년 남성을 통해 염상섭의 정직한 내면을 보여주고 있는데 비해, 위의 소설은 오히려 현실보다 뒤떨어진 전대의 풍습과 모럴 감각을 보여주고 있다.

급변하는 해방기의 변화 속에서 중도주의자 염상섭이 '민족'을 바라보는 입장은 좀 더 섬세하게 재구되어야 할 것이다. 특정 이데올로기가 개입되어 있지 않는 대신, 염상섭은 개인의 감격을 감정적으로 노출하는가 하면 혈연공동체로서 민족을 인지하고 응집하려 한다. 해방 직후 염상섭은 민족적 동일성을 확인하는 기제로 혈족, 언어, 가족, 영토(38선), 국가(nation-state)의 카테고리를 사유하고 있다. 일련의 카테고리는 해방기 염상섭의 소설에서 종족적 민족주의(ethnic nationalism), 언어 민족주의를 비롯한 강렬한 애국주의를 시사한다. 이를 통해 우리는 염상섭이 그 어느 때보다 해방 직후, 민족에 대한 사유를 공고히 하고 있음을 알 수 있다. 중도파 염상섭이 특정 이데올로기에 경도되지 않았다는 것은 그가 일체의 이데올로기로부터 등을 돌렸다기보다 동시대 미국과 소련 열강의 제국주의에 대항하고 있음을 보여준다. 해방 직후 소설에서 염상섭이 그 어느 시기보다 강렬하게 민족주의 이데올로기를 부각시키고 있다는 측면에서, 염상섭의 해방 직후 '중립'은 동시대 미국과 소련 그 어디에도 경사되지 않고 거리를 유지하는 제3세계 지식인의 고독한 민족의식을 표방하고 있다.

제2장

해방 직후 황순원 소설에 나타난 귀환 전재민

1. 서론

황순원의 해방 직후 소설에 대한 논의는 장편『별과 같이 살다』(1950
년 발간)의 구성과 주제, 창작집『목넘이 마을의 개』(1948년 발간)에 나타
난 현실 인식태도 및 창작방법, 작품집 전체를 대상으로 해방공간의 인
식 등으로 전개되었다. 일련의 논의에서 황순원의 해방 직후 소설은 귀
환전재민 문제, 일제잔재 청산문제, 농민수탈 문제로 요약된다. 이 글에
서는 황순원의 해방 직후 소설에 등장하는 귀환전재민을 주목하고,[1] 그

---

1   해방 직후 발표된 황순원의 소설 중에서 귀환전재민이 뚜렷하게 등장하는 작품은『별과
같이 살다』, 「두꺼비」, 「담배한대피울동안」이다. 이 글에서는 위 작품을 중심텍스트로
삼되, 해방 직후 발표된 황순원의 다른 작품도 참조하였다. 초기 해방기 소설 연구에서
'귀환'은 소재적으로 접근되었으나, 최근 귀환서사는 디아스포라에 대한 이해와 더불어

들이 직면한 현실 문제를 통해 황순원이 해방공간(1945~1948)을 어떻게 인식하고 있었는지 살펴보려 한다.

논의에 앞서 전재민에 대한 개념을 정의할 필요가 있다. '전재민(戰災民)'은 세계대전에 연루된 전지구적 차원의 피해자를 규정하는 의미로 사용되었고, 한국현대사에 있어서는 일제의 수탈정책이나 강제동원을 이유로 해외에 거주하였다가 해방 후 귀환하게 된 집단(repatriates)을 일컫는다.[2] 미군정기간에 사용된 전재민이라는 용어는 일제하 징병·징용·이민 등으로 인해 해외에 거주하였다가 해방 이후 귀환한 동포들을 총칭하는 용어였는데 여기에는 제2차세계대전의 피해자라는 의미가 포괄적으로 들어있는 것이었고, 또한 당시에는 북한에서 넘어온 월남민도 포함되었다.[3] 전쟁의 피해를 입은 사람을 의미한다는 점에서, 전재민이라는 용어에는 정치경제적 의미가 내재되어 있다. '귀환동포'라는 어휘를 써도 무방하겠지만 황순원이 해방 직후 소설에서 주목하는 인물이 단

장르적 속성으로 확장되었다. 그 대표적인 글로 다음과 같은 글을 소개할 수 있다. 정재석, 「해방기 귀환 서사, 결속의 상상력과 균열의 미학」, 『사이間SAI』 2, 국제한국문학문화학회, 2007, 161~193면; 정재석, 「해방기 귀환서사 연구」, 연세대 석사논문, 2007; 오태영, 「민족적 제의로서의 귀환」, 『한국문학연구』 32, 동국대 한국문학연구소, 2007, 515~542면; 이민영, 「해방기 귀환 소설의 경계 인식 연구」, 서울대 석사논문, 2008; 최정아, 「해방기 귀환소설 연구—'귀환 의례'의 메커니즘과 귀환자의 윤리를 중심으로」, 『우리어문연구』 33, 우리어문학회, 2009, 357~395면.

2 이연식, 「해방 직후 해외동포의 귀환과 미군정의 정책」, 서울시립대 석사논문, 1989, 1면.

3 이영환, 「미군정기 전재민 구호정책의 성격 연구」, 서울대 석사논문, 1989, 1면 참조; 남찬섭, 「미군정기의 사회복지—민간구호단체의 활동과 주택정치」, 『복지동향』 79, 2005, 43면 참조. "월남민이 포함되었던 것은 일제하에서 징용당한 사람들 중에는 남한이 고향이면서 북한지역으로 간 사람들도 있었는데 이들 역시 제2차세계대전의 직·간접적 피해자였고 또 만주지역 등에서 귀환한 사람들은 지리적 경로상 북한지역을 거쳐서 귀환하였기 때문이다."(남찬섭, 위의 글, 43~44면) 이 외 이용기·김영미, 「주한미군 정보보고서(G2-보고서)에 나타난 미군정기 귀환·월남민의 인구이동의 규모와 추세」, 『한국역사연구회회보』 32, 한국역사연구회, 1998, 17~23면 참조.

순히 귀환동포가 아니라 '식민지'와 '전쟁'에 동원된 조선인 전재민들이므로, 이 글에서는 조선 민족이 제2차세계대전의 이중고 피해자라는 점을 강조하여 '전재민'이라 명명한다.

중일전쟁(1937) 이후 전시총동원체제하 일본은 식민지 조선인을 전쟁에 강제동원 함으로써 조선인구의 대이동을 초래한다.[4] 노무동원과 강제징용 등의 형태로 북한의 광공업지역과 일본으로 동원되는가 하면, 농토를 잃은 농민의 간도행이 속출한다. 식민치하 만주로 떠난 사람들, 일본으로 떠난 사람들은 해방과 더불어 고국으로 들어온다.[5] 빈곤, 실업, 주택난 등 각종 생활난이 만연한 상황에서 해방 직후 조선의 전재민은 실업자, 이재민을 비롯한 각종 난민과 구분되지 않았다. 헐벗고 굶주리고 병마에 찌들어서도 고국에 가겠다는 일념으로, 그들의 귀환은 시작되었다. 고국 땅을 밟은 감격도 잠시, 그들은 만주와 일본에서의 삶보다 더 열악한 생계문제에 봉착하여 순박한 정서를 잃고 생존 앞에 비굴해 진다.

전재민을 통해 해방공간의 성격을 규명하는 황순원의 시선은 조선내부의 이념 갈등에서 벗어나 인간에 대한 통찰과 더불어 보다 국제적인 감각을 구비한 것이다. 황순원의 현실 통찰력은 그가 평양에서 중학교를 졸업하고 일본으로 건너가 와세다대학 영문과를 졸업하는 가운데 일

---

4   일제하 조선은 단기간 내에 사상 유례가 없는 격심한 인구이동과 실향사태를 겪었다. 그 결과 1944년에 이르러 총인구의 11.6%가 국외에 거주하게 되었고, 약 20%가 해외나 자신이 태어나지 않은 다른 도(道)로 이동한 상태였다. 해방 이후 미군정기의 인구증가는 출생률이나 사망률 등의 변화보다 주로 인구이동에 의한 것이다. 강인철, 「미군정기의 인구이동과 정치변동」, 『한신논문집』 15-2, 한신대 출판부, 1998, 545~546면 참조.
5   전재민은 해방 초에는 일본으로 징용갔던 사람들이 먼저 들어오고, 1946년에는 중국쪽에서 들어오고, 1946년에서 1948년까지는 월남민이 들어왔다(황병주, 「해방 직후 사회적 동원과 남한사회」, 『한국역사연구회회보』 36, 한국역사연구회, 1997, 17면).

본의 사정에도 눈을 뜰 수 있었으며, 해방 직후 월남하는[6] 과정에서 귀환전재민을 생생히 관찰하는 가운데 만주의 사정에도 눈을 뜰 수 있었기 때문으로 보인다. 동시대 작가인 안회남 역시 일본 구주탄광에서 온 귀환전재민이었으며, 염상섭 역시 만주로부터 귀환한다. 황순원이 안회남, 염상섭과 구분되는 점은 해방공간(1945~1948)을 바라보는 시선 차이이다.

안회남과 염상섭이 해방과 더불어 귀환동포의 감격과 환희를 부각시키고 있는데 비해,[7] 황순원은 귀환동포들의 '식민지배' 흔적과 '전쟁'의 상처를 부각시켜 제국간 이권다툼의 희생자로서 조선의 전재민적인 성격을 강조하고 있다. 해방 직후 발표된 황순원의 소설에는 전재민 의식이 부각되어 있다. 이 글에서는 먼저 해방 직후 황순원 소설에 나타난 전재민 의식을 살펴보고, 일련의 소설을 '탈향에서 귀환의 서사', '귀환에서 정착의 서사'라는 두 부류로 구분했다. 두 가지 구분 하에 조선 민족의 탈향→귀환→정착에 이르는 추이와 그 과정에서 파생되는 현실 문제가 무엇인지 살펴보았다. 이러한 논의는 황순원의 해방 직후 현실 인식은 물론, 해방 직후 황순원 소설의 가치를 재인식하는 계기가 되리라 본다.

---

6 1946년 3월 부친이 먼저 월남했으며, 황순원은 가족과 더불어 1946년 5월 월남을 결행한다. 송현호, 「선비의 후예, 선비의 길」, 『선비 정신과 인간 구원의 길―황순원』, 건국대 출판부, 2000, 40면 참조. 1946년 9월 서울고등학교 국어교사로 들어가서 시와 단편소설을 지속적으로 발표한다.

7 안회남은 노무동원으로 일본탄광촌의 광부로 일한 경험을 살려 해방 이후 탄광촌 소재 소설을 발표하지만, 일련의 소설에는 노동현장 내 민족현실에 대한 자각보다 해방 직후 귀환하는 농민들의 환희에 초점이 맞추어져 있다. 염상섭은 해방 직후 만주에서 북한을 거쳐 월남하는데, 그는 해방 직후 소설에서는 독립에 대한 감격으로 민족의 내일을 낙관하고 있는데 비해 1948년 전후의 소설에서는 분단 상황에 눈뜨고 이데올로기를 초월한 민족 공동체를 강조한다.

2. 해방공간과 전재민 의식

　해방 직후 조선 민족은 '식민지배'의 희생자이면서 '전쟁'의 피해자이다. 제2차세계대전이 종식되자 패전국의 식민지였던 조선은 전쟁과 식민지배의 상흔으로 얼룩져 사회전반이 혼란스러웠다. 조선은 일본이 항복을 조인하는 자리에 나가지 못했으며, 일본은 조선이 아니라 미국·소련·영국·중국으로 구성된 연합국에 항복한 것이다.[8] 조선은 해방의 주체가 아니므로, 조선의 귀환전재민들은 입지가 불완전하고 제대로 보호받을 수 있는 권력과 장치가 없었다. "해방국민이기는 하되 독립국가의 국민"이[9] 아니었기 때문이다. 점령지역의 소수민족으로 조선 민족은 '난민'에 불과했다. 제2차세계대전후 극동지역은 소련에 의한 만주·남사할린·북한의 점령, 미국에 의한 일본·남한의 점령으로 분할되었다.[10] 여기서 주목할 부분은 국제적으로 조선은 분할 점령으로 인해 독립국가가 아니라 '점령지역'으로 치부되고 있다는 점이다. 1945년 이후 조선의 현실은 내부자의 시선에서 볼 때 '귀환동포'로 포착되지만 외부자의 시선에서 볼 때 '귀환전재민'으로 포착되는데, 황순원은 내부자의 시선에서 귀환동포를 포용하되 외부자의 시선에서 '귀환전재민'

8　장석주, 『20세기 한국 문학의 탐험』 2, 시공사, 2000, 196면 참조.

9　이연식, 「왜 식민지하 국외 이주 조선인들은 해방 후 모두 귀환하지 못했을까?」, 『내일을 여는 역사』 24, 2006, 101면. 그에 의하면, "국제적으로 조선인들의 법적 지위가 확정된 것은 1948년 정부 수립 이후이며 세계냉전의 영향으로 그마저도 완전한 것이 아니었다." "해방 후 조선인의 송환방식을 결정한 주체가 미·소라는 한반도를 분할 점령한 연합국이었"다(101면).

10　강인철, 「미군정기의 인구이동과 정치변동」, 『한신논문집』 15-2, 한신대, 1998, 548면.

이라는 조선 민족의 현실을 직시한다.

해방 직후 조선은 '자유'와 '독립'이 보장된 곳이 아니라 넘쳐나는 전재민들간 생존의 각축장이 된다. 해방의 기쁨은 순간적이었으며 고국의 밖에서 느꼈던 감격일 뿐, 오래지 않아 그들은 백일몽에서 깨어난다. 황순원은 『별과 같이 살다』에서 해방의 기쁨을 강렬하게 묘사하지만, 그에 못지않게 '독립'이 실재하지 않는 현실을 직시한다. 그는 해방 직후 평양 거리에서 독립을 환호하는 조선 민족을 장엄한 물결로 묘사한다.[11] 만세소리는 하나의 커다란 물결이 되어, 시내곳곳을 누빈다. "날로 커가고 우렁차 가던 이 물결은, 며칠날 연합군의 하나인 쏘련군이 평양에 진주해 들어온다는 그 전날서부터 다음에 미쳐 최고조에 달했다."(211면) 독립에 대한 열기도 잠시, "독립했다던 말이, 사실은 독립된게 아니고 해방이 된 것이라고, 해방이라는 말로 바뀌었다."(214면)

독립에 대한 감격과 달리 현실에서 독립을 인지할 수 있는 자주적인 조건이 없었으므로, 황순원은 국가의 독립이 아니라 일제로부터 해방되었을 뿐임을 강조한다. 갑작스럽게 찾아온 독립을 통해 '자유'를 호흡하지만, 그것은 일본의 압제로부터 해방을 의미할 뿐 독립된 국가를 건설하기까지 험난한 과제가 산재해 있다. 서구 열강들이 봉건국가에서 벗어나 '국민'국가를 만든 후 식민지 점령으로 국가의 무대를 확장해나갔던 데 비해, 해방 직후 조선은 국민국가로 전환할 수 있는 계기는커녕 전

---

11 "이 모든 물줄기들이 합하여 하나의 큰 강을 이루었다"(212면) "손에 손을 잡듯이 이 물결소리는 물 굽이굽이를 따라 이어 와서는, 물 굽이굽이를 따라 이어 올라갔다. 삽시간에 온 강줄기는, 아니 온 평양성안은 이 물결소리로 진동되었다"(212면) 황순원, 『별과 같이 살다』, 정음사, 1950. 이하 작품 인용은 이 책으로 하되, 인용문 말미에 페이지 수만 밝힘. 이 작품은 「암콤」(『백제』, 1947.1), 「곰」(『협동』, 1947.3), 「곰녀」(『대조』, 1949.7) 등의 제목으로 분재되었다가, 모아서 장편으로 간행된 것이다.

대의 봉건성과 도래해야 할 자주 민권이 착종되어 식민치하보다 더 어수선한 상황을 맞았으며, 그 속에서 사람들은 치솟아 오르는 물가고를 감내해 가며 갖가지 생존 조건을 일구어야 한다.[12]

「두꺼비」에서 현세가 독립의 감격에 젖는 것도 고국에 당도하기 전까지의 일이다. 고국으로 향하는 뱃간에서만도, 그들은 고국과 동포에 대한 동일성으로 충일되어 있었다. 예컨대 뱃간에서 아이가 죽자, 아이의 죽음을 자신의 슬픔과 동일시하는 사람들을 통해 현세는 고국애와 동포애에 전율한다. "애죽인 어버이들이 이왕 죽은건 할수 없지만 애 뼈만이라도 고국 땅에 묻지 못하는 것이 한이라고 애타하는 것을 볼때, 모두들 자기가 당하는 일처럼 가슴이 뻐근해 졌던것이었다."[13] 이때만 해도 그들은 민족 공동체로서 고국에 대한 일치감을 간직하고 있었다.

귀환 후 서울에서 현세가 직면한 것은 두꺼비 형상을 한 동포의 이기적인 욕망이다. 장마가 들자 현세는 오갈 곳 없는 자신을 피난민으로 인지한다. "현세는 누워서 자기네에게는 전쟁이 끝난 것이 아니고, 지금 한창 하는 중"이라 여긴다. "마포가 물에 잠기고, 평택이 떴다는 소식도 전쟁으로 어느곳이 함락되었다는 것만 같다." "그래 지금 자기네는 피란

---

12 미군정 3년 동안 정부의 재정규모는 급격히 팽창하였을 뿐 아니라 재정의 적자 폭도 급증하였다. 적자재정은 적자보전을 위한 불환지폐의 남발을 가져왔고, 이로 인해 인플레이션이 유발됨으로써(3년 만에 약 259배의 물가 폭등), 결과적으로 서민생활을 악화시키는 한 요인이 되었다. 정부 재정의 팽창과 적자재정 확대의 근본적인 목적은 절대빈곤층의 생계지원을 위한 것이 아니라 대부분 미군정의 통치력을 확보하기 위한 중앙집권적 관료기구를 확대하고 유지하기 위한 비용으로 파악한다(이혜원·이영환·정원오, 「한국과 일본의 미군정기 사회복지정책 비교연구—빈곤정책을 중심으로」, 『한국사회복지학』 36, 한국사회복지학회, 1998, 315면 참조).
13 황순원, 「두꺼비」, 『목넘이 마을의 개』, 육문사, 1948, 50면. 이 작품을 비롯하여 이 창작집에 수록된 「술 이야기」, 「집 혹은 꿀벌 이야기」, 「황소들」, 「담배한대피울동안」, 「아버지」, 「목넘이 마을의 개」는 인용문 말미에 페이지 수만 기입하도록 함.

온 것이다. 고국아닌 어느 것으로."(81면) 귀환전재민에게 전쟁은 끝나지 않았으며, 그들은 고국에서 생존 전쟁에 직면한다. 생존 전쟁은 두꺼비 같이 탐욕스러운 개인과 몸뚱이 하나뿐인 전재민간의 대결로 전개된다. 이것은 「술 이야기」(1945.10창작 / 『신천지』, 1946.2)에서 보여주듯, 압제자가 사라진 지점에서 궁핍한 조선인은 압제자의 욕망을 재생산해 내는 탐욕적인 인간이 되든가 그렇지 않으면 그러한 무리들과 충돌해야 했다.

일본의 전후 문학자들은 전전(戰前)·전중(戰中)에 자기를 형성했다. 그들은 마르크스주의 운동 속에서 혹은 일개 병사로 나갔던 외국에서 나·자연·사회·국가·역사와 대면하면서 자기를 형성했다.[14] 반면 해방공간 조선의 작가는 식민지배 속에서 성장했으며 식민지 종주국의 전쟁에 동원되어야 했고, 독립된 국가의 틀을 지니지 못한 조국의 혼란 속에서 가장 기본적인 생존권 문제에 직면해야 했다. 황순원의 시각에서 볼 때, 해방 직후 조선의 현실은 제2차세계대전의 종식이 아니라 또 다른 형태의 전쟁으로 간주된다. 해방 직후 황순원의 소설은 일본으로부터 해방되었으나 독립을 맞지 못한 지식인 작가가 절망적인 상황에서 무엇을 상대로 갈등하고 싸우고 있었던가를 보여준다. 전후 일본작가들이 희망이 사라진 다음 폐허의 일상에서 민주주의를 지향할 수 있었던 데 비해, 동시대 조선의 작가들은 희망인 줄 알고 맞이했으나 현실 깊이 각인된 식민지배의 잔재와 강제·동원된 전쟁의 상처를 절망스럽게 수용해야 했다. 1945~1948년은 억압에서 벗어난 해방공간이면서 동시에

---

14 호쇼 마사오 외, 고재석 역, 『일본 현대 문학사』 상, 문학과지성사, 1998, 308면.

안정된 독립이 확보되지 않은 미군의 점령공간이다. 이 시기 황순원이 전재민을 호명하는 것은 식민지시기와 해방기 민족사의 연속성을 확인하고 민족의 역사적 상흔을 국제적 역학관계에서 규명하려는 의미 있는 시도이다.

3. 탈향에서 '귀환'의 서사

1) 전재민의 기원, 전쟁 동원과 탈향

해방 직후 황순원의 소설에는 식민지하 일본과 간도, 혹은 다른 지역으로 떠도는 조선인의 슬픈 여로가 나타나 있다. 가난한 농민들은 고향에서 살기 어려워 일본 혹은 간도로 떠난다. 『별과 같이 살다』에는 해방 전후 조선인이 고향을 떠나 식민지와 전쟁에 동원되는 추이와 상처가 고루 구현되어 있다. 작중 농민들의 탈향은 크게 '국외'와 '조선 내부'로 나누어진다. 고국을 떠나는 농민들의 삶을 살펴보기에 앞서, 조선 내부를 떠도는 식민지 청년 남녀의 모습에 주목하려 한다. 조선이 중일전쟁(1937)과 태평양전쟁(1941)의 병참기지라는 점에서, 일본이 점령한 식민지의 곰녀와 산옥을 비롯한 청루 여자들, 그 여자를 찾는 평양의 청년들 공히 전쟁에 동원된 전재민들이다.

이 작품에서 황순원은 평양 청년들의 싸움 광경을 비교적 상세히 묘사한다. 평양의 청년들은 일제말기 총동원체제로 국내에 동원된 노동자들이다. 이들은 하루 일과를 끝내고 청루거리로 몰려들어 술을 마시고, 이유 없는 싸움판을 벌인다. 그들은 어느 편에서건 별반 다툼말도 오고 가지 않는다. 갑자기 두 편의 사내가 툭탁거리기 시작하고, 그들은 땅에 떨어지고 붙고 하다가 코에서 입에서 피를 흘린다. 싸움은 어른들만 하는 것이 아니라 어린 사내애들도 한다. 사내애들은 자기 또래의 애들과만 하는 것이 아니고, 큰 사나이들과도 한다. 또 싸움은 한 사람 한 사람씩의 싸움뿐만이 아니라 한패거리 한패거리의 싸움이 벌어지기도 한다. 황순원은 청루거리에서 청년들이 싸우는 원인을 다음과 같이 설명한다.

싸움은 그믐께가 되면 한층 잦고 심해졌다. 이때는 거의 밤마다 이 아랫거리에 나타나는 사내들은 물론, 이런 때만 뵈는 사내도 많이 모여 들었다. 이런 때만 뵈는 사내는 대개가 무슨 **작업복같은걸 입었다든가 몸에서 무슨 기계기름 냄새를 풍기는 사내요 사내애들**이었다. 그래 이런 사내들로해서 거기에는 여지껏보다 더 지독한 싸움이 벌어지는 것이었다. **마치 그것은 그들이 이런 데라도 와서 이렇게라도 하지 않고는 견딜 수 없어 벌여 놓는 싸움인 듯 했다**(115면). (…중략…) 일본이 미국과도 전쟁을 일으켜 이곳 병기창을 확장할 대로 확장하고 수많은 조선 청소년을 동원시키자부터는 사내들은 또 이런 데 와서 이렇게 싸움이라도 하지 않고는 무슨 재미로 살라는 거냐는 듯이, 아랫거리엔 한층 더 싸움이 잦았는데, 산옥이는 또 산옥이대로 이들 사내들 싸움속에 뛰어드는 도수가 좀 더 심해지고 잦아진 것이었다. (122~123면, 강조는 인용자)

평양 청루거리에서 젊은이들의 빈번한 몸싸움은 일본의 침략전쟁에 기원을 두고 있다. 조선은 제2차세계대전 일본의 병참기지로 전락했으며, 일본은 조선의 나이어린 사내아이들마저 전쟁에 동원한다. 그들은 중일전쟁을 거쳐 태평양전쟁을 촉발시킨 일본의 전시총동원체제의 희생자였으며, 그들의 몸싸움은 말없는 울분이자 양방 간 정화(淨化)의 성격을 띠고 있다. 청루에서 일하는 산옥 역시 싸움판이 생기면 이유 없이 끼어들어 온 몸으로 싸운다. 그녀 역시 자기 삶에 아로 새겨진 슬픔과 한을 몸싸움으로 처절하게 풀어나간다. 곰녀, 산옥을 비롯한 평양 청루의 여인들 역시 그 곳에 동원된 노동자들에게 환락을 제공하기 위해 강제 동원된 제국 간 전쟁의 희생자이다.

황순원은 산옥이 팔려오기까지 마을 지주의 횡포를 비교적 상세하게 전달하는데, 그녀의 애환은 곧 약소한 조선 농민 전체의 상처를 대변한다. 식민지 농촌사회에서 지주는 절대적인 권위자로 군림하여 농민들에게 빚과 이자를 물렸으며, 개별 농가의 재정을 좌지우지하여 농민을 가난의 수렁으로 몰고 간다. 그 희생자가 곰녀였고, 산옥이다. 관료와 지주가 한 패가 되어 농민을 수탈하는 과정에서 어린 처녀의 미래를 유린하고, 처녀가 사랑했던 남자의 가족은 몰락한다. 산옥은 해방되었음에도 깊게 각인된 상처로 말미암아 새로운 삶을 살아 내지 못하고 대동강에 투신한다. 작품 말미에서 산옥의 죽음은 시사하는 바가 많다. 황순원은 산옥의 죽음을 통해 '해방'의 기쁨보다 더 깊게 각인된 '상처'를 보여준다.

그렇다면 일본과 간도로 이주해야 하는 조선 농민의 삶은 어떠한가. 일본으로 건너간 농민의 말로는 다음과 같다. 『별과 같이 살다』에서 건실한 농민 곰이는 아내에게 한 3년 일해서 돈을 한 짐 벌어오겠다며 일본 탄광촌에 간다. 오래지 않아 곰이는 한 줌의 가루가 되어 고국으로 돌아온다. 그것도 제집으로 돌아온 것이 아니라 바우네 집으로 잘못 전달된다. 곰이가 죽자, 그의 아내와 딸 곰녀의 삶은 나락으로 치닫는다. 곰이의 아내는 생계가 막막하여 이웃 마을 농사꾼의 후처로 들어가지만, 둘째를 낳자 죽는다. 곰녀는 외할머니집에 보내졌다가 지주 집의 일꾼으로 들어간다. 그녀는 지주 부자(父子)로부터 육체를 유린당한 후 쫓겨나, 청루로 팔려간다. 곰녀는 '후남'이란 본명에서 삼월이, 유월이, 복실이, 후꾸꼬라는 이름으로 이곳저곳 팔려나간다. 일본으로 떠난 조선인 농부,[15] 곰이의 말로는 처참하다. 그의 노동동원은 자신만의 죽음이 아니라, 일가(一家)의 몰락을 초래한다.

황순원은 간도로 이주하는 농민들을 빈번하게 조명한다. 『별과 같이 살다』에서 박우물골의 한명인은 점쟁이이자 지주며 빚쟁이이므로, 농민들에게는 매우 두려운 존재이다. 한명인은 도깨비에게 돈을 빌려주어 거부가 되었다는 설도 있지만 그것은 분명치 않다. 농민들이 한명인을 두려워하는 데에는 그가 주술적인 능력을 가지고 있기 때문이 아니라, 그가 농민에게 절대적인 권력을 행사하기 때문이다. 밤일을 마친 가난한 농민들은 도깨비가 아니라 못 먹어 기력을 잃은 눈으로 허적허적 집으로 돌아간다. 그렇게 서로 헤어진 다음날, 그들은 하나 둘 마을을 떠났고 그들의 탈향 풍경은 을씨년스럽다.

---

15 "1939년 이후의 총력전 시기에는 대략 70만 내지는 100만의 조선인 노동자가 내지의 탄광, 광산, 토목공사 현장, 군수공장 등에 강제로 동원되었다. 그 결과 1945년 일본 패전시에는 적게 잡아도 230만 이상의 조선인이 일본 내지에 거주하고 있었다." 서경식, 김혜신 역, 『디아스포라 기행―추방당한 자의 시선』, 돌베개, 2009, 20~21면.

물론 그사람 혼자뿐 아니고, 그의 온 가족이 다 뵈지 않는 것이었다. 집으로 가보면 다 쓸어져가는 초가마구리가 남아 있을 뿐. 혹은 그해 지은 낟알도 들에 남겨둔 채. **묻지 않아도 서간도 아니면 북간도인 것이었다.**

밤중에 몰래 떠나는 사람은 간혹가다 여름철에도 있는 것이었다. 서로 한창 분주한 때는 하루 이틀 옆집 사람이 어디로 떠난것도 모르는 수도 있었다. 참말 한창 분주할 무렵엔 집에 남는 사람이라곤 호밋자루 쥘 수 없는 어린애나 늙은 병인 밖에 없었다(13면, 강조는 인용자).

인용문은 농민의 생활터전이 황폐화되고 농촌이 해체되는 과정을 보여준다. 황순원이 『별과 같이 살다』의 서두에서 고향을 떠나는 농가와 그러한 현실을 직시하는 마을 주민들의 고단한 풍경을 보여주고 있다면, 「목넘이 마을의 개」(1947.3 /『개벽』, 1948.3) 서두에서는 유이민이 된 농민들의 고달픈 이동과정을 보여주고 있다. 늙은이들은 다리를 절룩이거나 질질 끌면서도 애들의 손목을 잡아끌고 있었으며, 여인들은 애를 업고 무언가를 이고 있다. 나무그늘에서 목을 축이고, 부르고 단 발바닥에는 돌아가며 냉수를 끼얹는다. 그들은 봄부터 늦가을까지 산목을 넘어 목넘이 마을 서쪽 산 밑 우물가에서 피곤한 다리를 쉬어간다. 쉬었다가 가는 무리가 있는가 하면, 저녁녘에 와 닿는 패는 하룻밤을 묵는다. 황순원은 거지와 다를 바 없는 그들의 행색을 다음과 같이 묘사한다.

저녁녘에 와닷는 패가 방앗간을 찾아와 거기 자리를 잡는 날 저녁은 또 으레이 여인들이 자기네가 차고가는 바가지를 내들고 밥동냥을 나섰다. 먼첨 찾아가는 곳이 게서 마주 쳐다보이는 동쪽 산기슭에 있는 두채의 기와집이

었다. 그리고 바가지 든 여인의 옆에 대개 애들이 붙어 따랐다. 그러다가 동
냥밥이 바가지에 떨어지기가 무섭게 집어삼키는 것이었다. 바가지 든 여인
들은 있다 어른들도 입놀림을 해봐야 않느냐고 타이르는 것이었으나. 두
기와집을 돌아 나오고 나면 벌써 바가지 밑이 비는 수가 많았다. 이런 나그
네들이 다음날 새벽이면 아직 어두운 밤속을 북녘에로 북녘에로 흘러 사라
지는 것이었다(227면).

식민치하 굶주린 조선인은 목넘이 마을을 넘어 서북간도로 떠난다.
고국을 떠난 농민의 삶은 비참하다. 일본 탄광부로 간 곰이는 한 줌의 가
루로 돌아왔고, 일가를 이끌고 간도로 떠난 농민들은 거지 행색이 되어,
떠돌아다니는 개와 다를 바 없이 묘사되어 있다. 전쟁에 동원되고 식민
지배의 상처로 얼룩진 젊은이들과 산옥, 곰녀와 같은 여인들은 자멸하
거나 거지와 다를 바 없는 절대 빈곤자가 된다. 황순원은 해방 직후 소설
에서 일련의 농민과 노동자, 농민의 딸이 고향을 떠날 수밖에 없었던 상
황과 유이민의 고단한 여정을 주목하여, 그들이 일제 말기 제국의 침략
전쟁에 동원된 전재민으로서 인권은 물론 그 어떤 보호도 받지 못했음
을 보여준다.

2) 민간 구호와 가족의 결속력

황순원은 『별과 같이 살다』의 말미에서 귀환전재민의 묘사에 많은 지
면을 할애한다. 그는 식민지 상흔을 여성의 육체에 가해진 상처와 동일

시하고 있는 데, 청루로부터 곰녀의 해방을 일본으로부터 조선의 해방과 같은 차원에서 묘사한다. 해방 직후 평양의 청루에서 일하던 주심이는 산옥이와 더불어 민호단에서 일한다. 민호단은 "만주서 돌아오는 동포를 구하는 구호소"(219면)로서,[16] 고국에 돌아온 헐벗고 굶주린 동포들에게 끼니를 끓여주는 등 그들의 민생을 돌보는 민간구호 단체이다. "돈냥이나 있고 일가친척 있는 사람은 각기 저 갈 데로 가고", 민호단에 오는 사람들은 "아주 의탁할데 없는 사람들"이다. 그들은 만주에 "가서도 헐벗고 굶주리기만 하다가, 그래도 이번에 우리나라가 독립이 됐다고 맨손으로들 돌아오는 사람들"이다.(227면) 그들은 조선에서는 식민지 억압받는 백성이었고, 간도에서는 나라를 잃은 소수민족으로서 일본 관료와 토착 중국인으로부터 이중적인 압제와 설움을 받아야 했다.

그들은 해방되자 고국에 대한 그리움으로 발길을 재촉한 것이다. "만주서 나온"(231면) 황순원은 작중 산옥의 시선을 통해 귀환 전재민을 세 부류로 소개한다. 첫째 유형, 노모의 해방에 대한 감격이다. 팔순이 넘은 노모가 귀향길에 올라 감개무량해 한다. 길을 나서는 동안 탈이 나서 아들의 등에 업혀 압록강까지 이르렀지만, 이미 노모는 사지를 움직일 수 없다. 사지를 자유롭게 움직이지 못하는 노모는 고국 땅을 기어보다가 감격에 젖어, 쓰러진 채 숨을 거둔다. 기력이 쇠한 노모는 죽는 한이 있더라도 독립된 고국 땅에서 해방의 감격을 느끼고 싶었던 것이다. 황순원은 노모의 감격을 통해 조선 민족이 해방을 얼마나 절실히 기다려

---

16 작중 공간이 평양이므로, '민호단'은 좌파 계열에 속하는 구호단체로 보인다. 당시 '조선인민원호회', '적색구제회', '조선혁명자구원회'가 있었는데, 이 세 단체가 1945년 10월 조직을 통합하여 '조선혁명자구제회'라는 통합조직을 결성한다. 남찬섭, 위의 글, 49면 참조. 아마도 민호단은 '조선인민원호회'의 약자로 보인다.

왔는지 보여준다.

둘째 유형, 알거지로 돌아온 동포가 받는 냉대이다. 그는 알거지일망정 한시바삐 타국을 떠나 독립된 고국에서 빌어먹으려고 하지만, 정작 고국에서 그는 다른 나라에서도 받아본 적 없는 냉대와 멸시를 당한다. "만주서 조선 땅 건너서기 까지도 내내 곳곳에서 얻어먹다시피 하면서 왔는데, 도로 만주 땅에서는 빵 한 조각 죽한술이라도 군말 없이 주어서 얻어먹고 온 것이, 고국땅이라고 들어서면서부터는 종아리를 맞고 돌팔매를 당하고 보니, 것도 한 두 번이 아니고 가는 곳마다 그 모양이니 자연 슬퍼"(235~236면)진다. 「목넘이 마을의 개」의 서두에서 만주로 떠날 때만 하더라도 동포들은 바가지에 밥동냥이나마 주었던데 비해, 해방 이후 고국의 인심은 해방 이전보다 더 각박해졌다. 알거지가 된 귀환민이 고국에서 당하는 냉대와 모멸감은 문제적이다. 「두꺼비」에서 강조되듯 현세일가는 해방의 기쁨으로 고국으로 돌아오지만, 고국 사람들은 의지할 곳 없는 귀환 동포의 처지를 악용해서 이익을 챙긴다. 황순원은 귀환동포의 모멸감을 통해, 독립의 환희는 순간에 지나지 않으며 고국은 식민지 이전보다 더 황폐화되었음을 시사한다.

셋째 유형, 인간의 이기심을 초월하는 가족애의 강조이다. 가장(家長)은 식민치하 만주로 가면서, "가족은 어찌 됐건 나 혼자만이라도 살아나 보자, 하고 애와 여핀네를 버리고"(238~239면) 간다. 해방되자 그는 만주에서 단신 고국으로 돌아왔는데, 민호단에서 그는 아내와 딸을 다시 만난다. 주위 사람들이 남편의 비정에 치를 떨며 린치를 가하자, 아내는 남편에게 가해지는 구타를 온 몸으로 막아 내는가 하면 "살틀스레 남편의 상처를 씻어주고 매만져 주고"(239면) "어디 속이 아픈데는 없느냐"(240

면)고 근심한다. 뿐만 아니라 아내는 남편을 구타한 사람들에게 역정을
내고, 아이 역시 자신을 버린 아버지에게 재롱을 피운다. 황순원은 귀환
전재민의 신고스러운 삶과 가족의 결속력을 등치시키고 있다.[17]

황순원은 귀환전재민의 세 가지 풍경을 통해 다음과 같은 사실을 전
달한다. 해방 직후 만주에서 돌아오는 귀향 전재민들은 환희에 젖어 귀
향길에 오른다. 반면 고국에 돌아왔을 때 그들은 동포들과 하나된 결속
력을 느끼기는커녕, 냉대 받는다. 그들은 정착에 있어서 또 다시 난관에
직면하는데, 이 와중에 가족 간의 결속력은 고난을 감내하는 큰 버팀목
이 된다. 노인과 걸인이 죽음과 박대를 감내하면서도 귀환한 것은 한 겨
레라는 민족적 정체감에 기인한다. 황순원은 가족구성원간의 포용을 통
해 혈연공동체로서 고통의 승화 가능성을 시사한다.

특히 황순원이 『별과 같이 살다』를 곰녀의 민호단 행으로 종결하는
것은 주목을 요한다. 주인공 곰녀의 행적은 곧 해방 직후 귀환전재민을
바라보는 황순원의 입장이기 때문이다. 살림을 차린 하르반이 변심하
고, 곰녀(복실이)는 병마에 시달린다. 그녀는 특유의 선함과 인고의 미덕
으로, "자기보다 굶주리고 헐벗은 사람들"을 위해 가진 바를 나누어 주
고, 주심이 성님을 도와주리라 마음먹는다. 그녀는 하르반이 준 돈과 땔
감, 쌀을 살뜰히 챙겨 '민호단'에 가기로 마음먹는다. 이처럼 황순원이
민호단에 찾아온 사람들의 상처에 주목하는 이유는 무엇인가. 곰녀를
통해 헐벗은 동포의 삶을 돌봄으로써, 그들을 한 동포로서 포용하려는

---

17 이러한 사실은 한국전쟁을 배경으로 한 자전적 소설 「곡예사」(『문예』, 1952.1)에서도
    잘 드러난다. 황순원은 전쟁과 같은 역경을 극복할 수 있는 에너지를 가족의 정서적 결
    속력에서 찾고 있다.

소명의식을 갖고 있기 때문이다.

황순원의 이러한 소명의식은 어디에서 기인한 것인가. 당시 다수의 재만동포들은 불합리한 상황에서 재산을 빼앗겨 귀환 할 수밖에 없었다. 중국 관내지역 조선인에 대한 재산 몰수에 이어 1946년 10월을 전후한 시점에서 중앙군 점령지구의 조선인 재산을 일본인 재산과 마찬가지로 일단 몰수한 후 추후 심사하여 처분하겠다는 지령이 만주지역에서도 공포되었다. 이로써 중국인들 사이에는 조선인 재산 몰수를 당연시하는 풍조가 만연하여 재만동포들 역시 모든 재산을 잃은 채 만주를 떠날 수밖에 없었다.[18] 미군정 당국이 재만조선인에 대한 송환조치를 강구한 시점이 1946년 12월을 전후한 시기였고, 재만동포 재산등록을 접수하기 시작한 때가 1948년 2월이었던 점을 상기해 보면, 이들이 재산을 돌려받았을 가능성은 거의 없었을 것으로 추정된다. 오히려 송환선이 제공된 관내동포들보다 더욱 처참한 상황에서 자력으로 귀환하였을 것으로 보인다.[19]

만주에서 고국으로 돌아오는 동포들은 신변 보호를 제대로 받을 수 없었을 뿐만 아니라 빈손으로 돌아온다. 이러한 사실로부터, 『별과 같이 살다』의 말미에서 작가가 민간 구호 단체인 '민호단'을 배경으로 전재 동포들의 고단한 귀환과정에 많은 지면을 할애하고, 곰녀의 민호단행으로 작품을 끝맺는 이유를 알 수 있다. 황순원은 귀환전재민의 상처에 주목하고, 그들의 상처를 포용한 것이다. 국가적 차원의 보호를 기대

---

18 「조선일보」, 1946.10.18; 이연식, 「해방 직후 서울로 유입된 귀환동포의 주택문제」, 『전농사론』 9, 서울시립대 국사학과, 2003, 95~96면에서 재인용.
19 이연식, 위의 글, 96면.

할 수 없을 뿐만 아니라 점령지의 난민이라는 불투명한 입지에서 연합
군의 구호도 받을 수 없는 시점에서, 그는 귀환전재민의 상흔을 읽어내
고 그들에 대한 돌봄의 시학을 구현한 것이다.

4. 귀환에서 '정착'의 서사

1) 모럴의 부재와 브로커의 난립

「두꺼비」에는 귀환전재민의 눈에 비친 고국의 문제가 제시되어 있다.
그것은 모럴의 부재와 브로커의 난립이다. 주인공 현세는 북지에서 온
귀환전재민이다. 고국은[20] 타국보다 더 모멸 찬 생활고와 비애를 안겨
주었다. 고국 사람들은 이기적인 속물이며 남의 불행을 가슴아파하지
않는다. 현세가 서울에 와서 느끼는 것은 절대 빈곤과 이기주의이다.
"그것은 현세네가 고국으로 돌아온 지 얼마 되지 않아 바로, 고국이 현
세네에게 살아 나갈 길을 주지 않은 때부터였다. 고국자신이 남 주검 내
고뿔만 못하다는 생각을 하고 있다는 것을 안 때부터였다. 지금도 현세
는 그런 사람을 얼마든지 골라낼 수가 있었다."(50~51면) 현세는 절대

---

[20] 인플레이션으로 인한 살인적인 물가고, 생산시스템의 마비로 인한 실업과 물자난, 식량
난, 거기에 주택난까지 겹쳐 하루하루 호구하는 것조차 버겁기만 하였다. 이연식, 위의
글, 92면.

빈곤에 직면한 일가를 궁지로 몰아넣는 "고국 얼굴"을 "두꺼비"로 인지하는데, 그를 대표하는 인물이 '목사'와 '두갑이'다.

　아직 일자리를 구하지 못한 현세는 옷을 판 돈으로 감자를 사서 생계를 유지한다. 그는 만삭인 아내와 딸아이, 그리고 다른 전재민과 더불어 장로의 집 아래 칸에 세들어 산다. 이사 온지 사흘째 되는 날, 김장로는 꿈자리가 편치 않다며 세든 집을 비워달라 한다. "형제들 있을 집이 없어 이렇게 와 있는 거 매우 동정 하오마는 어떻게 된 일인지 이리루 온 날밤부터 형제들 때문에 내 꿈자리가 사나워 한잠 잘 수 없으니 큰일이요, 형제들 날 동정해서라도 하루 속히 집을 내주오. 아무래도 예서 겨울은 못날테고 나갈바에는 날 동정해서 하루라도 속히 나가줬으면 매우 감사하겠소."(61면) 기독교 장로가 꿈자리 운운하는 것도 기독교에 반하지만, 현세가 보기에 그는 종교를 떠나 매우 이기적인 두꺼비이다. 현세는 김장로를 일컬어 "그 무테 안경 하며 옆배가 나온것하며 꼭 두꺼비 상"(62면)이라 자조한다. 황순원은 김장로의 행태를 통해 해방 직후 모럴이 부재한 현실을 질타한다. 해방공간에는 어수선한 시국을 통제하고 끌어줄 수 있는 모럴이 부재해 있으며, 그런 까닭에 사람들은 남의 어려움을 돌보지 않고 더욱더 일신의 안일만을 추구한다. 그 속에서 브로커가 난립한다.

　방을 비워야 하는 다급한 상황에서 현세는 두갑이를 만난다. 두갑이는 귀환 동포의 열악한 사정을 이용해서 자기의 잇속을 차린다. 두갑이는 "기름기가 흐르는 당당한 얼굴" "백색세루 양복을 입은 당당한 몸집"으로 "뚱뚱보, 뿌르독그"를 연상시킨다. 두갑이 역시 북한에서 서울로 내려온 처지지만, 이미 그는 제법 평안도 사투리에다 서울말을 섞어 말하며 벌써 서울에 아는 사람도 많다. 두갑이는 찻집에서 만날 때 마다 "아이스 코히 둘"을 외치지만, 감자만으로 허기를 달랜 현세는 우유가 절실하다. 두갑이는 현세에게 세입자를 내쫓기 위한 연극을 제안한다. 집주인은 현세가 그 세입자를 쫓아낸다면 방의 일부를 쓰게 해 주겠다는 것이다. 두갑이가 집주인과 현세사이에서 이윤을 남기는 브로커라면, 집주인 역시 거물급 브로커이다.

> 그집주인이 요새 뿌록카노릇을 해서 돈냥이나 착실히 잡았는데 말야. 앞으룬 대대적으루 물품을 사들였다, 팔었다, 할 예정인데 말야, 그럴라믄 지금 셋방 논 대문깐 방을 물품을 들여 쌓는 광으루 써야해, 그래 한방만이라도 급히 내야 할텐데, 어디 인정상 한 사람만 내보낼수두 없짢아? 그래 두방 다 나가게스리 아무리 말해두 나가지 않는거야. 서울사람들 좀 깜진가? 그래 할수없이 이런 연극을 하게 된거야.(57면)

두갑이는 집이 없는 현세의 상황을 이용해서, 세입자를 쫓아내는데 성공한다. 현세는 출산을 앞둔 아내와 가족을 위해 당장 방을 구해야 하는 상황이므로, 늙은 노모와 그 아들내외를 거리로 내모는 악역을 해 낸다. 세입자가 나가자, 집주인은 두갑이를 통해 그 집을 혼자 쓰겠다고 통보한다. 현세는 "비로소 지금 집주인이 셋방사람들을 내보내는데 있어, 자기와 같은 사람을 시켜 연극을 꾸미게 된 것은 결국은 그렇게 하는 것이 셋방사람들 돈을 집어주어 내보내는 것보담 싸게 먹는다는데 있다는 것"을 알아차린다. 또한 "두갑이가 이렇게 연극 하는 것을 누구에게나 눈치채이게 하지 말라던 말의 뜻도 안 듯 했다."(84~85면)

현세는 생계 위험에 처한 자와 그 위험마저 이용하려 드는 가진 자의 횡포를 뱀과 두꺼비라는 동물로 인지한다. 브로커 두갑이와 집주인 김 장로가 '두꺼비'에 대응되고 있다면, 보잘 것 없는 세입자 노파와 허기 진 현세는 두꺼비에게 먹히는 뱀에 대응된다. 작품 말미에서 현세는 두 갑이의 파렴치함에 맞서지 못하고, 다음과 같이 그를 혐오스러운 존재 로 자조한다. "두꺼비 같은 것, 옴두꺼비 파리잡아먹은 듯이 덥적덥적 두꺼비 아가리가 불고기 소주 마늘을 집어먹으렷다? 그런데 참 그넘의 두꺼비 아가리에서 나오는 구린내란 영 굶은 사람에겐 견딜수 없는 냄 새드라."(104면) 귀환민의 입장에서 고국을 보았을 때, 남한을 대표하는 얼굴이 '자기만 아는 가진 자들'이라는 점은 주목할 필요가 있다.

「황소」(1946.12)와 「벌 혹은 꿀벌이야기」(1946.8)에서 황순원은 식민 지와 해방기 농민이 처한 가장 큰 문제로 '지주의 횡포'와 '공출의 문제' 를 든 바 있다. 식민지시기 일본이 전쟁 물자를 충당하기 위해 조선을 식 량공급지로 삼아 쌀 공출을 강제했다면, 미군정기 미국은 농민들에게 쌀 공출을 강제한다. 무질서와 혼란이 팽배한 조선에서 미군정의 치세 는 물가를 안정시키는 제도적 기반을 마련하지 못한 채[21] 통제와 구호

---

21 해방 직후 한국의 정치적 상황에 대해, 미국인 레이더는 1963년 3월 다음과 같이 회고 한다. "우선 정부형태나마 즉시 세우고 다져놓을 필요가 긴급했다. 그러나 헛지 장군의 참모들은 행정적인 자리를 떠맡아 일보게 훈련이 되어있지 않았다. 그들은 한국어도 모 를 뿐 아니라 한국의 체제도 모르고 무엇이 그중 필요한가도 알지 못하고 있었다. 미국정 부는 한국에 進駐하는데 대한 아무런 계획도 가지고 있지 않았다. 단지 주목할 만하고 또 실제 일할 만한 조직이 있었다면 그것은 늙고 멸시받고 있던 일본식 관리들 뿐이었다. 유 능하고 믿을만한 한국인들이 없던 그 당시 헛지장군이 사태를 정상적으로 운영할 수 있 는 길이란 그들을 우선 이용하는 도리 밖에 없었다."(H. 레이더, 송건호 역, 「한국에서 실 패했다─『아글리 아메리칸』의 저자가 보는 1960년의 한국실정」, 『사상계』, 1963.3, 106 면)

차원에 그친다. 그 결과 해방 직후 조선은 정치적 경제적 규율과 기반없이 매점매석을 비롯 불공정한 거래로 이익을 독점하는 브로커가 난립한다. 브로커는 생산과 소비의 악순환을 조장하며, 중간에서 이익을 챙긴다. 이런 상황에서 귀환 동포의 정착은 토착민에 비해 더욱 어려울 수밖에 없으며, 가진 것도 없고 직업도 구할 수 없는 그들은 절대 빈곤에 노출되었다. 「두꺼비」에서 황순원은 해방 직후 도덕이 부재하고 브로커가 난립하는 무질서한 서울을 직시하되, 고발과 분노보다 자조의 형태로 상황을 인고하고 있다.

2) 민권의 부재와 난민 의식

「두꺼비」에서 살펴본 바와 같이 1946년 귀환전재민은 포용해야 할 고국의 동포로 인식되기보다 목사가 그러했듯이 자기 삶의 방해자이거나, 브로커가 그러했듯이 함부로 이용할 수 있는 대상이다. 「담배한대 피울동안」은 일본으로부터 온 전재민들의 역귀환과 이를 관찰하는 '나'의 상황을 통해, 전재민만이 아니라 토착민 역시 해방 전후 현실에서 정착이 용이하지 않음을 시사한다. 1946년 전반기 일본과 중국으로 회귀하는 전재민이 폭증하여 6월에는 1,200명, 7월 9천명, 8월에는 무려 1만 5천명에 달했다.[22] 작품 초입부에서 나는 담배를 말아 피우기 위해

---

22 『독립신보』, 1946.9.5; 황병주, 「미군정기 전재민구호운동과 '민족담론'」, 『역사와현실』 35, 한국역사연구회, 2000, 97면 재인용. "해방초기에는 귀환전재민을 민족적 통합의 대상으로 수용하는 측면이 강했다면, 1946년을 거치면서 초기 구호운동은 점차 그 동력을 상실하고 제도 내로 포섭되는 것과 궤를 같이하여 귀환전재민을 사회문제의 유

신문지를 찢다가 "밀항자 속출"이라는 기사를 보고, "그 대부분이 거리의 여자"라는 기사에 눈길이 멎는다. 그는 "거리의 여자"라는 대목에서 어제저녁 명동 서울목노집에서 본 여자의 모양을 떠올린다. 목노집의 여자는 "철지난 알룩달룩한 빛의 양복이며, 그 약간 길고 가는 목 뒷덜미로도 알수있게스레 배가 고픈 듯 아구아구 국밥을 퍼먹"(192면)고 있었다.

몇 달 전부터 각 신문에 난 기사에 의하면, "그새 일본 가 있던 조선사람들이 고국땅이라고 찾아들 왔다가, 고국땅을 밟기 일 년도 못되어서들 다시 살길을 찾아 왜적의 땅으로 밀항"(191면)한다. 기사 내용은 밀항선을 탄 밀항자의 거의 전부가 전일 일본에서 돌아온 사람들로서 다시 살 길을 찾아 일본으로 건너가는 사람들이라는 것, 그 대부분이 거리의 여자라는 것이다. 아울러 격증해 가는 밀항자를 막기 위해 즉결재판으로 밀항자를 처벌하게 됐다는 기사도 전한다. 다음 인용문은 밀항자에 대한 즉결재판 과정을 보여준다.

이름이 뭐냐는 물음에 피고(어제저녁 여자)는 본 이름은 **김아무갠**데 흔히 해방전엔 **하나꼬**로 해방 후엔 **안나**로 불리운다는 대답. 나이는? 스물다섯. 주소는? 본적은 경상남도 마산인데 해방전에는 일본가서 오래 있었고, 해방 후에 돌아와서는 서울 있었다는 대답. 직업은? **해방전에는 여급, 해방 후에는 땐서어.** 해방 후에 고국에 돌아왔느냐는 말에는 그렇다는 대답. 그러면 그리운 고국에 돌아왔으면 평생의 원일텐데 왜 또 그 몹쓸 원수의 나라로 밀항을 하

발요인으로 타자화했다. 전재민에 대한 일차적 구호 슬로건은 동포애와 민족애였지만, 이들은 또한 사회적으로 이질적인 존재로 비춰졌다."(황병주, 위의 글, 103면)

댔느냐는 말에는 잠시 대답이 없다. 밀항이 범죄가 되는줄 알았느냐는 말에는 간단히 그렇다는 대답. 그럼 범죄가 되는줄 알면서 왜 하댔느냐는 말에는 피고는 다시 대답이 없다. 다 아는 일이 아니냐는 듯(214면, 강조는 인용자).

고국으로 들어온 지 얼마 안 되어, 그들이 다시 일본으로 밀항을 시도하는 이유는 무엇인가. 해방 전 일본에서 여급이었으며, 해방 후에는 고국에 돌아와 댄서가 되었다. 그녀들은 본시 조선인이지만 일본으로 건너가서는 '하나꼬'로 다시 해방 직후 고국에서는 '안나'로 살아야 했다. 이들은 『별과 같이 살다』에서 그들이 처한 상황에 따라 이름을 바꾸어 몸을 팔아야 했던 또 다른 '곰녀'들이다. 이들이 다시금 위험을 무릅 쓰고 고국을 등진 데에는, 일본에서 '하나꼬'로 사는 것보다 고국에서 '안나'로 사는 것이 더욱 힘들었기 때문이다. 이들의 정착을 어렵게 하는 현실적인 문제는 무엇인가.

중국 관내지역·만주 귀환전재민들이 현지의 내셔널리즘에 기반한 배타적 지역주의와 국공내전에 의해 희생되었다면, 일본에서 귀환한 이들은 미군정의 편의주의적 전후처리와 구 일본제국의 무책임한 과거청산으로 인해 피해를 보았다. 송환당국은 당해 점령지역의 인플레이션 억제와 구 식민지와의 분리를 명목으로 재일 조선인의 재산반입을 일본인과 같은 조건으로 제한하였고, 미지급금 및 잔여재산을 현지에서 공탁시킨 후 한일 양국의 정부가 공식적인 국교수립을 통해 상호변제하도록 지시한 것이다. 그 결과 귀환자들의 소지금을 일금 천 엔으로 제한하였고, 선적 가능한 가재도구 역시 무게를 통해 제한하였다.[23] 독립된 국가도 없으므로, 그들은 재산은 물론 그들 자신마저 안정된 보호를 받을 수 없었다.[24] 주일 연합군 사령부는 1946년 3월 중순 일단 일본을 출국하였던 재일 조선인의 재입국을 불법입국으로 처리하고, 이들은 체포 후 강제 송환하겠다는 방침을 천명하였다. 같은 해 5월부터 검거된 밀입국자에 대한 강제송환이 개시되었다.

이러한 현실 맥락에서 작중 밀항자에 대한 법정 처벌 과정을 유심히 볼 필요가 있다. 심판관은 밀항자에게 "법이 정한 처벌은 처벌대로 받아야 할 것"을 지시하며, "일천오백원의 벌금"을 언도한다. 피고가 돈이 없다고 하자,[25] "벌금 대신 한 달 동안 노역장에 유치"를 (215면) 언도한다. 그녀들의 밀항 의지는 시사하는 바 크다. 그것은 '해방'이 '독립'으로 귀결되지 못하고 있음을 반증하고 있거니와, 해방 직후 조선내 전재민들의 삶이 일본 전재민들의 삶에 비해 나을 것이 없기 때문이다. 그들은 가진 것 없이 고국으로 돌아와서, 집과 일터도 없이 다시 빈손으로 거리를 헤매야 했다. 미군정기 일본은 패전했지만 유엔을 비롯한 미국으로부터 국가의 지위를 인정받고 폐허에서 재건을 도모할 수 있는 지원과 민주주의를 지향할 수 있었던데 비해,[26] 동일시기 조선은 독립된 국가가 없

---

23 「조선일보」, 1946.1.5, 이연식, 위의 글, 96면 재인용.

24 정인섭, 『재일교포의 법적 지위』, 서울대 출판부, 1996, 36~37면. 강인철, 앞의 글, 573면에서 재인용. 귀환한 재일 조선인의 일본 재입국 시도는 귀국물결이 아직 한창이던 1946년 봄부터 시작되어, 여름과 가을에는 월평균 1만 명씩 일본으로 돌아가는 등 역류 이동의 물결이 절정을 이루었다. 일본으로의 재입국 이유는 귀국 후 생계 불안, 한반도의 불안한 정치·경제상황에 대한 불만, 일본에 남겨 둔 재산의 처분 등이었다.

25 일화를 반입해 왔다고 하더라도 일화예금령(1946.3)에 묶여 사용할 수 없었다고 한다. 이연식 위의 글, 96~97면 참조.

26 한국과 일본의 미군정(한 : 1945~1948, 일본 : 1945~1952)은 유사한 시기에 유사한 사회문제에 직면해 있었지만, 복지정책적 대응은 매우 다른 양상으로 나타났다. 한국의 미군정은 복지정책의 법적 제도화를 위한 노력을 거의 하지 않았고 임기응변적인 응급 구호에 치중하였으며, 사회적 통제에만 골몰하였다. 반면 일본의 미군정은 비군사화·민주화라는 점령정책의 기본 원칙을 복지정책에도 적용하여, 기존 제도의 근본적·체

으므로 민권의 지위를 인정받을 수 있는 토대가 없었으니 만큼 민주주의는커녕 기본적인 인권 보호조차 이루어질 수 없었다. 복지정책에 있어서도 미군정이 사회적 갈등의 무마를 위한 시혜와 온정주의 그에 따른 최소한의 구호에[27] 그친 데서 알 수 있듯이, 귀환전재민은 그들의 신분과 지위는 물론 신변 보호마저 이루어지지 않았다. 그러므로 그들이 다시 역귀환을 시도하는 것은 위 인용문 말미에도 나와 있듯이, 누구나 "다 아는 일"이었다.

정착의 어려움은 외국에서 귀환한 전재민에게만 국한된 문제가 아니라, 고국에 있는 동포들이 직면한 문제이기도 했다. 이러한 사실은 작중에서 거리의 여자를 바라보는 주인공 나의 척박한 삶, 그러한 삶을 사는 사람에게라도 도움을 청하지 않으면 안 되는 송암 선생과의 비교를 통해서도 잘 드러난다. 귀환 정착민이나 고국의 동포 모두 해방 직후 현실에서 빈곤, 기아, 실업, 무주택, 고물가 등으로 생존이 어려운 난민들이었다는 점에서 양자 공히 전재민이라 할 수 있다. 황순원은 「담배한대피울동안」에서 밀항하는 귀환전재민의 생활고에 주목하는 것 같지만, 실상 그는 해방 직후 조선의 동포 모두가 전재민으로서 생활고에 허덕이고 있음을 강조한다.

작중 서울목로점에서 밀항자로 보이는 젊은 여자와 송암선생, 나는

제적 개혁을 위한 노력을 경주하였다(이혜원·이영환·정원오, 「한국과 일본의 미군정기 사회복지정책 비교연구─빈곤정책을 중심으로」, 『사회복지학』 36, 한국사회복지학회, 1998, 309~338면 참조) 대일 군정정책은 한국의 경우와는 달리 일본 정부를 통한 간접통치의 방식을 취하였다. 즉 최고사령관/연합군최고사령부지령으로부터 일본 정부에 명령이 전달됨으로써 시행되었다. 특히 사회복지에 관한 명령·지령은 공중위생국으로부터 중앙섭외국을 통하여 일본 정부의 후생성에 전달되었다(위의 글, 327면).
27 이혜원·이영환·정원오, 위의 글, 330면 참조.

한 공간에서 대구탕을 먹는다. 젊은 여자는 "외국인만 상대하는 유명한 댄스홀 춘향각"에서 온 것으로 보인다. 찬 손을 비비며 대구탕을 먹는 '그녀'나, 언 속을 데우고 대구탕을 먹는 '송암선생'과 '나'나 별반 사정이 다르지 않다. 밀항자가 거리의 여자가 되어 소요하는 삶이나 송암선생이 상경하여 일자리를 구하러 다니는 것이나 다르지 않다. 다시 말해 해방과 더불어 일본에서 고국으로 건너왔지만 고국에서 그들이 미국인의 접대부가 되고 '거리의 여자'가 된 현실, 그것은 아들의 야간중학 학비를 대기 위해 대서소의 일자리를 찾아 서울거리를 소요하는 송암선생의 처지와 다를 바 없다. 나아가 어머니와 동생을 시골에 두고 자기 한 몸 일가를 이루어 서울에 사는 '나'와도 그 상황이 다르지 않다. 교제 술수에 아둔한 나는 재판소 만년 서기로 "어떻게 해야 자기네는 남은 겨울을 무사히 날수 있을"(215면) 지 골몰한다.

구걸하는 처지도 해방전과 후가 다르지 않다. 서울거리에서 미군이 먹다버린 통조림 찌꺼기를 주워 먹는 어른들과 어린 시절 고향에서 벚꽃놀이 나온 유흥객으로부터 나무곽밥의 남은 밥풀을 먹던 아이들이나 모두 수치심 없이 구걸에 의존한다는 점에서 동일한 역사가 반복되고 있다. 이 작품에서는 구체적으로 언급하지 않았지만, 「아버지」(1947.2)에서 황순원은 식민지 "왜놈의 무단정티"와 해방 직후 "다시 그때와는 다른 어떤 무단덕인 것"을[28] 동궤에 놓고 비판한 바 있다. 미군정에 대한 황순원의 비판은 간접적인 형태로 작품에 반영되어 있다.

황순원은 밀항한 여자, 나와 송암선생 모두 서울 목로점에서 젊은 남

---

28 황순원, 「아버지」, 『목넘이 마을의 개』, 육문사, 1948, 226면.

자가 건네준 외산 담배 '럭키스트라익'을 피우는 상황을 설정해 놓는데, 실상 세 사람 모두 전재민이다. 오히려 거리의 여자는 밀항이라는 도발을 통해 궁핍한 현실로부터 일탈이 가능한 데 비해, '나'는 시골에 있는 노모와 서울에 있는 가족들로부터 자유롭지 못하다. 연로한 송암선생 역시 서울로 올라온 가족의 생계를 꾸려 나가야 하기 때문에 훨씬 더 얽매여 있다. 귀환한 전재민이나 고국의 동포나 모두 제국의 이권다툼에서 폐허가 된 조국의 현실에서는 난민이고, 세계사적 시각에서는 전재민일 수밖에 없다. 황순원은 고국의 동포들이 탈향을 감행할 수밖에 없었던 상황,[29] 해방 직후 환희에 젖어 귀환하지만 정착이 어려운 상황에 주목함으로써 해방 직후 소설에서 민족의 현실을 전재민의 시각으로 포착한다. 나아가 그는 귀환동포만이 전쟁의 피해자가 아니라, 조선 민족 모두가 구호 받아야 할 피해 대상자임을 시사한다.

---

[29] 같은 맥락에서 식민지 시기 일본으로 건너간 일본 교포 3세 서경식의 '난민 의식'은 주목할 필요가 있다. 식민지 시기 할아버지가 일본에 건너갈 때만 해도 일본 국적이 유효했는데, 일본이 패전하자 재일 조선인의 일본 국적은 유명무실해지고 재일 조선인들의 투표권은 박탈되었다. 1947년에는 재일조선인을 "외국인으로 간주한다"는 외국인등록령이 선포되었고 재일 교포들은 일본국적으로 바꾸지 않는 한, 투표권 및 외국 이동을 비롯한 여러 가지 제약을 감내해야 했다. 서경식은 일본에서 태어나고 자랐지만 한국 국적을 가진 재일 교포로서, 그는 자신의 정체성을 탐색하면서 난민 의식을 담론화해 나간 이 시대 대표적인 디아스포라 지식인이다. 서경식의 디아스포라 담론의 대표적 성과는 다음과 같다. 서경식, 김혜신 역, 『디아스포라 기행—추방당한 자의 시선』, 돌베개, 2009; 서경식, 『고통과 기억의 연대는 가능한가?』, 철수와영희, 2009.

5. 결론

　황순원은 1942년부터 일제의 압박이 심해지자 전면 발표를 중단하지만, 「기러기」·「병든 나비」·「애」·「황노인」·「머리」·「세레나데」·「노새」·「맹산 할머니」·「물 한 모금」·「독 짓는 늙은이」·「눈」등의 작품을 창작한다. 장인정신과 알레고리를 겸비한 일련의 작품들은 1950년 『기러기』로 간행된다. 일련의 작품에는 식민지를 인고하는 작가의 숭고한 정신이 각인되어 있다. 이러한 의식의 기저에는 민족주의와 같은 이데올로기 층위의 정신이 아니라, 역사와 생명에 대한 진리를 알고 기다리는 견고한 문학정신이 자리잡고 있다. 그의 문학정신은 인간 문제를 탐구하되 인간의 내면 문제만이 아니라 인간을 둘러싸고 있는 현실 문제에 대해서도 깊은 통찰을 보인다.

　해방 이후 발표된 『별과 같이 살다』(정음사, 1950)와 『목넘이 마을의 개』(육문사, 1948)가 여기에 해당된다. 작품집 출간시기도 고려해야겠으나, 두 작품집은 1945~1948년에 발표된 단편들을 책으로 묶은 것이다. 다시 말해, 황순원의 해방공간에 대한 통찰은 1945년 8월 15일을 기점으로 1948년 남한단독정부가 들어서기 전까지 약3년에 걸친 것이다. 그러므로 해방 직후 민족을 전재민으로 인지하는 황순원의 시선은 국제적 정황에서 볼 때 미군정기간 조선이 처해 있는 현실적인 상황과 상응한다. 월남작가 황순원이 해방 직후 귀환전재민의 삶을 주목한다는 사실은 중요하다. 그것은 해방 직후 조선이 처한 절실한 문제가 무엇인지 시사하고 있기 때문이다.

　귀환전재민에 주목하여 당시 소설을 살펴보면, 탈향에서 ‘귀환’의 서사, 귀환에서 ‘정착’의 서사라는 두 축의 이야기가 성립된다. ‘귀환’에 초점이 맞추어진 전자의 경우, 서사는 제국의 전쟁에 동원된 젊은이들의 비애와 부패한 지주 및 일제수탈로 인해 탈향하는 농민의 비애가 작품의 중심 플롯을 형성한다. 황순원은 귀환과정 못지않게 구호과정에도 주목함으로써, 젊은이들과 농민들의 상흔을 포용한다. ‘정착’에 초점이 맞추어진 후자의 경우, 서사는 모럴의 부재와 브로커의 난립이라는 해방 직후 남한사회의 현실문제가 중심 플롯이 된다. 아울러 그는 정착의 어려움이 귀환민에 국한된 것이 아니라 조선 동포 일반의 문제이기도 하다는 점에서, 결국 전재민의 문제를 해방공간 남한 사회 전역의 문제로 보고 있다.

　황순원은 전재민(戰災民)의 시각으로 해방 직후 민족의 문제를 통찰한다. 그는 해방된 민족의 이데올로기 갈등이 아니라, 제국의 ‘식민지’에서 또다시 제국의 ‘점령지’가 된 현실을 직시하고, 그로 말미암아 각인된 식민지배와 전쟁의 상처가 지속적으로 동포들의 생존을 위협하고 있음을 인지한다. 그런 까닭에 황순원은 해방 직후 민족의 구심점 모색에 있어서 좌우의 이데올로기 대립과 극복보다, 제국이 초래한 식민정책과 전쟁의 상처를 초극할 수 있는 전통 정서를 창출하는 데 주력한다. 『별과 같이 살다』에서 민족을 표상하는 ‘곰녀’를 창조할 수 있었던 것도, 그가 해방 직후 조선 현실을 깊이 천착한 데서 가능한 것이다. 그의 소설에서 곰녀가 보여주는 ‘인고의 미덕’은 해방 이전과 해방 이후에도 유효한 전통적인 숭고미를 발한다.

　해방 직후 황순원은 당대 정치적 상황에서 발생하는 조선의 현실 문제를 직시한다. 일련의 소설에서 그는 초역사적 휴머니티를 구현하는 것이 아니라, 국제 정치적 시각에서 조선의 현실을 성찰한다. 그 결과 해방 직후 소설에는 세계사의 큰 축에서 난민으로 떠도는 민족의 운명을 바라보아야 하는 나약한 지식인의 자기성찰과 자괴감도 엿볼 수 있다. 남북한 통일문학사의 시작을 남한과 북한이 공유하는 정서와 전통을 토대로 한다고 할 때, 남북한은 공히 식민지·점령지의 기억을 재구함으로써 한반도 외부의 정황을 성찰하고 민족의 운명을 통찰하는 데서 출발해야 할 것이다. 황순원의 해방 직후 소설은 이데올로기를 초월하여 당면 문제를 통찰하고 있다는 점에서, 남북한이 공유할 수 있는 해방 공간의 특수성을 담지하고 있다.

제3장

해방공간 귀환 전재민의 두려운 낯섦

1. 서론

해방 이후 제국의 전쟁에 가담하지 않았음에도 제국의 식민지라는 정
치적 상황으로 말미암아, 만주의 귀환조선인은 '전재민'이라 명명된다.
당시 해외에서 귀환하는 조선인들은 '이주민' '난민'으로[1] 명명되기도
한다. 해방 이후 '전재민'이라는 코드는 전쟁의 재해를 입은 사람이라는

---

1   김예림은 해방기 귀환민을 '난민'이라 명명하며, 그들의 정치적 정체성을 규명한 바 있
다. 김예림, 「'배반'으로서의 국가 혹은 '난민'으로서의 인민—해방기 귀환의 지정학과
귀환자의 정치성」, 『상허학보』29, 상허학회, 2010, 333~376면. "조선 영토 바깥의 이
주자들은 상주국의 사회정치적 상황과 각 점령 권력의 불투명한 책임소재가 맞물린 혼
란스럽고 복잡한 국제 관계 내부로 휩쓸리면서, 난민으로 부유하게 된다."(351면) "내
국 난민은 자신의 국적국 영토 내에서 결코 보호받지 못한 채 국민과 시민의 변경을 떠
도는 유랑자로 존재한다."(339면)

의미 외, 식민지에서 해방되었으나 독립된 국가와 주권을 갖지 못한 조선의 상황을 환기시킨다. 앞 장에서는 황순원의 해방기 소설을 통해 전재민 문제가 해방공간 남한 사회 전역의 문제임을 확인할 수 있었다. 황순원은 「별과 같이 살다」 등의 소설을 통해 제국의 각축전에서 난민으로 떠도는 민족의 운명을 직시하고, 민권의 부재와 지식인으로서 자괴감을 피력한다. 채만식은 1949년 「소년은 자란다」에서 전재민으로서 조선인의 운명을 조명한다. 이 글에서는 채만식의 「소년은 자란다」에 나타난 전재민들의 귀환 여로를 문화충격이라는 관점에서 조명하려 한다.

채만식의 「소년은 자란다」에서 전재민이 귀환과정에서 겪는 문화충격은 '두려운 낯섦'으로 집약할 수 있다. '두려운 낯섦'이란 오래전부터 알고 있었던 것, 오래 전부터 친숙했던 것이 어떤 조건이 주어졌을 때 이상하게 불안감을 주고 공포감을 준다는 프로이트의 개념이다.[2] 전재민이 조선에서 경험하는 두려운 낯섦에는 민주주의라는 외래의 조건이 전제되어 있다. 귀환전재민들에게 '해방'은 기쁨도 희망도 아니었다. 그들은 독립을 확인하는 대신 가족의 죽음과 이산, 무질서와 부패에 직면했다. 채만식의 「소년은 자란다」는 조선의 해방이 만주의 순박한 농민 일가에게 몰락을 가져오는 과정, 그러한 역경 속에서 소년의 성장 가능성을 시사하고 있다. 고국을 향해 길을 나선 순간 어머니가 죽고, 고국에서 새 삶의 터전을 찾기도 전에 어린 남매는 아버지를 잃는다. 채만식은

---

2   프로이트, 정장진 역, 「두려운 낯설음」, 『창조적인 작가와 몽상』, 열린책들, 1996, 102면. 이하 '두려운 낯설음'에 대한 논의는 프로이트의 위 글(97~150면)을 참조함. 나병철은 이 개념을 '낯선 두려움'이라 명명하며, 성장소설에서 미성숙한 인물이 성장으로 나아가기 전의 심리 상태로 파악한다. 나병철, 『소설과 서사문화』, 소명출판, 2003, 185~201면.

소년 화자를[3] 통해 해방공간이라는 불확정적인 층위에서 가능성을 타진하려 한다.

최근 해방기 문학연구에서 '민족 / 국민국가'는 확정된 경계를 가진 공간 권력 구성체라는 점에서 공간은 민족 담론에 있어 부수적인 요소라기보다 오히려 민족이라는 추상적인 개념에 구체적 실정성을 부여해준다는 공간의 담론적 접근은 주목할 만하다.[4] 이 글에서는 작품의 서술공간을 주목하여 '이리(현재 1)→만주(과거 1)→서울(과거 2)→이리(현재 2)' 외, 공간의 이동에 주목하여 '만주→만주에서 서울간의 여로→서울→서울에서 이리간의 여로→이리'로 세분하여 경계인으로서 전재민의 입지를 조명하고, 경계에 있음으로 인해 해방 직후 조선의 실체를 더욱 여실하게 포착해 내고 있음을 확인하려한다. '경계'는 분열되고 미결정적 삶의 제 양태를 담아낸다. 내부 공간 못지않게, 공간간의 경계에서 벌어지는 일은 공간의 특수성과 문제성을 세밀하게 포착한다.

호비바바의 지적처럼 이행의 시공간은 차이와 동일성, 내부와 외부, 포함과 배제의 복합적인 형태를 생산하며 교차된다.[5] 해방 직후 만주 전재민은 '사이에 낀(in-between)' 공간들을 통과하면서 해방과 독립간의

---

3 어린이의 순수함은 자연의 순수함(야만성)인 동시에, 사회에서 전승되는 삶의 양식으로서 문명의 순수함이기도 하다. 미성년은 순수하며, 동시에 순수하기 때문에 문명의 모순 없는 수용자가 될 수 있다. 이수형, 「아이에서 어른되기, 아무도 속지 않는 거짓말─한국 소설속의 미성년」, 『문학과지성사』 66, 문학과지성사, 2004, 694면. 채만식에게 주인공 어린 소년은 간도에서 태어나고 자라오면서 일제 식민지하 순응주의에 물들지 않음으로서 해방 이후 자신의 가치관을 자유롭게 실현할 수 있는 희망의 세대를 대변한다. 전홍남, 「채만식의 「소년은 자란다」攷」 107, 『국어국문학』, 국어국문학회, 1992, 217~218면.

4 장세진, 「해방기 공간 상상력의 전이와 '태평양'의 문화정치학」, 『상허학보』 26집, 상허학회, 2009.6, 106면. 해방기 공간 상상력을 '태평양'이라는 표상을 통해 문화정치학적 접근을 시도한 장세진의 논의는 해방공간에 대한 새로운 접근이라 할 수 있다.

5 호미바바, 나병철 역, 「서─문화의 위치들」, 『문화의 위치』, 소명출판, 2003, 28면.

거리와 불확정성을 시사한다. 사이에 낀 공간과 전재민의 접속은 해방 이후 민주주의의 균열을 반영한다. 「소년은 자란다」에서 전재민들의 귀환 여로는 민주주의가 오해되는 과정과 동궤에 놓인다. 전재민이 고국에서 제일 많이 본 것이 전단(삐라)와 대소변이라면, 제일 많이 들은 것은 '민주주의'이다. 제2차세계대전의 종결은 파시즘과 민주주의 진영 간의 대결이자 민주주의 진영의 역사적 승리라는 세계사적 필연성이 팽배하게 인식되면서, 한반도는 파시즘과 민주주의라는 두 이념을 중심으로 양극화된다. 이때 전쟁에서 패배한 파시즘은 구시대의 잔재이고 유물인데 비해, 전후(제2차세계대전)의 새로운 질서와 이념으로 '민주주의'가 급부상한다.[6]

대내외적으로 대한민국의 민주화는 1960년 4·19혁명으로 알려져 있으며, 1945년 8·15 광복에 대해서는 "치욕적인 일본의 식민지 통치로부터 벗어나 국민들이 해방 세상에 대한 희망에 부풀어 거리로 뛰쳐나왔으나 모든 것은 희망적이지 않았으며, 가장 힘든 것은 한국인들이 스스로 민주국가를 세우는 일"이라 평가한다.[7] 1960년 국민이 주인이 되는 민주주의의 실체를 확인하기 위해, 우리의 역사는 지난한 굴곡과 상처를 수반해야 했으며 만주 전재민들의 귀환여로는 그러한 상처의 흔

---

6   공임순은 토지개혁을 둘러싸고 당대 민주주의 정치적 담론이 남한과 북한의 지도자 형성과 그들의 헤게모니 달성과정에 어떠한 영향을 미치는지 밝힌 바 있다. 공임순, 「민주주의의 선(先)정치적 담론 자원과 인민대중의 진정한 지도자상」, 『서강인문논총』 29, 서강대 인문과학연구소, 2010.12, 112면.

7   제임스 랙서, 김영희 역, 『민주주의란 무엇인가』, 행성; B온다, 2011, 134~135면. 그는 1960년 4·19에 이어 5·16 군사 쿠데타로 한국 사회는 18년 동안 근대화와 반공으로 무장한 군사정권의 철권통치아래 어두운 겨울을 보내야 했으며, 1987년 민주화 항쟁을 이끌어내면서 대통령 직선제 개헌을 쟁취함으로서 군사독재를 종식하고 민주화를 공고히 하게 되었다고 본다.

적들을 잘 보여주고 있다. 「소년은 자란다」에서 스스로 민주국가를 세우는 지난한 여정과 해방 이후 귀환전재민의 귀환 여로는 접속되어 있다. 「소년은 자란다」의 귀환여로를 천착하기 앞서, 먼저 해방 직후 채만식은 무엇을 고민하고 있었는지 살펴볼 필요가 있다.[8] 일련의 고민들이 정제되어 도달한 지점이 1949년 창작한 「소년은 자란다」라 볼 수 있기 때문이다.

2. 남북한의 완전한 통일과 자유민주주의체제

해방 이후 채만식 소설에는 '일제 잔재 청산과 자기 비판',[9] '민족의 통일과 국가 건설'이라는 소명의식이 뚜렷이 나타나 있다. 채만식은 「맹순사」(1945.12.19 / 1946)와 「미스터 방」(1946.2.16 / 1946)에서 일제 잔재 청산 문제를 다루고 있다면, 「민족의 죄인」(1946.5.19 / 1948.10.11)에서는 자신의 친일 전력에 대한 강도 높은 비판을 보이고 있다.[10] 그 밖에 「歷

---

8 염상섭의 해방 직후 소설이 부르주아 가족에 대한 글쓰기로서 가정과 집을 통해 민족의 경계를 읽어내고 있다면, 채만식의 「소년은 자란다」는 프롤레타리아 가족을 통해 민족과 경계를 사유해 낸 작품이다. 전자에 관한 연구로, 테어도르 휴즈, 「냉전세계질서 속에서의 '해방공간'−해방 직후의 남・북한문학」, 『한국문학연구』 28, 동국대 한국문학연구소, 2005.6, 3~30면 참조.
9 문학이 특수한 유형의 자기 반성적이고 시대반영적인 글쓰기라고 할 때, 해방 이후 채만식의 소설은 그 전범이 된다. 송기섭, 「단절과 신생을 위한 비판들−채만식의 해방기 소설들」, 『한국문학이론과 비평』 6-1, 한국문학이론과비평학회, 2002.3, 149면.
10 제3부 3장 「태평양전쟁 직후 한일지식인의 식민지에 대한 기억」 참조.

路」(1946.4.24 / 1946), 「도야지」(1948.6.22 / 1948), 「落照」(1948.8.15 /
1948)등에서는 민족의 통일과 국가 건설을 고심하고 있다. 해방 이후 일
련의 소설에 나타난 채만식의 국가관은 다음과 같이 요약된다. 남북한의
완전한 통일을 전제로 하되, 그 다음으로 근대 국가로서 자유민주주의체
제를 유지해야 한다.

크리스토퍼 피어슨은 근대국가의 특징으로 "폭력수단의 (독점적) 통제,
지리적 지정학적 실체, 주권, 헌법과 정치체제의 입헌성(constitutionality),
비인격적 권력으로서 '법의 지배', 공공관료제, 권위와 정당성, 시민권
(citizenship), 징세" 아홉 가지를 소개한다.[11] 국가는 주어진 영토 내에서
물리적 힘의 정당한 사용에 대한 독점권을 주장하는 인간 공동체이다.
국가는 국민들의 관리된 동의(managed consent)를 통해 자신의 의지를
관철시킨다. 근대 국가들은 엄중한 경계심을 가지고 자신들의 영토를 보
전한다. 국가는 지상의 특정지역에 대한 관할권 외 광물, 영해, 영공, 사
람에 대해서도 권리를 주장한다. 민주적 과정은 현실적으로 주권을 행사
하지 못하는 국민들이 주권을 실질적으로 행사하는 국가행위자들에 대
해 모종의 제약을 행사하는 과정이다.

입법에 의해서만 변경될 수 있는 행정적 법적 질서는 국가가 사회 경
제로부터 분리된 독자적 영역으로 존재하게 했다. '법의 지배'는 특정인
의 주관적이고 독단적인 의지에 의해서가 아니라 비인격적 권력행사이
다. 어떤 국가라도 전적으로 강제력에 의존할 수 없다. 시민의 신분은
참여의 자격 또는 권한들의 총체와 그에 수반되는 일련의 의무와 책무

---

11 크리스토퍼 피어슨, 박형신·이택면 역, 「근대국가 —어떻게 정의할 것인가?」, 『근대국
가의 이해』, 일신사, 1998, 19~58면. 이하 근대 국가의 성격은 이 책의 내용을 정리한
것이다.

들을 의미한다. 근대 국가는 지출한 재원을 마련하기 위해 정기적인 형
태로 시민들에게 징세한다. 일련의 근대 국가의 조건은 해방 이후 조선
의 미군정, 남한에 들어선 단독 정부와 큰 괴리감을 보인다.

　해방 직후 미군정하 조선은 국가의 기반을 갖추고 있지 못하며, 1948
년 이승만 정권이 들어선 후에도 정부와 내각은 형성되었지만 근대 국
가의 조건을 구비하지 못했다. 특히 해방 직후 채만식이 가장 고민했던
문제는 '주권'의 문제이다. 앞서 언급한 바와 같이, 민주적 과정은 현실
적으로 주권을 행사하지 못하는 국민들이 주권을 실질적으로 행사하면
서 국가행위자들에게 모종의 제약을 행사할 수 있어야 하는데, 해방 직
후 조선인은 자기 입법이 가능한 국민의 소양도 갖추어지지 않았지만
그에 앞서 국가, 미군정으로부터 정당한 권한도 부여받지 못했다.

　「歷路」, 「도야지」, 「落照」 등에는 1945년부터 1948년 이승만정권이
들어서기까지 남한의 대통령 선거, 정부 수립, 시민권을 행사할 수 없는
무지하고 이기적인 조선인들의 정서 등이 나타나 있다. 「歷路」에서 기
차 안의 승객들은 '건국'과 '정부' 구성에 지대한 관심을 표명한다. 작중
시간과 공간은 1946년 3월 17일 경부선 기차이다. 그들은 누구를 대통
령으로 추대할 것인가에 대해 갑론을박하지만, 당장 쌀값이 올라 먹고
사는 것이 막막한 월급쟁이의 민생문제 호소로 주위는 조용해진다. '역
로(歷路)'라는 역사의 격변기에 채만식은 민생을 해결할 수 있는 지도자
를 갈망한다. 미군정은 남한에서 절대적인 권위와 정당성을 표명하고
있으나, 그들의 시선은 점령자 일본의 시선과 크게 달라진 것이 없었다.
조선인이 빈 열차 칸에 타려하자, 미국 병정은 기차의 꼭대기를 가리키
며 조선인을 짐짝 취급한다.

1946년 4월, 같은 시기 창작한 「논 이야기」(1946.4.18 / 1946)에서 농부는 '나라'의 존재를 부정한다. 채만식은 '나라'의 존재를 부정하는 것이 아니라 '나라의 존재 방식'을 문제시한다. 미군정이 들어섰으나 주권을 갖지 못한 나라, 국민을 위해 합당한 법을 만들지 못하고 행사하지도 못하는 나라를 질타한다. 해방 직후 조선은 지리적 지정학적 실체만 허울 좋게 유지되고 있을 뿐, 미군정은 폭력수단의 통제기구로서의 기능도 없었으며 조선인은 공평한 입법의 지배도 받을 수도 없었다. "8 · 15직후, 낡은 법이 없어지고 새로운 영이 서기 전, 혼란한 틈을 타서", "잇속에 눈이 밝은 무리들이" 자신의 이권을 챙기기에 급급했다. 무수한 기회주의자들이 "일본인 농장이나 회사의 관리자와 부동이 되어가지고, 일인의 재산을 부당 처분하여 배를 불린 일이 허다하였다."[12] 그들은 중간에서 이익을 가로채며 가난한 사람들을 더욱 살기 어렵게 만들었다.

「도야지」는 1948년 5월 10일 국회의원선거를 배경으로 한다. 아버지 문영환과 아들 문태석은 서로 다른 정치노선을 가지고 있다. 문영환은 해방 직후 고무공장과 일산주택을 접수하여 부를 축적했으며, 애국적인 청년단을 지도하며 테러와 선동을 일삼는 우익이다. 반면 스무 살의 아들 문태석은 진보적인 민주주의교육을 지향하며 아버지의 부당함을 비판하기에 빨갱이로 지목받는다. 국회의원에 출마한 문영환의 공약은 남북통일과 자주독립, 공출 폐지, 농촌전화(農村電化), 농가의 함석 기와 입히기 등 인데 구체적인 방침 없는 과시용에 그친다. 당선을 맹신하며 '도야지'를 주문하는 등 잔치를 준비했으나, 문영환은 낙선한다. 문

영환의 부정적인 모습은 아들 문태석 그리고 친구들의 직설적인 웅변과 대비되어, 채만식 특유의 풍자가 빚어진다.

「落照」는 1948년 7월 20일 대통령선거일을 배경으로 한다. 황주아주 머니는 이승만 박사의 대통령 당선 소식을 전하며 환호한다. 황주아주머 니는 황해도에서 큰아들 내외를 잃었다. 해방 후 큰아들은 친일 전력으 로 말미암아 참살당하고, 재산은 몰수당한다. 이후 그녀는 남한으로 내 려와 공산주의에 대한 적개심을 품고, 한국민주당 독립촉성회 등을 찬탄 하며 남한의 국방경비대가 북한을 칠 날만을 기다린다. 돈을 모을 생각 은 않고, 남쪽에서 북한을 치고 들어가면 잃어버린 재산을 다시 찾을 수 있다고 믿어 이승만을 옹호한다. 이 작품에서 채만식은 황주아주머니의 둘째 아들, 영춘의 목소리를 통해 '희생정신', '민족관념' 없는 '망국민족 의 기질'을 질타한다. 1948년 해방된 지 3년이 지났지만, 조선인에게 통 일과 건국에 대한 시민적 소양을 찾을 수 없다. 그들은 일신의 기복과 감 정에 따라 움직일 뿐, 국가와 민족에 대한 내일을 생각하지 않는다.

작중에서 채만식은 건국일정을 상세히 서술한다. 대통령에 이어 국무 총리가 발표되고, 8월 2~3일에는 조각이 발표된다. 13일 미국과 중국 이 대한민국 정부를 승인하였고, 8월 15일 대한민국 정부는 국민과 외 국에 대하여 정식으로 한국의 독립을 선포하는 성대한 식전을 거행하였 다. 8월 25일 북조선에서도 남북조선의 전체적인 총선거실시를 선포하 고, 남조선에서는 비밀(지하)선거를 한다고 전했다. 대한민국이 건국되 고 정부가 들어섰지만, 소설의 말미에서 양갈보로 전락한 황주아주머니 의 둘째딸이 임신하여 자멸하는 모습을 부각시킴으로서 작가는 1948년 남한 정부수립의 정황을 '낙조(落照)' 분위기로 몰고 간다. 원하던 건국

은 되었건만 그것은 반쪽의 국가로서 완전한 민족의 독립과 멀어지게
되었고, 건국은 했어도 여전히 미군의 울타리 속에서 민족자존의 길을
모색하기에는 척박한 상황이기 때문이다.

실제 해방공간에서는 조선건국준비위원회, 조선공산당, 한국민주당,
한국독립당, 조선인민당, 남조선신민당, 남조선로동당, 신민족당 등의
다양한 정치세력과 정치이념들이 혼종되어 있다. 그럼에도 그들은 근대
국가의 성격과 형태가 '민주주의' 일 것을 요구한다는 점에 있어서는 일
치했다. 큰 범주에서 해방정국은 민족주의와 자유민주주의, 인민민주주
의(=공산주의) 지향이 부분적으로 중첩되기도 하면서 대립, 갈등하고 있
었다. 해방과 함께 제기된 민족사적 과제는 '통일된 민주주의 독립국가'
로 요약된다. 민족통일국가 건설과 민주주의 국가 건설이 모두 임박한
과제였으나, 당시 정치 지도자들 사이에 분단극복과 근대적 민주국가
형성이 동시에 달성되기 어려울 수 있다는 인식이 확산되고 있었으며,
그런 만큼 우선순위나 방식에 있어 입장 차이가 존재했다. 단독선거 단
독정부 수립과 관련하여, '민족통일'이 전제되지 않는 한 완전한 자주독
립국가의 건설이란 불가능하다고 본 세력들의 경우 단선 반대를 주장하
며 남북협상노선을 추구했던 반면, '민주주의 확립'을 보다 시급한 과제
로 인식한 세력들은 남북에서 각각 민주주의 · 민족주의 역량을 강화한
후 그것을 바탕으로 통일을 성취한다는 전략 하에 5 · 10선거 참여 움직
임을 보인다.[13]

해방 이후 발표된 일련의 소설을 보건데 채만식은 전자의 입장에 섰

---

13 문지영, 「한국의 근대국가 형성과 자유주의—민주화의 기원과 전망에 대한 재고찰」,
   『한국정치학회보』 39-1, 한국정치학회, 2005, 197~198면 참조.

으므로, 단정수립으로 민족통일을 기약할 수 없는 상태에서 민주주의를 기획해야 하는 참담함을 토로한다. 1949년 남한에 단독 정부가 들어선 지 1년이 경과된 지점에서, 채만식은 「소년은 자란다」를 창작한다. 작중 배경은 1945년 8월 15일부터지만, 작가는 실재하는 정부의 무능력과 부정부패에 주목한다. 남한에 들어선 정부를 지켜보면서, 그는 두려운 낯섦을 느끼는 것이다. 왜냐하면 그가 지향하는 국가는 무엇보다도 남북한의 완전한 통일을 전제로 한 자유민주주의 국가이기 때문이다. 애초 남북의 통일은커녕 분열을 내장한 상태에서 만들어진 정부는 시작부터 두렵고 낯선 실체가 아닐 수 없다. 남북한의 완전한 통일이 일그러진 상황에서, 그 다음으로 채만식이 꿈꿀 수 있는 것은 자유민주주의체제이다. 채만식은 일제 식민지 경험이 없는 소년을 통해 이 땅의 새로운 미래를 기약해 보지만, 민주주의의 길은 멀고 요원하다.

3. 해방 이후 전재민의 여로와 오해된 민주주의

1) 보상과 교육의 기회균등

「소년은 자란다」에 등장하는 만주의 조선인은 가난하고 무지하다. 주인공 오윤서만 하더라도 유순하지만 억센 노동, 고생, 울화 등으로 겉늙었으며, 얼뜬 편이다. 몸과 행동도 굼뜨고 시원스럽지 못하다. 오서방 일가의 만주 정착과 귀환시기를 살펴보면 다음과 같다. 그는 1928년 바람난 아내의 출분으로, 아들을 데리고 고향 충북 청주를 떠나 서울로 간다. 그는 서울에서 새로 아내를 얻어 1932년 만주로 떠났으며, 그 곳에서 영호를 비롯한 3남매를 낳아 일가를 이룬다. 1945년 해방과 더불어, 그는 가족을 이끌고 만주를 떠나 귀환한다. 새 아내와의 사이에 태어난 영호는 만주에서 만주국의 건립과 동시에 출생했다.

작중에서 만주 조선농민들의 민족의식은 일본에 대한 적개심에서 발원했으며, 그들은 기본적인 생존권을 사수하기에도 여의치 않았다. "어떻게 하면 굶어 죽지 않고 살아 나가느냐." "무서운 추위에 어린 자식들을 옷가지나마 해 입히느냐." "어떻게 하면, 자식들을 잘 공부시켜 제발 이 고생 면하게 하여 주느냐."[14] 그들은 생존과 자활을 위해 자치공동체를 마련했다. "거칠은 언덕 기슭에 옴닥옴닥, 아무렇게나 집을 진 마을", "그 마을에서 백화나무(白樺) 울지렁으로 빙 들러 목책을 하고, 문에는 자위단이 총을 메고 파수"를(247면) 섰는데, 이것이 만주 아이들이 본 세계의 전부였다. 그들은 지켜야 할 국가의 존재를 고심하기보다, 생명을 지키는 일이 목전에 놓여있었다.

내부적으로 교육의 기회가 없는 것도 아니다. 오서방의 아들 영호는 국민학교 우급(고등과) 일학년에 다녔다. 그들은 교육열이 높았으며, 초등학교 취학률은 90%에 달한다. 조선에서는 일찍부터 조선어과정이 폐지되었지만, 그 곳에서는 조선어과정이 있어서 오선생이 가르치고 있었다. 40대의 오선생은 사범학교 출신으로 갑종훈도의 면허가 있었으

14　채만식, 「소년은 자란다」, 『채만식작품집―한국단편문학전집』 26, 정음사, 1974, 246면. 이하 작품집은 이 텍스트로 하되, 인용문 말미에 페이지 수만 밝힘.

며, 20여년의 교원 경력도 있었다. 교육 여건에 비해, 만주의 농민들은 자식들에게 "민족적인 것의 가르침이나 깨우침"(246~247면)을 줄 수 없었고, 만주에서 출생한 아이들은 고국의 의미를 알지 못했다. 영호는 만주에서 태어나서 자랐으며, 그곳 아이들은 조선이 어디에 있는지도 몰랐다. 그들은 일본 사람도 아니요, 만주사람도 아니지만, 조선사람으로서 정체성과 동질감도 공유할 수 없었다.

오선생은 만주 농민들에게 조선이 해방되기까지 정황을 알려주면서, 동시에 그들에게 민족의식과 역사의식을 불어넣는다. 오선생은 연합국(미국 영국 소련 중국)의 공동선언과 조선의 해방을 설명하고, 36년간 식민지역사의 질곡(지원병·학병·징병·공출)을 각인시킨다. 그 과정에서 오선생은 민족과 국가에 대해 구체적인 의식이 없던 만주의 농민들에게 '태극기'를 그리고 '삼천만 우리 동포'와 '금수강산'을 환기키시며 고국(故國)의 가치를 학습시킨다. 그는 연합국이라는 존재, 국기, 국민, 국토를 환기시키는데 만주 농민들은 해방과 더불어 '민족'과 '고국'에 대해 눈을 뜬다. 특히 오선생은 그들이 간도에서 흘린 피와 땀방울을 환기시킴으로써, 그들로 하여금 고국에서 보상과 환대를 받을 수 있는 여지를 남겨 놓았다.

오선생의 서두름은 농민들에게 일종의 '최면술'과 같은 효과를 보였다. 오선생은 조선의 '독립'을 조선에서의 '자유'로 받아들였으며,[15] 그

---

15 근대 이전의 공화제적 민주주의가 공통의 지배라는 가치 위에 세워졌고 평등의 원리를 중심으로 삼았다면, 근대 민주주의의 약속은 언제나 한결같이 자유였다. 오늘날에도 개인의 자유는 민주주의라는 단어에 가장 강력하게 결부된 환유적 연상관념으로 남아 있다. 웬디 브라운, 김상운·양창렬·홍철기 역, 「오늘날 우리는 모두 민주주의자이다」, 『민주주의는 죽었는가?』, 난장, 2010, 95면.

것을 마을 사람들에게도 유포했다. 제국의 열강들에 의해 강행된 독립에서 만주의 농민들은 빼앗긴 모든 것을 다시 찾는 것, 짓밟힌 자유를 다시 찾는 것을 기대한다. 그것은 문전옥토를 마음대로 부쳐 먹으면서, 자유롭고 행복한 세상을 살 수 있다는 지극히 안일하고 기복적인 것이다. 만주 농민들은 흥분, 불안, 술렁거림으로 정치와 현실에 대한 냉철한 이해에 앞서 '독립국민', '독립 국민 조선사람'이라는 판타지를 흡수했다. 이러한 국민주의(nationalism)는 심리적인 것으로, 구성원들 사이의 공통성을 강조하는 일련의 신념과 상징들에 대한 개인의 동조감이다.[16]

오선생은 마을 사람들에게 고국으로 돌아갈 것을 독려한다. 오선생은 오서방과 영호에게 상급학교 교육을 받을 수 있는 고국의 교육기회 균등을 강조한다. 일본인은 조선인에 대해 정해진 수효만 대학에 입학시켰으며, 교육 법식이나 내용 모두 부리기 좋을 만큼 교육을 시켰다. 그는 이제 독립되었으므로, "학생이 자유롭게 연구하구, 제 타구난 재주를 뻗치게 하구" "맘대루 학교에 들어가구, 자유롭구 활발하게 배우며 연구하며 천재를 떨"(288면) 칠 수 있다는 교육의 기회균등을 통해 무지한 만주 조선농민들에게 민주주의 교육에 대한 판타지를 주입했다. 만주 산간에 사는 조선 농민에게 '해방'은 민주주의의 긍정적인 가치가 판타지의 형태로 확산되었는데, 국가를 비롯 보호의 울타리를 가질 수 없었던 자활공동체 조선 농민에게 기회균등이라는 민주주의 가치는 그들의 무지와 가난을 상쇄시킬 수 있는 매혹적인 꿈이 아닐 수 없었다.

채만식은 오선생의 입장을 부각시킴으로서 남한에서 민주주의의 실

---

16 크리스토퍼 피어슨, 박형신·이택면 역, 「근대국가—어떻게 정의할 것인가?」, 『근대국가의 이해』, 일신사, 1998, 31면.

현 여부와 귀추에 주목한다. 오선생이 바라본 해방은 일본의 항복만을
염두에 둔 것으로, 연합국의 의도와 건국의 실제 등을 염두에 두지 않아
시행착오를 보인다. 그러한 사실은 오서방 일가가 귀향길에 오르는 순
간부터 무자비한 희생으로 검증된다. 어떤 만주인도 그들이 일구어 놓
은 탐스러운 논, 반듯한 집, 세간에 대해 제 값을 치러주지 않았다. 해방
이 되었으나, 주권없는 이주민은 전재민으로 전락한다.

2) 두려운 낯섦과 퇴행

만주에서 오서방 일가는 아내와 막내를 잃고 서울에 도착한다. 고국
에서 그들은 전재민 원호소에 기거한다. 채만식은 영호의 시선으로 해
방 직후 서울풍경을 초점화한다. 난생 처음 서울 땅을 밟은 탓이기도 하
거니와, 어린 영호의 눈은 해방 직후 조선의 허와 실을 가감 없이 직시한
다. 영호의 눈에 가장 먼저 들어 온 것은 화려한 서울 거리이다. "큰 집
(建物)들, 으리으리한 좋은 집(住宅)들, 넓은 거리, 전차, 많은 자동차, 물
건이 얼마든지 쌓인 가게들"(320면) 그런 한편, 양편 길에는 똥과 오줌이
질편한 것이 더럽기 그지없다.[17]

---

17 경제적인 측면에서 일본-조선-만주로 이어지는 네트워크에 따라 원료와 시장을 외부에
의존하던 조선경제는 해방 이후 식민지 경제권이 해체됨과 동시에 쇠퇴하고 마비될 수밖
에 없었다. 구식민지 경제권역으로부터의 단절과 미소분할 점령에 따른 남북한 경제적 단
절은 심각했다. 북한으로부터 전력 비료공급의 중단은 공업 뿐 아니라 농업의 생산력을
현저히 약화시키며 남한의 경제적 재생산구조를 파행으로 몰고 갔다. 이봉범, 「해방공간
의 문화사—일상문화의 실연(實演)과 그 의미」, 『상허학보』 26, 상허학회, 2009.6, 22면
참조.

두 번째 영호의 시선이 머문 것은 전재민의 열악한 처지이다. 영호는 땟국물이 흐르는 낡고 초라한 그들과 윤이 날정도로 화려하게 차려 입은 서울사람들의 모습을 대조해 보면서 이질감을 느낀다.[18] 그 외에도, 동포들이 전재민을 대하는 시선은 무심하기 그지없다. 같은 입장의 전재민들 빼고는, "어떤 한 사람이나, 얼굴 한구석에도(아, 타국에서 돌아온 동포! 고생하다가 해방된 고국을 찾아 돌아온 반가운 동포!), 이런 생각을 하면서 뜻있는 눈으로 보아주는 기색"(325면)은 찾아볼 수 없다. 거리의 순경은 전재민을 모욕하며 함부로 대한다. 국가의 내적 유지에 관여해야 할 순경은 국민의 보호와 안정을 도모하기보다 억압과 모멸을 준다.

세 번째 영호의 시선이 머문 곳은 총독부 대신 자리잡은 군정청이다. "옛날은 총독부" "왜사람들이 왕노릇을 하며 조선사람을 못 살게 굴었고", "지금은 왜사람들 대신 미국사람들"이 "군정청이라고 한다는 무섭게 큰 집"(326면)에 들어섰다. 군정청과 더불어, 함부로 욕하고 때리고 붙잡아 가두고 하면서 백성을 압제하는 순사는, 독립이 되었어도 여전히 백성에게 무서운 존재로 군림하고 있다. 해방 이전의 상황과 달라지지 않은 억압 구조는 조선이 결코 '독립'을 맞이한 것이 아님을 각인시킨다. 일본에 대한 적개심은 해소되었으나, 조선인에게 자유와 민주주

---

18 "좋은 모자에 좋은 외투(봄 외투)에 윤이 반짝반짝 하는 구두에 단장 짚고 한 깨끔하게 생긴 남자와, 하얀 두루마기를 입고 얼굴을 이쁘게 단장하고 머리는 새둥우리를 인 듯하고 손가락에는 반지를 여러 개나 끼고 새까만 손가방을 들고 한 여자의 내외"와 "보얗고 부얼부얼한 털외투를 입히고 털모자를 씌우고 간드라진 구두를 신"긴 딸 일가의 외양은 "누덕누덕 깁고, 시꺼멓게 드렌 홑고이적삼을 썰렁하니 걸치고 내다 버려야 누가 거들떠보지도 않게 생긴 헌 고무신을 신고" "머리는 박박 깎은 맨머리"의 오서방, "노닥노닥 깁고 땟국이 묻고 한 치마저고리요, 맨발에 닳아빠진 게다"의 영자, "무릎 아래 종아리가 뻘겋게 드러난 동강바지, 통학복 위아랫막이에 역시 세어진 운동화"를 신은 영호 일가와 대비되어 전재민의 궁핍상이 부각되어 있다.

의는 도래하지 않았다.

만주를 떠나 서울에서 맞닥뜨린 오서방의 충격은 프로이트의 '두려운 낯섦'으로 집약할 수 있다. 오래전부터 알고 친숙했던 것이, 이제 불안과 공포를 준다. 오서방은 물론 영호에게 서울은 친숙하게 길들여진 공간이 아니다. 그 곳은 고향같이 친숙하고 다정한 공간이 아니다. 서울은 어떠한 만족 혹은 쾌적함도 주지 못하며, 보호와 안녕을 기약하지 못한다. 그들의 두려움은 고국의 현재 모습에서 비롯된 것이지만, 근원적으로 그것은 이전에 그들이 지녔던 욕망과 좌절에서 오는 공포 때문이다.[19] 근친의 죽음과 오랫동안 일구어 온 생활터전을 버린 다음 도달한 공간이기에, 좌절과 두려움은 증폭된다.

오서방은 비극적 운명의 반복으로 인해 불안이 고조된다. 서울은 그가 알 수 없는 어떤 것이 은폐된 공간이다. 그는 서울에서 더욱 반편처럼 굴었다. 더 어눌해지고 퇴행하여, 영호의 동행 없이는 길을 나설 수조차 없다. 그들을 부당하게 하는 이상한 힘을 알 수도 말할 수도 없는 '묵서' 오서방을 대신하여, 채만식은 "이상한 민주주의"라는 표제 아래 해방 직후 고국의 상황을 질타한다. 채만식의 비판적 육성을 듣기 앞서, 당시의 정치적 상황을 살펴볼 필요가 있다.

1946년 4월~5월 미·영·소 3국 외상의 신탁통치 선언과 그에 대

---

19 해방 이전이라고 해서, 고향땅이 그들에게 녹녹한 공간은 아니었다. 고향에서 오서방은 일본인과 지주에게 토지를 잃고 아내는 오서방을 배신했다. 오서방이 서울에서 새로 얻은 아내 역시, 그녀는 고향에서 의처증 남편을 피해 달아났다. 식민치하 그들의 고향은 그들로 하여금 고향을 등지게 만들었으며, 그들에게 치욕과 상처로부터 안정적 거리를 확보해 준 만주보다 훨씬 열악한 공간이었다. 해방 이후 귀환과정에서 오서방은 아내와 막내를 잃었으며, 큰 아들의 생사를 확인할 수 없다. 집도 의지처도 없는 그는 의도와 달리 더욱 열악한 상황에 내몰린다.

한 좌우익의 찬반은 그 거리를 좁히지 못하고 더욱 격렬해졌다. 해방 이후 미국의 점령정책은 미국 중심의 자의적인 정계개편 대 한국인의 민족통일전선 결성의 대립관계에서 전개되었다. 미국은 그들의 전략목표를 실현하기 위해 한반도의 정치·군사적 안정과 한국 내 안정적인 지지기반 창출이 필요했다. 미국은 대소 냉전 정책을 이 땅에 구현함으로써, 민주주의의 토대를 한국의 역사적 전통에 입각한 것이 아니라 외부로부터 이식한다. 식민지기에는 독립운동세력을 좌와 우로 대별하기보다 '사회(운동)진영' '민족(운동)진영'으로 나누는 것이 일반적인 용례였다면, 1945년 말과 1946년 벽두의 찬-반탁운동을 거치면서 좌우의 대립은 '찬탁=친소=공산주의자' '반탁=반소=민족주의자', 요컨대 미군정에 대한 지지와 반대를 기준으로 좌우가 등을 돌리기에 이른다.[20]

전술한 바와 같이 정치는 백성과 남이 되어, 좌우간의 극심한 대립으로 치달았으며, 백성을 돌보지 않았다. 채만식은 주림과 추위에 시달리는 백성을 뒤로 하고, "집이야 물자(物資) 따위를 소위 불하 받아 팔아먹는 장사치들과, 이 장사치들이 들여 미는 뇌물로 치부를 하는 군정의 벼슬아치들", "세도가 일본 정치 때를 능멸하도록 높아진 순사들"을(336면) 성토한다. 이러한 파렴치한들의 배면에 민주주의가 자리잡고 있음에, 채만식은 다음과 같이 분개한다.

또 민주주의이기 때문에, 적산 관리인은 원료와 기계를 떼어 뒷줄로 팔아먹어도 상관이 없고, 군정청 관리는 부로커에게 잇권을 주고서 뇌물을 받아

---

20 정용욱, 「'한국민족주의'와 '미국식 민주주의'－해방 직후의 정치적 대립과 미국 대한정책의 성격규명」, 『내일을 여는 역사』, 내일을 여는 역사재단, 2000, 148~158면.

먹어도 배탈이 나지 않는 상 싶었다. 조선사람과는 불공대천지 원수라고까지 일컫는 친일파가, 얼마든지 군정청의 높은 벼슬과 경찰의 요직에 앉아 세도를 부리고 재물을 모으고 하는 것도 민주주의의 덕분. 그리고 불 안 나는 성냥을 만들어 팔아먹는 것도, 당장 나만 좋으면 그만이니까 민주주의요, 서울 전체를 변소를 만드는 것도, 당장 나만 좋으면 그만이어서 한 노릇이니 민주주의인 모양이었다(338면).

순박한 농민 오서방은 정치하게 민주주의의 실태를 말할 수 없었지만, 고조된 불안감은 부패한 당시 정치 현실을 환기시키기에 충분하다. 만주에서 잃은 것을 보상받고 교육의 기회균등을 기약했던 '민주주의'는 고국 남한에서 이상하게 전개되고 있었다. 그것은 오서방과 같은 농사꾼들에게 '두려운 낯섦'을 더욱 조장한다. 오서방은 오히려 해방 이전보다 더 퇴락한 상황에 직면했으며, 그는 서울의 이질감으로부터 벗어나려 한다. 오서방은 상처를 주었던 고향이 아니라 마음대로 농사지을 수 있는 농토가 있는 곳, 전라도로 떠나려 한다. 그에게 친근한 곳은 인정과 가족애가 넘치는 전통적이고 전근대적인 공간, 농촌 공동체이다. 채만식은 두려운 낯섦에 직면한 오서방을 통해 현재를 경유하여 미래로 나아가는 대신, 먼 과거의 공간으로 퇴행하려 한다.

이상한 민주주의에 직면한 오서방의 퇴행은 전근대적이면서 탈근대적인 요소를 함의하고 있다. 장 뤽시는 다음과 같이 민주주의를 비판하며 탈근대적 요소를 소환한다. 민주주의는 원리상 권력의 지양을 제기한다. 하지만 민주주의는 권력의 진리와 그것의 위대함(나아가 그것의 위엄!)으로서 그리하는 것이지, 권력 자체를 제거하려고 그리하는 것은 아니다. 그는 정치권력으로서 민주주의를 사유하기 앞서 서로가 서로를 느끼기, 그럼으로써 내부성으로 전환되거나 채워지지 않고 서로 팽팽히 긴장을 유지하는 외부성 즉 '공통적인 것'을 환기시킨다. 기획도 없고 통일성도 없는 선은 감각이 생길 수 있는 형식을 항상 다시 취하는 발명 속에 있으며, 감각이란 경험가능성들끼리의 상호회부, 순환, 교환, 공유, 다시 말해서 바깥, 즉 무한을 향해 열릴 수 있는 가능성과 맺는 관계를 뜻한다.[21] 오서방의 전근대성은 작가가 의도하지 않았음에도 불구하고 탈근대성과 상통한다. 민주주의 자체가 지닌 자가당착적 딜레마는, 민주주의의 실현과 무관하게 민주주의를 도모하는 그 순간부터 이미 노출되기 시작하기 때문이다.

3) 성장의 불완전성과 미완의 기획

만주 서울과 달리, 이리는 매우 복합적인 공간이다. 아버지를 잃은 영호남매는 이리에 내린다. 아버지를 기다리면서 영호남매는 자립적인 생활을 시작한다. 영호는 여관 심부름꾼으로 일하고 영자는 애보기 일을 시작한다. 아버지를 잃어버린 지 5개월째(여관에서 일한지 4개월째), 1946년 10월 접어들어, 영호는 부패한 정치와 경제계 사람들의 일면을 목도한다. "훌륭한 사람의 世界"라는 소제목 안에는 영호가 해방 이후 브로커의 실태를 인지하는 과정이 나타나 있다. 처음에 영호는 차림새의 호

---

21 장 뤽시, 김상운·양창렬·홍철기 역, 「유한하고 무한한 민주주의」, 『민주주의는 죽었는가?』, 난장, 2010, 121~122면.

사스러움만 보고, "이 여관에 드는 손님들은 죄다가 그 훌륭한 사람들"(411면)이라 여겼으나, '훌륭한 사람'은 부당한 방법으로 이권만 챙길 뿐 민족 분단과 국가 재건에는 관심이 없음을 발견한다.

영호가 말하는 여관의 6호실 손님은 이리를 중심으로 서울, 부산, 전주를 드나들며 사업한다. 그들은 해방 이전 일본 총독부에서 조선사람에게 공출로 거두어들인 것들을 불법으로 불하받아 이문을 남긴다. 영호가 보기에 그것은 조선 사람들이 일본사람에게 강제로 빼앗긴 것인 만큼, 임자에게 건네주어야 했다. 아니면 나라에서 적당한 값에 팔아 그 돈으로 "나라 백성들에게 유익한 것" "학교를 세운다든지, 길을 고친다든지, 찻간의 유리창을 해 박는다든지" "무엇이 되었던 실시를 함"으로써 "억울하게 물건을 빼긴 사람들"에게 돌아갈 수 있도록 해야 했다. 이것은 영호의 생각이기도 하면서, 동시에 이 작품을 관통하고 있는 '민주주의'가 올바르게 실현되는 방식이기도 하다. 모든 사람에게 균등한 기회가 주어지듯, 정부는 모두가 평등하게 잘 살 수 있도록 해야 한다.

영호가 보기에 6호실 손님은 멀쩡한 도적질을 하고 있다. 이 외에도 여관의 단골 중 한 패의 잠상(潛商)은 "고무신과 광목을 처 이북으로 넘기고, 이북에서 다른 물자를 넘겨"왔다. 조선 사람이라면 누구나 38선이 터지는데 공력을 다하는데, 그 잠상패들은 "자기네 장사 해먹자고 三八선이 십 년만 터지지 말"아 달라고 축원한다. 그 돈으로 "좋은 양복 입고 고기반찬에 좋은 음식 먹고, 요릿집 댕기며 밤낮으로 술 뚜드려 먹고 색시 데려다 장난"(413면)한다. 영호는 다시금 '민주주의'를 의문시한다. 영호는 몇몇 손님에게 '민주주의'가 무엇이냐고 묻는데, 그들은 제각각 다음과 같이 대답한다.

"여러 사람이 하자는 대로 하는 것이 민주주의니라"

"상하와 귀천이 없이 평등으로 지내자는 것이 민주주의니라"

"공산주의를 반대하는 것이 민주주의니라"

"남의 시비나 참견 안 받구, 제 자유, 저 하구 싶은 대로 하는 것이 민주주
의지 무어여?"(410면)

어린 영호는 민주주의의 개념과 당시 실태에 대한 이해에 미치지 못
한다. 영호는 '훌륭한 사람'의 가치를 되새기면서, 여관 손님들의 됨됨
이를 비교하고 분석할 뿐이다. 여관에서 만난 훌륭한 사람은 차갑고 붙
임성 없이 데데하고, 남의 곤경을 아랑곳 하지 않는다. 정거장과 기차에
서 만난 사람들은 누더기를 걸치고 지저분하고 무례할망정, 따뜻하고
흉허물 없으며 임의롭고 구수하다. 이리역 주변의 장사치들은 그들의
고단한 삶과는 별개로, 전재민을 동정하고 영호 남매를 괄시하지 않았
다. 그들은 남을 속이지 않고 다른 사람을 배려하고 아끼면서, 오히려
평등과 자유를 실현하는 민주적인 존재들이다. 영호가 생각하는 '훌륭
함'은 인륜이 살아 있고 인정이 넘치는 전근대적 공동체에 존재한다. 영
호는 이리에 있는 전재민을 찾아가 서울보다 훨씬 열악한 상황에 내몰
린 그들의 궁핍화에 주목하면서 민주적이지 않은 적나라한 현실을 목도
한다.

영호는 해방 이후 현실을 자각하면서 성장한다. 해방은 집, 땅, 곡식,
세간, 어머니를 빼앗은 대신 "압제 없는 살기"와 "입었던 옷을 누더기를
만들게 한 것"과 "석탄 부스러기와, 밀가루와, 쓰러져 가는 저 알량한
집"(419면)을 주었다. 영호는 해방 이후 추상적인 민주주의의 현주소를,

구체적으로 목도하면서 성장한다. 천원 남짓 모은 돈으로, 영자와 한집에 살면서 '하꼬방 장사'를 시작하려 마음먹는다. 그는 훌륭하지 못한 것에 대해 삼가려는 마음으로, 우선 여관을 떠나 영자와 살면서 공부하여 훌륭한 사람이 되려는 것이다. 그것이 고작 14살 소년이 생각할 수 있는 정도일 테지만 너무 막연하여, 오선생과 같은 시행착오를 거칠 수밖에 없을 것이다.

영호의 성장은 훌륭하지 못한 사람과 해방의 실체를 이해하는 데서 시작되었으나, 그의 성장은 불투명하고 시행착오와 불안이 잠재해 있다. 타락한 사회에서 성장하기 위해서는 타락한 현실과 타협하던가, 아니면 그에 대항할 수 있는 냉철한 지성을 소지해야 한다. 현실에 발을 담그면서 동시에 그 현실을 고발할 수 있어야 한다. 민주적이지 않은 현실에서, 아마도 영호는 생존과 현실타협의 접점을 배워나갈 것이다. 영호의 주체성은 민주주의가 오해되는 가운데 공간적으로 시간적으로 구성되고 있다. 이동과 더불어 대상을 응시하는 시선 속에 자신의 정체성을 형성하려는 끊임없는 시도가 이루어지고 있으며, 동시에 이 땅의 민주주의의 고단한 여정도 발원하고 있다. 경제적 자립을 위해 '하꼬방 장사'를 기획하는 영호의 성장은 필연적으로 자유와 종속을 전제로 한다. 이러한 영호의 운명은 당대 민주주의가 미완의 기획에 그치고 마는 상황과 접속되어 있다.

4. 경계인으로서 전재민—비국민에 대한 환기와 정서 공동체의 가능성

만주에서 서울, 서울에서 이리로 넘어오는 여정은 전재민 일가가 실감하는 해방의 실체를 사실적으로 보여준다. 그들은 만주에서 서울로 오면서 주권과 보호 없는 그들의 입지를 경험했으며, 나아가 서울에서 이리로 가면서 고국의 현실 역시 녹록치 않음을 실감한다. 일련의 경계는 위치감각(locality)을 일깨운다. 경계는 대립되는 두 개의 문화가 상호 충돌하면서 혼성되는 교섭(negotiation)의 공간이다. 혼성의 과정은 각 입장들의 치환과 전복이 나타나는 과정이다. 전재민 일가가 거쳐 가는 중간통로는 각종 치환과 전복을 통해 전재민의 불확정적인 소속과 불안한 정체성을 환기시킨다.

공간의 접경선 사이를 읽어내는 가운데, 해방공간 '비국민'과 '비국가'라는 입지를 확인할 수 있다. 경계인으로서 전재민은 해방 직후 조선의 '비국민'이라는 정체성을 환기시킨다. 1949년 창작되었지만 작중 배경은 1945년~46년이므로, 채만식은 조선인에게 '국민'의 처우를 부여하지 않은 미군정을 '오해된 민주주의'의 제 양태로 질타한다. 국민이 국가적 삶의 재생산과정으로서 재생되고 반복되는 것을 매개하는 현재의 기호로 작용한다면,[22] 해방 이후 조선의 비국민은 제국의 희생자로서 오히려 전근대적 인간의 존재방식을 환기시킨다.

우선, 만주에서 서울간의 여로는 국외 전재민으로서 조선인의 현실적

---

22 호미 바바, 나병철 역, 「국민의 산포」, 『문화의 위치』, 소명출판, 2003, 289면.

입지를 환기시킨다. 1945년 9월에 접어들어 오서방은 고국을 향해 길을 나선다. 귀환에 오르는 순간, 오서방 일가는 광기어린 폭력에 직면한다. 조선의 귀환민은 그들이 가담하지 않은 '제2차세계대전'의 전재민으로 무차별적인 폭력에 희생된다. 오서방의 아내는 만인들에게 겁탈당한 후 죽고, 뒤이어 돌도 못된 셋째 영수도 세상을 떠난다. 그들은 만주인의 소행인줄 알지만, 호소할 곳 없이 가슴에 상처를 묻었다. 그들은 주권도 인권도 보장받을 수 없는 패전국 일본의 식민지인이었다. 일본은 연합국에 항복했으나 조선 유이민의 본국송환은 의제로 다뤄지지 않았다.[23] 전재민으로 전락한 만주 조선인의 불안하고 위태로운 입지는 비국민의 처지를 대변한다. 그들은 독립 국가의 국민이 아니었으며, 패전한 일본의 잔재로서, 압제자 일본인에 대한 보복을 전가할 수 있는 대상이었다.[24]

다음으로 서울에서 이리간의 여로에는 국내 전재민으로서 조선 농민의 무능과 소외가 드러나 있다. 1946년 봄, 서울에서 오서방은 농사지을 땅을 찾아 영호남매를 데리고 전라도로 향한다. 대전에 도착한 후, 간신히 전라도로 가는 차를 바꾸어 탔다. 오서방은 물을 마시러 내렸다가 전라선이 아닌 경부선 기차로 바꾸어 탔다. 오서방은 목적지를 정하지 않고 길을 나섰으므로, 아버지를 잃은 영호남매의 슬픔과 공포는 가중된다. 달리는 기차에서 영호는 아버지를 부르고, 기차가 정거할 때마

---

23 황순원은 「별과 함께 살다」에서 민간 구호 단체인 민호단을 배경으로 국가적 차원의 보호를 기대할 수 없는 전재민들에게 돌봄의 시학을 구현해 보인다. 제2부 제2장 참조할 것.
24 염상섭은 「혼란」에서 만인 도둑이 들고, 중국인 습격을 두려워하는 만주 조선인의 비탄과 두려움을 보여주고 있다. 이 소설에서 염상섭은 국가의 주권을 자각하고 민족적 정서적 응집력을 호소한다. 제2부 제1장 참조할 것.

다 내려서 아버지를 찾았다. 서울에서 전라도로 가는 여정은 오서방 일가에게 두 번째 상실을 안겨주었다.

만주에서 서울, 서울에서 이리간의 여정은 전재민의 상실감과 불완전성을 표출한다. 이 작품에서 유심히 보아야 할 대목은, 서울에서 멀어질수록 영호의 자활 여지가 확장된다는 점이다. 채만식은 서울로부터 멀어진 곳에서 영호를 통해 냉정한 성찰과 성장의 가능성을 읽어내려 했다. 그 시작은 서울과 이리간의 열차이다. 호남선 기차간에서 영호남매는 순박하고 따뜻한 인정의 손길을 경험하게 된다. 그들은 다 같이 가난하고 명색도 없는 처지지만 얼마씩의 구호금을 모아 주었다. 영호남매는 국가가 아니라, 전래의 인정공동체로부터 도움을 받는다. 그것은 국가 이전의 전근대적인 공동체에서 공유되던 정서이다. 영호남매는 전래의 인정으로 말미암아 두려운 낯섦을 헤쳐 나갈 수 있는 용기를 얻는다. 채만식은 외래에서 이식된 민주주의보다 전래의 인정 공동체가 훨씬 공명정대하고 민주적일 수 있음을 시사한다. '국민'으로 존재할 수 없는 고국에서 채만식은 오히려 전근대적 사회로 눈을 돌려 인정공동체를 소환한다. 기만적인 권력 없이도 희망과 재활을 꿈꿀 수 있는 가능성을 모색한다.

여로중의 경계인, 전재민이 고난과 재활의 가능성을 시사한다면, 간도 서울 이리 내부의 공간은 해방 이후 조선인의 삶의 제 양태를 보여준다. '간도'는 전근대적인 공간이지만 적대적이지 않았다. 그 곳은 해방 이전까지 조선인의 자치 공동체가 유지된다. 조선 농민들은 내부의 갈등과 균열 없이 외부 저항에 힘을 모으며 뜻을 같이 하는 정서적인 공동체이자 최소 생존공동체를 형성할 수 있었다. '서울'은 민중의 삶을 균질화하기는커녕 빈부 격차가 더욱 벌어지고, 식민지 권력이 재생산된다. 민주주의는 권세가들의 처세술로 전락해 있다. '이리'는 외래적 요소가 틈입하긴 하나, 인정과 전래의 정서적 공동체가 잔존해 있다. 그들의 인정(仁情)은 전근대적 삶의 잉여물이다. 이리는 과거 조상들로부터 전해 내려온 인정이 존재한다는 점에서, 친근하고 익숙한 공간이다. 영호남매는 '이리'에서 새 삶의 발판을 마련해 나간다.

간도, 서울, 이리 일련의 공간은 각각 생존 공동체, 이기적 집합체, 정서적 공동체라 명명할 수 있다. 만주와 이리가 차별성보다 동질성으로 하나의 공동체를 이룰 수 있는데 비해, '서울'은 두려운 낯섦이 조장되는 이질적인 공간이다. 이러한 서울의 이질성은 왜곡된 민주주의 난립에서 기인한다. 민주주의는 백성이 주인이 되는가 하면, 모든 백성에게 평등한 기회를 주는 것이다. 자유와 평등이라는 범주에서 볼 때, 해방 이후 조선의 민주주의는 기득권 세력의 허울 좋은 입간판에 지나지 않았으며, 기층민들에게는 무수한 억압과 불평등의 도구로 작용했다.

채만식은 간도, 서울, 이리라는 공간의 이동을 통해 해방 직후 오해되는 민주주의의 실재를 보여준다. 만주에서 민주주의가 보상과 교육기회의 균등이라는 판타지로 각인되었다면, 서울에서 그 꿈은 여지없이 깨어진다. 민주주의는 사람마다 제 입맛에 맞추어 이권을 챙기는 수사에 지나지 않았다. 지금까지 전재민을 경계인으로 설정하고, 그들의 이동 과정과 이동지를 중심으로 그들에게 두려운 낯섦을 조장하는 오해된 민주주의를 좇아 해방공간의 특수성에 주목해 보았다. 전재민은 경계인으로서 '비국민'이라는 해방 이후 조선인의 정체성을 환기시킨다면, 간도에서 서울·서울에서 이리로의 여정은 민주주의라는 미완의 기획과 전래의 정서공동체로의 회귀를 시사한다.

해방과 더불어 도입된 당대 민주주의는 국가와 사회세력간의 오랜 투쟁의 산물이 아니라 '위에서 주어진 민주주의(Democracy from Above)였기 때문에, 정당정치를 비롯한 민주주의 제도 운영이 정상적이지 못하였다. 미군정하에서 우익 독립운동 지도자들은 권력을 장악하는 방편으로 자유민주주의 원리를 채택했다. 이승만 대통령은 자유민주주의가 도구였지, 그의 정치적 행동을 이끌어 주는 원칙이나 기준은 아니었다.[25] 그 결과 제도를 창출할 수 있는 주체가 부재해 있으므로, 아래로부터 분출하는 문화적 욕망과 그 지향을 조정할 수 있는 제도적인 틀이 마련될 수 없었다.[26] 귀환전재민의 두려운 낯섦은 그들의 언어화 되지 못한 상실감과 불완전성을 대변해 준다. 그것은 부재하는 민주주의와 주권이 정립되지 못한 남한의 현실을 반증한다. 채만식은 전혀 민주적이지 못한 현실에서 혼란 조정의 가능태로서 인정과 같은 전근대적 정서 공동체를 소환해 낸다.

---

25 김용호, 「제7장 해방 이후 군사혁명전까지의 민주주의의 시련과 갈등 : 위에서 주어진 민주주의−제1, 2공화국에 나타난 한국민주주의의 파행성」, 『한국정치외교사논총』 7, 한국정치외교사학회, 1990.6, 156~157면, 162면 참조. 이승만과 자유당은 미국이 강제한 자유민주주의를 수용하면서도 그것의 내포를 끝없이 반자유민주주의, 전제주의로 채워 넣으려 했다. 자신들의 이데올로기를 생산하기 위해 자유민주주의를 소환하여 그것의 폐허성을 적발하고 교정하여 자신들만의 자유민주주의를 구성하려 했다. 김진기, 「반공에 전유된 자유, 혹은 자유주의」, 『상허학보』 15, 상허학회, 2005.8, 161면 참조.
26 이봉범, 앞의 글, 44면 참조.

5. 결론

　이 글에서는 채만식의 「소년은 자란다」를 중심으로 해방 직후 귀환전재민들이 직면한 두려운 낯섦의 실체가 무엇인지 살펴보았다. 결론부터 말하자면, 그것은 민주주의의 부재이다. 채만식은 민주주의가 실현될 수 있는 여지를 고국 땅에서 찾을 수 없음을 안타까워한다. 「소년은 자란다」 분석에 앞서, 해방 이후 채만식 소설을 통해 당시 작가의 고민이 무엇인지 살펴보았다. 그것은 친일 잔재 청산과 자기 비판, 민족의 독립과 건국으로 요약된다. 해방 이후 다수의 작품에서 채만식은 건국의 문제를 다루고 있는데, 그가 주목하는 근대 국가의 특징은 '주권'에 기대어 설명할 수 있다. 그는 일본으로부터 독립은 되었으나, 미군정을 거치면서 주권을 회복하고 발휘할 수 없는 고국의 현실을 지탄하고 있다.

　1949년 점차 민족의 통일이 요원해 지는 남한에서, 채만식은 자유민주주의체제의 불투명한 정착을 목도하면서 「소년은 자란다」를 창작한다. 이 작품에서 그는 일제 식민지 경험이 없는 소년을 통해 해방 이후 이 땅의 미래를 기약해 본다. 미완으로 끝난 아쉬움이 있지만, 채만식은 주권 회복의 차원에서 해방 직후 오해되는 민주주의의 실태를 비판하고, 민주주의의 정립을 기원하고 있다. 해방 이후 만주에서 고국으로 귀환하는 조선농민의 여로는 만주, 만주에서 서울, 서울, 서울에서 이리, 이리로 그 경계까지 읽어 들일 필요가 있다. 공간의 내부 못지않게, 공간과 공간을 연결하는 경계의 여로는 주체의 정체성 규명은 물론 그들이 존재하는 현실의 미(未)확정적이고 불(不)확정적인 특수성을 규명하는 준거가 된다. 만주에서 조선의 농민은 고국의 해방소식을 전해 듣고, 일본에 대한 적개심 차원에 머무르던 민족정신을 국기와 국토, 국민을 떠올리며 단일 혈통공동체로 자각한다. 그들이 고국으로 떠나게 되는 가장 근본적인 동기는 보상을 비롯한 교육의 기회균등이라는 민주주의에 대한 꿈을 실현하는데 있다.

서울에서 그들은 두려운 낯섦을 경험하는데 그것은 전혀 민주적이지 않은 고국의 현실에서 기인한다. 전재민들에 대한 열악한 처우, 빈부차의 격심, 총독부를 대신하는 미군정 등 그들은 고향을 떠나 만주로 갈 때보다 더 어려운 상황에 직면한다. 그들은 두려움과 낯섦을 견디지 못하고 전라도 농토로 길을 나선다. 전라도 이리에서 어린 남매는 부모 없이 새로운 생활을 시작한다. 그들 스스로 생활을 책임지면서, 현실에 눈을 뜬다. 어린 소년이 발견한 것은 민주주의가 각자의 이익을 위한 수사로 활용되고 있는 현실이다. 민주주의가 실종되고 자본주의의 음화가 기승을 떨치는 현실에서 어린 소년의 성장은 다분히 불완전하다. 채만식은 전재민의 여로를 통해 해방 직후 조선인의 '비국민'적 입지와 민주주의가 부재하는 가운데, 전래 정서적 공동체의 가능성을 탐색하고 있다.

채만식의 「소년은 자란다」는 한국에서 민주주의가 발원되는 지난한 여로의 단면을 시사한다. 외래적인 민주주의가 소박한 조선인에게 인지되는 방식에는 약간의 편차가 있지만, 일련의 태도는 모두 자의적이고 기만적이다. 조선 농민은 식민지의 보상과 교육의 기회균등을 상상하고 있었다면, 노련한 브로커들은 자신의 권력과 부를 늘이는 수단으로 민주주의를 오해하고 남용한다. 민주주의라는 박래품(舶來品)에 대해 순박한 농민들은 상상하고 회의하는 정도에 그쳤다면, 브로커를 비롯한 권세가들은 의도적으로 오해하고 오용할 수도 있었던 것이다. 자유민주주의체제는 1945년 8월 15일 이승만의 남한정부 수립과 더불어 시작되었지만, 통치자와 국민 양자 모두 자유에 대한 이해가 실종된 상태에서 정치세력가의 토대유지 기반으로서 민주주의라는 외장만을 선두에 내세웠던 것이다. 그런 의미에서 12년간 지속된 제1공화국을 종식시킨 1960년 4·19는, 자유에 대한 역사적이고 윤리적인 성찰을 통해 국민주권을 실현한 괄목할만한 민권 성장의 좌표라 할 수 있다.

채만식은 이 작품에서 해방 이후 한국 민주주의의 발원과정과 소년의 성장을 병렬적으로 배치하여 다층적 맥락을 형성해 보여주었지만, 이러한 공과에도 불구하고 아쉬운 점도 없지 않다. 어린 소년의 시점은 작가 채만식의 미래에 대한 염원을 표출한 것이지만, 어린 아이의 초점으로 말미암아 해방과 재건의 주체가 누구여야 하는가에 대한 작가의 적극적인 입장은 희석되고 만다. 아울러 작가 자신으로도 읽히는 오선생의 시대인식은 해방 이전이나 해방 이후에도 늘 한 박자가 늦어 있음으로 해서, 무지한 농민과 학생을 선도하기에는 적합한 인물이 아니다. 같은 맥락에서 채만식은 어눌한 농사꾼 오서방이라는 인물을 설정함으로써, 해방 이후 미래의 전망 모색보다 약자들의 상처와 고통에 경도되어 있다. 그럼에도 이 작품은 귀환전재민들의 두려운 낯섦을 통해 해방공간의 다중적 실재를 보여주면서 동시에 성장이라는 긍정의 기획을 도모했다는 점에서, 작고하기 전까지 긴장을 늦추지 않았던 채만식의 냉철한 작가정신을 보여준다.

제3부
태평양전쟁과 미완의 해방

제1장

태평양전쟁 직후 한일 소설에서 전쟁에 대한 기억

1. 서론

태평양전쟁은 제2차세계대전의 일부로서 1941년부터 1945년까지 일본과 연합국간의 전쟁을 가리킨다. 태평양전쟁의 발단은 1937년 일본이 중국을 침략한 데서 시작되었으며, 미국은 팽창하는 일본에 대해 경제적 제재를 가했는데 이에 일본은 1941년 12월 진주만을 공격하면서 미국과의 대전(大戰)이 시작되었다. 당시 일본은 태평양전쟁을 '대동아전쟁'으로 명명했다. 여기서 '대동아'란 동아시아에 동남아시아를 더한 지역을 가리키며 1940년 7월 일본이 국책으로 '대동아 신질서 건설'을 내세우면서 처음 사용했다.[1] 일본은 1941년 12월 미국의 진주만을 공격하면서 이 전쟁을 대동아전쟁으로 부르기로 결정했으며, 전쟁의 목적이 '대동아 신질서 건설'임을 표방했다.[2] 태평양전쟁은 일본의 침략 야욕에서 비롯되었으며, 그 피해는 미국 측에도 있었지만 식민지 민족의 경우 물적 인적으로 전쟁에 동원되는 등 극심한 수탈이 초래되었다. 제국들은 이권을 극대화하고 팽창하는 다른 세력을 견제하려는 야심에서 전쟁을 일으켰지만, 전쟁의 폐해는 대전(對戰)국 외에도 무고한 식민지 민족이 강제적으로 감당해 내야 했다.

박노갑의 「歡」(『대조』, 1946.1)과 우메자키 하루오[梅崎春夫]의 「櫻島」(『素直』, 1946)은 태평양전쟁을 배경으로 전쟁을 바라보는 조선인과 일본인의 시각을 비교해 볼 수 있는 작품이다. 두 작품은 1945년 8월 15일 직전에서 직후를 배경으로 삼은 작품으로서, 모두 종전(終戰) 직후 발표된다. 작품을 살펴보기 앞서 작가의 이력을 소개하면 다음과 같다. 박노갑(1905~1951)은 휘문고보를 졸업하고 도일(渡日)한 후 1933년 법정대학 법문학부 문학과를 졸업했으며, 귀국한 후에는 조선중앙일보 편집부 기자로 일하면서 소설을 창작한다.[3] 우메자키 하루오(1915~1965)는

---

1   1940년 8월 1일 마쓰오카 요스케[松岡洋右] 일본 외상은 담화를 발표해 처음으로 대동아공영권을 주창했다. 그 요지는 아시아 민족이 서양 세력의 식민지배로부터 해방되려면 일본을 중심으로 대동아공영권을 결성하여 아시아에서 서양 세력을 몰아내야 한다는 것이다. 대동아공영권의 결성이란 일본·중국·만주를 중축(中軸)으로 하여 프랑스령 인도차이나·타이·말레이시아·보르네오·네덜란드형 동인도·미얀마·오스트레일리아·뉴질랜드·인도를 포함하는 광대한 지역의 정치 경제적인 공존 공영을 위한 블록화였다.

2   태평양전쟁을 시작하여 패전에 이르기까지 일본의 정황에 관해서는 W.G. 비즐리, 장인성 역, 「제국의 승리와 패배」, 『일본근현대사』, 을유문화사, 2004, 313~338면에 구체적으로 소개되어 있다.

3   최학, 「도촌 박노갑의 생애와 문학」, 『박노갑전집』 3, 깊은샘, 1989, 345~369면. 최학에 따르면 박노갑의 문학 활동은 다음과 같이 세 시기로 나눌 수 있다. 1기(1933~1937) — 농촌사회의 붕괴 / 2기(1938~해방 이전) — 지식인의 좌절과 체념 / 3기(해방 이후) — 과거에 대한 성찰과 현실의식의 고양.

1940년 도쿄대학 국문과를 졸업하고 1944년 해군에 소집되어 암호특기병으로 근무한 바 있으며, 패전 후 1946년에는 소조사[創造社]에 근무했으며 일본의 대표적인 전후파[4] 작가이다. 박노갑과 우메자키 하루오는 10년의 연배 차이가 나지만 같은 시대를 산 작가로서, 같은 시기에 발표된 소설 「歡」과 「櫻桃」는 각각 조선인과 일본인이 태평양전쟁을 어떻게 인식하고 있는지 보여준다.

이 글은 '태평양전쟁'이라는 중심 소재에 대한 한일 문학의 비교연구로서 단순히 테마를 조사하는 일반주제학에 머물지 않고, 하나의 주제가 다른 나라에서는 어떻게 변형되어[5] 자국문학사 전개에 기여하고 있는가를 알 수 있는 작은 계기가 되리라 본다. 박노갑의 소설이 일본 침략전쟁에 동원된 조선의 물적 인적 폐해를 조명하고 일본으로부터 독립하기 위한 자주적인 노력이 없었음을 자탄하고 있다면, 우메자키 하루오의 소설은 전쟁에 동원된 무고한 인명을 통해 전쟁의 합목적성을 자문하고 있으며 인간적인 정서와 건강한 생명을 유린한 전쟁을 질타하고 있다. 조선은 일본의 식민지라는 것, 일본은 전쟁의 도발자라는 것 등에서 각각 두 작가가 전쟁을 바라보는 쟁점에는 차이가 있다. 그럼에도 두

---

4   전쟁전 일본문학의 상식으로는 생각할 수 없는 새롭고 독창적인 발상·방법의 작품을 가지고 등장함으로써 마치 한 작가들의 집단인양 '전후파(戰後派)'란 이름으로 불리게 된다. 그들의 문학은 전장(戰場)과 패군(敗軍)·포로·감옥·식민지·폐허·기아 등의 극한 상황을 무대로 하고 있다. 일상적인 심리나 감정·습관·도덕은 자취를 감추고 인간의 생사(生死)에 걸린 원초적인 감각과 행동, 인간존재의 핵심에 있는 사상이나 관념과 직결된 주제를 다루고 있다. 전후파 작가들은 일상성이 결여된 극한 상황을 그림으로써, 현대소설이면서 동시에 본격소설이기도 한 희유(稀有)의 문학을 성립시킨다. 吉田精一·奧野健南, 柳 呈 역, 「戰後派의 文學」, 『現代日本文學史』, 정음사, 1984, 237~238면 참조.

5   조진기, 『비교문학의 이론과 실천』, 새문사, 2006, 53면.

작품이 동일시기 잡지에 발표되었으며, 작중 인물들이 동일 전쟁을 직시하고 있다는 점에서 각각의 입장 차이가 1945년 8·15직후 조선과 일본의 문학 환경을 이해할 수 있는 작은 계기가 되리라 본다. 아울러 한국문학사에서 명명하는 1945년 8·15직후 해방공간을 세계사적 관점에서 객관적으로 조망해 보는 작은 시도가 될 수 있으리라 본다.

2. 종전(終戰)을 맞이하는 시각의 차이, 환희와 절제

1945년 8월 15일 종전(終戰)의 상황을 동시대 조선인 작가와 일본인 작가는 어떻게 인지하고 있는가. 박노갑의 소설 표제 '환(歡)'에서 드러나듯, 그것은 무엇보다도 기쁨을 의미한다. 반면 우메자키 하루오의 소설에서 그것은 사쿠라가 지듯이 명멸하는 덧없음을 표방한다. 우선, 조선인 작가 박노갑이 종전을 어떻게 포착해 내는지 살펴보면 다음과 같다. 박노갑은 「歡」에서 종전 소식을 징집을 하루 앞둔 청년의 긴박한 입장에서 묘사해 낸다. 1945년 8월 15일 입영을 하루 앞둔 주인공 김의 집에는 친척들이 모여 있다. 친척들은 술, 쇠고기, 쌀, 돈 등을 가지고 와서 김의 입영을 걱정하며 앞으로 어떻게 살아야 할 지 궁리한다. 부인네들은 피난 이야기, 배급 이야기를 했고 아버지와 어머니는 내일로 박두한 아들의 입영을 두고 더욱 심경이 불안해진다. 이러한 상황에서 김은 라디오 방송에 집중한다.

우리 김군은 라디오 판으로 다시 달려갔다. 거의 열두시가 된 모양이었다. 라디오에 귀를 대고 섰던 김은 손을 들었다. 떠들들 말라는 급한 신호였다. 대청에 오르려던 여인이 뜰에 섰거나 뜰에 오르려던 여인이 마당에 섰거나 서 있는 그 위치를 움직일 생각들을 못하였다. 지짐질도 쉬었고 도마질도 중지하였다.

모든 사람들이 오직 눈을 쏘아 보는 것은 우리 김군 한 사람이었다.

상당히 긴 동안이었다. 저린 발을 바꿔 디딜 수밖에 없고 가려운 건 긁을 수밖에 없는 노릇이었다. 말소리를 삼간다. 기침 소리를 삼간다. 온 집안의 긴장은 좀처럼 풀릴 것 같지 않았다.

라디오에서 귀를 떼고 돌아선 김의 얼굴은 극히 침중하였다.

"무슨 소리냐?"

아버지는 급한지라 아들이 고할 새를 참기가 어려웠다.

"일본이 항복했대요."

아들의 대답이었다.

"무엇! 일본이 항복!" (…중략…)

"일본이 항복을 하였으면 조선은 어찌 되느냐?" 아버지의 물음

"조선은 장차 독립이겠습지요." 아들의 대답

"내 평생에 보았고나! 죽기 전에 보았다. 앞으로 너희들 일이 바쁘겠구나"

아버지는 무거운 짐을 풀은 듯 숨을 턱없이 길게 내뽑았다. 온 집안의 기쁨은 추녀 끝까지 치달았다.[6]

6 　박노갑, 「歡」, 『안개거리』, 깊은샘, 1989, 315~316면(작품 발표는 『대조』, 1946.1) 이하 작품 인용은 이 텍스트로 하되, 인용문 말미에 페이지 수만 기입하도록 한다.

작중 인물들에게 라디오 방송 내용은 김의 인생은 물론 민족의 운명을 바꾸는 중요한 선포가 된다. 김의 집에 몰려든 일가 친척 모두가 숨 죽이며 라디오 방송에 주목한다. 지짐질, 도마질 등 일체의 움직임을 중단하고 긴장이 극도에 달한다. 아버지의 물음과 아들의 대답으로, 라디오 방송 내용은 집 안 사람 모두에게 전달된다. 아들은 일본의 항복을 알리고, 아버지는 조선의 독립을 환호한다. 기쁨은 집안의 추녀 끝까지 치달았다. 이 작품에서 주목할 부분은 종전 소식이 징집을 앞둔 청년을 통해 전달된다는 점이다. 다시 말해 작가는 태평양전쟁에 동원되는 무고한 조선 사람들의 희생을 강조하고 싶었던 것이다. 일본의 침략 전쟁으로부터 이제 자신의 생명을 지킬 수 있다는 점에서, 종전 소식은 개인의 해방을 알리며 나아가 조선 민족의 해방을 알리는 환희의 메시지가 된다. 이것은 곧 동시대 종전(終戰)을 인지하는 조선인 작가의 시선이기도 하다.

반면 우메자키 하루오의 「櫻島」에서 종전 소식은 지친 병사들에게 곧바로 전달되지 않는다. 사쿠라지마에서 병사들은 천황폐하의 육성 방송을 들으라는 명령을 받는다. 무라카미를 비롯한 당직 병사들은 방송을 들을 수 없었으며, 방송을 듣고 온 사람들의 반응도 신통치 않았다.

"무슨 방송이었나?"

참호에 들어오는 젊은 병사를 붙잡고 나는 물었다.

"라디오가 나빠서 들리지 않았습니다."

"잡음이 섞여서 전혀 알아들을 수가 없었습니다."

다른 병사 한 명이 말을 거들었다.

"그렇다고는 해도 꽤 길었군."

"방송 뒤에 대장의 말이 있었습니다."

"무슨 말이었나?"

"모두들 그다지 열심히 일하지 않고 게으름을 피우고 꾀를 부리고 하는 경향이 있는데 전쟁에 이기면 얼마든지 쉴 수 있지 않은가, 나라에 봉사하는 것도 지금 말고 또 언제 하겠느냐고 대장은 말했습니다."[7]

대장이 방송 내용을 제대로 들을 수 없었는지, 들었음에도 그것을 묵살했는지 알 수 없다. 중요한 것은 일본의 패전과 종전 소식이 뒤늦게 저녁이 되어서야 무라카미를 비롯한 기지의 병사들에게 알려졌다는 것이다. 일본이 깊숙이 가담한 전쟁터에는 이미 패전의 기운이 가득해 있지만, 그것을 인정하기가 쉽지 않았던 것이다. 전쟁에 반대한다 하더라도, 고국의 패전은 팽창하는 일본 역사의 좌절을 의미했고, 그러한 역사의 수레바퀴 속에 놓여있는 작가를 비롯한 개개인의 삶에도 치명적인 상처를 초래할 것임을 잘 알고 있기 때문이다. 조선인 작가 박노갑이 종전소식을 극적으로 몰고 가는 반면, 일본인 작가 우메자키 하루오는 종전을 알리는 라디오 상태가 나쁜 것으로 그리고 방송에 잡음을 첨가함으로써, 종전 소식을 유예시키는데 그 와중에 극적인 요소를 소거하고 묘사를 절제한다. 극적인 요소가 약화되어 있기에, 「櫻島」에는 리얼리티가 뚜렷하게 부각된다. 종전(終戰)이 곧 해방을 의미하는 식민지 조선의 작가와 달리, 일본의 작가에게 종전은 곧 폐허를 의미했으므로 그에 대한 묘사와 인식은 녹록치 않았을 것이며 지극히 절제될 수밖에 없었다.

---

7 우메자키 하루오, 장남호 역, 「櫻島」, 『사쿠라지마』, 소화, 2002, 82~83면(작품 발표는 (『素直』, 1946)). 이하 작품 인용은 이 텍스트로 하되, 인용문 말미에 페이지 수만 기입하도록 한다.

3. 박노갑의 「歡」에 나타난 '비국민'의 의의

1) 침략 전쟁에 동원된 비국민의 탄식

박노갑은 「歡」(『대조』, 1946.1 / 1945.9.6 새벽 창작)에서 태평양전쟁 막바지에 이르러 '비국민'이라는 이름으로 강제된 일본의 물적 인적 수탈에 주목한다.[8] 그는 일본이 그들의 침략전쟁에 조선 민족을 동원함으로써 민족이 당한 수난을 '비국민'의 입지에서 기억한다. 주인공 김은 영장을 받았고, 주위의 젊은이들도 영장을 받았거나 받을 처지에 놓여 있다. 이 작품의 시간적 배경은 1945년 8월 14일부터 15일까지이다. 작품 초반에서 김이 입영을 앞두고 방황하던 차, 후반부 입영 전날 일본의 항복소식을 듣는 것으로 작품이 끝난다. 주인공인 청년 김은 '집'→'산속'→'선배의 집'→'집'으로 이동하면서, 침략전쟁에 조선 민족을 동원하는 일본의 식민지 정책을 비판하고 있다.

입영을 사흘 앞둔 김은 마을 곳곳에 뿌리내린 일본의 전쟁동원 정책을[9] 직시한다. 친구들 간에는 입영축하회가 열리는가 하면, 일본은 조선

---

8 박노갑 소설 연구는 작가의 현실인식 태도와 소설의 공간에 주목한 논의가 주종을 이룬다. 대표적 논의로 다음과 같은 논문이 있다. 배기정, 「박노갑소설의 변모양상 연구─민족현실인식을 중심으로」, 『국어교육연구』, 국어교육학회, 1991, 155~177면; 한새롬, 「박노갑 소설 연구─소설 공간과 인물 유형을 중심으로」, 중앙대 석사논문, 2002; 신진경, 「박노갑 소설의 공간 연구」, 건국대 석사논문, 1995; 강심호, 「박노갑 소설의 현실인식 고찰」, 『한국학보』, 일지사, 2004, 152~179면.

9 전시체제하 일본의 조선 민족 동원의 실제에 대해서는 이중연, 「조직, 통제, 동원─국민정신총동원(국민총력)조선연맹」, 『'황국신민'의 시대』, 혜안, 2003, 81~127면에 상세히 소개되어 있다.

의 부녀자들에게 애국심 발로를 조장하여, 애국반은 "알룩달룩 몸빼 행진"을 하며 입영자 환송에 총동원된다. 김의 집을 비롯한 인근의 대문에는, 정회에서 갖다 준 깃대에 입영을 축복하는 깃발이 펄렁거렸다. "젊은 누이들이 젊은 오빠를 위하여 '센닌바리'를 애원"(301면)하고 있는 등, 일본식 출정에 일본식 풍습이 유행한다.

'게다'는 여름 신으로 신었고 '유까다'는 침복으로 입었고 '가미다나'는 정회에서 억지로 시키니 하였고 상회는 도장을 찍어야 하니 안 갈 수 없고 국채는 저금을 해야 쌀을 팔 수 있으니 꼼짝 도리가 없는 것이었다.
의무 교육은 늦었으나 징병은 먼저 실시한다. 참정권을 준다. 그러나 일년 뒷일이요 보통선거는 아니다. **반도의 노예여, 대동아전쟁을 이긴 뒤에는 너희도 대동아의 지도자가 되어 보지 않으려나 추켰다 올렸다 제멋대로였다**(301면, 강조는 필자).

일본은 "국가의 지상 명령"(303면)으로 조선인의 외아들을 전쟁에 동원한다. 박노갑이 일본의 전쟁동원과 동시에 주목하는 것은 "비국민"에 대한 인식이다. 조선은 일본의 식민지로서 국가를 잃은 백성이다. 조선인을 전쟁에 동원하기 위해 일본이 내건 명목은 "국민"이라는 자격이다. 일본은 국민으로서 참정권을 준다는 명목으로 징병을 강제한다. 요컨대 일본은 망국 백성의 처지를 악용하여 조선 사람과 조선의 자원을 수탈해 간다. 일본은 "눈 말똥말똥 뜨고 짐짓 고소를 한 자가 있다면 그것으로 비국민으로 몰아 평생을 감옥에 썩혀 죽어도 시원찮고 총살을 한대도 분이 안 풀릴 모양으로"(303면), "비국민"이라는 이름으로 조선 민족을 학대하고 공출을 강요했다. 일본은 대동아전쟁에서 이기면 조선인들에게도 국민의 기회를 부여한다고 조선인들을 기만한 것이다.

시골 면서기 군서기가 벼공출, 보리 공출, 가마니 공출, 목화 공출, 삼 공출, 감자 공출, 깨 공출, 아주까리 공출, 송탄유 공출, 나무껍질 공출, 짚 공출, 콩 공출 할 때 걸핏하면 **늙으나 젊으나 말 꿀림 얼음 꿀림 치고 패고 맘대로 멋대로 으스대며 지껄대던 것도** 이 비국민이란 말이었다(303면, 강조는 인용자).

'국민'이라는 사탕발림에 조선인 군서기, 면서기 등은 "일본을 위한 조선놈" 앞잡이가 되어 "나라를 위하여는 나라를 배반하는 비국민은 거저 둘 수가 없다"(304면)고 민족 수탈에 앞장선다. 박노갑은 민족 수탈에 앞장선 일본 앞잡이의 악행을 조목조목 나열한다. 젊은 조선인 군서기는 늙은이와 젊은이의 대가리를 맞딱다구리 치면서 젊은이의 존경과 늙은이의 체면을 내팽개치는가 하면, 공출을 못한 여인네를 동네 거리에서 옷 벗기기도 한다. 그런가하면 여편네들의 머리털까지 공출시키며, 식민지 백성의 복종을 강요한다. 박노갑은 침략 전쟁의 막바지에 접어들자 일제가 농사를 장려하며 만든 개간지를 묵히면서, 그 전쟁에 조선 농민을 무작위로 동원해 가는 것을 비판한다.

긁어 부스럼 전쟁을 시작해 놓고, 쌀이 필요하니 쌀 생산을 장려해 놓고 쌀 생산하는 농부에게 얼토당토않은 산업 전사란 패를 채워 놓고 무서운 채찍을 밤낮 후려갈기니 영예롭다는 내 패를 볼 줄도 모르는 이 백성은 어리둥절할 수밖에. 쌀만 자꾸 생산하여 나라에 바치면 너의 임무는 그만이라던 농부를 쑥쑥 뽑아 가는 버릇이 생겼다. 응징사라는 것이었다. 소위 백지 영장이라는 것이었다(306면, 강조는 인용자).

영장도 없이 농민을 끌고 간다. 조선 전역의 수탈을 감행하고, 마지막으로 행해진 것이 인력 공출이다. 농민과 청년 학생 할 것 없이, 무고한 인력이 일본의 침략전쟁에 동원된다. 특히 박노갑은 인력 수탈을 비판한다. 징집을 앞두고 김은 산으로 와서, 시냇물에 몸을 식히면서 그의 몸을 유린하려는 일제의 동원 체제를 비판한다. "지금 나의 몸을 가져갈 그놈은 곧 나의 형을 죽인 그 놈이다."(302면) "기미년 만세통에 죽었다는 얼굴 한번 구경도 못한 형을 생각하였다."(302면) 형은 기미년 장날 만세를 부르다가 경찰서에서 몹시 매를 맞았다. 경찰서에서는 회생 가망이 없자, 집에 통지를 하여 업혀 나왔다. 아들을 잃자, 아버지는 농부의 업을 접고 서울에서 함석 땜장이 일을 했다. 먹고 살고 남는 돈으로 둘째 아들을 중학 졸업시키고, 전문학교에 넣었다. 이제 하나 남은 외아들마저 일본이 전쟁에 동원해 가려는 것이다. 오랜 전통과 문화를 지닌 고토(古土)에 살아 왔지만, 제2차세계대전의 정점에서 조선의 지식인은 그들을 보호해 줄 수 있는 국가의 부재를 통탄한다. 이러한 문제는 국가라는 행정 기반이 없으며 자주적인 주권을 행사하지 못하는, 이 작품이 창작되던 해방 직후 1946년 조선이 해결해야 하는 난제이기도 했다.

일본은 근대 일찍부터 국민적 주체 의식을 지니고 있었다. 일본은 제2차세계대전에서 패전할 때까지 전쟁에서 모두 이겼고, 많은 사람이 희생되었지만 약소국을 침략하면서 식민지를 확장해 나가는 등 발전하고 있었다. 국가의 발전과 더불어 그들은 국민적인 감각을 공유하고 있었던 것이다.[10] 일찍이 국민 의식을 내면화한 일본은 침략전쟁에 조선 민족을 동원하기 위해 '국민'이라는 카드를 내민다. 조선은 국민이라는 막강한 주체 의식을 지닌 일본에 의해 '비국민'의 처지를 절감했고, 전쟁의 막바지에 접어든 일본은 식민지 백성의 결핍요인인 '국민'이라는 조건을 내세워 조선인을 전쟁에 동원하려 했다. 그러므로 해방 직후 조선인 작가에게 태평양전쟁은 무엇보다도 전쟁동원의 미끼가 되었던 '비국민'이라는 그들의 결핍된 입지를 환기시켰다.

2) 식민지 지식인의 정세 인식 한계

작품 후반부에서 박노갑은 조선의 지식인이 태평양전쟁을 어떻게 인식하고 있는지 보여준다. 징병을 앞둔 김은 답답한 마음을 풀고자 고향선배 윤선생 집으로 가는데, 김과 윤선생이 나누는 대화내용은 주목해 볼 필요가 있다. 징병을 앞둔 김의 사정과 그에 대한 윤선생의 응답은 일본이 일으킨 태평양전쟁은 물론 제2차세계대전의 정황을 인지하는 일제 말기 조선 지식인의 정세인식을 대변한다. 김은 자신을 비롯한 조선의 청년들이 "내 겨레를 위하여 내 조국을 위하여 인류를 위하여 평화를 위하여" 싸우지 못하고, 명목 없이 소처럼 죽을 땅에 끌리어간다는 것에 분개한다. 윤선생 역시 일본이 조선인을 전쟁에 동원 시키는 이유는 정신이 아닌 '육체', '고깃덩이'가 필요했기 때문임을 역설한다. '국민'의 자격과 '참정권'을 보장하는 듯하지만, 자국의 침략전쟁에 국가 없는 백

---

10 서경석, 『고통과 기억의 연대는 가능한가?』, 철수와영희, 2009, 174~175면 참조.

성을 동원하기 위한 전략에 지나지 않는다는 것이다. 윤은 "일본혼이란 결국 일본인만이 가질 수 있는 것"이며, 늙은 충복들의 아첨은 소용이 없다고 말한다. 당시 조선의 지식인들은 일본의 군국주의 파시즘이 민족차별을 근간으로 해서 전개되고 있음을 인지하고 있다.

박노갑은 윤선생의 입을 통해 대전(大戰)을 "약소 민족을 해방하는 전쟁"이라 판단하고, 조선의 젊은이들이 전쟁에 목숨을 바치는 것을 민족에게 해로운 것으로 파악한다. 이러한 맥락에서 전쟁에 동원된 다수의 조선 청년들이 전쟁 중에 그 곳을 빠져 나와 몸을 숨겼던 것이다. 윤선생은 "독일이 넘어박히고 소련이 참전"했으므로, 일본의 종말을 점치고 있었다. 1933년 경제대공황을 겪으면서 큰 타격을 입은 독일과 일본은 제2차세계대전을 일으킨 주범으로, 양자 모두 군국주의 파시즘 정책으로 유럽전역과 아시아 태평양 전역을 공격하고 식민지를 확장해 나간다. 그러나 1945년 5월 독일은 연합군과 소련군에게 항복한다. 8월 8일에는 소련이 일본에 선전포고를 하고 만주로 진격하였으며, 조선의 동북부 도시 나진·웅기를 점령하고 8월 14일에는 청진에 상륙한다. 윤선생은 이와 같은 제2차세계대전의 자세한 전황을 알 수 없었던 것으로 보이며, 독일의 패전과 소련의 참전으로 일본 역시 종말이 다가오고 있음을 어렴풋이 예감한 것으로 보인다.

이러한 사실은 다음과 같은 것을 시사한다. 일본의 침략전쟁이 태평양전쟁으로 확산된 시점에서, 일제 말기 지식인들은 미국과 소련의 개입이 곧 약소민족의 해방으로 직결된다고 낙관하고 있음을 알 수 있다. 이러한 인식은 서구 열강의 개입이 팽창해가는 일본 제국의 야심을 꺾고, 그 세력을 견제하기 위한 또 다른 제국의 야심이라는 데까지 인식이 미치지 못한 것이다. 물론 이것은 작가 박노갑 개인의 인식일 수 있다. 그렇다 하더라도 소설이라는 장르의 보편성으로 미루어 보건데, 당시 지식인들은 일본과 조선 양자 간 대립이라는 관점에서 전쟁을 파악하고 있으므로, 일본의 패전은 곧 조선의 독립이라는 데에만 인식이 미치고 있었다. 일본을 패전시킨 제국의 의도와 그 다음에 조선에 도래할 현실적인 문제가 무엇인지 읽어낼 수 없었던 것이다. 그들은 일본과 조선 간 대립이라는 시각에 고착해서 세계대전을 파악했기 때문에 조선의 독립만을 숙원하고 있을 뿐, 독립 후 초래될 현실이 어떠하며 그러한 현실에서 자주적이고 체계적인 국가의 정비는 어떠한 방식으로 전개되어야 할지 염두에 두지 못했다.

물론 윤선생과 김은 일본의 패전을 예견하면서, 독립을 위한 준비를 하지 못한 채 "남의 힘을 기다리는 딱한 심정"(312면)을 탄식한다. 일본과 조선의 대립이라는 관점에서 그들은 민족이 스스로 주체가 되지 못하는 현실을 탄식한다. 그들은 조선의 독립이 "빠르면 빠를수록 희생이 적겠지만", "지도를 할 준비가 없"(312면)는 현실을 개탄한다. 이 부분은 해방 직후 발표된 이 작품의 진정한 창작의도이기도 하다. 막상 독립을 맞고 보니, 그들이 독립이후 정비되어야 할 현실 사안에 대해 독립 이전에 아무 대책도 세우지 못한 것을 자책한다. 더 유심히 작품의 전모를 보건데, 이 작품이 1946년 해방 직후 창작되었으므로 비교적 일본 패전의 정황은 구체적으로 묘사할 수 있었던 데 비해 태평양전쟁이 한창일 무렵 전쟁의 추이는 제대로 읽어내지 못한 것으로 보인다. "도둑같이 온 해방"이라는 당대 지식인들의 회고를 염두에 두더라도, 당시에는 일본의 패전이 어느 시점에서 일어날 것인지 그리고 그 이후의 조선 정세 변화에 대해서도 탐탁한 예견을 할 수 없었던 것으로 보인다.

작품의 말미 1945년 8월 15일 징병을 하루 앞둔 입영 전날, 김은 '라디오'를 통해 일본의 항복 소식을 듣는다. 박노갑은 작품 말미에 일본의 항복 소식을 라디오로 전해들은 가족들의 흥분을 묘사하는 것과 더불어, 김의 다음과 같은 탄식도 빼놓지 않는다. "이 강산에 뒤미처 찾아온 새로운 시련은 너무도 엄숙한 것을 내 가슴에 느끼었다." 이 땅의 지식인 '김'은 해방의 기쁨을 생각하기 앞서, 이 땅에 새롭게 도래한 엄숙하고도 새로운 시련을 직감하는 것이다. 자주적인 민족의 독립이 아니라 외세에 의한 조선의 해방은 호된 건국의 진통을 겪어야 하기 때문이다. 그것은 이 땅의 청년들이 태평양전쟁에 강제 동원된 것처럼, 해방 이후 민족의 자주성이 확보되지 못한 창작 당시 상황에서도 조선의 운명은 제국의 손아귀에서 좌우되고 있었기 때문이다.

4. 우메자키 하루오의 「櫻桃」에 나타난 '보충병'의 의의

1) 보충병과 지원병 간의 갈등

우메자키 하루오의 「櫻島」는 1945년 7월 초부터 8월 15일 종전(終戰)을 맞기까지 전장터 병사의 내면추이가 1인칭 시점으로 전개된다.[11] 주인공 '나'는 보충병으로서, 부대 기지의 지원병인 기라 하사장과 대립한다. 작품을 총체적으로 볼 때 작가는 전쟁 앞에서 '보충병'과 '지원병' 모두가 언제 죽을지 모르는 절망스런 존재라는 사실을 보여주지만,[12] 작품 내부의 구성에 주목할 때 작가는 보충병과 지원병간의 갈등을 부각시킴으로써 인간의 기본권 상실이라는 주제를 제시한다. 일찍이 일본은 식민지 확장과 국가 부흥을 통해 국민적 주체로서 국민 감각을 공유하고 있었다. 침략전쟁에 동원하기 위해 식민지 조선인에게 '비국민'의 처지를 조장할 수 있었던 것도, 제국과 더불어 팽창한 국민 의식의 소산이다. 전후파 지식인 우메자키 하루오는 이 작품에서 '전쟁'을 통해 '국민'이 아니라 '인간'의 문제에 눈을 돌리고 있다. 그가 「櫻島」에서 구현해 낸 지원병은 '전쟁기계'라[13] 할 수 있는 일본 군국주의가 만든 '국민'의 성격을 체현해 내고 있다.

　　보충병과 지원병의 갈등을 살펴보기 앞서, 1인칭 주인공 무라카미가

11　일본문학사에서 이 작품은 "전쟁 말기, 적군의 상륙도 닥쳐오고, 죽음에 직면한 병사의 맑은 눈에 의해, 처절하기까지 한 대자연의 아름다움과 인간의 슬픔과 풍경 속에 깃든 의미를 단정한 문장으로 그"린 것으로 평가된다. 吉田精一・奧野健男, 柳 呈 역, 「戰後派의 文學」, 『現代日本文學史』, 정음사, 1984, 240면.

12　"태평양 전쟁의 최후 단계에서는 일본 남성들, 청년들까지 군대에 동원되었지만 아직도 더 많은 병력이 필요했다. 1937년과 1945년 사이에 약 2,300만의 일본인 군인과 민간인들이 전쟁으로 사망하였다." W.G. 비어즐리, 위의 책, 334면. 다자이 오사무의 「사양」(『신조』, 1947.4~10)에는 귀족 여성도 전쟁에 동원되어 육체노동을 하는 부분이 나타나 있다. "나는 전시에 징용되어서 땅을 다지는 공이를 잡아당기는 일터에서 일을 한 적이 있다. 지금 밭에 나오면서 신은 지카다비(노동자의 작업화-역주)도 그때 군대에서 배급된 것이다. 지카다비라는 것을 그야말로 난생 처음으로 신어본 것이었다"(다자이 오사무, 송숙경 역, 「사양」, 『사양・인간실격』, 을유문화사, 2004, 49면)

13　'전쟁 기계'라는 용어는 니시카와 나가오가 국민국가를 비판하면서 언급한 단어이다. 그에 의하면 국민국가는 본질상 평시에도 항상 잠재적인 전쟁 상태에 있는 일종의 전쟁기계이다. 국민이란 전쟁을 수행하기 위해 교육받고 생산된 존재이다. 애국심, 즉 조국을 위해 죽는 것, 혹은 조국을 위해 다른 나라의 국민을 살해하는 것이 국민에게 요구되는 최고의 도덕이다. 니시카와 나가오, 윤대석 역, 「국민국가론에서 바라본 '전후'」, 『국민이라는 괴물』, 소명출판, 2002, 296면 참조.

처한 상황에 주목할 필요가 있다. '나'는 보충병으로 전쟁에 동원된 하사관이다. 나는 1945년 7월초 보노쓰에서 암호병으로 기지 부대 통신을 맡고 있었다. 낚시도 하고 복숭아를 따는 등 태평한 세월을 보내지만, 눈에 보이지 않는 올가미를 아프게 직시한다. 그러던 중 나는 전선(戰線) 최전방인 사쿠라지마로 전근가게 되는데, 그것은 언제일지 모를 죽음을 좀 더 앞당기는 것이었다. 이미 가고시마가 폐허가 되었으므로, 가고시마 인근의 수상특공기지인 사쿠라지마 역시 언제 폐허가 될지 모르는 상황이었다.

나는 보충병을 데리고 사쿠라지마에 도착한다. 사쿠라지마에는 보충병, 국민병을 비롯 15살의 소년병 등 막바지에 전쟁에 동원된 병사들이 대다수이다. '보충병'은 전시(戰時) 상황에서 현역병(現役兵)으로 충당하기 위해 필요에 따라 소집한 군인이다. 보충병과 국민병은 마흔 살이 넘은 사람이 많았다. 섬에서 나를 안내하는 마흔이 훨씬 넘은 '보충병'은 나의 무거운 배낭을 대신 져주겠다고 나서는 선량하고 우직한 인상의 사내이다. 마흔이 넘은 보충병은 가정과 일가를 거느린 가장이며, 제대로 훈련을 받지 못하고 징집된 것이다. 지원병은 지원병제도에서 개인의 자유의사로 일정기간 군에 복무하는 군인이다. 지원제도는 의무적인 징병제도와 대비되지만, 실상 보충병이나 지원병 모두 전쟁에 동원된 무고한 인명이다.

전쟁과 무관했던 보충병들과 달리, 군국주의를 내면화한 지원병의 전형이 준사관(準士官) 기라 하사장이다.[14] 준사관은 하사관보다 위이나 장

---

14 기라 하사장의 성격과 무라카미간의 대립에 관해서 다룬 논문으로 다음과 같은 글이 있다.
    타무라히데키, 「梅崎春生『櫻島』論－軍刀の意味(變化)を中心に」, 『일본어문학』 10, 한국

교보다 아래이며, 계급은 준위에 해당하는 직업 군인이다. 작중에서 기라 하사장은 일본 침략전쟁의 적극적인 주체를 대표하는 문제적인 인물이다. 지원병 기라 하사장과 대조적 인물이 사쿠라지마 파수대에서 보초를 쓰는 마흔가량의 보충병이다. 나는 그 보초병을 '사내'라 명명한다. '사내'는 나에게 동원 예비역이냐고 물었고, 나는 하사후보 보충병으로 응시하게 되었다고 대답한다. 그는 애매미를 싫어했는데 작년 6월 징병을 비롯한 슬프고 괴로운 일이 생길 때마다 애매미가 울었다는 것이다. '사내'는 지원병을 다음과 같이 비판한다.

> 지원병으로 들어온다. 깻묵을 짜듯이 완전히 쥐어짜여서 중요한 것을 잃어버리고 만다. 하사관이 된다. 그런 방향으로 점점 능숙해진다. 그리고 **표창 메달을 서너개 달면 하사장이 되고 이로써 겨우 생활이 펴진다.** 아내를 얻는다. 그 후로는 특무 소위, 중위로 지위가 올라가는 것을 낙으로 연금을 계산하기도 하고 퇴역 후는 사세보의 고지대에 작은 집을 짓고 산다든가 하는 공상을 해 본다. **인간이 가져야 할 가장 중요한 것을 잃는 대가로 그런 생활을 확보하는 것이다.** 생각하면 이런 가혹한 인생도 있을까 싶다. **인간성을 잃고 생활을 얻는다.** 그렇게까지 하지 않으면 살아갈 수 없는 것인가. 그러니 보십시오. 하사장들을. 더 이상 손을 댈 수 없는 속물이 되어 버렸거나, 아니면 융통성 없이 완고한 인간이 되었든지 둘 중의 하나입니다(32~33면, 강조는 인용자).

사내는 지원병을 "감정이라는 것은 눈곱만큼도 없는 인간"으로 본다.

일본어문학회, 2001, 219~237면.

그들은 인간이 갖고 있어야 하는 의지와 감정 같은 것이 거세된 개미와 같은 동물로 표현된다. 사내는 지원병들이 "인간이 가져야 할 가장 중요한 것", '인간성'을 잃는 대가로 '생활'을 얻는 속물이며 융통성 없는 완고한 인간이라 비판한다. 조선 작가가 태평양전쟁을 통해 '비국민' 조선 민족을 동원하는 일본의 식민지 정책을 비판하는 것과 달리, 일본 작가가 인지하는 태평양전쟁은 지원병이라는 '국민'을 양산해 낸 국가제도 및 그와 결탁하는 인간의 탐욕을 비판한다. 보충병 사내의 지적에 의하면 '지원병'은 군국주의 파시즘 외에도 자본주의의 유입과 속물화된 이기주의, 인간성 상실과 물신화를 내면화한 존재이다. 제국 일본이 만들어 낸 '국민'의 이면에는 군국주의 파시즘 외에도 속물근성과 완고함이 자리잡고 있음을 알 수 있다.

"조국을 위해 죽기를 희망하고, 다른 나라의 국민을 죽이는 것을 명예로 생각"하는 '국민화된 신체'는 "국민국가적인 시간과 제도" 속에서 외적으로 만들어진 것일 뿐,[15] 그 내부에는 속물근성·완고함·탐욕이 자리잡고 있다. 그런 의미에서 우메자키 하루오 소설에 나타난 '지원병'은 일본 제국주의가 조장해 낸 국민의 실체와 문제점을 보여주는 표본이라 할 수 있다. 식민치하 일본이 조선 민족에게 '비국민'을 각인시키며 황국신민에 대한 판타지를 불어넣었지만, 실제로 일본의 국민 내부에는 감정이 거세된 동물성이 자리잡고 있었던 것이다. 내가 세 번째로 파수대에 방문했을 때, 보초병 사내는 애매미의 불길한 울음소리 가운데 죽어 있었다. 나는 죽은 그의 얼굴에서 "평범한, 이미 군인이 아닌 서민의

---

15 니시카와 나가오, 윤대석 역, 「국민화와 시간병」, 『국민이라는 괴물』, 소명출판, 2002, 70면 참조.

얼굴"(86면)을 본다. 작가는 선량한 보충병의 주검을 통해 병사도 아니고, 국민도 아닌, 국가와 제도에 동원되지 않은 자연인(自然人)으로서 '서민'을 발견한다.

그렇다고 해서 작가가 지원병의 전형인 기라 하사장을 부정적으로만 평가하는 것은 아니다. 표면적으로 드러나는 것만 본다면, 나는 기라 하사장의 기계적인 태도와 보노쓰 기지에서 본 수상특공대원에게 혐오감을 느끼는 등 부정적으로 인지된다. 기라 하사장이 인간의 감정을 상실한 전장터의 병기 같은 인물이라면, 수상특공대원은 전쟁의 겉멋에 빠진 깊이 없는 인간들이다. 나는 자신이 거느린 부하를 아꼈지만, 기라 하사장은 작은 실수도 용납하지 않는다. 기라 하사장은 지독한 외곬으로서 수병 하나가 배를 먹고 이질에 걸리자 모든 병사들에게 벌을 내린다. 나에게는 "이미 그곳이 전쟁터가 될 것이 기정사실이 된 이 순간에 아군끼리 뭐 그리 서로 상처 줄 필요가 있는 건지. 그것이 서글프게 느껴졌다."(39면) 1945년 8월 15일 라디오 방송을 제대로 알아들을 수 없었던 나와 병사들은 전황(戰況)을 알 수 없는 상태에서, 기라 하사장의 엄명에 따라 결전을 준비한다. 그는 보충병이든 국민병이든 모두 싸울 것이며 "비겁하고 미련한 놈들을 한 명, 한 명 베러 다니겠다"(89면)고 으름장을 놓는다. 기라 하사장은 적국에 대한 적개심보다 부대 내 동요되는 병사들을 응징하려 한다.

그럼에도 불구하고 작가는 기라 하사장의 비인간성을 "그 자신도 이해할 수 없는, 도깨비 같은 것"이라 명명한다. 그의 파시즘적인 잔혹성을 내부의 도깨비로 치부할 뿐, 작가는 그의 내면에 잠재해 있는 군국주의의 허상을 지적하지 않는다. 왜냐하면 큰 맥락에서 볼 때 지원병도 보충

병과 마찬가지로 전쟁의 희생자이기 때문이며, 나아가 기라 하사장과 같
은 군국주의자들에 의해 일본의 발 빠른 근대화가 도래될 수 있었음을
잘 알기 때문이다. 그렇기 때문에 나는 기라 하사장의 비인간적인 면모
를 소개하면서 "극도로 비정한 것을 간직하고 연마해 오면서 그것을 자
아에까지 확산시켜 온 것"(33면)이라는 비장한 수신의 의미를 첨가한다.

2) 인권 유린과 패전국 지식인의 자괴감

이 작품에서 보충병과 지원병간의 대립이 부각되는 이유는 보충병인
'나'의 분노와 절망감 때문이다. '나'는 자신이 전쟁에 동원된 것과 그
전쟁이 결국 폐허와 죽음으로 끝나고 말 것이라는 데서 분노하고 절망
한다. 사쿠라지마에서 나는 개인의 인권을 유린하는 전쟁에 자신이 동
원된 것을 참을 수 없어 한다. 주인공의 자괴감은 작품 초반부 사쿠라지
마로 떠나는 여정길에서부터 강조되어있다. 나는 사쿠라지마로 향하는
여정 길에서 다니 중위를 만난다. 죽을 수밖에 없는 상황이라면 아름답
게 죽고 싶다고 생각하는 나에게, 그는 "하나의 감상"(10면)에 지나지 않
는다고 말한다. 나는 술도 없는 주점에서 다니 중위와 제비뽑기에서 이
겨 여자와 잔다. 여관집에서 자게 된 여자는 한쪽 귀가 없었는데, 나는
무한히 그녀에게 모욕을 주어 싶었다. 실상 나는 자신을 모욕하고 싶었
던 것이다. "일생 동안 여인의 따스한 애정도 모르고 철저히 황폐해진
청춘으로 타향에서 죽어갈 수밖에 없는 자신"(12면)의 상황에 대해 분노
했던 것이다. 작품 곳곳에 나타나는 다음과 같은 독백은 나의 분노와 절

망을 잘 반영하고 있다.

① 왜 내가 초등학교 지리에서는 배웠지만 와 볼 것이라고는 생각하지도 않았던 이 남쪽 섬에 와서 여기서 죽지 않으면 안 되는가. 이 점이 내겐 납득이 가지 않았다. 납득이 가지 않았다기보다 이해하려고 하지 않았다.(42~43면)

② 나를 이런 처지로 몰아넣은 무언가에게 격렬한 분노를 느꼈다. 돌연 날카로운 비애감이 가슴을 파고들었다. 모두 헛수고가 아닐까. 이런 허무한 감정을 나는 얼마나 쌓고 부숴 왔던가(52~53면)

③ 내 형은 육군으로 필리핀에 가 있다. 살아 있을 리 만무하다. 동생은 이미 몽골에서 전사했다. 갑자기 몹시 거친 무엇인가가 질풍처럼 내 마음을 사로잡았다. 이런 희생을 치르고 일본이라는 나라가 도대체 무엇을 이루었단 말인가. 헛수고라고 하기에는, 만약 이것이 헛수고라면 나는 누구를 향해 분노의 외침을 토해 내면 좋단 말인가?(64~65면)

④ 이 섬에서 여기 있는 벌레 같은 사내들과 함께 버려진 고양이처럼 죽어 간다는 것은 너무나 비참하지 않은가. 태어나서 행복다운 행복을 누려 보지도 못한 채 부지런히, 열심히 무언가를 쌓아온 것 같은데 이도 저도 다 진흙땅에 묻히고 만다(68면).

나는 죽는 것을 싫어했지만, 어차피 죽을 수밖에 없는 상황이라면 납득하고 죽고 싶었던 것이다. ①에서 나는 사쿠라지마라는 보잘것 없는 섬에서 생의 최후를 맞아야 되는 것에 분노하고 절망한다. ②에서 나는 암호 전보를 잘못 읽어 들여 선임 암호장으로부터 혼이 나는데, 이에 스스로 부당하게 취급받고 있다는 반발심과 그 상황을 자탄한다. 부대 선임자들과 갈등하면서 전쟁에 대한 자괴감은 더욱 증폭된다. ③은 소련의 대일(對日) 참전을 알고서, 다시금 내가 이 전쟁의 명분을 문제 삼으며 취기와 권태감, 자책감에 빠지는 대목이다. ④에서 나는 의미 없는 죽음에 대한 자괴감을 작품 후반부에서도 지속적으로 자문한다.

허무와 비애가 팽배할수록, '나'는 살아있는 자연의 아름다움에 매료된다. 나는 전장터의 폐허 속에서 멸망을 인지하는가 하면 동시에 자연의 아름다움을 예찬한다. 폐허가 된 가고시마의 격납고와 철주 등을 묘사하면서, 그 반대 항에 자연을 대치시킨다. "자연만이 아름다웠다. 인간이 만든 폐허는 움츠러들어 보기 흉했다."(54면) 두 번째로 파수대에 방문했을 때, 보초병 사내는 특공대 젊은이들의 죽음을 안타까워하면서 '멸망의 아름다움', 폐허의 아름다움을 설명했다. "인간에게는 살려고 하는 의지와 함께 멸망으로 향하려는 의지가 있는"데, "이런 멋있는 자연 속에서 인간이 나방처럼 맥없이 죽어"가는 것이 "기이하게 아름"(57면)답다는 것이다. 사내는 나에게 쌍안경을 통해 농가의 대들보에 묶인 밧줄을 보여주면서, 며느리와 손자의 냉대 속에서 자살을 시도했다가 죽지 못한 병든 노인의 처지를 통해 전쟁에서 죽는 무고한 인명의 의미를 환기시킨다. 그것은 죽을 수밖에 없는 긴박한 전시상황에서 인간이 맞닥뜨린 절실한 고뇌이며, 그러한 죽음이 지닌 정당성에 대한 자기 규명이다. 나는 뒤늦게 그의 주검 앞에서야, 실상 그가 여기에서 죽지 않으면 안 되는 것을 자신에게 납득시키기 위해 멸망의 아름다움을 설명한 것임을 알아차린다. 결국 사쿠라지마 파수대의 보초병 역시 나와 동일한 문제의식을 가지고 있었던 것이다.

패색(敗色)이 짙어지자, 기지의 병사들은 죽음을 목전에 두고 인간의 원초적인 본성과 광기를 분출한다. 오키나와가 넘어갔고, 야마토(大和) 출격도 실패로 끝났다. 날마다 해독하는 암호 전보에서 일본군의 참패는 명백했다. 8월 초하루 당직을 설 때, 기지에서는 야광충(夜光蟲)떼를 적함 대로 오인하는 해프닝이 발생했다. 적의 함대로 오인한 야광충떼가 사쿠 라시마쪽이 아니라 동경 쪽으로 향한다고 여겼던 그 짧은 시간, 기지의 병사들은 자신의 생명이 무사하다는 필사의 기대감으로 안도했던 것인 데, 실상 그 짧은 순간 병사들의 희비(喜悲)는 전쟁터에 내 몰린 벌거벗은 생명이[16] 지닌 두려움과 생존욕을 가감 없이 보여준다. 죽음에 노출된 생명의 두려움과 생존욕은 그로테스크한 광기를 동반한다. 맥주배급이 있던 날, 결정적인 내용을 담은 긴급 통신이 도착했다. 소련군이 국경을 넘었다는 것이다. 막사에서 나는 맥주를 마시면서 히로시마가 폭격 당했 다는 소식을 접했고, 소련군이 국경을 넘었다는 전보 내용을 기라 하사 장에게 전한다. 패전의 기운이 엄습함에도, 동굴 속에서는 맥주에 취한 병사들이 노래와 춤(시고쿠(四國)의 춤)을 춘다. 기라 하사장은 술에 취한 채 군도로 검무를 춘다. 패전에 다다른 순간, 사쿠라지마의 병사들이 시 (詩)와 춤, 살기어린 아수라장에 도취된다. 패색(敗色)이 짙은 부대에서 벌어진 병사들의 파티는 그로테스크한 광기를 자아낸다.[17]

---

16 정치의 근본 범주를 '주권 / 벌거벗은 생명'의 관례로 파악하는 조르조 아감벤의 용어를
    사용했다. 조르조 아감벤, 박진우 역, 『호모사케르』, 새물결, 2008.

17 소련 참전 소식이 부대에 퍼지자, 부대 전체는 직무태만의 분위기가 퍼졌다. 나 역시 유
    서를 쓰다가 찢어버리는 등 누군가에게 무엇인가를 호소하고 싶었다. 그러나 "글로 쓰
    면 거짓"이 되기에 "언어 이전의 슬픔을 누군가가 알아주기"(75면)를 바란다. "감상의
    업(業)이라 해도, 그 동안만이라도 구원된다면 그걸로 충분하지 않은가"(75면) 기실 죽
    음에 대한 생각이 삶에 대한 집착을 거꾸로 부추기고 있었다.

8월 15일 저녁에서야 나는 일본의 패전소식을 접한다. 종전(終戰)후 참호를 나서며 내가 바라보는 저녁노을과 사쿠라지마 산의 아름다움은 천상의 것으로 묘사된다. "걸어가면서 나무들 사이로 언뜻언뜻 보이는, 짙고 옅은 빨강과 파랑으로 물든 산 표면은 천상의 아름다움이었다."(92면) 이와 동시에 나는 복받치는 감정을 다음과 같이 묘사한다. "갑자기 눈꺼풀을 태울 듯한 뜨거운 눈물이 흐르기 시작했다. 닦아도 닦아도 그것으로 한없이 흘러나왔다. 풍경이 눈물 속에서 일그러지며 분열되었다."(93면) 주인공의 감정은 복합적이다. 전쟁의 종식과 모국의 패배라는 두 가지 감정이 교차되면서, 분노와 절감 외 시종일관 이 작품을 관류하고 있는 주인공의 고뇌가 어디에 기원을 둔 것인지 짐작할 수 있다. 개인의 인권을 유린하는 전쟁은 종식되어야 마땅하지만 그것이 자기 삶의 근거와 전망이 되는 자국의 패망을 의미한다는 점에서, 전후의 일본 지식인은 참회와 더불어 슬픔을 숨길 수 없었던 것이다.

전후파 지식인 우메자키 하루오는 이 작품에서 '전쟁'과 '국가'의 반대 항에 자연을 대비시키고 있다. 작가는 전장터의 절망을 극대화함으로써 인간의 자유를 소환해 낸다. 그런 의미에서 우메자키 하루오는 적어도 이 작품에서 '국민'이 아니라 '인간'의 문제에 눈을 돌리고 있음을 다시금 확인할 수 있다. 이와 관련하여 우메자키 하루오에 대한 일본 문학사가의 다음과 같은 평가를 주목할 필요가 있다.

'사쿠라시마'라는 이향(異鄕)에서 전쟁이 끝나려고 할 때 왜 '개아'로서의 '나'는 멸망하지 않으면 안 되는 것일까. 그 숙명을 '나'는 끝내 믿을 수 없다. '개아'의 대극에는 '국가'가 있겠지만 우메자키 하루오는 '개아'의 대극에 '국가'를 놓는 것을 참을 수 없다. 전후 문학자 중에서 이처럼 무너지기 쉬운 나약하고 부드러운 정신이 있었다.[18]

위 글에서 일본의 문학사가는 국가와 대등하게 개인의 문제를 바라보는 우메자키 하루오의 지성은 높이 평가하지만, 국가를 초월하려는 그의 의지를 무너지기 쉬운 나약함으로 평가한다. 국가주의의 관점에서 볼 때 국가에 앞서 인권의 우위를 표방하는 우메자키 하루오의 작품세계는 위와 같이 평가될 수 있겠지만, 이는 일본 문학사가의 특정 이데올로기에 의해 재단된 것이다. 한 작품으로만 판단하기 어렵지만, 우메자키 하루오는 「櫻桃」에서 국민국가의 본질에 대한 성찰을 보이고 있다.

5. 결론

이 글에서는 박노갑의 「歡」과 우메자키 하루오의 「櫻桃」를 대상으로 태평양전쟁 직후 한일(韓日) 소설에서 전쟁을 어떻게 기억하고 있는지 살펴보았다. 일본은 대동아 신질서 건설을 표방하며 태평양전쟁을 대동아전쟁으로 각인시켰는데, 제국 간의 이권 쟁탈전에 식민지 조선은 물적·인적으로 동원되었다. '침략의 주체'와 '침략 주체의 식민지인'이라는 점에서 종전(終戰)을 맞이하는 작가들의 시각은 그 차이가 두드러

---

18 쇼 마사오 외, 고재석 역, 『일본 현대 문학사』 상, 문학과지성사, 1998, 351~352면.

진다. 두 작품 모두 1945년 8월 15일 직전을 배경으로 해서 8월 15일 종전소식과 더불어 끝이 난다. 종전의 분위기를 묘사함에 있어서 박노갑이 「歡」에서 '환희'를 표방하고 있다면, 우메자키 하루오는 「櫻桃」에서 덧없이 떨어지는 사쿠라와 같은 허망한 절망감을 '절제'의 형태로 보여주고 있다.

박노갑의 「歡」은 1945년 8월 14일부터 15일 양일을 배경으로, 입영을 앞둔 김의 시점에서 사건이 전개된다. 이 작품에서 작가가 태평양전쟁을 기억하는 코드는 '비국민'이다. 주인공 김은 태평양전쟁의 발발과 더불어 더욱 강화된 일제의 수탈을 비판하는데, 그 중심에 징집이 놓여 있다. 전세가 다급해지자, 일본은 조선인을 전쟁에 동원시키는데 그 명목이 '국민'이라는 조건이다. 조선인에게 참정권을 주며 일본과 동일한 '국민'으로 대우하겠다는 것이다. 김은 일본의 침략전쟁에 동원된 조선 청년의 운명을 탄식하며, 일본의 기만적인 술책을 비판한다. 식민지 청년에게 태평양전쟁은 식민지수탈정책의 연속선으로 인지되었을 뿐, 제2차세계대전의 전황과 정세에는 지각이 미치지 못했다. 그들은 일본의 패전은 곧 독립이라는 등식을 가지는 것 외, 세계정세 판독이 어두웠다. 해방직전 그들은 독일이 패전하고 소련이 전쟁에 가담한 것을 알 뿐, 소련과 미국이 어떤 이권을 염두에 두고 대일(對日) 전선에 임하는지 읽어내지 못했다. 그러므로 그들은 태평양전쟁에 가담한 제국들이 패전 일본에게 요구하는 바를 알지 못했으며, 해방된 조선에서 제국들이 무엇을 요구할런지에 대해서도 제대로 알지 못했다.

우메자키 하루오의 「櫻桃」는 1945년 7월 초부터 8월 15일을 배경으로 전쟁에 동원된 무라카미 하사관의 내면추이가 1인칭 시점으로 전개된다. 이 작품에서 작가가 태평양전쟁을 기억하는 코드는 '보충병'이다. 일본이 도발한 침략 전쟁이 막바지에 접어들자, 일본은 식민지인들을 전쟁에 동원할 뿐 아니라 자국의 선량한 서민을 보충병, 국민병, 지원병 등의 형태로 전쟁에 동원시킨다. 무라카미 역시 보충병 하사관이다. 작중에서는 전쟁과 무관한 일상을 살다가 동원된 '보충병'과 전쟁의 주체가 되어 기계적인 삶을 살아가는 '지원병'이 대비되어, '보충병'과 '지원병'간의 갈등이 부각된다. 작가는 보충병을 무고한 서민의 성품으로 묘사하는 반면, 지원병은 완고한 외곬으로 묘사하고 있다. 지원병은 제국이 만들어낸 '국민'의 표본으로 읽을 수 있는데, 군국주의 파시즘을 비롯하여 인간의 속물근성 혹은 완고함을 내면화한 존재이다. 작가는 '지원병'을 통해 전쟁의 주체세력이 지닌 문제를 지적한다. 다만 문제의 지적이 피상적이며 적극적인 형태로 표출되지 않는데, 그것은 패전국의 지식인으로서 비록 침략주체일지라도 모국의 패전이 곧 자신과 민족의 패배를 의미한다는 점에서 매우 복합적인 감정을 동반했다. 무고한 생명을 유린한 전쟁은 비판받아 마땅하지만, 그러한 전쟁을 도발한 것이 모국의 군국주의와 주체적인 국민의식이었으며 그것으로 인해 일찍이 일본의 근대화가 이루어졌음을 잘 알고 있기 때문에 일본의 지식인이 느끼는 자괴감은 더욱 복합적인 것이었다.

　태평양전쟁을 도발한 일본에서는 '국민'='지원병'이라는 등식이 성립할 수 있는데 이를 염두에 둔다면, 박노갑의 「환」과 우메자키 하루오의 「櫻桃」에 등장하는 '비국민'과 '보충병'은 상호텍스트의 중심 화소로서 파생적인 의미를 도출한다. 식민지 조선에서 '비국민'은 '국민'을 전제로 해서 만들어진 존재이며, 전쟁도발국 일본에서 '보충병'은 '지원병'을 보충하기 위해 만들어진 존재이다. 일제는 식민지 조선의 비국민에게 '국민'이라는 타이틀을 미끼로 전쟁에 동원했지만, 실제 일본의 충량한 '국민'이 맞닥뜨려야 하는 현실은 우메자키 하루오의 「櫻桃」에 나타나 있듯이 허망하게 절멸하는 '지원병'의 상황이다. 그러므로 일본이 만들어 낸 '국민'의 실체는 「櫻桃」에 등장하는 '지원병'의 모습을 통해 확인된다. 제국의 입장에서 지원병은 주체적인 국민의식의 적극적인 체현자이지만, 순전한 인간의 눈으로 볼 때 지원병은 군군주의 파시즘에 소용된 전쟁기계이자 속물근성과 완고성을 지닌 인간성의 결핍체이다. 국가의 자장권으로부터 멀리 있는 '비국민'과 '보충병'이 오히려 가공되지 않은 인간의 성품을 구비하고 있음을 알 수 있다. 우메자키 하루오가 「櫻桃」에서 동경하는 아름다운 자연은 국가의 통제가 미치지 않는, 아니 미칠 수 없는 지점이기 때문에 그토록 아름다운 존재로 묘사될 수 있었던 것이다.

태평양전쟁 직후 조선과 일본 작가가 태평양전쟁을 인지하는 코드가 '비국민', '보충병'이라는 사실은 시사하는 바가 크다. 태평양전쟁 직후 자주적인 국가의 완성과 국민의 성립을 염두에 둔 조선에서 '비국민'의 문제는 일제 말기의 식민지 시기에만 국한된 문제가 아니라, 해방 직후 당대 현실에서도 시급히 선취되어야 할 과제이기 때문이다. 태평양전쟁 직후 일본의 지식인이 태평양전쟁을 기억하며 '보충병'을 소환해 내는 것도 동일한 맥락에서 이해할 수 있다. 일본의 경우 이미 식민지를 확장해 나가는 동안 제국의 국민이라는 주체의식이 팽배해 있었으므로, 태평양전쟁 직후 그들이 선취해 나가야 할 문제는 '국민'이 아니라 그릇된 '국민 의식에 대한 각성'에서 시작되어야 할 것이다. 그러므로 우메자키 하루오는 '보충병'을 통해 무고한 인명의 전쟁 동원을 문제 삼는 것에 그치지 않고, 패전이후 일본이 정립해 나가야 할 인간의 조건으로서 국가에 동원된 국민을 성찰하고 자유와 민주주의의 정신을 환기시킨다. 1945년 8월 15일 이후 한국문학에서는 '국민'의 개념을 기반으로 자주적인 국가를 만들기 위한 지난한 투쟁이 벌어지는가 하면, 일본문학에서는 '인권'의 개념을 기반으로 민주주의를 정립하기 위한 부단한 노력이 시작된다.

제2장

태평양전쟁 직후 한일 소설에 나타난 패전 일본 여성에 대한 시선

1. 서론

태평양전쟁(1941~1945)은 1941년 12월 일본이 미국과 서구 열강의 동남아 식민지를 공격하면서 시작되었다.[1] 종전(終戰)과 더불어 일본은 패전했으며 조선은 일본으로부터 해방되었지만 양국 모두 연합국의 점

---

[1] W.G. 비즐리, 장인성 역, 「일본의 신질서」, 『일본근현대사』, 을유문화사, 2004, 287면. 미국을 비롯한 연합국은 팽창하는 일본과 격전을 벌인다. 일본의 패전은 제국주의 팽창욕의 좌절을 초래했으며, 조선은 일본 식민지로부터 해방이라는 결과를 맞이했다. 애초부터 태평양전쟁은 조선의 해방과 독립을 목표로 한 것이 아니었고, 조선 역시 일본을 대상으로 한 반격에 연합군으로 동참하지 못했다. 식민지 조선은 일본이 도발한 전쟁에 동원되었을 뿐, 일본과의 대전(對戰)으로 독립을 쟁취하지 못했다. 그럼에도 태평양전쟁은 일본과 조선 모두에게 큰 의미를 지닌다.

령을 받아야 했고, 양국의 작가들은 전후문학과 해방기문학의 형태로 동시대 상황을 초극할 수 있는 문학 활동을 모색한다. 이 글에서는 한국의 해방기 문학과 일본의 전후문학을 비교연구하기 위한 일환으로, 태평양전쟁 직후 소설에 나타난 패전 일본 여성에 주목해 보려 한다. 태평양전쟁 직후 한국과 일본소설에서 패전 일본 여성이 어떤 모습으로 등장하고 있으며, 한국과 일본 작가들이 이들에게 어떠한 의미를 부여하고 있는지 비교해 보려는 것이다.

'패전 일본 여성'을 비교의 코드로 선정한 이유는 다음과 같다. 태평양전쟁에서 일본은 많은 인력을 동원했으며, 전선에 직접 동원된 남성과 달리 여성은 전쟁의 상처를 직간접적으로 수용하면서 패전의 고통을 감내해야 했다. 특히 태평양전쟁 직후 식민지 조선에 잔류한 일본 여성은 전쟁도발국의 국민으로서 식민지 민족으로부터 응징을 감당해야 했다. 일본에서 일본 여성이 물질적 정신적 전락을 보여주면서도 동시에 새로운 삶의 전망을 모색할 수 있었던데 비해, 조선에 잔류한 일본 여성은 압제에서 풀려난 식민지 민족으로부터 응징을 비롯한 절박한 생존문제에 직면한다. 식민지 종주국 국민으로서 조선에서 패배를 맞은 일본 여성과 자국에서 패배를 맞는 일본 여성은 종전 직후 일상과 향후 삶의 향방에 있어서 현격한 차이를 보인다. 이 글에서는 소설에 나타난 각각의 차이를 구체적으로 살펴보고, 이러한 차이에도 불구하고 공통점이 있다면 무엇인지 살펴보려 한다.

비교연구의 텍스트로는 황순원의 「술 이야기」(『신천지』, 1946.2)와 다자이 오사무[太宰治]의 「斜陽」(『新潮』, 1947.7~10)을 선정했다. 한국문학사에서 태평양전쟁 종식은 해방공간의 시작으로서, 식민지를 비판하고 일제

잔재를 청산하려는 소설에는 패전 일본 여성의 굴욕적인 모습이 등장한다. 예컨대 염상섭의 「解放의 아들」(『신문학』 4호, 1946.11), 황순원의 「술 이야기」(『신천지』, 1946.2 / 1945.10 창작), 허준의 「잔등」(『대조』, 1946.1~7) 등에서 작가들은 조선의 해방, 조선인의 기쁨과 대조적으로 일본인의 비굴한 모습을 포착한다. 패전 일본인의 굴욕적인 모습은 일본 남성을 대하는 것에 비해 일본 여성에 대한 묘사에서 좀 더 복합적인 양상을 띤다.

일련의 작품에서 패전 일본 여성은 주인공이 아니며, 주인공 조선인의 눈에 포착된 모습이 투사되어 있다. 작품의 중심 소재가 패전 일본 여성이 아니더라도, 태평양전쟁이후 한국 소설에서 일그러진 일본 여성은 주인공인 조선 남성의 자의식을 보여주는 표상이라는 점에서 의미 있는 존재이다. 황순원은 조선 남자 주인공의 탐욕을 묘사하는 과정에서 패전 일본 여성을 비중 있게 다루고 있으므로 「술 이야기」를 비교연구의 텍스트로 삼았으며, 그 밖의 다른 작품들은 패전 일본 여성의 실상을 살펴보기 위한 대비 자료로 언급하려 한다. 황순원은 평양 출신으로 해방 직후 월남한 작가이니만큼,[2] 해방 전후 북한 지역의 상황에 대해 잘 알고 있었으므로 그 곳의 잔류 일본인에 대해서도 자세히 관찰할 수 있었던 것으로 보인다.

일본문학사에서 태평양전쟁 종식은 전후문학(戰後文學)이라는 새로운 문학 활동으로 전개된다. 좌익문학이 재건되고, 무뢰파(無賴派)와 전후파(戰後派)가 활약했으며, 중간소설(中間小說)과 사소설(私小說)이 창작된다. 이 글에서는 무뢰파로[3] 알려진 다자이 오사무의 「斜陽」(『新潮』, 1947.7~

---

2   송현호, 「선비의 후예, 선비의 길」, 『선비 정신과 인간 구원의 길―황순원』, 건국대 출판부, 2000, 40면 참조.

10)을 대상으로 패전 직후 일본에서 여성을 바라보는 시각과 의미 부여에 대해 살펴보려 한다. 다자이 오사무는 전후소설을 통해 패전에 의해서도 참다운 인간혁명이 이루어지지 않은 것에 절망하면서, 자기 내부에 있는 낡음·에고이즘을 비판하고 자기 부정과 파멸을 통해 기성사회의 가치를 전복시키려 했다.[4] 「斜陽」은 패전 직후 인간혁명을 꿈꾸는 작가의 의식이 구현된 작품으로서, 여성 인물을 주인공으로 삼아 자기부정과 더불어 새로운 윤리의 실천 과정을 구체적으로 보여주고 있으므로[5] 비교 연구의 텍스트로 삼았다.

이 글에서는 두 작품을 대상으로 각각의 작가들이 패전 일본 여성을 어떻게 묘사하고 있는지 비교하려 한다. 전자에서는 조선(북한)에 잔류한 패전 일본 여성의 전락상과 그들을 바라보는 조선인 남성 작가의 시선을 살펴볼 것이며, 후자에서는 패전 직후 일본 여성을 통해 일본 작가가 추구하는 새로운 삶의 형태를 알아보고 그것이 지닌 의미가 무엇인지 살펴볼 것이다. 일련의 논의는 한국문학사에서는 해방공간 식민지잔재 청산이라는 비판 담론에서 윤리를 새롭게 재구하는 계기가 될 것이며, 일본문학사에서는 전후(戰後) 현실재건 담론이 지닌 특수성 일면을 확인하는 계기가 될 수 있으리라 본다.

---

3 다자이 오사무[太宰治]는 사카구치 안고[坂口安吾]·오다 사쿠노스케[織田作之助]와 더불어 대표적인 무뢰파 작가로서, 그들은 근대의 붕괴로 인한 자기해체 속에 현대라는 미지의 상황을 인식하고 기성문학을 부정하며 새로운 현대문학을 모색한다. 전쟁 전에는 방류적 존재였으나 패전이후 일체의 기성가치가 무너지자 그들의 발상과 방법은 새로운 현대문학의 흐름으로 자리잡기 시작한다. 吉田精一·奧野健南, 柳 呈 역, 「戰後 文學」, 『現代日本文學史』, 정음사, 1984, 218~262면 참조.

4 위의 책, 230면 참조.

5 채숙향 역시 「斜陽」을 분석하면서, 주인공 여성 인물 가즈코가 일본의 패전 직후 일상에서 '도덕형명'과 '신생'을 추구하는 것으로 작품을 분석한 바 있다. 蔡淑香, 「다자이 오사무[太宰治], 『사양(斜陽)』론」, 『日本學報』第74輯2券, 한국일본어문학회, 2008.2, 319~330면.

2. 패전 직후 조선에 잔류한 일본 여성을 바라보는 시각

1) 일그러진 여성성과 전제적(專制的)인 남성

식민지의 압제에서 갓 벗어난, 남성작가의 시선에 포착된 패전 일본 여성은 복합적인 의미를 내포하고 있다. 일본으로부터 해방된 민족이 식민지 종주국을 대하는 시선뿐 아니라, 남성으로서 여성을 바라보는 시각이 중첩되어 있기 때문이다. 「술 이야기」는 해방 직후 평양을 배경으로 일본인이 경영하던 양조장의 경영권을 둘러싸고, 조선인의 내면에 일기 시작한 탐욕과 그 비참한 말로를 보여주는 작품이다. 주인공 준호는 일본인이 경영하던 양조장을 취하고, 일본인이 살던 집을 취하며, 일본인의 부인을 하녀로 부리는 등의 형태로 탐욕이 증폭된다. 주인공 준호가 자멸하기 전까지 탐욕이 극대화 될수록, 그는 과거 일본인의 행적을 더 많이 내면화하게 된다. 준호의 욕망은 그가 취한 일본 지배인의 집을 배경으로 구체화 되는데, 특히 일본인 미망인을 대하는 그의 시선에는 개인의 탐욕과 더불어 식민지 남성의 우월감이 착종되어 있어 주목을 요한다.

사건은 일본의 패전과 더불어 준호가 나카무라를 대신하여 나카무라 양조장의 대표가 되면서 시작된다. 그는 나카무라 패들이 소주 백여섬을 빼 돌리려는 것, 트럭을 빼내려는 것, 준호를 위협하려는 것 등에 맞서 양조장을 지켜낸다. 양조장 사장 나카무라는 진남포에서 트럭 한 대에 중요 가구를 싣고, 밤을 타서 서울로 달아났다. 나카무라 사장이 식솔을 거느리고 비교적 안전한 남쪽으로 도망갈 수 있었던 것에 비해, 일본인 지배인 가족은 오갈 데 없이 평양의 사택에 잔류하여 굴욕적이고 비굴한 사태에 직면하게 된다. 왜냐하면 지배인은 8·15를 한 주 앞두고 협심증으로 죽었으므로, 주인이 부재한 나머지 가족은 오갈 데 없는 신세가 된다. 지배인 사택에는 오십이 넘은 지배인의 미망인, 전지에 나간 아들을 기다리던 며느리, 하녀 세 여인만이 남아 있다.

준호는 주인 없는 사택을 과감하게 접수하여 들어간다. 그는 사람들을 인솔하여 지배인 집의 기물을 처치하거나 망가뜨렸다. 해방 이전만 하더라도 준호는 지배인 사택에 함부로 발을 들여놓을 수 있는 신분이 아니었다. 신년인사차 오거나 용무차 왔다하더라도, 문밖에 명함을 놓고 가거나 '귤곽'이나 '닭마리'를 두기 위해 현관 객실을 거쳐 갈 뿐 집 안 내부로 감히 들어가지 못했다. 일본이 패전하기 전까지 준호에게 지배인은 올려다 볼 수도 없는 존재였는데, 패전되자 상황은 역전되어 준호는 지배인 집에서 극진한 환대를 받는다. 지배인 집에 남아있던 미망인이 혼신(渾身)을 다해 준호 일행을 맞는다.

여인은 두세번 보았을까 말까한 준호를, 더욱이나 이번은 넥타이는 안 맸을망정 양복으로 갈아 입은 준호를 준호로 알아 본 듯이, 현관 안마루에 꿇어앉아 준호의 일행에게, 일찍이 이 집 하녀도 준호에게 이런 예의를 갖추어 대해 본 적이 없은 만치 몇 번이고, 어서 오십쇼 라고 허리를 굽히었다. 원체 노년기에 들면서 탄력 없는 털색 살덩이 속에 싸여있던 여인은, 그새 남편을 여의고 나서부터 살을 깐듯, 하면서도 여전히 시퍼런 살색이 그냥 검세인 대로였다.[6]

준호를 맞이하는 일본 미망인의 태도는 매우 비굴하게 묘사되어 있다. 미망인은 복도를 뛰어나와 현관 안마루에 꿇어 앉아, "어서 오십쇼"라며 몇 번이고 허리를 굽혔다. 작가는 미망인 여성의 굴종적인 태도 외, 여성성이 거세된 노년기 여성의 외모를 상세하게 묘사하고 있다. "탄력 없는 털색 살덩이", "시퍼런 살색"을 바라보는 작가의 시선에는 패전 일본인에 대한 묘사이기 앞서 여성성을 상실한 노령의 여성에 대한 비루함이 내재되어 있다. 미망인의 행위는 하녀와 다를 바 없으며, 미망인의 외모를 바라보는 시선에도 "털색 살덩이"라 하는 등 인격적 요소가 제거되어 있다. 조선의 남성은 패전 일본 남성에 대해서는 침략과 수탈이라는 그들의 행위에 대해 분노하고 구체적인 행동으로 항거하는 반면[7], 패전 일본 여성에 대해서는 복잡한 시선을 보인다. 일본 여성은 식민지 침략의 구체적 전거(典據)가 없는 대상이므로 그들에게 특정 보복을 행하지는 않으나, 작중 조선인 남성이 그들을 바라보는 시각에는 여성성이 거세되고 굴욕적인 면이 부각되어 있다. 황순원의 「술 이야기」에서 패전 일본 여성의 여성성이 많이 일그러질수록, 작중 조선인 남성의 전제적(專制的)인 면모는 더욱 강화된다. 준호는 집안에서 뛰어노는 아이들을 통제하고, 미망인의 행동을 통제하고, 양조장을 독점하려든다.

염상섭의 「解放의 아들」(『신문학』 4호, 1946.11)에서 패전 일본 여성을 바라보는 남성의 시선은 더욱 문제적이다. 작품 서두에서 해방의 기쁨은 일본인의 영락한 삶을 통해 만끽되는 듯한 인상을 주는데, 특히 작가

---

6 황순원, 「술 이야기」, 『목넘이 마을의 개』, 육문사, 1948, 11면. 강조는 인용자. 이하 작품 인용은 이 책으로 하되, 인용문 말미에 페이지 수만 밝힘.

7 예컨대, 염상섭의 「엉덩이에 남은 발자욱」(1947창작 / 1948.1)에서 해방 전 일본경찰로부터 구타와 모욕을 당한 조선 남성은 해방되자 일본 경찰에게 동일한 행동방식으로 모욕을 준다.

는 일본 여성의 영락한 모습을 세밀하게 묘사한다. 중국에서 신의주로 건너온 김홍규와 그의 아내는 일본인의 전락을 직시하며, 해방의 기쁨을 실감한다. 홍규는 "미장원 여자"라 불리던 일본 여성의 영락한 모습을 보고 코웃음을 친다. "언제보나 머리 치장이 야단스럽게 화려하고 하루에 몇차례나 하는지 모를 솜씨 있는 화장이 남의 눈에 띠우기 때문에, 정말 미장원을 경영하는 것은 아닌 모양이나, 동리에서는 미장원 여자, 미장원 여자 하고 불렀던 것"이나, 패전 후 "그녀자의 부엌방석 같은 파아마넨트 머리와 분끼 없는 까칫한 얼굴이 딴사람 같이 보"[8]인 것이다. 아내 역시 해방 이전에는 "나 같은 것은 거들떠 보지두 않구 그렇게 쌀쌀하던 것이, 제가 아쉬니까 죽었던 어머니나 살아온 것처럼 반색을 하고 뛰어나와서 안동소식을 묻는" 것을 보고, "처지가 이렇게 뒤바뀐 것이 고소하고 유쾌"(13면)하다고 여긴다.

염상섭의 「解放의 아들」에서 홍규가 일본 여성을 바라보는 시선에는 전제적(專制的)인 남성의 시각과 동시에 배타적인 민족주의자의 시각이 중첩되어 있다. 일본 여자의 남편 마츠노가 아버지의 성인 조선의 성(姓)을 따름으로써 조준식이 되자, 일본 여성을 바라보는 홍규의 시선은 한층 온건해진다. '마츠노'의 부인으로서 일본 여성을 바라볼 때는 "미용사나 음식점의 직업부인 같은 코게티브한 인상"(22면)이 포착되었으나, 마츠노가 조선 사람으로 귀화하여 일본 여성이 조선 사람의 부인이 되자 홍규는 이렇게 평가한다. "청초하게 차린 것을 보니, 사정과 경우가 그래서 그렇기도 하겠지만 퍽 안존하고 여모져 보였다."(22면) 이 작품

---

8   염상섭, 「解放의 아들」, 『염상섭전집—중기단편1946~1953』 10, 민음사, 1987, 12면. 이하 작품 인용은 이 책으로 하되, 인용문 말미에 페이지 수만 밝힘.

에서 염상섭은 패전 일본 여성을 묘사할 때 방탕하고 사치스러우며 소비적 성향을 강조하다가, 그 여자가 조선인의 부인이 되자 조신함을 갖춘 내면의 인격을 묘사한다. 일본 여자가 조선인의 부인이 되기 이전, 홍규가 패전 일본 여성을 바라보는 시선에는 남성으로서 목로의 여성을 대하는 은밀한 감정이 내재해 있어 문제적이다.[9]

식민지 남성이 패전 일본 여성을 바라보는 시각은 복합적이다. 황순원은 여성성을 거세시키고 굴종적인 면만을 부각시키는가 하면, 염상섭은 겉치장이 유려한 서비스 업종의 여자처럼 묘사하고 있다. 미묘한 차이를 노정하지만, 양자 모두 여성성을 왜곡하고 있으며 여성성이 왜곡될수록 이를 바라보는 남성의 전제적(專制的)인 면모는 더욱 두드러진다. 작중에서 패전 일본 여성을 바라보는 조선 남성의 시선은 식민지 잔재 청산의 반성적 주체로서 해방공간 조선 지식인의 윤리를 환기시킨다. 「술 이야기」에서 과거 일본인의 욕망을 답습하는 준호의 모습과 준호가 패전 일본 여성을 바라보는 태도는, 해방공간 일제 잔재 청산이 주체의 냉엄한 비판적 윤리를 전제로 해야 함을 시사하고 있다.

2) ‘하녀’와 ‘패전민’ 사이, 일본 여성의 정체성

황순원의 「술 이야기」에서 일본 지배인 미망인의 향후 일상을 주목할 필요가 있다. 준호는 지배인의 집으로 이사 오기 전, 그 집에 깃들어 있

---

9 이러한 시각은 이후 『효풍』(『자유신문』, 1950.1.1~11.3)에서 요릿집을 경영하는 일본 여성의 묘사에서 더욱 구체적으로 나타난다.

는 일본적인 것을 일소하려 든다. 그는 벽에 붙은 현판, 족자, 일본 가구 등을 패기 한다. 이에 미망인은 "집과 물건에 대한 애착"으로, "준호 뒤에 와 서서 놀람과 슬픔과 겁이 뒤섞인 얼굴"을 한다. 아래 인용문은 준호의 일방적인 입장에서 미망인의 심경이 묘사되어 있으며, 미망인에 대한 준호의 경고 전모가 드러나 있다.

여인은 여전히 그 큰 몸체두리를 공손히 우그리고 한옆에 서 있었다. 아직 물건에 대한 미련을 못버려 저러고 섰으리라. 준호는 여인에게 이제는 여기 물건에 대한 공연한 속은 쓰지 않는게 좋다고 일러주었다. 여인은 그저 옳은 말이라는 뜻인지, 또는 얼마동안이라도 가질 수 있는 동안만은 그냥 물건에 대한 애착심 같은걸 가져 보겠으니 용서해 달라는 뜻인지, **꺼불덕 허리를 굽혀 보이더니**, 말만은, 아무래도 내놓겠으니 용서해 달라는 뜻인지, **아무래도 내 놓아야할 집이요 물건이니 같은 값이면 이렇게 준호에게 넘기게 된것만이 여간 기쁘지 않다고 했다.** (…중략…) 일본 사람이 가지고 있던 재산이란 재산은 전부가 본시 조선것이지 어디 일본서 가져 왔던 것이냐는 말로, 빈 손으로 왔다 그만큼 잘 살고 가는데 무에 아직 부족하냐는 말로, 일본사람이 이번에 사람만이라도 아무 다침없이 있다는 것을 감사해야 마땅할 일이니, 첫째 우리도 일본에 가 있는 동포들이 돌아올 일을 생각해서 꾹 참고도 있지만, 그리고 이런 것이 다 우리조선 사람의 훌륭한 점일지는 몰라도, 한편 말하자면 팔일오 이후에도 조선사람이 일본사람에게 손을 못대일만치 그렇게 조선사람의 모든 것을 일본은 삼십륙년 동안에 속속들이 빼앗었다는 말을 했다(14~15면, 강조는 인용자).

준호는 미망인의 내면을 제대로 읽으려 들지 않을 뿐 아니라 실상 미망인과 상대하고 싶어 하지 않는다. 준호의 눈에 비친 미망인은 비굴하게 조선인 남자에게 아첨하고 있다. 준호는 미망인에게 패전 일본인의 과오를 환기시킨다. 준호는 미망인에게 집과 세간 등에 미련을 버려야 하는 것을, 일본이 저지른 압제와 동일선상에서 설명한다. 준호는 일본에 있는 동포들의 귀환을 염두에 두는가 하면 36년간 일본의 수탈을 강조하면서, 미망인에게 집안 물건에 공연히 마음 두지 말라고 이른다. 이에 그녀는 연신 허리를 굽히며 비굴하게 아첨한다. 패전 일본 여성의 굴종적인 모습과 대비적으로 조선인 남성은 거만하고 전제적이다.[10]

다음날 이삿짐을 부리는데 미망인은 며느리만 멀리 보내고 자신은 거처할 곳이 없으므로 그 집에 당분간 있게 해 달라고 사정한다. "머지않어 일본사람을 몇 군데로 못는다니 그때까지만 여기 있게 해줄 수 없겠느냐"(21면)고 말이다. 하녀는 이미 저 갈대로 가버리고, 애초부터 뵈지 않는다. 준호는 여인보고 있으란 말도 안 된다는 말도 않는데, 작가는 그 이유를 다음과 같이 설명한다. "조선 사람에게 있어서 그것이 원수인 경우이라도 일단 그 원수가 가엾은 처지에 떨어지게 되면 도리어 이편에서 불쌍히 여기지 않고는 견디지 못하는 심정이 있는 때문"(22면)인

---

10 일본 여성의 굴종적인 모습과 조선 남성의 전제적인 모습은 작품에 자주 나타난다. 지배인 외아들의 살림방에 이르렀을 때, 준호는 말 한마디 하지 않고 몸을 움츠리며 고개를 푹 숙인 미망인의 며느리를 발견한다. 작중에서 며느리는 잠시 등장하며, 미망인과 달리 한 마디 말도 하지 않는다. 외아들의 살림방에서 미망인과 며느리는 준호 일행의 손길을 피해 "죽은 지배인의 사진"과 "군복에 군모를 쓴" 아들의 사진을 떼어 낸다. 지배인 미망인과 며느리의 다급한 움직임과 굴종적인 모습을 보며, 준호는 "자기보고 하게 하며 까다롭던 지배인이 그냥 살아있어 이 자리에 있었다면 어떠했을가"라 생각하고 "저도 모르게 뱃속에서 나오는 웃음을 소리내어 웃"었고, 이 웃음소리에 "여인들은 깜짝 놀"(16면)란다.

데, 준호도 저도 모르게 그런 심정에 사로잡혀 있다고 말이다. 준호의 박애주의는 다중적인 성격을 띠고 있다. 그는 침략자 일본을 응징해야 한다고 여기지만 그에 앞서 자신의 이익을 중시하고 있으며, 자기 신념을 냉철하게 고수하는 일관성도 보이지 않는다. 준호의 묵인 하에 미망인은 집안 소제를 하고, 준호의 목욕물을 끓여 온도를 맞추어 주는 등 준호 집 하녀로 일한다.[11]

미망인이 하녀로 전락하자 준호의 전제적(專制的)인 면모는 더욱 두드러진다. 미망인이 세간을 하나씩 가지고 나가자, 그는 "앞으로 한번만 더 이런 짓을 하면 용서 못하겠다고 꾸짖"는다. "그것은 준호 저도 모르는 새 마치 어떤 주인이 다른 사람의 잘못을 용서해 주며 하는 그런 꾸짖음과도 같은 것"이다. "여인은 여인대로 또 앞으로는 그런 짓 않겠다는 듯이, 흡사 하녀의 몸짓으로 가던 걸음을 멈추며 꺼불덕 허리를 굽혀 보"(32면)인다. 이 작품은 식민지하 일본의 욕망을 내면화한 준호의 비극적 몰락으로 끝맺는다. 일본인이 부재한 자리에서 준호는 그들의 양조장과 집을 차지하고, 그것을 취한 것과 동일한 방식으로 일본 여성을 하인으로 부린다. 물론 황순원은 준호의 왜곡된 욕망을 통해, 해방 이후 식민지 종주국의 욕망을 답습하는 조선인의 무절제한 탐욕을 비판하고 있다. 여기서 주목할 부분은 조선인의 무절제한 탐욕의 자장권 안에 패전 일본 여성의 굴욕적인 전락이 놓여 있다는 점이다.

작가의 의도를 십분 이해하더라도, 남성의 시선에 비친 패전 일본 여

---

11 염상섭의 「解放의 아들」에서도 일본 여성은 조선인 홍규댁의 부엌일과 해산일을 보는 등 하녀 일을 한다. 이를 지켜본 주인댁은 "지금 웬만한 집에서는 모두들 일녀를 식모로 데려다 쓰는데 가위 조선의 목숨 살려 주었겠다"(28면)라며 일본 여성이 조선인의 하녀가 되는 것을 당연시 여긴다.

성은 복합적인 문제를 노정하고 있다. 이러한 사실은 조선인 여성이 패전 일본 여성을 바라보는 것과 비교해 볼 때 잘 드러난다. 허준은 「잔등」(『대조』, 1946.1~7)의 말미에서 조선인 여성의 시선을 통해 패전 일본 여성을 바라본다. 국밥집 할머니가 패전 일본 여성을 바라보는 시선은 국가와 민족을 초월해 있다. 국밥집 할머니는 패전 일본 여성을 정치적 관계가 아니라 같은 성(性)을 지닌 여성의 입장에서 바라본다.[12] 할머니는 혈혈단신 외아들을 키웠으나, 장성한 아들은 일본인에 의해 죽임을 당한다. 그럼에도 할머니는 패전 일본 여성에게서 침략국 일본을 보는 것이 아니라, 거두어 들여야 하는 '어린 생명'과 '모성'을 본다. 할머니는 정치적인 시각이 아니라, 아이를 키운 바 있는 어머니의 관점에서, '어머니'와 '주린 아이들'을 본다. ①은 국밥집 할머니가 패전 일본 여성을 바라보는 포용적인 발화 이며, ②는 국밥집 할머니의 포용적인 시선을 수용한 조선인 남성의 유화된 시각이다.

①"내 새끼를 갖다 가두어 죽인 놈들은 자빠져서 다들 무릎을 꿇었지마는, 무릎 꿇은 놈들의 꼴을 보면 눈물밖에 나는 것이 없이되었습니다그려." "애비랄 것 없이 남편이랄 것 없이 잃어버릴 건 다 잃어버리고 못 먹고 굶주리어 피골이 상접해서 헌 너즐떼기에 깡통을 들고 앞뒤로 허친거리며, 업고 안고 끌고 주추 끼고 다니는 꼴들-어디 매가 갑니까. 벌거벗겨 놓고 보니 매 갈데가 어딥니까"[13]

---

12 윤병로는 허준의 「잔등」을 분석하는 과정에서 국밥집 할머니의 포용성을 일컬어 민족주의 감정과 구분하여 '인도주의'로 명명한다. 윤병로, 「한국 근대문학 속에 나타난 일본인 상」, 『비교문학자가 본 일본, 일본인』, 현대문학, 2005, 263~265면.
13 허준, 「잔등」, 『북으로 간 작가선집』 10, 을유문화사, 1988, 69면. 강조는 인용자. 이하

② 참으로 그 일본 여자는 업고, 달고 또 하나는 손을 잡고, 아마 아오지 거기를 기다리는 차에서 기어 내려온 듯 홈 가까운 행상노 위에 우두커니 서 있었다. 허옇게 퉁퉁 부어오는 나체 기름때에 전 걸레 같은 헝겊 조각으로 머리를 질끈 동이고, 업고, 달리우고, 잡힌 채, 길 바추에 비켜 서 있었다(70면).

국밥집 할머니의 말을 들은 후, 주인공 나의 눈에 비친 패전 일본 여성은 연민을 자아내는 존재가 된다. 나는 국밥집 할머니가 패전 일본 여성을 포용하는 시선에 감응하여, "인간 희망의 넓고 아름다운 시야를 거쳐서만 거둬 들일 수 있는" "넓고 너그러운 슬픔"(76면)을 감지한다. 허준의 소설에서 패전 일본 여성에 대한 조선 여성의 시선은 주목할 필요가 있다. 전범(戰犯)인 사내가 없는 일본 부녀자들은 복수의 대상이 아니라 부유하는 연약한 생명이기 때문이다.[14]

허준의 「잔등」에서 패전 일본 여성을 바라보는 조선 여성의 시각은, 황순원의 「술 이야기」에서 패전 일본 여성을 바라보는 조선 남성의 시선과 매우 대조적이다. 황순원은 패전 일본 여성에게 너그러운 슬픔을 보이지 않았다. 탐욕적 욕망의 주체인 준호가 일본 여성을 바라보는 시선은 작가의 시선과 구별되어야 할 것이나, 준호의 시선을 전유하여 드러나는 작가의 시선 역시 너그럽지 않다. 준호가 미망인 여성에게 가혹

작품 인용은 이 책으로 하되, 인용문 말미에 페이지 수만 밝힘.

14 물론 이 작품에는 전제적(專制的)인 남성의 시선도 나타나 있다. 청진에서 뱀장어를 비롯한 고기를 잡는 14~5세의 소년은 고기만 잡는 것이 아니라 일본인도 잡는다. 뱀장어가 "자기의 생명이 찾아야 할 방향을 으례히 지향"(27면)하고 있듯이 패전한 일본인 역시 생존을 위해 기력을 다하는데, 소년은 뱀장어를 잡듯이 살길을 찾아 도주하는 일본인 부부를 잡아 넘긴다. 소년에 의하면, 그가 잡은 일본인은 "돈 뺏기기 싫어서 돈을 감춰 가지구 어떻게 서울루 달아나볼까 하다가는 잡혀서 슬컨 맞구 돈 뺏기구 아오지나 고무산 같은 데로 붙들려 간"(37면)다.

하게 굴지 않은 데에는 앞서 지적한 바와 같이, 조선 역시 일본으로부터 귀환해야 할 동포들이 있기 때문이지 존재의 연약함을 인식한 것이 아니다. 작중에서 준호의 일본 침략 운운은 압제자 일본을 공적으로 꾸짖고 비판하기 위한 것이 아니다. 그는 자기 탐욕을 공론화하기 위해, 패전 일본 여성으로부터 자신의 이익을 극대화하기 위해, 그 수단으로 일본의 식민지 침략을 운운하는 것이다. 황순원은 식민지 잔재청산의 주체로서 조선인의 자기 윤리를 환기시킨다. 그는 반성과 성찰의 객관화를 위해 패전 일본 여성의 일그러진 정체성을 대비시킨다. 태평양전쟁 직후 식민지 조선, 특히 북한에 잔류한 일본 여성은 '하녀'와 '패전민' 사이에 놓여 있다. 그들은 패전민으로서 '포로'와 같은 적법한 신분을 지니지 못한 채 모국도 적국도 아닌, 적국의 점령지역에서 부유한다. 불투명한 일본 여성의 정체성은 해방 직후 조선에서 엄정하고 객관적인 식민지 비판담론이 확립되지 못했음을 시사한다.

3. 패전 직후 일본에서 여성의 자기 주도성

1) 전중(戰中)부터 발아한 신(新)인간

다자이 오사무는 「斜陽」(『新潮』, 1947.7~10)에서 주인공 가즈코[かず子]를 화자로 삼아 패전이후 새로운 시대 인간의 품성을 모색한다. 가즈

코는 이혼하고 유산한 후, 홀어머니와 산다. 남동생 나오지는 대학 재학 중 징집되어 남방의 섬으로 갔으며 종전(終戰)후 마약중독자가 되어 돌아온다.[15] 가즈코가 패전이후 새로운 시대 인간의 품성을 보여준다면, 그녀의 어머니는 몰락한 전대의 귀족을 대표한다. 어머니는 "남과 다투지 않고 미워도 원망도 하지 않고 아름답고 슬프게 생애를 끝"[16]낸다. 다자이 오사무는 어머니를 깊은 슬픔과 아름다움을 지닌 대상으로 묘사함으로써, 소멸해 가는 일본 전통에 대한 외경을 표출한다. 전통의 표상으로서 어머니는 남매에게 정신적인 버팀목이 된다. 어머니의 죽음과 더불어 전대의 전통이 사라지면서, 가즈코는 자기 혁명을 시작하고 동생 나오지는 자살을 선택한다.

이 작품은 1945년 태평양전쟁이 끝나고 세상이 변하자, 동경 니시카타죠의 집을 팔아야 하는 상황에서 시작된다. 가즈코와 모친은 아버지가 돌아가시자 와다[和田] 외숙으로부터 경제적 도움을 받고 있었는데, 전후의 피폐한 상황에서 외숙은 누이 가족까지 부양하기에는 경제적 부담이 컸던 것이다. 12월초 외숙은 동경의 집을 팔았고, 대신 이즈[伊豆]의 아담한 산장으로 가즈코와 어머니를 이사시켰다. 이즈에서 그들은 몰락했을지언정 평민과 다른 귀족적인 생활을 한다. 그들은 노동으로 생계를 이어나가지 않고, 가진 패물과 옷가지를 팔아서 생활비를 마련한다. "식사를 준비하는 시간 외에는 대개 마루에서 뜨개질을 하거나 중

---

15 작중에서 동생 나오지의 비중이 적은 듯 하지만, 그는 가즈코의 진로와 사고에 영향을 미친다. 가즈코는 시집간 후에도 마음을 졸이며 동생 나오지의 약값을 충당했으며, 동생 일 때문에 만난 소설가 우에하라 지로를 서서히 사랑하게 된다. 그 결과 그녀는 유부남 우에하라의 아이를 임신하여, 기성세대와 다른 새로운 삶을 기획한다.
16 다자이 오사무, 송숙경 역, 「사양」, 『사양·인간실격』, 을유문화사, 2004, 141면. 이하 작품 인용은 이 책으로 하되, 인용문 말미에 페이지 수만 밝히도록 함.

국풍의 응접실에서 책을 읽거나 차를 마시거나, 거의 세속과는 격리된 생활"(39면)을 해 왔다.

그들은 경제력없는 몰락 귀족으로서, 과거의 상흔은 치유되지 않았으며 앞으로 닥칠 불길한 그림자를 막연히 인지하고 있었다. 다가올 미래의 불행은 작품 곳곳에서 뱀의 출현으로 암시된다. 동경에서는 모친이 남편의 임종을 앞두고 병상에서, 아버지의 임종 직후에는 가즈코가 정원에서 각각 뱀을 보았다. 이즈의 뜰에서 가즈코는 뱀의 알을 발견한다. 가즈코는 살무사의 알로 착각하고 알을 불태우지만, 타지 않아 땅에 묻는다. 모친은 딸에게 그 행위의 부덕을 지적했으며, 이후 정원에는 어미 뱀이 나타나 알을 찾는다. 모친은 뱀을 통해 불운한 미래를 감지해 낸다. 이와 더불어 산장에서 발생한 화재는 비록 장작과 목욕탕 일부를 태웠을 뿐이지만, 모녀의 슬픔은 더욱 가중되었다.

가즈코와 모친이 몰락하고 불행한 중에서도 위로가 되는 것은 주변에 있는 가족과 이웃들의 존재이다. 모친은 언제나 딸을 너그럽게 감싸주었고, 가즈코는 상냥한 어머니를 가진 행복에 늘 감사한다. 모친의 따뜻한 눈길과 감싸주는 말은 가즈코의 삶에 생기가 되었다. 모친은 아들 나오지가 전장에 나가 소식도 없지만, 그의 존재감만으로도 생의 희미한 소망을 간직한다. 화재가 났을 때는 마을 사람들의 손길과 관심이 모녀의 삶을 보조해 주었고, 어머니가 세상을 떠난 후 가즈코의 피폐한 삶에는 뱃속에 잉태된 또 다른 생명이 그녀의 삶에 안정을 주었다. 가즈코에게 무엇보다도 큰 삶의 동력은 뱃속의 생명체이다. 문제는 이러한 강인한 생명력이 일찍이 태평양전쟁 때부터 발아하기 시작했다는 점이다. 이와 관련하여 작중에 나타난 가즈코의 '육체노동'은 유심히 읽어 들여야 할 대목이다.

　가즈코의 육체노동은 귀족으로서의 몰락을 의미하지만, 살아 있는 건강한 생명력의 발산이라는 측면에서 이전과 다른 새로운 인간의 탄생을 보여준다. 이 부분은 작가가 일본의 침략전쟁을 어떻게 보고 있는가를 보여주는 대목이기도 하다. 가즈코는 전쟁을 떠올리면서 종전 직후 신문에 발표된 다음과 같은 시를 거듭 소개한다. "작년에는 아무 일이 없었다. 재작년에도 아무 일이 없었다. 그 먼저 해에도 아무 일이 없었다."(50면) 이와 같은 시의 독백은 전후(戰後)의 패전과 몰락을 극복하기 위한 자기 암시가 되기도 하지만, 여기에는 자신이 한 일에 대한 성찰과 반성이 개입될 여지가 없다. 그래서인지 그녀는 사람이 수없이 죽었지만 전쟁을 시시한 것, 진부하고 지루한 것으로 여긴다. 가즈코의 징용체험에는 전쟁을 새로운 생기(生氣) 진작의 출발로 긍정하는 면모도 보인다.

　　내가 징용되고 지카다비를 신고 땅 다지는 밧줄을 잡아당기게 됐을 때의 일만은 그다지 진부하다고 여겨지지 않는다. 퍽이나 싫은 생각이 들었지만, **그래도 나는 그 땅 다지는 밧줄을 잡아당겼던 덕분에 몸이 아주 건강해졌고, 지금도 나는 생활이 곤궁해지면 땅 다지는 일을 찾아서 살아가야겠다고 생각할 때가 있을 정도인 것이다**(50면, 강조는 인용자).

　이즈의 산장에서 가즈코는 전쟁 동원 때 처음 신었던 지카다비를 신고 밭을 일군다. 그녀는 지카다비를 신으면 "새나 짐승이 땅바닥을 맨발로 걸어 다니는 그 경쾌함"을 느껴서 "가슴이 울렁거리도록 기뻤"다(49~50면). 귀족인 어머니와 달리, 그녀는 전후(戰後) 젊은 여성의 적극적인 생의 의지를 몸소 보여준다. 가즈코는 자신을 "차츰 거칠고 야생적인 품위 없는 천한 여자"(56면)가 된다고 비하하지만, 그녀의 생명력은 폐허의 현실을 일구어 낼 수 있는 전후(戰後) 시대가 요구하는 새로운 인간의 품성이다. 작가는 어머니에 대한 품위 있는 묘사, 딸이 어머니를 대하는 깍듯함을 통해 전대의 전통을 부정하지 않고 오히려 숭고하게 고수하면서, 동시에 딸 가즈코를 통해서는 전후 현실이 요구하는 새로운 인간의 품성을 구현해 낸다.

이 작품에서 유심히 보아야 할 대목은 새로운 인간의 품성이 전후에 요구되는 바이지만, 작가는 주인공 가즈코를 통해 이미 태평양전쟁이 한창일 때부터 그러한 인간의 면모가 발아하고 있음을 시사하고 있다는 점이다. 태평양전쟁이 한창일 무렵 가즈코가 전쟁에 동원되면서 신은 '지카다미'가 몰락후 산장에서 생활을 꾸려나가기 위한 요긴한 발판이 되고 있듯이, 일본의 침략으로 시작되었을지언정 일련의 전쟁은 이후 삶의 밑거름이 된다는 점을 시사하고 있다. 작품 후반부에서 가즈코가 멸망은 끝이 아니고 새로운 시작이라 언급했을 때, 그녀가 제시하는 새로운 인간은 이미 전운이 기울어가던 태평양전쟁의 한복판에서부터 발아되고 있었던 것이다. 다자이 오사무는 폐허와 멸망을 말하는 듯하지만, 가즈코라는 여성 인물을 통해 전쟁이 탄생시킨 강인한 생명력을 전후(戰後) 출현할 신(新)인간의 동력으로 환기시키고 있다.

2) 혁명가의 위용과 기독교 권위의 차용

「斜陽」에서 다자이 오사무는 새로운 인간의 품성을 만들기 위해 혁명가의 위용과 기독교 성서의 권위를[17] 동원한다. 그 중에서도 작가는 상당부분 기독교 권위에 의지하여, 주인공 가즈코의 의식과 행위의 동력으로 삼는다. 그녀는 기독교 성서구절을 인용하여, 자기 행위의 정당성을 기획해 나간다. 작품 초입부에서도 가즈코 모녀는 기독교 부활의 의미를 반추하며, 몰락한 삶 속에서 새로운 삶의 가능성을 희구한다. 이즈에서 고열을 앓고 난 뒤 어머니는 "하느님이 한 번 날 죽이시고 나서, 어제와는 다른 나를 만들어서 소생시키신 거야"라고 자신하는가 하면, 모녀는 밭을 이용할 계획을 세우면서 "예수님과 같은 부활"(39면)을 떠올린다.

가즈코는 특히 자신의 연애 혁명을 완수하는데 있어서 기독교 윤리를 적극 차용한다. 그녀는 유부남 우에하라 지로에 대한 자신의 사랑을 성취하기 위해 "비둘기처럼 순하게, 뱀처럼 영리하게라는 예수님 말씀"을 떠올리며 전투적일 만치 저돌적으로 접근한다. 어머니에게 육체의 병이 깊어가고 동생 나오지에게 마음의 병이 깊어 가는 즈음, 가즈코는 위와 같은 기독교 명제를 곱씹으며, 우에하라에게 여러 차례 편지를 보낸다. 그녀는 첩이 될지언정 그의 아이를 낳아 기르고 싶다는 자신의 욕망을

---

17 박영준에 의하면, 다자이 오사무가 기독교 성서를 접한 것은 공산주의 운동에서 탈락한 1932년 7월에서 1934년 10월초로 추정된다. 성서를 읽은 동기 역시 공산주의 탈락에서 오는 정신적 사상적 공백을 메우기 위해서, 그리고 죄의식에서 비롯되었다고 본다. 성서를 통해 정신적 위안과 자신의 새로운 윤리, 그리고 사회주의 사상을 버린 대신 성서에서 새로운 사상을 얻은 것으로 본다. 박영준, 「다자이 오사무와 성서」, 『일어일문학』 8, 대한일어일문학회, 1997.11, 267~284면.

우에하라에게 전달한다. 우에하라로부터 단 한차례의 답신도 없지만, 그녀는 자신의 계획을 치밀하게 실행해 옮긴다.

우에하라는 당시 세간에서 이미 "불량배"라는 딱지가 붙어 있었는데, 가즈코는 어머니의 지적처럼 "딱지도 붙지 않은 가장 위험한 불량배"(113면)보다 오히려 정평이 나 있는 불량배가 더 낫다고 여긴다. 우에하라의 불량성은 패전이후 일본의 혼란과 무관하지 않다. 가즈코는 글을 써서 술을 마시고 방탕을 일삼는 우에하라와 같은 인물에 대해, "이 사람들도 나의 연애와 마찬가지로 이렇게 하지 않고는 못 배기"(159면)는 것이라 여긴다. 나오지가 "살아가고 싶은 사람은 무슨 짓을 해서라도 반드시 굳세게 끝까지 살아가야"(170면) 한다고 했을 때, 우에하라의 불량성 역시 우에하라가 살아가기 위해 할 수 있는 '무슨 짓'이며 같은 맥락에서 우에하라의 아이를 가지겠다는 가즈코의 필사적인 노력 역시 그녀가 생을 지속하기 위한 '무슨 짓'에 해당한다. 좀 더 깊이 재구되어야 하지만, 작중에서 불량성은 패전이후 혼란한 상황이 초래한 보편적인 분위기이다. 이처럼 '불량'이 일반화된 것이 전후의 현실이라면, 가즈코는 우아한 귀족이 아니라 강하고 굳센 풀의 삶을 선택한다.

그녀는 자신의 의지를 실현하기 위해 기독교의 권위 외, 혁명가의 용기를 차용한다. 그녀는 로자 룩셈부르크 · 레닌 · 카우츠키의 책을 통해 "옛날부터 내려오는 사상을 파괴해 나가는 저돌적인 용기"를 읽으며 "아무리 도덕에 어긋나도 사랑하는 사람 곁으로 새침하게 주저하지 않고 달려가는 유부녀의 모습"(128면)을 상상한다. 그녀에게 있어서 "파괴는 불쌍하면서 슬프고, 그리고 아름다운 것"이며 "다시 건설해서 완성하려는 꿈"(128면)이다. 가즈코는 인간이 혁명과 사랑을 위해 세상에 태어났다고 믿는다. "패전후, 우리들은 세상의 어른들을 신뢰하지 않게 되었고, 무엇이건 그들이 하는 말의 반대쪽에 진실로 살아갈 길이 있는 것 같아서"(130면) 세상 어른들이 가장 어리석고 기피해야 한다고 믿었던 혁명과 연애를 이제 가장 중요한 삶의 모토로 삼는다. 이러한 그녀의 논리에 따르면, 사랑하기 때문에 파괴하지 않으면 안 되는 것이다. 가즈코는 기성세대의 윤리에 대항하여 자신만의 방식으로 새로운 혁명을 시도한다.

일본의 마지막 귀부인이던 어머니가 임종하자, 가즈코는 그 모습을 "피에타의 마리아"(144면)로 묘사한다. 어머니의 죽음은 전통의 장엄한 사멸을 의미했으며, 가즈코는 이제 자신이 찾은 "새로운 윤리"를 쟁취하기 위해 적극적인 "전투"를 개시한다. 그녀는 감상 대신 행동으로 자신의 혁명을 완수해 나간다. 그녀는 우에하라를 찾아 동경의 이곳저곳을 헤매는가 하면, 그의 아이를 가진다. 그녀는 우에하라에게서 인격과 책임이 아니라, 좋은 아기를 가지는 것을 최종 목표로 둔다. 그녀는 뱃속의 작은 생명을 가짐으로써, 낡은 도덕을 대신할 수 있는 자기 혁명을 확고히 한다. 제1회전에서 낡은 도덕을 밀어낸 그녀는 "그립던 사람의 아기를 낳고 키우"면서 제2회전과 제3회전을 싸워나갈 것을 다짐한다.

이 작품에서 다자이 오사무는 사회주의 혁명가들의 저돌적인 위용과 기독교의 권위를 차용하여, 가즈코가 전후 현실에서 추구하는 새로운 도덕에 숭고한 힘을 불어넣고 있다. 태평양전쟁 직후 일본인 작가가 구현해 낸 모국의 여성은 비록 귀족의 직위에서 몰락했을지언정, 패전민으로 존재하지 않는다. 그녀는 전후 일본의 신(新)인간을 잉태하는 산파 역할을 하고 있었던 것이다. 앞서도 언급했지만, 가즈코의 맹렬한 신념 밑바닥에 기독교의 교리가 깔려 있다는 점은 주목을 요한다. 특히 작품 말미에서 그녀는 자신의 승리를 마리아의 영예에 비유하여, 자신의 혁명을 마리아의 행적과 동일한 것으로 자부하는 가즈코의 독백은 유심히 볼 필요가 있다. "마리아가 설사 남편의 아이가 아닌 자식을 낳았어도 마리아에게 빛나는 영예가 있다면, 그것은 **성모자가 되는 것입니다.** 나에게는 낡은 도덕을 태연하게 무시하고 좋은 아기를 얻었다는 만족이 있습니다."(187면, 강조는 인용자)

성모로 표상되는 가즈코의 행적과 대조적으로 살펴 보아야 할 부분이 남동생 나오지와 같은 나약한 남성들의 모습이다. 나오지는 대학교육을 받은 지성인이지만, 우에하라와 같은 방탕한 작가들과 어울려 다니며 삶을 탕진한다. 우에하라 역시 술값을 벌기 위해 소설을 쓰며 고뇌없는 방탕에 빠지는 나약한 인물이다. 반면 우에하라의 아내는 성녀의 모습으로 등장하여, 나오지의 가슴에 깊이 각인된다. 작중에서 전통을 표상하는 어머니, 전통 붕괴이후의 삶을 개척해야 하는 가즈코, 그것을 묵묵히 실행해 내고 있는 우에하라의 아내와 같은 인물 모두는 작가의 전망을 실현해 옮기는, 사건과 행위의 긍정적인 주동자들이다. 다자이 오사무는 패전후 몰락한 현실에서 개혁의 과업을 여성에게 짐 지우고 있다. 기독교의 성모 이미지를 강조하고, 사회주의 혁명가들의 위용을 차용하여 여성들의 자발성과 주도성을 유도하고 있다. 전쟁과 그에서 파생된 패배가 남성들의 영역이었다면, 그에 대한 인고와 새로운 전망을 여성에게 의탁하고 있는 것이다.

4. 결론

이 글에서는 태평양전쟁 직후 한국과 일본 소설에서 패전 일본 여성이 어떤 방식으로 묘사되고 있으며, 작가들이 각각 어떤 의미를 부여하고 있는지 살펴보았다. 태평양전쟁의 종식은 일본에게는 패전이라는 결과를 초래했지만, 조선은 일본 식민지로부터 해방이라는 결과를 가져왔다. 태평양전쟁 직후 조선의 소설에는 일제의 식민통치를 비판하면서 일본인에 대한 질시와 냉대의 시선이 나타난다. 패전 일본 여성을 바라보는 식민지 남성의 시선에는 정치적이고 민족적이며 남성적인 요소가 착종되어 있다. 황순원의 「술 이야기」에서 조선(북한)에 잔류한 일본 여성을 바라보는 조선 남성의 시선은 중층적이다. 작중 일본 여성은 늙고 추한 육체로 여성성이 소거되고 굴욕적인 대상으로 묘사된 반면, 조선인은 전제적(專制的)인 남성으로 군림한다. 패전후 조선(북한)에 잔류한 일본 여성은 '하녀'와 '패전민'이라는 불투명한 정체성을 지닌다. 황순원은 패전 일본 여성의 불투명한 정체성을 통해 식민지 과거 청산의 엄정함과 자기 성찰을 환기시킨다.

반면 다자이 오사무는 「斜陽」(『신조』, 1947.7~10)에서 여성의 자기 주도성을 부각시킨다. 몰락 귀족의 후예인 여주인공은 패전이후 도시에서 시골로 이사가는 등 영락한 삶을 살아가야 하지만, 전쟁의 상처를 수용하고 몰락 이후의 삶을 개척해야 하는 새로운 인간 품성을 보여준다. 육체노동으로 생활을 도모해 나가는 주인공의 생명력은 태평양전쟁에 동원될 당시부터 배태된 것이다. 작가는 전중(戰中)에 형성된 생명력이 전후에 탄생한 신(新)인간의 맹아임을 보여준다. 작품 말미에서 그녀는 뱃속에 작은 생명을 가짐으로써, 낡은 도덕을 대신할 수 있는 자기 혁명을 완수해 나간다. 그 과정에서 그녀는 혁명의 동력으로 혁명가의 위용과 기독교의 권위를 차용한다. 다자이 오사무는 패전이후 일본에서 여성의 자기주도성을 강조함으로써, 전쟁의 상처를 수용하고 몰락 이후의 새로운 삶을 개척할 수 있는 인간 품성을 구현해 낸다.

태평양전쟁 직후 한일(韓日)소설에 나타난 패전 일본 여성은 세밀히 읽어 들여야 할 코드이다. 황순원은 「술 이야기」에서 패전 일본 여성의 여성성이 박탈되고 굴욕적인 모습이 부각될수록 조선인 남성은 더욱 전제적(專制的)으로 경도됨을 대비시킨다. 그는 해방 이후 조선인이 식민지 종주국 일본의 탐욕을 내면화하는 것에 대한 경계를 보여주는 과정에서, 패전 일본 여성의 굴욕을 조선인 남성의 왜곡된 욕망과 대비하고 있다. 그는 해방과 더불어 야기될 수 있는 무질서와 혼란에 주목한다. 무엇보다도 황순원은 식민지 과거를 청산할 수 있는 객관적이고 냉엄한 윤리적 준거의 확립을 실감했던 것이다. 전후 일본소설에서 모국 남성의 시선에 포착된 패전 일본 여성은 남성이 해내지 못한 혁명을 실현해 내야 하는 선구적 존재로 부각되어 있다. 다자이 오사무는 「斜陽」에서 전통의 아름다운 소멸과 패전후 신(新)윤리의 개척자로서 어머니와 딸을 각각 대응시키고 있다. 아울러 그는 과거와 신(新)시대를 매개할 수 있는 산파의 역할을 여성에게 요구하고 있다.

태평양전쟁 직후 한일(韓日)소설에서 패전 일본 여성을 대하는 남성 작가의 시선에는 차이가 있지만, 큰 틀에서 보면 양자 모두 전쟁의 상처를 감내해야 하는 대상으로 여성을 동원하고 있다. 그들은 해방된 식민지에 잔류할 경우 전범(戰犯)으로서 응징을 받아야 했으며, 폐허가 된 모국에서는 새로운 삶을 개척해야 하는 기수가 되도록 종용받는다. 패전 일본 여성은 한국문학사에서는 식민지 잔재 청산문제에서 해방공간 반성적 주체의 윤리의식을 환시시키는 코드 일뿐 아니라 일본문학사에서는 전후(戰後) 문학에 내재해 있는 여성의 역할을 재조명할 수 있 코드가 된다. 태평양전쟁 직후 패전 일본 여성은 제국의 팽창욕이 초래한 상처를 감내해야 하는 역사속의 타자로서, 한일(韓日)문학에서 보다 면밀하게 읽어 들일 필요가 있다.

제3장

태평양전쟁 직후 한일 지식인의
식민지 조선에 대한 기억

1. 서론

태평양전쟁 직후 한국과 일본에서는 식민지 조선을 기억하는 소설이 창작된다. 이 글에서는 1948년 발표된 채만식의 「민족의 죄인」(『백민』 16·17, 1948.10~11)과 다나카 히데미츠[田中英光]의 「취한 배」(『종합문화』, 1948.11, 제1장 발표 / 이후 2·3장을 덧붙여 1949.12 고야마[小山]서점 출간)에서 한일지식인들이 '식민지 조선'을 어떻게 기억하는지 비교해 보려 한다. 채만식(1902~1950)은 1922년 와세다대학 부속 제일와세다고등학원 문과에 입학했으나 그 이듬해 귀국한다. 1924년 단편 「세길로」(『조선문단』)로 등단한 이후, 식민지 현실에 대한 통찰이 돋보이는 작품을 꾸준히 발표한다. 그러나 일제의 강압에 못 이겨 1943년 이후에는 시국강연에도 참가하고, 『여인전기』와 같은 친일소설을 쓴다. 해방 이후에는 자신의 과오를 자책하는 한편, 해방이 몰고 온 부정적인 현상들을 증언하는 작품을 창작한다. 이 글과 관련하여 채만식의 엄격성과 결벽성에 주목할 필요가 있다. 그는 타인을 비롯 자기 자신에게 결벽했으며, 무엇보다도 결벽하고 엄격한 창작태도는 다루려는 주제를 궁구하게 탐색하는 것으로 나타났다.[1]

다나카 히데미츠(1913~1949)는 1935년 와세다대학 정경학부를 졸업하고 그해부터 1942년까지 경성에 체류한다. 1935년 4월 요코하마 고무제조주식회사 판매부에 입사하여, 조선의 경성에 부임한다. 조선에서 결혼하고 생활의 안정을 찾은 듯 했으나, 중일전쟁의 발발로 약 1년 반동안 출정(出征)한다. 귀환후 다시 조선 경성에 근무하면서 일본의 식민정책에 협력하는 문학자로 활동한다. 1942년 12월 일본으로 영구 귀국하기까지 조선 문인들에게 일본제국주의 정책에 대한 협력을 구하는데 주도적인 역할과 활동을 전개한다.[2] 그의 이력에서 주목할 대목은 "1940년에 「올림포스 과실[オリムポスの果實]」을 발표한 후 다시 근무지인 요코하마 고무 경성(京城) 출장소로 돌아와 소설을 쓰는 동시에 조선문학의 국책화에 적극 협력했으며, 조선인 문학자들에게 '국어'로 쓴 '국민문학'을 강요했다"는[3] 일본문학사가의 지적이다.

---

1 이주형, 「채만식의 생애와 작품세계」, 『채만식전집』 10, 창작과비평사, 1989, 618~631면.
2 정창석, 「피해자의 얼굴, 가해자의 얼굴」, 『일본학보』 48, 한국일본학회, 2001.9, 203~ 220면과 이선옥, 「다나카 히데미츠[田中英光] 序說-작품에 나타난 韓國象을 중심으로」, 『일어일문학연구』 45, 한국일어일문학회, 2003, 225~240면 참조.
3 호쇼 마사오 외, 고재석 역, 「전전·전중의 문학-1933년에서 패전까지」, 『일본 현대문

　두 작가의 1945년 이전 활동을 고려하더라도, 1948년 발표된 「민족의 죄인」과 「취한 배」는 문학사적 가치는 물론, 양국 작가의 1945년 이후 삶의 향방과 관련하여 존재의 당위성을 해명해 주는 중요한 작품이다. 태평양전쟁(1941~1945) 당시에는 전쟁에 광분한 군국주의자들 뿐 아니라, 군국주의 지배자에게 휘둘리는 나약한 지식인들과 식민지 백성 역시 정신분열증에 시달려야 했다. 채만식의 「민족의 죄인」이 식민지 과오를 극복하고 해방 직후 새로운 삶의 조건을 정립하기 위한 토대가 되고 있다면, 다나카 히데미츠의 「취한 배」는 전후 무뢰파 작가로서 향후 활로 탐색이 이뤄지고 있다.[4] 태평양전쟁 직후 한일 지식인의 '식민지 조선'에 대한 기억 논의는 제2차세계대전 직후 양국 지식인의 시대 감각과 자기성찰을 확인해 볼 수 있는 준거가 된다. 채만식과 다나카가 식민지 조선을 어떻게 기억하고 있는지 살펴보기 앞서, 우선 '기억' 으로서 문학적 글쓰기가 지닌 특수성을 살펴보도록 하겠다.

　학사』 상, 문학과지성사, 1988, 226면.

4　일본문학사에서 다나카 히데미츠는 전후문학에 출현한 무뢰파(無賴波) 작가로 분류된다. "그는 한국에서의 식민지 생활과 중국에서의 군대 체험 후, 전쟁 후는 공산당에 들어가 고투했는데, '엔 기관구(N 機關區)'(1947) 등으로 공산당을 비판, 탈당 후는 술과 마약과 여자 속에 탐닉 '불여우'(1949) 등 처절한 사소설을 남기고, 1949년 사사(師事)하던 다자이 오사무의 산소 앞에서 자살했습니다."(231~232면) "무뢰파 작가들은 가열하게 인생을 살고, 허공에 문학의 광망(光芒)을 남겨 놓고서 총총히 세상을 떠났습니다. 그러나 한 시대에 있어서의 그들의 언동과 그 작품은, 일본 문학사상 희귀한 영향을 끼쳤으며, 그것은 미래를 향한 현대문학의 커다란 가능성을 내포하는 것이라 하겠습니다."(吉田精一・奧野健南, 柳 呈 역, 『現代日本文學史』, 정음사, 1984, 232면)

2. 기억의 사후성(事後性)과 주체의 욕망

'기억'은 인간 문화의 심층에 자리하고 있으며, 넓은 의미에서 '글쓰기' 역시 기억의 소산이다. 글을 쓰는 주체는 탄핵된 채 버려져 있는 자료들을 문학의 형태로 복권을 시도하는데, 변학수는 이 과정을 '문학적 기억의 탄생'이라 명명한다. 문학적 기억의 탄생에는 다음과 같은 특기할 만한 활동이 전제되어 있다. 첫째, 문학적 기억은 근원적으로 '사후성(事後性)'을 지니고 있다. 인간의 인지와 인식은 사건이 끝나고 난 후 그것을 회상하는 과정에서 가능하고, 회상을 하면서 그 사건의 의미가 만들어진다.[5] 둘째, '기억'에는 남기는 것 외, 새로운 권력의 정당성을 위한 부단한 파괴도 이루어진다. 소설은 작가의 의도적 기억으로서, 자신의 입지에 따라 기억의 왜곡작용이 일어나기도 한다. 소설이란 시간이 활성화되어 기억의 저장에 망각이 개입하여, 기억의 흔적을 상상력으로 펼쳐 놓은 것이다.[6] 결국 저장과 인출의 과정에서 근본적인 불일치가 일어나는데, 여기에 망각과 더불어 인간의 현재 욕망이 개입한다.

태평양전쟁 직후 한국 작가 채만식은 식민지 지식인으로서, 일본 작가 다나카 히데미츠는 식민지 종주국의 지식인으로서, 각각 '식민지 조선'을 기억하고 소설을 창작한다. 1948년 양국 작가들은 공적 기억의 검열과 왜곡으로부터 자유롭게 식민지 조선에 대한 문학적 기억을 탄생시킨다. 태평양전쟁이 종식된 지 얼마 되지 않은 시점에서 한일(韓日) 두

---

5   변학수, 『문학적 기억의 탄생』, 열린책들, 2008, 48면.
6   위의 책, 29면.

작가는 식민지 조선을 회상하는데, 사후성이라는 측면에서 그들은 직접적이고 생생한 사실을 보고하고 있다. 은폐할 수 있는 시간, 화해조정을 받을 수 있는 시간이 충분하지 않다는 점에서, 이들의 문학적 기억은 독자들에게 신뢰를 줄 수 있다. 기억 주체의 욕망을 배제하고, 기억의 사후성에만 초점을 맞추었을 때 두 작품은 다음과 같이 요약된다.

채만식은 「민족의 죄인」에서 식민치하 자신의 친일행적을 돌이켜, 그렇게 할 수 밖에 없었던 당시 지식인의 참괴함을 서술하고 있다. 다나카는 「취한 배」에서 식민지 조선의 체류 경험을 바탕으로, 군국주의 일본의 침략욕과 일본 지식인 청년의 방황을 보여주고 있다. '식민지 조선'의 기억을 통해, 채만식이 제국에 대한 식민지인의 불안과 공포를 떠올린다면, 다나카는 침략야욕에 들뜬 제국의 국민으로서 지식인의 무기력과 퇴폐에의 경도를 보여준다. 양자 모두 자전적 소설로서 일본제국의 흥망이 달려 있는 1945년 직전 정신분열증적인 상황을 배경으로, 양국 지식인의 고뇌를 보여주고 있다. 두 작품 모두 지식인의 참회의식이 드러나는데 채만식이 식민지 압제자에게 협력한 지식인으로서 '민족에 대해 죄의식'을 표출한다면, 다나카는 식민지 종주국의 지식인으로서 '인류에 대한 죄의식'을 표출한다. 식민지 지식인이 참회와 자괴감에 빠져 있다면, 식민지 종주국 지식인은 정신적인 분열에서 파멸로 나아간다.

기억의 사후성만 고려한다면 위와 같이 단순화 시킬 수 있지만, 일련의 기억 행위는 기억 주체의 욕망이 틈입하여 창작 당시 작가의 존재론적 입장을 내포하고 있다는 점에서 심층적인 접근이 요구된다. 역사적 기억이 집단의 특성과 정통성을 유지하는 보편적인 기억이라면, 문학적 기억은 집단보다는 개인의 정체성을 유지한다. 역사적 기억이 어떤 것을 단순히 되불러 오는 것이라면, 문학적 기억은 어떤 것을 새로 만드는 것이다. 역사적 기억으로서 식민지 조선은 과거사의 단순한 소환 행위이지만, 문학적 기억으로서 식민지 조선은 식민지의 잊어야 할 혹은 잊지 말아야 할 부분에 대한 기억 주체의 강조와 각인 행위이다. 그러므로 태평양전쟁 직후 '식민지 조선'을 회고한 두 작품은 저장된 기억의 재현이 아니라 '욕망'과 '감정'이 투사된 회상의 소산물이다. 제2차세계대전 직후라는 특별한 시점에서, 양국의 작가들은 과거의 부정을 일소하면서 새로운 자아의 정립을 위해 자신의 의도와 욕망을 투사한다.

그러므로 두 작품의 의의를 단순히 참회와 지식인의 정신적인 불열로 요약할 수 없다. 작가가 회상하는 기억은 개인적 경험이며, 그 속에는 자신의 현재 욕망이 개입되어 기억의 은폐 혹은 왜곡작용이 일어난다. 그들은 과거 문제는 물론 그들이 창작하는 동시대 현실 문제간의 정합성을 고려하여, 식민지 조선에 대한 기억을 선택하고 갈등을 배치한다. 기억의 사후성과 주체의 욕망을 고려하여, 이 글에서는 '식민지 조선'을 기억하는 양국 작가들의 은폐된 욕망에 주목하려 한다. 이들의 기억에는 동시대 자기 정립과 진로의 문제를 비롯하여, 작가의 본질적인 부분을 노정하고 있기 때문이다. 채만식이 해방 직후 문학노선과 삶의 지향점을 정립하려 한다면, 다나카는 패전이후 사회주의와 국가주의로부터 구분되는 자신의 문학세계 존립을 모색한다. 다음 장에서는 제2차세계대전 이후 한일 지식인이 '식민지 조선'을 어떻게 기억하고 있으며, 그들이 자기 욕망을 어떤 방식으로 은폐 혹은 노출하고 있는지 살펴보도록 하겠다.

3. 해방 직후 조선 지식인의 참회와 죄의식 투사

1) 면죄(免罪) 의지와 지아비 의식

채만식의 「민족의 죄인」은 식민지말기와 해방 직후 작가의 내면을 보여주는 1인칭 자전적 소설이다. 해방 직후 나는 김군이 주간하는 P사에서 윤군을 만난다. 윤군은 동경의 사립대학 정경과를 나왔으며, 신문사 정치부 기자로 논설을 쓴 바 있다. 그는 문장이 서투른 점이 있지만 진보적인 사상을 가지고 있으며, 무엇보다도 대일(對日)협력을 하지 않았다. 중일(中日)전쟁이 한창일 무렵, 그는 일체의 붓을 멈추고 서울을 떠났다. 그는 "안으로는 내선일체를 승인하는 것이었어야 하고, 밖으로는 추축군의 승리와 미영의 몰락의 필연성을 예단하는"[7] 글을 쓰지 않았던 것이다. 이러한 윤군으로부터 나는 노골적인 경멸과 조롱을 받는다. 소위 예술은 "양심의 활동이요 진리의 탐구와 그 표현"(446면)이어야 하는데, 황국신문 소설 내선일체 소설을 써 낸 허위 예술가들이 해방 이후에도 수치심 없이 활개를 치고 다니는 상황을 질타한다.[8]

나는 대일(對日)협력의 전력이 있는 '민족의 죄인'으로서, 반박은커녕

---

7 채만식, 「민족의 죄인」, 『채만식전집』 8, 창작과비평사, 1989, 48면. 이하 이 작품의 인용은 인용문 말미에 페이지 수만 명시하도록 함.

8 김군은 윤군의 지적에 반기를 든다. 윤군은 지조의 경도(硬度)를 시험받을 기회를 가져보지 못한 사람 미시험품이며 부자집 아들로서 직업을 버리고 낙향할 수 있는 경제력이 있었기 때문에, 민족의 심판을 운운할 조건을 갖추지 못했다는 것이다. 벌을 따질 때는 "그 범죄가 끼친 영향", "범죄자의 정상", "범죄 이후의 심리와 행동"을 참작해야 함을 강조한다.

그를 마주대하기조차 어려웠다. 이에 나는 친일 계기와 그 과정을 회고한다. 나는 1945년 4월 고향행 도피 이유로 '일본의 패전과 더불어 조선에 야기될 불안과 공포', '궁지에 몰린 일본병정의 총부리가 조선인을 겨냥하는 데 대한 두려움', '대일협력의 수렁으로부터 더 이상 빠지지 않기 위한 도피' 세 가지를 언급한다. 일련의 회고에 따르면 나는 1938년 형무소에 수감되면서 정복자 일본경찰로부터 "잔학하고 동물적인 대우"(429면)를 받은 후 점차 대일협력에 발을 담그게 되지만,[9] 회상 곳곳에 드러나는 도피와 친일의 근본적인 동기는 지아비 의식에 있다.

일본의 패전후 조선에 초래될 불안과 공포를 그리면서, 나는 무엇보다도 가족의 안위를 떠올린다. "그 죽음과 공포의 거리에서 아무 구원의 능력도 주변도 없는 약비한 아비를 그래도 아비라고 떨면서 울고 매어달리는 나의 어린것들을 데리고 서서 속절없이 죽음을 기다리기나 할 따름일 나 자신의 그림자를 환상할 적마다 나는 등골이 서늘함을 금치 못하였다."(418면) B29기가 나타나고 공습 싸이렌이 올리자, "안해는 물통을 들고 쫓아나갔어야 했을 것. 어린것들이 걱정이 되어 집으로 달려갈 생각"(420면)이 다급하다. 스스로도 고백하거니와 해방 이후에도, "여전히 나는 약하고 용렬한 지아비"(419면) 이다. 작중에서 나는 대일협력의 부류를 나누고 있는데, 그 네 번째로 제시된 항목이 "지아비의 부류"이다.

---

9 일본경찰은 조선문인협회에서 온 엽서를 통해 황군위문단 파견 내용을 인지하고 나를 풀어준다. 이후 나는 조선문인협회 소속으로 각종 강연회에 참석하게 된다. 대일협력에 나서기 시작하자, 나는 한없이 그 수렁으로 빠져들기 시작했다.

① 많은 수효의 **영리한 사람들**이 저의 이익과 안전을 도모하기 위하여 진심으로 일본 사람을 따랐다.

② 역시 적지 아니한 수효의 사람이 **핍박을 받을 용기가 없어 일본 사람에게 복종**을 하였다.

③ 복종이 싫고 **용기가 있는 사람**은 외국으로 달리어 민족해방의 투쟁을 하였다. 더 용맹한 사람들은 외국으로 망명도 않고 지하로 숨어 다니면서 꾸준히 투쟁을 하였다.

④ 용맹하지도 못한 동시에 영리하지도 못한 나는 결국 **본심도 아니면서 겉으로 복종이나 하는 용렬하고 나약한 지아비의 부류**에 들고 만 것이었다(434면, 번호 표식과 강조는 인용자).

얼핏 보면 세 부류로 나누고 자신을 두 번째 부류로 두는 것 같지만, 행간의 나누어짐을 고려할 때 작가는 "지아비의 부류"라고 하여 따로 항목을 설정하고 있음을 알 수 있다. 식민지 시대 친일 행적을 참회하면서, 여타 부류와 구분하여 '지아비'의 항목을 설정한 것은 시사적이다. 채만식은 이 작품 곳곳에서 아버지와 남편으로서의 책임감을 강조한다. 해방 이후에도, 나는 자신의 과거와 관련하여 울분을 삭히면서도 항시 자식에게 눈길이 기운다. 나는 밥상머리에서 아내가 "따스한 햇볕이 드리운 마루에서 다섯살박이 세살박이의 두 어린것이 재깔거리면서 무심히 놀고 있"는 데 눈이 멎은 것을 인지한다. 나는 과거의 치욕을 견디기 힘들어 낙향을 고려하지만, 그 때 나의 발목을 잡는 것도 어린 자녀들이다.

"어린것들이 가엾잖아요? 젤에 교육을 어떻허겠어요?" "시굴서 길러 소학교나 마쳐주구 만다면 천생 농민인데, 농민이 구태라 나쁠 며리야 없지만, 그래도 천품을 보아 예술 방면으루던 과학 방면으루던, 재조가 있는 게 있다면, 그 방면으루 발전을 시켜주는 것이 **어미아비 도리**가 아녜요?"(456면, 강조는 인용자)

이를 악물구, **다른 것 다 돌아볼랴 말구서 저것들 남매 잘 길러 잘 교육시키구, 잘 지도하구 해서 바른 사람 노릇 하두룩, 남의 앞에 떳떳한 사람 노릇 하두룩 해줍시다.** 아버지루써 자식한테 대한 애정으루나, 죄인으루써 민족의 다음 세대에 다 속줼 하는 정성으루나(456면, 강조는 인용자).

그는 해방 이전이나 이후에도 국가와 민족에 앞서, 자신이 거느린 식솔과 어린 자녀에 대한 아버지와 남편으로서의 책임감을 상기했던 것이다. 1920년대 최서해는 「탈출기」에서 세 번째 부류의 삶을 보여준 바 있다. 작중 지아비는 출산을 앞둔 아내를 비롯 극빈에 시달리는 일가(一家)를 뒤로한 채 만주로 떠난다. 이에 비해 채만식은 두 번째 부류에 속하는데, 작가는 그것을 특별히 "지아비의 부류"라 구분하여 그렇게 할 수밖에 없었던 지아비로서 자신의 절박함을 호소한다. 최서해의 「탈출기」에서 만주의 조선인으로 적빈 속에 살면서 임신한 아내와 노모를 남겨두고 ××단으로 떠난 주인공의 선택은, '지아비'의 역할은 방기한 것이나 민족을 위해서는 최선의 선택이었다. 그것은 '개인' 혹은 '일가'의 탈출을 꾀한 것이 아니라 '민족'의 탈출을 도모한 것으로, 일체의 사사로운 요소를 배제한 것이다.

「민족의 죄인」에 의하면 나는 당시 세계정세에도 무지하지 않으며,

그에 대해 어떻게 처신해야 할지도 알고 있는 선각자이다. 나는 강요에 의해 여러 차례 군국주의 일본을 대변하는 강연을 나가지만,[10] 뜻있는 젊은이들이 개인적으로 심방했을 때는 "야만된 폭력주의"가 "한 때의 변조"이며 "수히 정상상태로 돌아갈 날이 올"듯도 하니 "과히 암담해하거나 실망"(439면)하지 말라고 그들을 위무했다. 이것은 징집을 앞둔 젊은이들에 대한 막연한 위로가 아니다. 패전이 임박해 있는 일본의 총부리가 조선인을 향하고 있다는 것을 느끼고, 일본의 패전 후 이 땅에 도래할 불안과 공포를 알고 있는 지식인의 객관적인 정세인식이다. 그런 만큼 채만식에게 있어서 지아비 의식은 시대, 국가, 민족을 비롯한 이성적인 제 영역을 초월하는 지점에 놓여 있음을 알 수 있다.

「민족의 죄인」에서 지아비 의식은 일체 사건을 초월한 근본적인 지점에 놓여 있다. 식민지시기 식솔을 지키기 위해 친일에 발을 담근 것과 마찬가지로, 해방 이후에는 자식을 교육시키기 위해 비루한 삶을 살아내야 한다.[11] 나는 이처럼 공고하게 자리잡은 지아비 의식으로 말미암아, 해방 직후 자식과 친지들에게 비쳐질 지아비의 대일협력 오점을 참을 수 없었던 것이다. 나는 동맹휴학(친일파선생 배척)에서 빠져나온 조카를 나무라면서, 아버지와 남편으로서 가족의 안위를 우선한 결과 국가와 민족을 위한 용기·절개·의협심을 고수하지 못한 자신의 소시민적 내

---

10 작중에서 나는 "미국 영국은 나쁜 놈들이요, 일본이 옳고, 전쟁은 시방이 한 고패요, 조선 사람은 어서 바삐 증산을 하고 저축을 많이 하고 하여 이 전쟁을 일본의 승리로써 빨리 끝내도록 협력해야 한다는 강연"(439면)을 했다.

11 일제 말기 박태원의 친일 동기에도 역시 자식을 교육시키고 일가(一家)를 돌보려는 지아비 의식이 내재해 있다. 1940년대 말 발표된 박태원의 자전적 소설 시리즈는 이러한 부성애과 가족애를 잘 보여주는 작품이다. 이 책의 1부 3장 「박태원의 자화상 소설에 나타난 가족주의」 참조.

면을 뼈저리게 직시한다.

　채만식은 자신의 소시민성을 극복하기 위해 「妻子」(『주간서울』34, 35 / 1948.7.26)를 창작한다. 「민족의 죄인」이 1948년 10월~11월에 발표되었지만, 창작은 1946년 5월 19일이라는 점을 상기할 필요가 있다. '처자(妻子)'라는 제목부터 의미심장하거니와, 이 작품에서 주인공은 전혀 처자를 돌보지 않고 오로지 대의를 위해 집을 나선다. 박선생은 15년 동안 그 마을의 보통학교교원으로 일했으며, 그곳은 고향과 다를 바 없는 곳이다. 박선생은 한때 제자였던 순이의 팔려가는 신세를 면해 주기 위해, 그녀의 부모에게 돈을 건네주고 그녀와 함께 산다. 박선생은 순이와 살면서 6살 철이와 돌이 지난 석이 두 아들을 두었다. 채만식은 일가(一家)보다 대의(大義)를 위해 헌신하는 캐릭터를 창조하기 위해, 박선생의 결혼과 가정생활에서 아내에 대한 부정(夫情)과 자식에 대한 부정(父情)을 철저하게 거세해 놓았다.

　박선생은 1947년 6월 집을 나간 후 8·15때 수감되어 1년 체형을 받고 복역하다가 아홉 달 만에 집으로 돌아온다. 모범수로서 석 달 감형을 받아 1948년 6월에 출옥한 것이다. 그러나 그는 7월 초열흘 낯선 손님이 다녀간 이튿날, 다시금 '처자'를 두고 집을 떠난다. 그는 가족 대신 강아지 한 마리를 품에 안고, 유유히 자신이 지향하는 이념을 쫓아 집을 나선다. 박선생은 아내와 어린 아들에게 연민은 보이나, 부성애를 비롯한 가족애를 전혀 보이지 않는다. 이 작품은 주제나 구성 면에서 두드러진 특색이 드러나지 않는다. 그러나 가족주의에 매몰된 데 대한 면죄(免罪) 의식의 측면에서 본다면, 이 작품은 채만식 스스로 문학적 치유를 모색하는 중요한 작품이다. 물론 이 작품이 채만식의 해방 이후 의식의 궤적을 보여주기도 하겠지만 그에 앞서, 작가에게는 자기 내부에 존재하는 소시민적 가족주의로부터 벗어나기 위해 이러한 내용의 작품이 서술될 필요가 있었던 것이다.

2) 제국의 발견과 죄의식 투사

「민족의 죄인」과 더불어 살펴보아야 할 작품이 총기 좋은 할머니 시리즈, 「아시아의 運命」(『야담』, 1955.10 / 1948 遺稿)·「역사—총기 좋은 할머니」(『학풍』 2호, 1949 / 1948.12.5)·「늙은 極東先手」(『신천지』, 1949.2~3 / 1949.1.3)이다. 일련의 작품들은 「민족의 죄인」·「妻子」 이후 창작하고 발표된 작품으로 죄인으로서 채만식의 자의식이 깊이 투영되어 있다. 채만식은 애국자 집안의 총기 좋은 할머니를 화자로 내세워 개화기 조선의 역사를 회고한다. 그는 구한말 '제국'의 출현과 침략상을 회고하며 '민족의 죄인'으로서 조선말기의 왕조를 지목한다.

「妻子」와 같은 맥락으로, 채만식은 일련의 작품에서 화자인 할머니 가족의 애국애족 이력을 모두에 내세우는 등, 그들이 '일가(一家)'가 아니라 '조국'을 위해 몸 바쳤음을 강조한다. 할머니의 남편과 세 아들 중 두 아들이 동학 난, 3·1운동, 광복운동 등 역사적 격변기 애국 활동으로 죽었음을 가계도까지 상세히 그려가며 일가의 애국 이력을 강조한다.[12] 애국애족의 자손들이 대를 이어 번창함으로서 이 땅을 일구는 일

---

12 「역사—총기 좋은 할머니」(『학풍』 2호, 1949 / 1948.12.5 作)에는 '할머니의 계보'라고 하여 4대에 걸친 서른 두 명의 이름이 낱낱이 기록되어 있다. 채만식, 「歷史」, 『채만식전

꾼이 되었음을 보여준다. 채만식은 자신의 친일 전력으로 말미암아, 무엇보다도 작중 인물이 민족과 국가 앞에서 결백한 존재임을 강조한다. 그는 화자의 고결한 애국애족의 가계를 강조함으로써, 나아가 자신이 진술하려는 이야기의 사실성은 물론 일련의 이야기가 민족과 국가에 대한 충언(진언)임을 시사한다.[13]

「아시아의 運命」은 개화당의 삼일천하를 보여준다. 이 작품에서 할머니는 무기력한 왕으로 인해 실세가 개화당에서 다시금 보수파 민씨 세력으로 넘어가기까지 긴박한 역사적 추이를 소개한다. 「역사―총기 좋은 할머니」는 신미(辛未) 전후의 상황이 서술되어 있다. 이 작품에서 할머니는 1886년 출현한 미국 상선 서면호의 야심과 흥선대원군의 실정을 상기시킨다. 「늙은 極東先手」는 불란서와 미국이 병인양요와 신미양요를 통해 조선에서 헛된 희생만 치르고 뜻을 이루지 못한데 비해, 일본은 문호개방과 국교수호 통상의 명목으로 "제국주의의 사냥터로서의 처녀지(處女地)였던 조선에 대한 침략의 전초에서 우선 첫째 노릇을 하게 된"(517면) 과정을 회고한다. 일련의 작품에서 작가는 19세기 세계 정치사에 부상하는 제국주의와 침략욕을 지적한다. 전래의 제국과 달리, 당시의 제국들은 정치, 군사, 산업 이 모든 권한을 한손에 쥐고서 자유롭게 지배와 착취를 할 수 있는 식민지가 필요했는데, 19세기 중엽이후 상품 식민지의 과녁이 극동으로 집중되면서 조선은 극동 지배의 요충지로서 중요한

집』8, 창작과비평사, 1989, 493면 참조. 이하 「歷史」·「아시아의 運命」·「늙은 極東先手」세 작품의 인용은 위 책으로 하되, 인용문 말미에 페이지 수만 명시함.

13 아울러 작품 서두에서 할머니가 한자에 능통할 뿐 아니라 『목민심서』를 읽어내는 교양을 지니고 있음도 밝히고 있는데, 그 만큼 할머니의 진술이 단순한 이야기 거리가 아니라 역사에 대한 냉철한 통찰임을 시사한다.

'물건'으로 부상했다.[14] 청나라, 일본, 러시아, 프랑스, 미국의 열강들은 자본주의 팽창을 위한 발판으로서 조선이라는 상업 활로와 정치 이권에 야심을 지니고 접근하기 시작했다.

이 세 작품에서 채만식은 국권상실 이전 19세기 '제국'의 출현, "구미 제국주의의 열강의 식민지 또는 상품식민지"가 "동양 각지에다 만들어 졌던 것"(503면)에 주목한다. 팽창하는 제국의 세력을 강조함으로써, 안정된 국가의 기반을 다지지 못한 구한말 조선 정치권의 무능력을 질타한다. 일본은 명치유신(明治維新)이래 봉건체계로부터 현대적인 군국주의 자본주의 체제로 급속한 진보를 이룸으로써 서구 열강과 나란히 정복자의 반열에 올랐던데 비해, 조선은 무능력한 왕조와 부패한 정치관료들에 의해 시대의 추이에 발맞추지 못했음을 대조해 보인다. 특히 민씨세력을 비롯한 고종에 대한 비판은 매우 신랄하다. "왕 고종은 자신이 맡은 바 백성의 번영과 행복보다는, 일신의 구차한 안전과 무사를 위하여 목전의 조그마한 곤란을 참거나 용기를 낼 강단이 없는, 용렬하고도 불신한 임금"(487면)으로 묘사된다.

고종의 다음 대인 순종(純宗 : 李王)의 융희연대(隆熙年代)에 일본에게 병

---

14 가라타니 고진은 네이션=스테이트가 확대된 것을 '제국주의'라 명명한다. 제국주의는 다른 민족의 균질화를 강요하고 결국 다른 민족들 사이에 내셔널리즘을 환기시킨다. 그는 '자본=네이션=스테이트'라는 삼위일체를 보로메오의 매듭을 들어, 민족은 국가와 시장사회를 매개하여 종합하는 상상력으로 형성된다는 점을 강조한다(가라타니 고진, 조영일 역, 「서설ー네이션과 미학」, 『네이션과 미학』, 도서출판b, 2009, 13~66면). 이 러한 고진의 지적은 매우 적실한데, 그는 19세기 전후 군국주의와 자본주의의 팽창으로 형성된 일본의 민족주의에 대한 이해를 발판으로 민족과 제국주의의 본질을 통찰한 것으로 보인다.

합이 되었다지만, 그 순종은 잠시의 로봇에 지나지 못하였고, 이씨 왕조가
사실상으로 망하기는 고종 이태왕의 대였었다. 고종은 그리하여, 이씨왕조
에 대한 죄인인 동시에 일찍이 조선의 역사상 어떤 왕조의 군왕(君王)에게
서도 볼 수 없는 한 사람의 명예롭지 못한 **민족의 죄인**이기도 하였었다(529
면, 강조는 인용자).

역대 왕조의 왕들이 왕조를 망하게 하여 조상에게 죄인이 되었을지언
정, '민족국가(民族國家)' 조선은 망한 것이 아니었으므로 민족에 대해서
는 죄인이 아니었다. 왕조와 국호가 바뀌었을 뿐, 조선이라는 민족국가
는 그대로 존속되었다. 예컨대 신라, 고려가 멸망했을 뿐 '민족'은 장구
한 역사를 계승하고 있었다. 반면 이씨왕조는 이씨왕조의 멸망과 더불
어 민족국가 조선의 멸망을 초래했다는 점에서, '민족의 죄인'이라 지목
한다. "딴 민족 일본에게 병합이 됨으로써 조선은 조선민족의 나라로서
의 조선이 아니라, 일본의 식민지요 일본 국토의 한 부분에 지나지 못하
는, 그래서 이미 아무런 생명이 없는 한 조각 땅덩어리로서의 조선, 죽
어진 조선일 따름이었었다."(530~531면)

채만식은 고종이 선대의 죄인인 동시에 진정한 망국을 초래한 민족의
죄인이라는 점을 강조한다.[15] 「민족의 죄인」이라는 작품이 발표된 이후

---

15 채만식의 이러한 지적은 개인적인 것이 아니라 역사적으로도 이미 잘 알려진 사실이다.
   동시대 내한 한 외국인들 역시 고종의 실정을 비판했다. 1893년 한국을 방문한 영국의
   정치인 커즌은 한국이 부진한 근본 원인을 '부패하고 무능한 정부'에 있다고 보았다. 지
   위고하를 막론하고 모든 관리들이 습관적으로 수탈과 횡령을 자행하고 있는데 그 부패
   의 피라미드 꼭대기에 국왕이 있다고 보았다. 궁내부 고문으로 고종을 가까이 보좌했던
   미국인 샌즈(Sands)도 이러한 부정의 꼭대기에 왕이 있음을 인정하였다. 1896년부터
   1905년까지 서울 주재 총영사 및 주한 영국공사로 서울에서 복무한 존 조든(John Jorden)

창작한 이 세 편의 소설에서, 채만식은 진정한 '민족의 죄인'으로 이씨 왕조의 '고종'을 지목한다. 세 작품 모두는 일본에 의한 조선의 압제에 포커스를 맞추고 있지 않다. 무능력한 이씨왕조, 특히 고종 치하에서는 다수의 제국들이 조선을 넘보아왔다는 점, 그 중 미리 준비된 일본에게 그 이권이 낙차된 것이라는 점을 강조한다. 채만식은 범주를 넓혀 민족 사의 범주에서 고종에게 죄의식을 투사함으로써, 자신은 무기력한 피지 배 백성으로서 실정(失政)한 왕의 피해자가 될 수 있었다. 채만식은 자신 의 안위를 위해 백성을 저버린 왕조(고종)의 죄를 부각시킴으로써, 지아 비로서 일가(一家)의 안위에 치우쳐 민족을 저버린 자신의 죄를 괄호 안 에 둘 수 있었다.[16] 일련의 역사적 고증을 통해 그는 자신의 '죄의 표식' 으로부터 조금이나마 벗어날 수 있었던 것이다.

은 고종이 "그의 위엄을 건드리는 문제에는 대단히 민감"하다고 관찰하면서, 만약 "이런 문제에 기울이는 관심을 국가 통치에 쏟는다면 한국은 행복한 나라가 될 것이 틀림없다" 고 애석해 하였다. 1906년 총영사로 부임한 헨리 고번(Henry Cockburn)은 조든보다는 고종에 대해 덜 혹독하지만 역시 비판적이었다. "그는 고종에 대해 선하고 타고난 위엄 이 있으며 영리하기는 한데 누구를 신뢰해야 할지 알지 못하는 성격이라고 정리하였 다." 박지향, 「영원히 클 수 없는 어린아이의 나라」, 『일그러진 근대』, 푸른역사, 2003, 180~189면 참조.

16 자아가 신경성 불안이나 도덕적 불안을 방어하는 것을 투사(projection)라고 하는데, 자기 양심을 두려워하는 사람은 타인에게 자신을 괴롭히는 책임을 돌리며, 양심이 자신 을 괴롭히는 것은 아니라고 생각함으로써 자위한다. 자아는 이드나 초자아로부터 오는 내적 위험을 다스리기 힘들기 때문에, 그것을 외적 위험으로 변모시켜 자아가 보다 쉽게 대처할 수 있도록 하는 것이다. 캘빈.S. 홀, 민희식 역, 『프로이드 심리학입문』, 두로, 1997, 123~124면.

4. 패전 직후 일본 지식인의 자기합리화와 모험 형식

1) 데카당스, 군국주의로부터 거리두기

다나카 히데미츠의 「취한 배」는 1943년 9월 식민지 조선을 배경으로 일본 지식인 청년의 방황을 보여주는 작가의 자전적 소설이다. 주인공 고키치는 전향한 지식인으로서 대학을 졸업한후 고무제조업체에서 조선의 경성으로 파견근무를 하고 있다. 그는『문학계』에서 소설을 발표한 문학청년으로서, 일본 관료들의 식민지 정책에 협력하고 있다. 중심 사건은 일본 고위관료들이 대동아문학자회의에 참석한 인사들을 접대하려는 데서 시작된다. 일본 고위관료들은 문학자 일행 중에 일본 중신이 보낸 화평(和平)공작 밀서를 가진 밀사를 색출하기 위해, 성대한 만찬을 벌리고 고키치를 동원한다. 이 행사에는 조선문인보국회[17] 인사들도 대거 참여한다. 대동아문학자대회에 참여한 작가들을 맞으면서, 고키치

---

17 '조선문인협회'는 1939년 10월 29일 이광수를 회장으로 김동환, 주요한, 김문집(얼마 후 김문집이 사퇴하고 유진오와 津田剛으로 보강, 박영희, 정인섭, 辛島驍, 杉本長夫, 百瀨千壽 등이 간사가 되어 "國民精神總動員의 趣旨의 達成을 期하고 文人相互의 親睦向上을 圖謀함으로써 目的으로 함"이었고 내지인이나 조선인 문필가이면 다 입회할 수 있었다. 1943년에는 '조선문인보국회'로 바뀐다. 이 당시 문단을 쥔 자는 辛島驍, 津田剛, 寺田映 등이며, 이들은 총독부의『綠旗聯盟』·『京城日報』를 쥐고 있었고, 악질적인 팜플렛을 찍어냈다고 한다. 김윤식, 「신체제론」, 『한국근대문예비평사연구』, 일지사, 1990, 409~410면 참조. 다나카 히데미츠의 「취한 배」에는 실제 이름과 약간의 변형을 가한 근대 조선 문인이 등장한다. 전향한 조선문보의 박인식 사무국장, 매일신보 학예부장 백철, 조선문학의 주간이자 노천심의 후원자 최건영, 경성고전(高專) 교감 안두창, 친일작가 마키 도루, 노천심 등 등장하며 그 중에서 최건영, 안두창, 마키도루, 노천심은 부산까지 내려가서 일행을 맞이한다.

는 6년 만에 노리다케와 재회한다. 그는 감옥에서 전향을 맹세하고 조선에 와서 '방공지조선(防共之朝鮮)'이라는 관청신문의 편집을 맡고 있다. 또한 총독부 경무국 보안과 방공연맹의 촉탁이기도 하다. 전향했을지언정, 그들은 여전히 공산주의에 동정적이다.

이러한 주인공의 상황은 작가 다나카의 행적과 일치를 보인다. 다나카의 조선행은 1935년 사회주의로부터 전향 후 절망적인 패배 의식을 달랠 수 있는 도피처로서의 의미를 가진다. 그러나 식민지 조선에도 군국주의의 거센 물결이 밀려와, 그는 소집되어(1937.7, 1938.7) 북지전선에 출정, 전쟁체험을 강요당한다. 귀환한 후에도 '녹기연맹(綠旗聯盟)'의 츠다 다케시와 어용학자 가라시마 츠요시 등 소위 '내선일체'와 '황민화'의 이데올로그(ideologue)들과 함께 한국에서 '신체제문학'에 참가한다.[18] 다나카의 행적에서 특이한 지점은 두 번에 걸친 공산당 활동과 전향이다. 첫 번째는 1932년 자신의 학자금을 공산당 활동 자금으로 건네주는 등 1년 남짓 공산주의 운동에 가담했다가 탈당한다. 두 번째는 1946년 공산당 활동이 합법화됨에 따라 스스로 입당하지만, 1947년 탈당한다.[19] 두 차례에 걸친 전향 이유는, 이념에 대한 불신이 아니라 인간에 대한 불신 때문으로 보인다.

작가의 이력과 견주어, 1948년 발표된 이 작품에서 두드러진 점은 군국주의자로부터 '거리두기'이다. 다나카는 대동아문학자회의 일행을 일본 군벌에 아첨하는 광대로 묘사할 뿐 아니라, 식민지 조선에 체류한 일

18　정창석, 「피해자의 얼굴, 가해자의 얼굴」, 『일본학보』 48, 한국일본학회, 2001.9, 214면.

19　김형섭, 「다나카 히데미츠[田中英光]의 공산당활동 배경소설 고찰」, 『일어일문학』 47, 대한일어일문학회, 2010.8, 279~280면.

본 관료들과 추종자들의 행태를 시종일관 어리석은 광대놀음으로 묘사한다. 특히 작중 가라시마 박사는 충군 애국주의자의 표본으로서[20] 식민지 조선의 지식인을 조정한다. 그는 "40세의 소장학자로 일본의 절대불패를 믿고, 이 전쟁에 일생을 걸고 있"다.[21] 조선을 자식처럼 사랑한다는 명분을 내세워, 야욕을 실현하는 기만적인 일본 침략주의자를 대표한다. 그는 대학교수이자 대학 문학부장·본부 촉탁·군 보도부 고문으로 머지않아 조선의 신문이나 잡지를 한 손에 거머쥐고 조종할 존재이다. 표면적으로는 청결하고 건강한 소부르주아 가정의 자상한 가장(家長)으로 보이나, 여성 나체의 포르노그래픽에 탐닉하며 비국민·매국노를 토벌해야 한다는 정열에 사로잡히는 등 정신분열증의 징후를 가장 많이 보이는 인물이다.

가리사마 박사를 비롯한 일본 관료들은 식민지 조선에서 "지금 세계 도처에서는 피가 흐르고 육체가 덧없이 죽어"가므로, "멸사봉공"을 소리 높여 부르짖지만, "분발해도 전혀 소용없다는 것을 모두가 알고 있다."(233면) 일본의 패색이 짙어질수록 맹목적 애국주의자들의 정신은 이원화되고, 작가는 이러한 분열증적인 모습을 강조한다. 이때 다나카는 맹목적인 애국주의자들의 자의식 분열과 주인공 고키치의 자의식 분열 간에 차이를 둔다.[22] 전자가 일그러진 국가의 노예가 되어 앞으로 도래할

---

20 이 밖에 청인초연맹의 도다 지로, 경성일보의 다무라 학예부장은 마키아벨리스트, 충군 애국주의자 등으로 등장한다.

21 다나카 히데미츠, 유은경 역, 「취한 배」, 『취한 배』, 소화, 1999, 210~211면. 이하 작품 인용은 이 책으로 하되, 인용문 말미에 페이지 수만 밝힘. 이 작품은 일찍이 임종국에 의해 『醉漢들의 배―日人作家가 파헤친 植民地下 滿醉한 朝鮮文壇의 裏面相』(평화출판사, 1978)으로 번역된 바 있다.

22 다나카 히데미츠는 권력에 빌붙으려는 향상의욕을 강조하여 일본인의 악질적 성향을

불안과 자신의 이권간의 균열을 괴로워하고 있다면, 후자는 부정하는 국가로부터 벗어날 수 없는 자신의 나약함을 괴로워한다. 다나카는 충군애국주의자로부터 주인공 고키치를 구분하기 위해 고키치가 공산주의에 동정적이며, 허망한 현실을 피해 데카당에 경도되었음을 강조한다. 아래의 두 인용문은 고키치의 이중적인 모습을 잘 보여주고 있다.

> ① 인간이 조국을 사랑하는 것은 아름다운 본능이다. 지금이야말로 과학은 역사 앞에 굴복하지 않으면 안 된다. 이론보다도 실천의 시대인 것이다. 문학에 있어서는 가장 국민적인 것이 가장 세계적인 것이다. 괴테를 보라, 셰익스피어를 보라.(247면)

> ② 그들을 보호해야 마땅한 국가는 미쳐서 설치며 그 인민들을 살육의 현장으로 몰아넣는다. (…중략…) 뒤죽박죽인 논리, 중국인 임산부의 배를 깊숙하게 찌른 일본 병사의 총검, 미군 포로를 매질하는 무식한 일본인 간수. 갈라진 두개골 위에 선홍빛의 지도를 걸쭉하게 그린 전사체, 터럭이고 손발톱이 다 불에 타 버리고, 온몸이 물집투성이가 된 시체.(195~196면)

①은 조국 일본이 시키는 대로 고키치가 만들어 놓은 '애국주의 문학' 레코드이다. 생존을 위한 타협, 공범자 의식, 지식인의 윤리, 태만을 비

부각시키고 있는데, 그는 권력편승의 일본인과 자신과의 거리를 강조하려는 변명의 의도로 일본 군국주의자들을 세심하게 묘사한다. 정창석, 「피해자의 얼굴, 가해자의 얼굴」, 『일본학보』 48, 한국일본학회, 2001.9, 215~216면 참조.

롯한 일련의 감정이 충돌하면서 고키치의 자의식은 분열된다. 이상과 정의감을 잃어버린 청년은 데카당에 몸에 맡긴다. 그의 문학적 재능은 사회적 존재로서 대양에 흘러가지 못하고, 허무와 퇴폐의 구렁텅이로 역류한다. 그는 오로지 술과 여자를 사기 위한 돈이 필요해서 충군애국을 절규한다. 작가는 주인공이 '좌익에서 전향한 지식인'이라는 점을 자주 언급함으로써, 군국주의의 팽창야욕과 더불어 고키치의 데카당 경도에 적절한 알리바이를 부여한다. 광적인 군국주의 분위기 및 이념의 상실은 고키치가 현실과 자기 삶을 방기하는데 적당한 명분이 된다.[23]

②는 출정(出征) 이력이 있는 고키치가 전장에서 느낀 공포와 국가에 대한 비판의식을 보여준다. 그는 조선에서 평범한 샐러리맨의 행복을 즐기려 했으나, 중일전쟁에 끌려갔다가 일본군의 야만성을 목격하고 암담한 심정으로 귀환했다. 그는 회사, 군대, 전쟁터를 거치면서 그가 지닌 빈약한 사상과 윤리의 세계는 급속히 훼손된다. 그는 삶의 주체성을 방기하고, 기껏 파출소 안에서 소변을 누든가 사창가의 유리를 깨뜨린다든가 식민지 여류 시인을 흠모하는 정도의 빈약한 반역에 그친다. 그는 명예심, 애국심, 인류애, 여성에 대한 애정 등 여러 가지 감정과 뒤엉켜 퇴폐의 구렁텅이에 빠진다. 이념 대신 '술'에 취하여 현실을 방기하고, '무의미한 모험'을 즐긴다. 스스로 취한 배가 되어, 식민지 조선을 표류하고 다닌다.

작중에서 고키치의 데카당은 다른 충군 애국주의자들에 대한 부정적인 묘사와 병렬적으로 등장한다. 그는 천황폐하·전쟁·군대와 버슬아

---

23 이와 달리, 동시대 노마 히로시는 「어두운 그림」(『黃蜂』, 1946.4, 8, 10)에서 이념에 헌신하는 사회주의청년(대학생)의 전모를 구체적으로 보여주고 있다.

치·재벌을 위해 모든 인민의 고통과 노동이 동원된다는 데 분노와 피로를 느낀다. 그는 일본 관료의 타락뿐 아니라 자신이 몸담고 있는 고무회사를 비롯한 일본 기업들의 부패를 지적함으로서, 식민지 공간에 유입된 자본주의의 파행성을 고발한다. 기업체들은 공금횡령은 물론 이권을 위한 금품수수에 능수능란하다. 고키치가 출입하는 유곽내 어린 여자들의 돌이킬 수 없는 불행한 운명, 매독으로 죽어가는 일본 상인의 최후 등 작가는 침략자 일본의 망령을 다양하게 조명한다. 이러한 묘사는 미치광이로 묘사된 일본 군국주의자들과 더불어 '고키치'와 '군국주의자'들 간의 거리두기를 수행해 낸다.[24]

고키치는 일본과 일본 군인에 대해 냉소적인 반면, 일본 순사·경찰서·헌병대 등을 무서워한다.[25] 고키치는 공포스러운 전쟁 시대에 약한 자들은 자기 삶을 지키기 위해 범죄를 저지를 수 있다고 본다. 전장에서 돌아온 고키치는 살아남기 위해 저지르는 소극적인 모든 죄는 용서될 수 있다고 보았다. 고키치를 통해 작가가 보여주는 '약한 자도 즐겁게 살 권리가 있다'는 시각은, 정창석의 지적처럼 '공범자의식을 은폐한 자기정당화'일[26] 뿐 아니라 고키치의 행적이 시사하듯 나약한 삶을 더욱

---

24 같은 맥락에서 일본자유주의자 구사노 신페이에 대해서도 냉소적이다. 고키치는 일본자유주의자를 일컬어 "천황을 현재 살아 있는 신이라고 믿고, 선종과 노장 사상 냄새가 풍기는 무사도를 사랑하여, 편협한 의리와 인정의 세계에 홀려 있어서, 그 신령함을 더럽히는 자를 마구 미워 하는 돈키호테식 망나니"(278면)에 지나지 않는 일종의 체관사상으로 치부했다. 이러한 문면 배치를 통해 작가는 작중 고키치에게 타락한 일본군국주의에 대한 반항, 이단이라는 정체성을 부여하게 된다.

25 "일단 그들에게 발견되면 즉시 결창서로 끌려가서 심한 욕설을 듣고, 두들겨 맞고, 따로따로 심문을 받으며, 우물쭈물하기라도 하면 음부 속까지 그들에게 보이지 않으면 안된다."(199면) 고키치는 출정 중에 포로인 소년병을 놓아 준 혐의로 헌병대에 끌려 간 적 있다. "곤봉에 채찍, 권총에 일본도. 그런 방안에 서 있으면, 저절로 부동자세가 떨리고, 입도 제대로 떨어지지 않을 만큼 무서웠다."(213면)

추악하고 방약하게 할 뿐이다. 왜냐하면 그들은 일찌감치 데카당에 몸을 맡김으로써, 그들이 진정한 참회로 가는 길을 애초부터 차단해 버린다. 그 결과 이 작품속에서 고키치가 보여주는 삶은 자극적으로 탕진될 뿐, 동시대는 물론 이후에도 영원히 속죄 의식은 방기된다.[27]

2) 식민지, 로맨스와 모험의 공간

다나카 히데미츠의 「취한 배」에 묘사된 일제말 식민지 경성은 일본의 도시가 그대로 이식된 듯한 느낌을 준다.[28] 차이가 있다면, 식민지 조선은 일본 지식인 청년에게 스릴 넘치는 모험과 낭만의 공간으로 인식된다는 점이다. 정치와 무관한 그의 눈에 비친 조선은 자극적인 모험과 로맨틱한 사랑이 공존한다. 식민지에서 고키치가 느끼는 낭만성은 그가

---

26 위의 글, 218면. 이와 더불어 그는 고키치의 전시적이고 도피적인 반항은 진실한 한국인의 이해와 결합되지 않고 자기 패배적인 자민족 혐오감으로 나타날 때, 한국인의 눈에는 결국 지배민족의 사치스러운 정신적 허영물, 일본 특유의 어리광으로 밖에 안 비친다고 본다(217면). 김윤식에 의하면 당시 경성에 있었던 또 한명의 일본인 시인 則武三雄과 더불어 다나카 히데미츠는 일제 사상 선도에 헌신적으로 노력한 악질로 평가된다. "田中은 소설에서와는 달리 실제로는 가장 충실한 皇都主義였던 것이다."(김윤식, 「식민지 문학의 상흔과 그 극복」, 『한일문학의 관련양상』, 일지사, 1993, 141면)

27 김태준은 「취한 배」에 대해 다음과 같이 평가한다. "일제의 제국주의의 재편성에 앞장 서서 한국의 모국어 말살에 전력했던 범죄적 가해자의 윤리적 불감증과 일본 사소설의 타락이 교묘하게 합해진 모습을 보여준다."(김태준, 「일본 문학속의 한국·한국인상」, 『일본문학에 나타난 한국 및 한국인상』, 동국대 출판부, 2004, 15면)

28 작중에서 일본 지식인 청년의 방황이 '유곽'을 중심으로 묘사된다면, 일본 청년과 조선 처녀의 은밀한 만남은 '신사' 길에서 이루어진다. 하야시 히로시가 지적한 바와 같이 일본의 식민지 도시에는 신사와 유곽 그리고 군대가 필수이었는데, 특히 군인의 비중이 서구 식민지에 비해 낮은 반면 '신사'와 '유곽'이야말로 일본 식민지 도시의 상징이라 할 수 있다. 하야시 히로시, 김제정 역, 「식민지 도시의 특징」, 『일본제국주의, 식민지 도시를 건설하다』, 모티브북, 2005, 87~88면.

읽은 '19세기 러시아 소설'과 그가 들은 '남미의 이국풍경'으로 직조되어 있다. 그는 식민지 조선에서 벌이는 무의미한 방탕에 대해 "19세기 러시아 소설 속의 청년들이, 그 죄의식이 한계에 이르면 성모인 대지에 늘 입맞추던 것을 상기"하면서 "20세기 일본 청년은 이렇게 단지 배설"(173면)할 뿐이라고 동일시한다. 그는 경성의 가을 거리를 걸으면서 의식은 이미 아르헨티나 탱고의 퇴폐적인 리듬을 쫓아, 남미의 파리 부에노스아이레스로 날아가 스페인계의 정열적인 미인과 사랑을 나누는 일 따위를 몽상하고 있다.

이성적으로는 군국주의 일본의 야욕을 질타하고 식민지 조선의 불합리한 구도를 지적해야 할 터이지만, 그의 감각과 정서는 낭만적이고 정열적인 이국의 몽상에 젖어 있다. 그 결과 이 작품은 밀정을 색출하려는 식민지종주국 관료들의 냉혈적인 모습을 배경으로, 종주국 청년과 식민지 여성간의 애절한 사랑이야기로 귀결된다. 식민지 조선에서 불안과 공포가 극대화 될수록, 일본 지식인 청년과 식민지 여성간 사랑의 낭만성은 더욱 고조된다. 작품 말미에 이르면 노천심은 죽고 고키치는 형무소에 투옥되는데, 작가는 이를 "사카모토 고키치와 노천심의 기묘한 사랑의 이야기"(480면)라 명명한다.

모험과 관련하여 이 작품이 탐정소설의 성격을 취하고 있다는 점은 주목을 요한다. 일본의 패색이 짙어질 무렵, 작중 식민지 조선에는 공산계 활동뿐 아니라 민족독립운동도 상당히 활발한 것으로 묘사된다. 이러한 분위기에서 일본의 고위층들이 조선인 밀정을 찾아내려 하는데, 일본인 청년은 그 밀정과 더불어 사랑에 빠진다. 이 소설은 밀정이 누구인지 알아나가는 탐정소설의 구도를 지니고 있다. 고키치를 비롯한 일본측에서는 '밀정'을 찾는데, 작품의 초입부터 지속적으로 밀정이 누구인가에 초점을 맞추어 사건이 전개된다. 더군다나 일본인 청년이 사랑하는 매혹적인 조선의 여류시인이 밀서를 운반하는 직책을 맡은 밀정 끄나풀임이 밝혀지면서, 흥미는 배가된다. 이러한 탐구의 형식에는 식민지 조선을 바라보는 일본인 작가의 시선이 전유되어 있다. 모험과 탐험이 요구되는 미개의 오지를 탐색하는 시선에는 일본 청년이 식민지 조선을 바라보는 무의식이 나타나 있다.

다나카는 이 미개의 오지에 노천심이라는 여류 시인을 배치해 놓는데, 여기에는 실제 인물에 대한 자신의 일그러진 욕망이 투사되어 있다. 고키치는 '귀환 군인과 문인의 좌담회'에서 노천심을 알게 된다. 작중 노천심은 이화여전을 졸업한 천재 시인으로, 불행한 결혼을 했으며 두세명의 몹쓸 남자들에게 이용당해 왔다. 지금은 조선문학 주간 최건영의 첩으로 있다. 그녀는 "국가에 대한 헌신이나 남자를 향한 애정"도 다 식어버렸으며, 명성을 동경해서 문학에 몸담았고 오로지 명성을 날리려는 데 매달리는 인물로로 묘사된다. 이러한 노천심의 성격에는 다니카 히데미츠의 성격이 무의식적으로 투사되어 있다. 특히 이 작품에서 주목해야 할 부분은 일본 지식인 청년 고키치가 조선의 여류시인 노천심을 바라보는 복합적인 시선이다.

> "동그란 눈과 눈 사이가 멀고, 코도 뭉뚱하면서 아담하지만, 입술만은 꽃잎처럼 육감적인 여자였다." "고키치는 오로지 모두에게 인정받고 싶은 일념으로 열변을 토하면서, 시종 고개를 숙이고 있는 그녀를 길 잃은 어린 양처럼 귀엽게 여기고 있었던 것이다."(174면)

조선의 여류시인은 식민지 조선을 표상하고 있을 뿐 아니라, 그녀를 바라보는 제국 청년의 시선에는 그들의 식민지를 바라보는 종주국의 태도가 내재되어 있다. "귀엽고 아름다운 첩살이 여류시인"은 "다른 세계에 사는 속 모를 여자"(219면)로서, 순결하지는 않지만 성적 매력을 느끼기에 충분한 인물로 등장한다. 식민지 청년이 주목한 여성은 순결한 처녀가 아닌데, 지적이면서 동시에 육감적인 그래서 남자관계가 복잡한 여류시인이다. 그녀는 술집 여주인을 끌어안으려다 무안당한 노리타케에게 "아주 깨끗한 키스"(176면)라며 자신의 입술을 갖다 대는 애교는 물론, 갑작스레 어깨를 들썩이며 우는 등 남자의 애간장을 태울 줄도 안다. 고키치는 노천심과 두 차례에 걸쳐 낭만적인 만남을 갖는다. 한밤중에 그들은 방해자의 압박을 피해 그들만의 친밀한 시간을 보낸다. 그 사랑은 자유분방한 정욕의 발산이 아니기에, 더 은밀하고 강렬하다.

첫 번째 만남부터 극적이고 낭만적인 분위기가 무르익는데, 문제는 그러한 낭만적 분위기를 조성하는데 식민지 조선의 열등한 풍경이 소용되고 있다는 점이다. 당시 노천심은 밀서운반과 관련하여 세 가지 기로에서 방황한다. 일본의 중압감에서 벗어나고자 하는 최건영에게 밀서를 전달해야 할 것인가, 밀서를 손에 넣음으로써 더욱더 군벌의 신뢰를 얻으려는 가라시마 박사에게 전달해야 할 것인가, 민주주의 국가의 승리를 위해 소냐에게 건네주어야 할 것인가. 노천심은 밀서운반과 관련하여 가라시마 박사로부터 돈도 받고 몸도 더럽혀진 직후, 고키치와 마주친다. 이처럼 고키치와 노천심의 첫 번째 만남은 식민지 열등한 조선의 정치적 맥락을 배경으로 성립된다. 그는 노천심과 깊은 밤 캄캄한 신사 참배길 도로에서 상큼한 입맞춤을 한다. 노천심에 대한 고키치의 시선에는 종주국 국민으로서 일본 남성의 낭만적인 의식이 전유되어 있다. 거기에는 가련함에 대한 동정과 함부로 하고 싶은 욕정이 뒤섞여 있다.

두 번째 만남은 밀서를 운반하는 노천심을 동행하는 데서 시작된다. 그들은 늦은 밤 '묘지'·'시체'·'폭력'에 둘러싸여 서로의 몸을 의지한다. 고키치는 절망과 불안 속에서도 노천심을 만나 기쁨으로 애를 태운다. 그는 노천심의 밀서운반 행위를 민족에게 정조를 지키는 행위로 이해하는 등, 식민지라는 조선의 정황을 매우 애절하고 낭만적으로 인식했다. 그는 노천심이 비록 육체의 정조는 유린당했지만, 소녀의 순정을 간직하고 민족에 대한 애정을 잃지 않았다고 여긴다. 고키치는 낭만적이고 감상적인 시선으로 식민지 조선을 바라본다. 조선인의 암울한 역사를 상기시키는 아리랑 노래를 듣고 눈물에 젖는가 하면, 가라시마 박사와 별실로 들어간 노천심의 육체에 대해 그리고 도다에 의해 살해당한 노천심의 죽음에 대한 슬픔에 빠진다. 그것은 인권·민주주의·자유와 같은 부당한 현실의 문제가 아니라, 오로지 사랑을 잃은 연인의 상심을 보여준다.

그와 관련하여 고키치가 조선어를 전혀 알지 못하며, 알려고도 하지 않는다는 점을 주목할 필요가 있다. "정말로 조선을 사랑한다면 우선 조선어를 배워야"(443면)한다는 일본 기생 전설랑과 대조적으로, 그는 식민지 조선에 대한 사랑이 아니라 자신의 감정에 취해 있다. 미지의 공간에서 인생을 탕진하고 방황하는 일본 지식인 청년의 모험담은, 식민지 공간의 후진성과 미개함을 전제해 두고 전개된다. 그는 식민지 조선을 이해하기보다는 동정하며, 식민지 조선의 문화를 탐미의 대상으로 자족하고 관조한다.[29]

고키치가 밀서를 운반하는 노천심과 밤에 동행하는 대목은 모험의 극치를 이룬다.[30] 고키치는 밀서를 전달하는 노천심을 도와 경성의 번화한 밤거리를 통과한다. 그것은 공공의 사활을 위해서가 아니라, 사랑에 눈먼 청년이 연인을 사수하려는 태도를 보여준다. 사창(私娼)과 카페를 비롯한 번화한 식민지의 퇴폐와 환락의 거리에는 감시원과 같은 험악한 인상의 청년들도 끼어있다. 고키치와 노천심은 일본군인과 사투를 벌이며 식민지의 험악한 밤거리를 통과한다. 고키치와 집요한 사투를 벌이는 일본군인은 잔학한 전쟁에 광적인 신앙을 보이는 전쟁기계로 묘사되기도 하지만, 작가는 일련의 상황을 스펙타클한 모험으로 묘사한다. 일본군인을 따돌리기 위해 외국인의 묘지에 몸을 피하는가 하면, 묘지에서 그로테스크한 묘비명을 읽고 전향한 조선 지식인의 시체를 발견한다.

늦은 밤 그들이 도달한 한옥에 이르러, 작가는 헐벗은 식민지 조선인을 그로테스크하게 묘사한다. "구리빛 피부가 주름살로 뒤덮이고 새하얀 백발에 이빨도 없는 벌건 잇몸"(323면)의 노파, "천진난만함을 잃고 겁을 내면서도 원망하는 듯한 작고 까만 눈동자"(324면)의 아이들, "매춘이 행해지는 방 한 쪽 구석에 빈사 상태의 노인"(327면), 이러한 조선인에 대한 묘사는 식민지 조선의 후진성과 더불어 낭만적 사랑에 대한

---

29 고진의 지적처럼 식민주의나 제국주의는 항상 새디스틱한 지배로 고발된다. 그러나 가장 식민주의적인 태도는 상대를 미적으로 그것도 오로지 미적으로 평가하고 존경까지 하는 것이다. 가라타니 고진, 조용일 역, 「미학의 효용」, 『네이션과 미학』, 도서출판b, 2009, 163면. 노천심에 대한 고키치의 시선, 작가 다나카 히데미츠의 식민지 조선에 대한 미적인 시선은 일견 가장 식민주의자다운 모습을 반영하고 있다.

30 노천심은 고키치와의 모험에 대해 다음과 같이 고백한다. "나도 또한 동란 세계의 딸, 당신과 마찬가지로 진실한 사랑의 추억은 없지만, 서로가 자신의 생명을 걸고, 서로의 생명을 지키려고 했던 사카모토 씨와 산책했던 그날 밤은 은은하게 그와 비슷한 로맨틱한 향기가 감돕니다."(383면)

박해(妨害)의 분위기를 연출하기 위한 소품으로 배치된다. 고키치 모험의 절정은 그 불가사의한 한옥에서 최건영 일파로부터 고문을 당하는데 있다. 고키치가 방에 혼자 남자, 최건영 일파가 나타나 노천심과 밀서의 행방을 물으며 그 자리에서 고문을 행한다. 이 지점에서 고키치는 가장 정직하게 자신의 속내를 드러낸다. 그가 고문을 견뎌내는 것은 군국주의에 대한 비판도 아니요, 민주주의를 실현하려는 굳건한 의지도 아니다. 그저 사랑하는 여인의 비밀을 지키기 위한 남성의 필사적인 정염임을 보여준다.

5. 결론

이 글에서는 채만식의 「민족의 죄인」과 다나카 히데미츠의 「취한 배」를 대상으로 태평양전쟁 직후 한일(韓日) 지식인들의 '식민지 조선'에 대한 기억과 그 속에 은폐된 작가의 욕망을 살펴보았다. 양자 모두 전쟁종식 직후인 1948년 발표된 작품으로서, 일본의 식민지배에 대한 일본과 한국 지식인의 성찰과 시대 인식을 보여준다. 채만식은 「민족의 죄인」에서 자신의 친일행적을 참회한다. 작중에서 나는 자신의 친일행적을 둘러싸고 다양한 변론을 보이지만, 실상 그가 친일한 근본적인 배경은 국가와 민족보다 일가(一家)를 우위에 두는 지아비 의식에 있다. 채만식은 이 작품을 기화로 「妻子」를 비롯 총기 좋은 할머니 시리즈 「아시아의 운명」·「역사」·「늙은 극동선수」를 발표하여 종래 민족의 죄를 초래한 '지아비' 중심의 가족주의를 일소하기 위해 노력한다. 「妻子」에서 박선생은 대의(大義)를 위해 강아지를 데리고 떠날지언정, 자신의 처자(妻子)는 전혀 돌보지 않는다. 총기 좋은 할머니 시리즈 역시 마찬가지로, 할머니는 남편과 아들을 잃었지만 모두 애국애족의 전력을 지닌 후손이라는 사실이 강조되어 있다. 나아가 채만식은 구한말의 정치적 추이를 서술함으로써, 진정한 민족의 죄인은 이씨왕조(고종)이라는 점을 들어 '죄의 표식'으로부터 멀어지려 한다.

다나카 히데미츠는 「취한 배」에서 식민지 종주국 일본의 지식인으로서 무기력을 강조하고, 충군 애국주의자로부터 거리를 둔다. 주인공 고키치는 전향한 지식인으로서 무엇보다도 참회와 성찰이 요구되지만, 식민지 조선에서 일본의 침략 야욕을 질타하면서도 일본 관료들에게 협조한다. 일본 관료의 명령에 쫓아 전쟁에 동원되는 등 군국주의의 피해자로 그려지지만, 실상 그는 시종일관 데카당에 빠져 있다. 작가는 주인공이 전향지식인이며 자기 의지와 무관하게 중일전쟁에 참전하여 일본 군부의 비열함과 냉혹함을 경험한 바 있으며, 그로 인해 식민지 조선에서 술과 여자를 탐하는 등 데카당에 빠진 것으로 묘사한다. 일본의 지식인 작가 다나카 히데미츠는 지식인의 무기력과 데카당을 강조함으로써, 그 모든 책임을 유기할 수 있었다. 충군 애국주의자를 미치광이로 묘사함으로써, 그 자신도 일본 군국주의자의 희생자임을 시사할 수 있었다. 주인공의 데카당은 패전이후 군국주의로부터 거리를 두려는 작가의 수사 전략이다. 이러한 사실은 식민지 조선 공간에 대한 식민지 종주국의 시선에서도 나타난다. 일본 청년에게 식민지 조선은 주권 침탈 및 인권 유

린의 억압공간이 아니라, 모험과 낭만의 공간이다. 식민지 여류 시인을
사랑하는 종주국 청년에게 조선의 불우한 정치적 상황, 조선인의 조야
하고 열등한 삶, 이 모두는 낭만적인 사랑의 방해물로 등장하여 그들의
사랑을 더욱 애절한 것으로 만든다.

　태평양전쟁 직후 식민지 조선에 대한 조선 지식인의 기억, 식민지 본
국 지식인의 기억은 양자 모두 다음과 같은 공통점을 가지고 있다. 첫째
그것은 자족적인 양식이다. 그들은 기억하고자 하는 대상과 사건에 집
중하여, 책임을 방기할 수밖에 없었던 '맥락'과 책임을 전가시킬 수 있
는 '요소'를 선별적으로 배치하고 있다. 채만식이 「민족의 죄인」에서 보
여준 죄의식은 이후 「妻子」에서 가족을 돌보지 않음으로써 면죄(免罪)
의지를 투사하는가 하면, 총기 좋은 할머니 시리즈에서는 또 다른 대상
에 죄를 투사한다. 다나카 히데미츠는 전후 무뢰파 작가로서 그의 시각
에 포착된 조선은 퇴폐를 배경으로 한 사랑과 모험의 공간이다. 그는
「취한 배」에서 지식인의 무기력에 대해 성찰하기보다 그럴 수밖에 없는
군국주의자들의 야욕을 부각시켜 데카당을 합리화한다. 둘째 그것은 은
폐된 욕망의 작동에 의한 치유의 글쓰기를 지향한다. 식민지 조선의 지
식인이 자신을 참회하는 것이나, 식민지 종주국의 지식인이 자신의 무
기력을 서술하는 것이나 모두 제2차세계대전의 소용돌이 속에 국가와
시대의 윤리에 책임을 다하지 못한 지식인의 반성과 그에 대한 치유를
보여주고 있다.

참고문헌

1. 자료

박노갑, 「歡」, 『안개거리』, 깊은샘, 1989.

박태원, 『조선독립순국열사전』, 1946, 유문각.

______, 「춘보」, 『신문학』, 1946.8

______, 「태평성대」, 『경향신문』, 1946, 11.14~12.31

______, 「고부민란」, 『협동』 제3호, 1947, 신춘호.

______, 『약산과 의열단』, 백양당, 1947.

______, 『홍길동전』, 협동문고, 1947.

______, 『충무공 이순신』, 을유문고, 1948.

______, 『윤초시의 상경』, 깊은샘, 1991.

______, 『이상의 비련』, 깊은샘, 1992.

______, 『소설가 구보씨의 일일』, 깊은샘, 1995.

______, 『약산과 의열단』, 깊은샘, 2000.

______, 「조국의 깃발」, 『문학사상』통권34호, 2005.5.

안회남, 「농민의 비애」, 『불』, 슬기, 1987.

______, 『안회남-명상』, 지학사, 1990.

______, 「폭풍의 역사」, 『한국소설문학대계-최명익·유항림·허준·안회남』, 동아
　　　　출판사, 1995.

염상섭, 「解放의 아들」, 『염상섭전집-중기단편1946~1953』 10, 민음사, 1987.

______, 『효풍』, 실천문학사, 1998.

______, 『한국문학전집 : 염상섭 단편선-두 파산』, 문학과지성사, 2006.

이태준, 「해방 전후」, 『문학』, 1946.7.

______, 『돌다리』, 깊은샘, 1995.

채만식, 「민족의 죄인」, 『채만식전집』 8, 창작과비평사, 1989.

허　균, 『홍길동전』, 현암사, 2000.

허　준, 「잔등」, 『북으로 간 작가선집』 10, 을유문화사, 1988.
황순원, 『목넘이 마을의 개』, 육문사, 1948.
______, 『별과 같이 살다』, 정음사, 1950.
『문학』, 『신문예』.

다나카 히데미츠, 유은경 역, 「취한 배」, 『취한 배』, 소화, 1999.
다자이 오사무, 송숙경 역, 「사양」, 『사양·인간실격』, 을유문화사, 2004.
우메자키 하루오, 장남호 역, 「櫻島」, 『사쿠라지마』, 소화, 2002.

2. 논문 및 단행본

강심호, 「박노갑 소설의 현실인식 고찰」, 『한국학보』, 일지사, 2004.
강인철, 「미군정기의 인구이동과 정치변동」, 『한신논문집』 15-2, 한신대 출판부, 1998.11.
강준만, 『한국 현대사 산책-1940년대』 2, 인물과사상사, 2005.
공임순, 「민주주의의 선(先)정치적 담론 자원과 인민대중의 진정한 지도자상」, 『서강
　　　인문논총』 29, 서강대 인문과학연구소, 2010.12.
권명아, 『가족이야기는 어떻게 만들어지는가』, 책세상, 2000.
권영민, 『해방 직후의 민족문학운동연구』, 서울대 출판부, 1986.
______, 「염상섭의 중간파적 입장-해방 직후의 문학활동을 중심으로」, 『염상섭전집
　　　-중기단편1946~1953』 10, 민음사, 1987.
______, 『한국현대소설사-1945~1990』, 민음사, 1994.
김경수, 「혼란된 해방 정국과 정치 의식의 소설화-염상섭의 『효풍』론」, 『외국문학』,
　　　열음사, 1997.
______, 「한 신변소설가의 문학과 삶」, 『한국문학과 계몽담론』, 문학사와비평연구회,
　　　새미, 1999.
김남식·이정식·한홍구, 『한국현대사자료총서』 13, 돌베개, 1986.
김남천, 『1945년 8·15』, 작가들, 2007.
김동석, 「飛躍하는 작가-續 安懷南論」, 『우리 文學』, 1948.4.
______, 「父系의 문학-安懷南論」, 『예술평론』, 1948.6.16.
김동춘, 「유교(儒敎)와 한국의 가족주의-가족주의는 유교적 가치의 산물인가?」, 『경
　　　제와사회』, 한울엠플러스, 2002 가을호.
김미영, 「박태원의 자화상 연작 소설 연구」, 『국어국문학회』 148, 국어국문학회, 2008.
김승민, 「해방 직후 염상섭 소설에 나타난 만주 체험의 의미-「혼란」, 「모략」, 「해방의

아들」을 중심으로」, 『한국근대문학연구』 16, 한국근대문학연구회, 2007.10.

김영택·최종순, 「해방기 안회남 소설의 리얼리즘 특성 연구-「농민의 비애」를 중심으로」, 『비평문학』, 한국비평문학회, 2006.

김예림, 「'배반'으로서의 국가 혹은 '난민'으로서의 인민-해방기 귀환의 지정학과 귀환자의 정치성」, 『상허학보』 29, 상허학회, 2010.6.

김오성, 『指導者群像』 第一, 대성출판사, 1946.

김용호, 「제7장 해방 이후 군사혁명전까지의 민주주의의 시련과 갈등 : 위에서 주어진 민주주의-제1, 2공화국에 나타난 한국민주주의의 파행성」, 『한국정치외교사논총』 7, 한국정치외교사학회, 1990.6.

김윤식, 「신체제론」, 『한국근대문예비평사연구』, 일지사, 1990.

_____, 「식민지문학의 상흔과 그 극복」, 『한일문학의 관련양상』, 일지사, 1993.

_____, 「해방공간의 언어관 비판」·「인민적 민주주의 민족문학론」, 『해방공간 한국 작가의 민족문학 글쓰기론』, 서울대 출판부, 2007.

_____, 「해방공간의 문학형식과 현실 인식의 소설적 경험 양상」, 『한국소설사』, 문학동네, 2008(증보판).

김윤식·정호웅, 『한국현대소설사』, 예하, 1998.

김재용, 「냉전적 반공주의와 남한 문학인의 고뇌」, 『역사비평』 37, 역사비평사, 1996.

_____, 「염상섭과 민족의식」, 『염상섭 문학의 재인식』, 깊은샘, 1998.

_____, 「8·15 이후 염상섭의 활동과 『효풍』의 문학사적 의미」, 『효풍』, 실천문학사, 1998.

김종욱, 「일상성과 역사성의 만남-박태원의 역사 소설」, 『박태원 소설연구』, 깊은샘, 1995.

김종회, 「일제강점기 박태원 문학의 통속성과 친일성」, 『비교한국학』 15-2, 국제비교한국학회, 2007.

_____, 「해방 전후 박태원의 역사소설」, 『구보학보』 2, 구보학회, 2007.12.

김진기, 「반공에 전유된 자유, 혹은 자유주의」, 『상허학보』 15, 상허학회, 2005.8.

김태준, 「일본 문학속의 한국·한국인상」, 『일본문학에 나타난 한국 및 한국인상』, 동국대 출판부, 2004.

김형섭, 「다나카 히데미츠[田中英光]의 공산당활동 배경소설 고찰」, 『일어일문학』 47, 일어일문학회, 2010.

나병철, 『소설과 서사문화』, 소명출판, 2003.

남찬섭, 「미군정기의 사회복지-민간구호단체의 활동과 주택정치」, 『복지동향』 79,

참여연대, 2005.

문지영, 「한국의 근대국가 형성과 자유주의-민주화의 기원과 전망에 대한 재고찰」, 『한국정치학회보』 39-1, 한국정치학회, 2005.3.

박　진, 「황순원 소설의 서정성 연구-『별과 같이 살다』의 경우」, 『한국근대문학연구』 1-2, 한국근대문학회, 2000.12.

박명림, 「분단의 內化」, 『한국전쟁의 발발과 기원Ⅱ-기원과 원인』, 나남, 1996.

박배식, 「박태원의 역사소설관」, 『구보학보』 2, 구보학회, 2007.12.

박영준, 「다자이 오사무와 성서」, 『일어일문학』 제8권, 일어일문학회, 1997.11.

박용찬, 「해방기 리얼리즘의 현실인식 양상-10월항쟁의 수용과 투쟁의지 고양」, 『해방기 시의 현실인식과 논리』, 역락, 2004.

박은태, 「『별과 같이 살다』에 나타난 소설 구조의 역사적 의미-황순원론」, 『비평문학』, 한국비평문학회, 2003.

박지향, 『일그러진 근대』, 푸른역사, 2003.

배개화, 「문장지시절의 박태원-신체제 대응양상을 중심으로」, 『우리말글』 44, 우리말글학회, 2008.

배기정, 「박노갑소설의 변모양상 연구-민족현실인식을 중심으로」, 『국어교육연구』 23, 경북대 국어교육학회, 1991.

변학수, 『문학적 기억의 탄생』, 열린책들, 2008.

서경석, 『고통과 기억의 연대는 가능한가?』, 철수와영희, 2009.

서경식, 김혜신 역, 『디아스포라 기행-추방당한 자의 시선』, 돌베개, 2009

송기섭, 「해방 직후 좌익과 중간파의 리얼리즘론 연구」, 『한국언어문학』 32, 한국언어문학회, 1994.5.

______, 「左翼과 中間派의 리얼리즘론 전개 양상」, 『해방기소설의 반영의식 연구』, 국학자료원, 1998.

______, 「단절과 신생을 위한 비판들-채만식의 해방기 소설들」, 『한국문학이론과 비평』, 한국문학이론과 비평학회, 2002.3.

송현호, 『선비 정신과 인간 구원의 길-황순원』, 건국대 출판부, 2000.

신수진, 「한국의 가족주의 전통-근본사상과 정착과정에 관한 문헌고찰」, 『한국가족관계학회지』 3-1, 한국가족관계학회, 1998.

신진경, 「박노갑 소설의 공간 연구」, 건국대 석사논문, 1995.

신형기, 「연속기획 월북문인연구 : 신변소설에서 사회적 소설까지-안회남론」, 『문학사상』, 문학사상사, 1988.11.

안미영, 「이태준의 해방후 소설에 나타난 국어의식」, 『현대소설연구』 36, 한국현대소설학회, 2007.12.

염인호, 『김원봉연구-의열단, 민족혁명당 40년사』, 창작과비평사, 1993.

오기영, 『해방경성의 풍자와 기개』, 성균관대 출판부, 2002.

오태영, 「민족적 제의로서의 귀환」, 『한국문학연구』 32, 동국대 한국문학연구소, 2007.6.

우정권, 「박태원이 북에서 목메어 부른 "아아! 우리 어마이들"-은연중 당과 조국보다 인간 존재의 근원인 어머니의 사랑에 무게」, 『문학사상』 34-5, 문학사상사 2005.

______, 「박태원의 월북 후 문학에 나타난 '글쓰기'의 존재성-『조국의 깃발』」, 『어문학』, 한국어문학회, 2006.3.

유기룡, 「한국 근대소설 작가의 보편적 상징성 연구-해금작가인 안회남 소설에 나타난 창조적 독자성」, 『어문론총』 24, 경북어문학회, 1990.

윤규섭, 「민족문화론」, 『신문예』 1권2호, 1946.7.

윤병로, 「한국 근대문학 속에 나타난 일본인 상」, 『비교문학자가 본 일본, 일본인』, 현대문학, 2005.

______, 「8·15직후 좌·우갈등과 문학계의 재편」, 『한국근·현대문학사』 (증보판), 명문당, 2008.

윤정헌, 「해방기 안회남 소설 연구」, 『어문학』 56, 한국어문학회, 1995.2.

이강언, 「안회남 신변소설 연구」, 『우리말글』 17, 우리말글학회, 1999.

이광규, 『韓國의 家族과 宗族』, 민음사, 1990.

이덕화, 「안회남론」, 『연세어문학』 21, 연세대 국어국문학과, 1988.12.

이동길, 「해방기의 황순원 소설 연구」, 『어문학』 56, 한국어문학회, 1995.

이미향, 「박태원 역사 소설의 특징-해방 직후 작품을 중심으로」, 『상허학보』 2, 상허학회, 1995.

이민영, 「해방기 귀환 소설의 경계 인식 연구」, 서울대 석사논문, 2008.8.

이병순, 『해방기 소설 연구』, 국학자료원, 1997.

이봉범, 「해방공간의 문화사-일상문화의 실연(實演)과 그 의미」, 『상허학보』 26, 상허학회, 2009.6.

이상경, 「박태원의 역사소설」, 『박태원』, 새미, 1995.

이선옥, 「다나카 히데미츠[田中英光] 序說-작품에 나타난 韓國象을 중심으로」, 『일어일문학연구』 45, 한국일어일문학회, 2003.

이수형, 「아이에서 어른되기, 아무도 속지 않는 거짓말―한국 소설속의 미성년」, 『문학
　　　과지성』 66, 문학과지성사, 2004.5.
이승환, 「한국 '家族主義'의 의미와 기원, 그리고 변화 가능성」, 『유교사상연구』 20, 한
　　　국유교학회, 2004.
이연식, 「해방 직후 해외동포의 귀환과 미군정의 정책」, 서울시립대 석사논문, 1989.
_____, 「해방 직후 서울로 유입된 귀환동포의 주택문제」, 『전농사론』 9, 서울시립대,
　　　2003.
_____, 「왜 식민지하 국외 이주 조선인들은 해방 후 모두 귀환하지 못했을까?」, 『내일
　　　을 여는 역사』, 서해문집, 2006 여름.
이영환, 「미군정기 전재민 구호정책의 성격 연구」, 서울대 석사논문, 1989.
이용기·김영미, 「주한미군 정보보고서(G2-보고서)에 나타난 미군정기 귀환·월남
　　　민의 인구이동의 규모와 추세」, 『한국역사연구회회보』 32, 한국역사연구회,
　　　1998.5.
이우용, 「해방 직후의 민족문학론―조선문학가동맹의 논의를 중심으로」, 『해방공간의
　　　민족문학사론』, 태학사, 1991.
이원규, 『약산 의열단』, 실천문학사, 2005.
이은자, 「해방기 진보적 리얼리즘 작가의 虛와 實―안회남론」, 『국어국문학』 115, 국
　　　어국문학회, 1995.12.
이정숙, 「향부성 자기인식과 그 극복의 실패」, 『한성어문학』, 한성대 한성어문학회,
　　　1992.
이주형, 「해방 직후 소설에 나타난 민족현실의 인식」, 『국어교육연구』 20, 경북대 국어교
　　　육학회, 1987.
_____, 「채만식의 생애와 작품세계」, 『채만식전집』 10, 창작과비평사, 1989.
_____, 「해방 직후기 한국문단의 갈등과 소설의 정치지향성」, 『한국 현대소설과 민족
　　　현실의 인식』, 역락, 2007.
이중연, 『'황국신민'의 시대』, 혜안, 2003.
이혜원·이영환·정원오, 「한국과 일본의 미군정기 사회복지정책 비교연구―빈곤정
　　　책을 중심으로」, 『한국사회복지학』 36, 한국사회복지학회, 1998.
이효재, 『한국가족론』, 까치, 1990.
임무출, 「박태원의 「홍길동전」 연구」, 『한민족어문학』 18, 한민족어문학회, 1990.12.
임　화, 「민족문학의 이념과 문학운동의 사상적통일을 위하야」, 『문학』 3, 1947.4.
임환모, 「안회남 논고」, 『한국언어문학』 27, 한국언어문학회, 1989.

장사선, 「해방문단의 비평사」,『한국현대문학사』, 현대문학, 2007.

장석주, 『20세기 한국 문학의 탐험』 2, 시공사, 2000.

장세진, 「해방기 공간 상상력의 전이와 '태평양'의 문화정치학」,『상허학보』 26, 상허학
　　회, 2009.

전영태, 「해방에서 피난으로 이르는 길―창작집『38선』,『해방의 아들』을 중심으로」,
　　『염상섭 문학연구』, 민음사, 1987.

전흥남, 「안회남의 「農民의 悲哀」론」,『한국언어문학』 29, 한국언어문학회, 1991.

＿＿＿, 「채만식의 「소년은 자란다」攷」,『국어국문학』 36, 국어국문학회, 1992.5.

정수현, 「현실인식의 확대와 이야기의 역할―『목넘이 마을의 개』를 중심으로」,『한국
　　문예비평연구』 7, 한국현대문예비평학회, 2000.

정재석, 「해방기 귀환 서사, 결속의 상상력과 균열의 미학」,『사이間SAI』 2, 국제한국문
　　학문화학회, 2007년.

정종현, 「私的 영역의 대두와 '진정한 自己' 구축으로서의 소설―안회남의 '身邊小說'을
　　중심으로」,『한국근대문학연구』, 한국근대문학회, 2001.10.

정창석, 「피해자의 얼굴, 가해자의 얼굴」,『일본학보』 48, 한국일본학회, 2001.9.

정현숙, 「해방공간과 역사소설―박태원을 중심으로」,『이화어문논집』 11, 이화여대
　　한국어문학연구소, 1990.

＿＿＿, 「박태원 소설에 나타난 신체제 수용양상」,『구보학보』 1, 구보학회, 2006.

＿＿＿, 「박태원 소설에 나타난 연속성과 불연속성(1)―월북 후 소설을 중심으로」,
　　『한국언어문학』, 한국언어문학회, 2007.6.

정호웅, 「염상섭의『효풍』론」,『실천문학』, 실천문학사, 1998.

조남철, 「연속기획・월북문인연구Ⅲ : 안회남론―신변소설에서 진보적 소설까지」,『현
　　대문학』, 현대문학, 1990.12.

조남현, 「1948년과 염상섭의 이념적 경향」,『한국현대문학연구』 6, 한국현대문학회,
　　1998.12.

조진기, 『비교문학의 이론과 실천』, 새문사, 2006.

채숙향, 「다자이 오사무[太宰治]『사양(斜陽)』론」,『일본학보』 74-2, 한국일본학회,
　　2008.

최영진, 「한국사회의 유교적 전통과 가족주의―담론분석을 중심으로」,『한국철학학회
　　춘계학술대회자료집』, 한국철학학회, 2005.

최유학, 「박태원 번역소설 연구―중국소설의 한국어번역을 중심으로」, 서울대 석사논
　　문, 2005.12.

최진옥, 「해방 직후 염상섭 소설에 나타난 민족의식 고찰」, 『한국현대문학연구』 23, 한국현대문학회, 2007.

최　학, 「도촌 박노갑의 생애와 문학」, 『박노갑전집』 3, 깊은샘, 1989.

최현식, 「파탄난 '생활세계'의 관찰과 기록―해방기 단편소설」, 『염상섭 문학의 재인식』, 깊은샘, 1998.

하정일·김재용, 「해방기 남북한 소설과 근대성」, 『한국언어문학』 45, 한국언어문학회, 2000.

한상도, 『대륙에 남긴 꿈』, 역사공간, 2006.

한새롬, 「박노갑 소설 연구―소설 공간과 인물 유형을 중심으로」, 중앙대 석사논문, 2002.

한수영, 「박태원 소설에서의 근대와 전통」, 『한국문학이론과 비평』 9, 한국문학이론과 비평학회, 2005.6.

홍혜원, 「1930년대 모더니즘 소설과 탈식민주의」, 『경계에서 사유한 한국소설』, 케포이북스, 2013.

황병주, 「해방 직후 사회적 동원과 남한사회」, 『한국역사연구회회보』 36, 한국역사연구회, 1997.11.

______, 「미군정기 전재민구호운동과 '민족담론'」, 『역사와현실』 35, 한국역사연구회, 2000.

E.J. 홉스봄, 강명세 역, 『1780년 이후의 민족과 민족주의』, 창작과비평사, 2003.

W.G. 비즐리, 장인성 역, 『일본근현대사』, 을유문화사, 2004.

가라타니 고진, 조영일 역, 『네이션과 미학』, 도서출판b, 2009.

吉田精一·奧野健南, 柳 呈역, 『現代日本文學史』, 정음사, 1984.

니시카와 나가오, 윤대석 역, 『국민이라는 괴물』, 소명출판, 2002.

로버트 숄즈·로버트 켈로그, 임병권 역, 「서사의 전통」, 『서사의 본질』, 예림기획, 2001.

미우라 노부타카, 「식민지 시대와 포스트식민지 시대의 언어 지배―언어 제국주의의 발견 원리」, 『언어제국주의란 무엇인가』, 돌베개, 2005.

아감벤 외, 김상운·양창렬·홍철기 역, 『민주주의는 죽었는가?』, 난장, 2010.

에릭 홉스봄, 이수영 역, 『밴디트―의적의 역사』, 민음사, 2004.

제임스 랙서, 김영희 역, 『민주주의란 무엇인간』, 행성;B온다, 2011.

조르조 아감벤, 박진우 역, 『호모사케르』, 새물결, 2008.

캘빈.S. 홀, 민희식 역, 『프로이드 심리학입문』, 두로, 1997.

크리스토퍼 피어슨, 박형신·이택면 역, 『근대국가의 이해』, 일신사, 1998.

테어도르 휴즈, 「냉전세계질서 속에서의 '해방공간'-해방 직후의 남·북한문학」, 『한국문학연구』 28집, 동국대 한국문학연구소, 2005.6.

타무라히데키, 「梅崎春生『櫻島』論-軍刀の意味(變化)を中心に」, 『日本語文學』 10, 한국일본어문학회, 2001.

프로이트, 정장진 역, 「두려운 낯설음」, 『창조적인 작가와 몽상』, 열린책들, 1996.

하야시 히로시, 김제정 역, 『일본제국주의, 식민지 도시를 건설하다』, 모티브북, 2005.

호미바바, 나병철 역, 『문화의 위치』, 소명출판, 2003.

호쇼 마사오 외, 고재석 역, 『일본 현대 문학사』 상, 문학과지성사, 1998.

아래 발표된 논의를 재구성했음을 밝힙니다.

「박태원의 자화상 소설에 나타난 가족주의의 의의」, 『구보학보』 5, 구보학회, 2010.

「해방 이후 박태원 작품에 나타난 '영웅'의 의의-1946~1947년 작품을 중심으로」, 『한국현대문학연구』 25, 한국현대문학회, 2008.

「해방 이후 안회남 소설에 나타난 '농민'의 의의」, 『어문연구』 61, 2009.

「염상섭의 해방 직후 소설에서 '민족을 자각하는 방식과 계기」, 『한국언어문학』 68, 한국언어문학회, 2009.

「해방 직후 황순원 소설에 나타난 귀환전재민의 의의」, 『현대문학이론연구』 40, 현대문학이론학회, 2010.

「해방공간 귀환전재민의 두려운 낯섦」, 『국어국문학』 159, 국어국문학회, 2011.

「테평양전쟁 직후 한일(韓日) 소설에서 '전쟁'을 기억하는 방식 비교 연구」, 『한국언어문학』 72, 한국언어문학회, 2010.

「태평양전쟁 직후 한일(韓日) 지식인의 '식민지 조선'에 대한 기억과 은폐된 욕망」, 『국어국문학』 156, 국어국문학회, 2010.

「태평양전쟁 직후 한일(韓日) 소설에 나타난 패전 일본여성의 성격 비교」, 『비평문학』 35, 비평문학회, 2010.